花村

王华 著

人民文学出版社

图书在版编目(CIP)数据

花村/王华著.—北京:人民文学出版社,2016
ISBN 978-7-02-011425-2

Ⅰ.①花… Ⅱ.①王… Ⅲ.①长篇小说—中国—当代 Ⅳ.①I247.5

中国版本图书馆 CIP 数据核字(2016)第 035450 号

责任编辑　周昌义　樊晓哲
封面设计　李思安
责任印制　王景林

出版发行　人民文学出版社
社　　址　北京市朝内大街166号
邮政编码　100705
网　　址　http://www.rw-cn.com

印　　刷　北京市松源印刷有限公司
经　　销　全国新华书店等

字　　数　235千字
开　　本　880毫米×1230毫米　1/32
印　　张　10.5　插页3
版　　次　2017年1月北京第1版
印　　次　2017年1月第1次印刷

书　　号　978-7-02-011425-2
定　　价　32.00元

如有印装质量问题,请与本社图书销售中心调换。电话:01065233595

0

我们花河一九五〇年才迎来解放,一九八二年才迎来土地责任制,到了九十年代,才知道农民进城可以大把大把挣钱。由于生得偏僻,我们对于大好形势的反应,总是慢上那么半拍。但我们从来都不消极,我们总是认为只要努力一点,就能把落后的那半拍赶上。

一九九二年的春天,花河的年轻男人开始大量拥向城市。每天一趟通往县城的班车,被他们挤得密不透风。命中注定,其中也会有我们花村的年轻男人们。

1

花村以花为名,花村女人也以花为名。花村娶一媳妇添一姑娘,都要在房前屋后栽一棵花树。娶一"桃花",就种桃树。添一"橙子",就种橙子树。不仅种树,还要种花,只是不种地上,种衣服上。比如栀子的衣服上就种着一朵栀子花,百合衣服上种的是一朵百合花,映山红衣服上种的当然是一朵映山红。这还不够,她们还会在自己的花季里让自己也带着花香。花朵开在树上香的是院子香的是村子,她们把花朵摘下来放进小背心里,或者用它们泡水洗澡,就能香自己。这样她们就是名副其实的花儿了,就是名副其实的栀子百合映山红了。

因为爱花,花村人就都有点多愁善感。所以,花村的男人们比起别村那些兴冲冲不管不顾地往班车上挤的男人们,就扭捏了些,磨蹭了些。明天就要出发了,还有人迟迟不肯捆行李卷。比如李家两兄弟,他们迟迟的理由都一样的好笑:明天早上还要往包袱里装跋脚鞋。

一只十五瓦的灯泡把屋子照成浑黄色,看房间里的一切都像隔着一层陈年旧玻璃,你总是忍不住想哈口气抻袖子擦擦。李小勇的包袱被他扔在床边,他女人百合早已经替他打点好了衣服铺盖。他不急于捆,它们就还无奈地躺在一根麻绳上。李小勇的跋脚鞋就卧在旁边,它们是一对青色灯芯绒布鞋。早些年属于奢侈品,这些年已经沦落为晚上洗脚时的跋脚鞋了。鞋后帮从第一天开始就被主人踩在脚后跟下,早成了惨白色。但是今天晚上主人赋予了它们重要性——他进城也舍不得把它们丢下,他要带它们一起进城。于是,它们就成了暂缓捆包袱的理由。捆包袱多浪费时间啊,他要百合赶紧跟他上床,他想把今后将被耽误的一年的好事儿全做了。百合想笑他,但床边那个没打好的包袱又让她笑不出来。所以她只能像哄个孩子一样哄他:"一年一忍就过去了。"她说,"忍上几年,等映山红他们新修了房子搬走了,我们买过他们那间房,就宽敞了就不用出去了。"李小勇吭哧吭哧,说只怕我们的打算不仅仅是为了这个,说不定到时候就看不上这青石房子了,说不定也想修砖房呢,甚至就想搬到街上住去呢。还没开始,他已经蠢蠢欲动地把梦往大处做了。

那时候他的亲兄弟李小敢还在衣柜里找衬衣打包。他已经跟映山红做完一回了,映山红懒在床上,还不甘心。她说:"你别找了,明早上我找了和你的趿脚鞋一起装。"他一扭头,看映山红满脸潮红,知道她说的是话中话,就翻身上了床,酝酿第二回。

那天晚上村里的狗也预感到了什么,一个劲地吠,吵得李小飞的双胞胎儿子也一个劲地哭。儿子们没妈,妈在生他们的时候难产死了。妈才是哄孩子的高手。况且她们有奶,拿奶头往孩子嘴里一塞,孩子们一般就闭嘴了。李小飞没奶堵他们的嘴。他们要是不喜欢劣质橡胶奶嘴儿和劣质奶粉,他就拿他们没办法。他心里闹得慌,又舍不得怪孩子,就怪狗。他站到门外冲他家的狗大骂。狗怕,但并不停。因为别的狗没停,它就没法儿停。这样它就挨了主人的棒子,是李小飞他爹李四爷打的。李四爷也抱着孙子在哄,老哄不好他也心烦。打完狗孙子还哭,他就来了灵感,撸起自己的衣服,把孙子的嘴按到自己那花生米一样的干乳头上。孩子吮着他的奶头,竟然真就不哭了。他禁不住一阵惊喜,眼睛比他家那十五瓦的灯泡还亮。他不仅哄好了孙子,还给了儿子一份进城的信心。李小飞一直在犹豫。大家都商量好一起进城,他也依然在犹豫,因为他实在拿不准把两个还没长牙的儿子留给父亲一个人是不是正确。父亲还不老,父亲还不到五十岁。但父亲是个糙男人,干体力活儿没问题,奶婴儿问题就大了。李四爷当然明白他的担心,却苦于没法证明自己具备奶孩子的能力。这一招令他心里一亮。得意一上来,他便"嘿嘿"笑起来。他说:"你看你看,我有办法哄他们了。"

他把李小飞手上那一个也夺了过去。他坐下来,一只手搂一个,一只奶头哄一个。孩子们居然不哭了。狗们依然吠得凶,他们也不哭了。"怎么样?"李四爷说。他给人如释重负的感觉,并且恢复了自己那不苟言笑的天性,变得认真起来。"放心地进城去,你爹还哄不住两孩子呀?"他说。

不管如何,第二天清早出发的时候还是很整齐。甚至也不见不舍:出发的人没有,留下的人也没有。他们高高兴兴背着包袱出村,留下的人也高高兴兴地跟在身后送别。他们这一走,公公们就成了花村的顶梁柱了,因此他们必然要显得跟他们一样振奋。他们都还不算很老,五十岁上下而已。以联合国标准,他们还正当中年。要是生活干瘪,心头也干瘪,他们看上去就是个老头。要是生活滋润,心头也滋润,他们看上去就还是壮汉。就是那岁数往上点的人中,也有张大河那样儿的。那身板儿怎么看怎么壮,你要是对他头发里那几根白发忽略不计,不把他脸上那几条皱纹放在心上,他就比那帮进城的年轻男人看上去更靠得住。事实上因为他们没有城里男人的囊肉,就都像是瘦肉精的成果,还都是城里女人俗称的那种肌肉男。这会儿这些肌肉男全都闪亮着眼睛,有的甚至忍不住要拍打拍打他的儿子。儿子要上阵了,这行为代表的是一种鼓励,相当于你希望马好好跑起来的时候往它屁股上拍打的那两下。"进城后好好干,"他们说,"家里有我们哩。"他们说这些话的时候都尽量做着一些大动作,尽量让儿子们看到自己的力量。那时候因为天气还不是很暖和,他们的棉衣还穿在身上。他们尽量把袖子往上撸起,露出光胳膊肘,露出他们的肌肉。他们必须要让儿子走得放心。

张大河是村长,所以他要针对的就不仅仅是自家的儿子张久久,而是全花村的二十几个男人,是整支队伍。虽然也不过是"进城后好好干家里有我们"那些意思,但他说的时候不是仅盯着张久久说,而是看着大伙说。而且他还说:"花村有我哩。"那意思不仅让儿子放心家里,还让他们放心村里。有他在,花村就在的意思。这样,要走的人就多了一层放心:不仅家里有后盾,村里还有一个后盾。

出了村口也就到了街头了,公公们就停下了。媳妇们继续牵着孩子走,她们要一直送到班车跟前去。跟公公们不同,她们今天特意把棉衣脱掉了,穿上了专属于春天的薄衣薄裤。这样一来,那苗条的腰身就更苗条起来,那不苗条的也有了曲线有了形。她们要的就是这个效果。送男人进城,心里热火着,身上也不觉得冷。她们手上大多拉着孩子,孩子们一边扯着母亲的手,一边跟旁边的孩子打闹。他们没有一丁点儿离愁别绪。媳妇们眼睛一直盯着自家男人的后背,嘴上却跟同伴们说着闲话,说到好笑处就放声笑起来。那平时就喜欢夸张的,还会做出要笑滚到地上的样子。

那天天气预报有雨,早上起来天空一直都很厚。那会儿太阳从东方撕开了一条缝,太阳光像玻璃片一样从缝里伸出来,一直伸到花河。男人们就在那束阳光里吵吵嚷嚷地往班车上挤。行李卷儿要放班车顶上,一个人先爬上去,下面的再把包袱一个一个往上扔。爬上去的是张久久,在这队人马里他属于最热心的那一个,但也属于比较纤弱的那一个。他倒是完全遗传了父亲的热心,却又完全没得到父亲的那种壮实。所以下面的人都担心他接不住包袱。每一次往上面扔,他们都要叮嘱他:接住啊! 他也做出一副十分努力的样子,而且从来没让包袱脱手过。下面扔完了包袱的就往车里挤了,虽说他们已经够装一车了,但别人并不因此就不往车里挤。先上的有位置,后上的得站着。还不能好好地站,得被人挤巴着或者挤巴着别人。张久久在车顶上一个劲儿地喊"给我占个位置"。下面的也都答应给他占个位置,但实际上谁也没能做到。谁也做不到。百合和映山红都怂恿栀子挤进去替张久久占一个,哪怕占一个立足的位置也行。栀子就去了。但她哪是一帮男人的对手啊,她那柳条似的腰身在车门跟前被挤来挤去,只有摆来摆去的份儿。张久久从车顶上下来以后把她拔葱似的拉出来,她的右脚上就没鞋了。好在那时候要上车的人也都挤上去了,栀子的鞋也水落石出了。张久久替她捡过鞋,最后一个挤上车,站在车门边。车门关不上了,司机像大妈养的一样大着嗓门儿呵斥:"松动一下松动一下!"里面的人就全动起来,车就摇晃了,车皮就鼓起来,像要爆炸的样子。车门就关上了。车外送行的媳妇们就松了口气。

班车发动了,发动机喘上了,猛烈咳嗽一阵,班车就摇摇晃晃前进了。男人们争着把脸往能看得见车外的地方挤,媳妇们就看到了车里一片变了形的脸。但都在笑。里头的在笑,外面的也在笑。

班车走出视野以后,媳妇们便全都把梗着的脖子挺着的背放松了下来。总算把他们送走了,自家总算也有个人进城了。这时候,她们才有闲心去看看东天的景致:太阳撕开的那条缝正在变窄,一眼就能看出它已经支持不住,那条缝就要关上了。云缝越来越窄,越来越窄,太阳开始一点一点地收走花河的阳光。先是街上的没有了,然后是花村里的没有了,再然后,木耳村的也没有了,再然后,山坡上也没有了。最后,天空只剩下一条金色的缝,黑脸包公不小心在下巴上拖了一条金色的彩线。再最后,包公抹掉了那条彩线,还自己一张干净的黑脸。

雨就纷纷扬扬洒下来了,媳妇们咋呼呼拖着孩子开始跑。这件事情并无好玩之处,但她们却跑出一路笑声来。虽说她们都成了母亲,虽说那手上没牵着孩子的是因为孩子已经很大了,但她们实际上又没有老大一把年纪。我们花河早婚早育是普遍现象,即使新社会要求晚婚晚育,也阻挡不了我们十八岁就嫁人,十九岁就娶媳妇儿。所以,那些手上牵着小孩子的,实际上她们也还是个孩子。那些诸如百合栀子一样的,孩子都大了的,她们也不过才当如狼似虎的年龄。

2

齐刷刷走掉了二十多个男人,村子就空了许多。但这种空带来的希望却把人心填得满满的。就像一村子花谢以后,留下的那种空寂里,其实充满着果子孕育时的清香一样。那会儿,杏花已经谢了,桃花接过了接力棒。如绿豆大的杏子密密地挂满枝头,空气中全是它们青涩的香味。栀子回到家就开始整理衣柜。衣柜很旧了,也很过时了。现在时兴黑色的了,它还是当初的大红色,而且漆面早已经斑驳不堪。等张久久挣了钱,就把它换了。她想。她专门在角落里空出一个地方来放张久久留下的那只罐头瓶。那是满满的一罐头瓶硬币,张久久昨天晚上变出来的。他怕栀子在家里想他受不了,特地为她准备的,说到时候可以数着这个消磨时间。栀子看着那罐儿硬币深吸一口气,脑子里想的却是家里焕然一新的情景:衣柜新了,墙壁亮了。还有床,他们的床也老了,动静稍大一点儿就响。张久久说挣了钱第一件事就是换床。而栀子心里想要的,是一张新式床。

她把硬币倒床上,抹成白花花一片,就看到了他们未来的美好生活。这时候,百合的声音在外屋响起来了。她赶紧收。一片稀里哗啦,百合就进来了。

"你在弄啥呢?"百合十分好奇。待她看清栀子倒腾的是一罐头瓶硬币,又恍然大悟地给了自己答案:"在数钱啊。"不过她又好奇栀子怎么有那么多硬币,"你平时都把零钱攒起来呀?"她说,"我是先花零钱。"又说,"我就见不得零钱,见了就得花。"又说,"我喜欢攒整钱。"她说着哈哈笑。她的开心是情不自禁的。"他们总算进城了。"她由衷地感叹。然后她又大笑,她笑李小勇连趿脚鞋都忘记拿了,说昨天晚上他自己说好要带上的,可今早上起来手忙脚乱的,哪还记得趿脚鞋啊。她现在想起早上李小勇的慌乱还忍俊不禁。她说:"昨天晚上还说不想走不想走的,今儿天一亮就慌得不行,生怕走晚了别人不等他了把他留下了,鞋都差点儿跑落了。"

这样一来,栀子也想起张久久没带趿脚鞋了。在我们花河每个人都有一双趿脚鞋,晚上睡觉前洗脚的时候离不了它。这下好了,他们晚上洗脚的时候穿什么呢?

百合说:"管他的,他们总晓得自己去买一双的。"

栀子也相信张久久会自己去买一双。所以留下来的那一双,被她放进洗脚盆里泡上了。泡一会儿,洗干净了晒干,收起来等张久久过年回来的时候穿。这就提醒了百合也回去泡李小勇的鞋。

百合家就住在栀子家对面,中间隔着五米宽的青石板村街加两家人三米宽的院坝。虽然下着雨,但她跑来跑去都不需要打伞。那时候,我们花河的洗脚盆还没有更新成塑料的,还全都是传统的木盆,而且很大,为的是两双脚同洗。它们常年都在屋檐下待着,只有到晚上要洗脚的时候才拿进屋那么一会儿。女人们常拿它洗衣服,也是因为它宽。配套这样的洗脚盆的,一般都还有一个或者两个小板凳,专供洗脚洗衣用。

栀子和百合坐到屋檐下洗上,映山红也给闹出来了。她睡眼惺忪,头发乱蓬蓬的,显然是给她们吵醒的。

百合见了就取笑说:"你昨晚没睡?"

映山红说:"昨晚哪有时间睡呀。"

百合哈哈大笑,笑完了又说:"你别以为只有你才没睡觉,人家栀子也没睡。"

映山红说:"昨晚我敢肯定花村的女人都没得睡。"说着她用手拍着嘴巴打了个痛快的哈欠,直打得眼泪汪汪。半分钟后,她也拿出李小敢的趿脚鞋,也搬来了脚盆洗鞋。

百合问:"你小敢也没带?"

映山红说:"忘了,早上起来跟被狗撵一样的,逃命哩,哪顾得上。"

这里说着鞋,就听见别处还有人在说鞋,还有猪毛刷子刷鞋的悦耳声响。她们把头从脚盆上空抬起来,就看见别家屋檐下也坐着女人在洗鞋。映山红站起来瞧了一圈儿,回来就拍起巴掌宣布:"今天上午,花村的女人集体洗鞋!"

雨就停了。媳妇们把洗好的鞋晾到院子里的花树上。因为是自家男人的鞋,就必然要晾在自己的那一棵花树上。比如栀子是晾在一丛栀子树上的,映山红是晾在一丛映山红树上的。这两种花树都属于灌木,长不高大。但她们嫁过来十几年了,树丛已经非常壮观了。而且这时候正是映山红开得最灿烂的时候,那席面大的花丛使院子看上去像着了火。晾鞋的时候,映山红还会随手揪下几个花朵放嘴里吃。那花朵很甜。只有百合是属于草本的,一岁一枯荣。虽说它们已经在院子里繁衍了一大片,但这会儿才刚发出嫩芽,那兔耳

009

朵似的嫩叶片还承受不了男人的鞋。百合就把李小勇的鞋晾在属于她姑娘木子的那棵李子树上。

忍受不了那份"空"的就算吉利大娘了。当家家的花树上都晾着跋脚鞋的时候,她家院子那棵唯一的李子树上却是空的。那棵李子树是她嫁过来时等家为她栽的。她不是花河人,所以她叫吉利。嫁过来后,等家按照花村的习惯要为她栽花树,就取了她名字的谐音:结李,栽下了一棵李子树。

吉利大娘有两个儿子,一个都没进城。大儿子等开发是个木匠,这一阵嫁女的都有资本讲点儿排场了,总有做不完的衣柜米柜,进不进城倒没什么。她不高兴的是二儿子部落。部落被人认为有点儿傻,但这一点吉利大娘和部落自己都不认同。在部落自己看来,这根本就是谬论。吉利大娘则认为部落顶多就是有点儿懒。部落十八岁了,部落还太懒惰,这两个原因都被吉利大娘看成是应该进城的理由。"他得跟你们一起去历练历练,去学会挣钱养活人。"她一遍一遍地跟花村要进城的男人们这样说,她希望他们带上他。但别人认为部落要是在家连裤子都要吉利大娘洗的话,进城以后还能怎么办?谁给他洗裤子呢?他们无法想象带着个傻瓜进城将是怎样的一个结果,所以他们都不答应吉利大娘。看吉利大娘那可怜样儿,有人就建议等开发也进城。他要是进城,带上部落就顺理成章了。但等开发暂时还不想进城,他暂时还比他们都挣得多。就是说,吉利大娘只能巴望他们了。为了不至于让吉利大娘恨上他们,他们兵分两路。一路人马去做部落的思想工作,说:"城里可苦得很,你想去吗?城里可没人给你洗裤子,你还得没白没黑地干活,干重活,你想去吗?"这么问,却并不是想要他回答,而是直接告诉他结果,"你最好别去,在家里多舒服啊,整天啥事儿都不干也有吃有穿。"另一路人马则对吉利大娘说:"那你问问部落愿不愿去吧,他要是愿意进城,我们好歹把他带上就是了。"这样,吉利大娘就把部落叫去问:"你想不想跟大家一起进城挣钱去?"部落果然就说:"不想。"吉利大娘说:"不想也要去,不去我打死你。"部落说:"打死我也不想去。"

  吉利大娘就怪不着别人了,就只能怪部落了。别人都带着希望进城去了,她的希望却依然留在原地。那明明是一个谁都看好的东西,但部落却无动于衷。逼到这份儿上,她的认识就不得不发生改变了,她就不得不承认部落真的是个傻瓜了。"我怎么生了你这么个傻瓜啊?"吉利大娘站在部落面前仰天长叹,眼泪跟山洪似的。部落虽说并不顶嘴,但他明显的并不服气,母亲的小题大做遭到了他的白眼。关于进城他自有看法:第一,进城挣钱很苦;第二,别人吃苦挣钱是为了养活婆娘儿女,他既无婆娘也无儿女,就犯不着进城吃苦;第三,别人要进城都是因为心大心贪,而他不,他安于现状,觉得花村活得就很好。他没把这些告诉母亲,吉利大娘就无法理解,她长叹完了就拿起笤帚打他。不仅要出气,还要来一番教育。笤帚是金竹枝条做的,打在身上精痛,但部落不逃也不躲。部落是个孝顺儿子,要是母亲想拿他出气,他是不会让她扫兴的。但这并不等于他也不为自己申辩。顶嘴也是不对的,但他认为那只针对母亲骂的时候。如果母亲都动起手来了,为自己申辩几句就不为过了。更何况,母亲今晚打得这么狠,那笤帚像只长满了利牙的鳄鱼,一口下去,他就得痛一大片。是这份痛苦把他激怒了。所以他喊了起来。他说:"别打了,到了该挣钱的时候我进城就是!"吉利大娘就暂时让笤帚停留在半空,问他什么时候才是该挣钱的时候。他摸着火辣辣的后颈窝说:"我还没娶上媳妇,挣钱来干啥?"吉利大娘给他气晕了,半空中的笤帚就果断地扑向了部落的后颈。乍暖还寒的时令里,只有那地方才是光肉,才打得痛。打完了她才告诉他:"你要是不学会挣钱,连母狗都不会嫁你。"可部落却回了一句聪明的话:"我为啥要娶母狗啊?"

求不了别人,吉利大娘再一次把希望寄予大儿子等开发。别人不带部落进城,等开发是可以带他去打家具的。等开发早先也并不反对让部落跟自己学木匠,但部落跟了他一阵儿,什么都没学会,实际上他根本就不学。这样就不怪等开发了,他要是什么都不愿做,又什么都不会做,带上他干什么?人家是打家具,又不是做酒席,哪有白吃饭的道理?但吉利大娘咬定之前都是因为部落还不够大,不够懂事,现在肯定不一样了。等开发就冷笑,说:"他现在就懂事了?他要是懂事了怎么不进城去?"吉利大娘寒心地说:"就是因为他不进城,我才求你哩!"等开发:"你求我也没用,又傻又懒的,我带他去吃白饭啊?"

等开发的话说得狠了,但令吉利大娘心绞痛的却不是他的话,而是两兄弟之间那本该被忽略却又如铁打一般的隔膜:他们同母不同父,如何叫他们像亲兄弟一般呢?一个母亲最大的悲哀莫过如此:明明是自己身上掉下的两块肉,但这两块肉却流着两个人的血。等开发的父亲是大哥,等部落的父亲是二弟。有了等开发以后,大哥得肺结核死了。二弟近水楼台娶了她。有了部落以后,二弟也得肺结核死了。不管吉利大娘同不同意,她都被认为克夫。当然,这都不重要了,重要的是两兄弟根本就不像兄弟,没有手足情。住在一个屋檐下,跟个邻居似的。

吉利大娘被这种现实折磨得疲惫不堪,扔了笤帚,一屁股坐凳子上发呆。等开发见了,心里不忍,便给了她一个主意:你不让他吃饭,看他还懒不懒?他要是还懒,你就让他讨饭去。这对一个做母亲的来说,实在是个馊主意。但吉利大娘还是决定试一下。部落都十八岁了,确实应该狠下心让他得到点儿教训才行了。于是她告诉部落:"今晚你就别吃饭了。你啥时候想明白了,啥时候妈才给你吃饭。"

部落问:"你让我想啥呢?"

吉利大娘吐血般说:"我让你想挣钱!"

她说:"你不是说挣钱来没婆娘儿子养吗?我让你挣钱来养你自己!从今天开始你自己去找吃的,老娘这里没你的饭!"

部落就真走,也没表现出依依不舍或者逼不得已。吉利大娘就后悔地挺直了身体,同时还提了口气准备说点儿什么,但等开发及时地打住了她。等开发说:"你让他走。"他说,"不挨饿他哪里晓得铧口是生铁铸的。"

部落原本在母亲提气的时候已经站下了,如果她问一句"你还真走啊",他可能就不走了。但是既然母亲没把那句话说出来,大哥又显得那么绝情绝义,他就不用站在那儿了。他确实还不知道挨饿是什么滋味,也确实不像别人那十八岁的大脑一样可以生动地想象出挨饿是个什么境况。无知者无畏,他像平时出门玩耍一样安然走出了家门。

那时候是傍晚了,黑夜正在大口吞噬着白天,所以做母亲的还是想知道他去哪里。但做大哥的却怪母亲做事拖泥带水。他不准她担心,他认为部落都十八岁了,她不应该还把他当两岁的孩子。他吐生铁一样问他母亲:"你到底想不想让他成器呀?"他说,"他都五六尺高了,你还怕他挨饿啊?就是挨饿,那么大一条一时半会儿也饿不死吧?"他说,"你要心疼,也等他饿个半死再心疼也不迟!"他还说,"一个傻子能走多远呢,我谅他今晚走不出花村。"

部落被他大哥的这些话赶去了张大河家院子。部落是这里的常客。他喜欢栀子,从栀子嫁来那天他就喜欢上了。那时候他八岁。年龄小又加上他头脑比别人更简单,所以表达喜欢的方式也很简单:喜欢就黏上。张哥儿还小的时候,栀子把他交给部落,让他们一起玩。顺便地,她也会把部落当儿子一样关心关心。吉利大娘早先也很认同,部落在张家吃得多了,她就往张家送粮食过来。有时候也会送一些菜,过年时杀了猪,也要砍一块肉送来。她把这份责任尽到,就心安理得地由着部落黏栀子。

部落对栀子的那份特别感情,被我们看成是栀子跟部落前世有缘:可能栀子是部落的母亲,或者就是他媳妇。但栀子只承认母亲。实际上,她也把自己当成了部落的另一个母亲。她会在见到他的第一时间想到他是不是吃饭了,要不要喝水,他的衣服脏了她也会替他洗。遇上张哥儿跟他耍横,她也会站到他这一边替他不平,并要求张哥儿对他好一点。往大里长,张哥儿就会吃醋,当他终于认清了部落其实跟他们家一点儿关系都没有这个事实以后。他就会撑部落,他提醒部落吉利大娘才是他妈。但栀子会呵斥他,会给他最难看的脸色,会指责他不懂事。如果他言辞再激烈一点,她甚至会打他。比如他骂部落是傻子的时候。整个花村都认为部落是傻子,栀子也不反对,但她反对张哥儿这么说,而且是坚决反对。这一点,张哥儿从来都没想明白过,但部落理解得却非常简单:因为栀子真的没把他当傻子。因为他在栀子眼里的确不是个傻子。由此,他在栀子面前就真的不傻了。他目光有神,表情丰富,脑子灵活,手脚勤快。他完全是另一个部落。他自己也喜欢这一个部落,他巴不得天天都做这一个不傻的部落,只是他更大以后,母亲就把他拉回来了。母亲认为大成这样了,再黏着栀子就不像话了。栀子也认为他大了,应该回到他正经的母亲身边。但栀子并不像真心要撵他。她很遗憾地对他说:"你现在得回去孝敬你正经的妈妈了。"她告诉他,儿子大了孝敬妈是天经地义。为了表明她的不舍,她还跟他开玩笑说:"谁叫你长大得这么快呢?"部落满十八岁的那天,栀子表现出的是恍然大悟,是猝不及防。她说天啦,部落你都长这么大了!那天她为他煮了一碗糖水鸡蛋,还给他买了一双鞋。鞋是塑料底青布面,鞋口有松紧布的那种,当时很时尚。他穿上新鞋,吃完糖水鸡蛋,栀子就叫他回去。她对他说:"你妈说得对,你都这么大了,不能老来我家了,你得学会孝敬你妈妈了。"她希望他回到家也做她跟前的这个部落,一个不被当成傻子的部落,而且她相信他能做到。

虽然他不想让栀子失望,但离开栀子,他就不可救药地成了人前的部落,那个傻部落,那个让母亲彻底失望的部落。

现在被母亲撵出了家门,他想到的第一个去处当然是栀子家。他挨不了饿的,栀子会给他饭吃,他很有把握。

不过部落变得有点腼腆了,去见栀子之前,他得扯根草梗放嘴里嚼上。见到栀子后,他也不知道说什么,就把草梗从左边的嘴角移到右边嘴角。

栀子总是最懂他的那一个,她就知道他挨了母亲的骂,还挨了母亲的罚。她知道他现在正饿着肚子,知道他不光需要精神上的安慰,也需要物质上的支持。她二话不说就为他提供了饭菜,还让张哥儿感到比对他更周到。她还替他吹后颈的伤痕,笤帚的牙在他后颈上咬出了一条条的血痕,鲜红。不过这并不代表她站到了吉利大娘的对立面,她只是不同意让部落挨饿,是站在吉利大娘那一边的一个心软的人。一个恨铁不成钢的严厉的母亲身边必要的那个专门负责事后替孩子疗伤的人。她让部落吃着饭,也让他接受着她的再教育。她说母亲让他进城是对的,他就应该跟大家一起去城里历练,去城里学会挣钱。因为他已经是个大人了,是个男人了,今后会娶媳妇,会养孩子。他得学会做一个能撑家的男人,学会做一个能养活人的父亲。她的话比吉利大娘的还多一些,但部落一点儿都不反感。即使是部落这样的人,也是更看重一个人的美德的。而栀子这种是非分明赏罚分明的做法,就是傻子也会看成美德的。所以,部落当时就答应她,明年他就跟大家一起进城。他不光许下了令栀子开心的承诺,那天吃完饭他还抢着帮栀子干家务活。他又变成了另一个部落,他让栀子看到了他变好的希望。所以,那天晚上送部落回家去后,栀子就对吉利大娘说:"部落答应了,明年就跟大家一起进城。"她说,"等年底张久久回来,就让张久久带上他得了。"

于是,吉利大娘也看见了希望,心情也豁朗起来。

3

乡长鲁大千来花村找张大河了。土地承包到户以后,大队就名存实亡了。大队是用来管生产队的,生产队没有了,大队就荒了。一直就那么荒了好几年。别的地方已经开始变大队为行政村了,我们这里不是总要慢半拍吗？行政村暂时还没正式成立,便先找了个大家都认为合适的人承个头,把村里的事儿管了起来。张大河被认为是一个合适的人,就成了花村的村长。由于情况特殊,他这个村长是个光杆司令,没有别的村干部。

乡里看准了花村可以作为烤烟基地,今年必须全民烤烟。鲁大千来找张大河就是为了告诉他这个决定。张大河是村长,接下来得由他把这个决定传达下去,并监督村民生产。但那分钟张大河没忘记自己同样是花村的村民。他做村长两年了,两年都在发展烤烟。就工作激情和使命感而言,他一直都保持着刚开始时的高涨态势,但花村没一户村民种出了好烟叶,那烟叶烤出来全是黄褐斑,属于末级烟,卖不了钱。所以张大河不明白乡里为什么还要把花村作为烤烟基地,那分钟他甚至怀疑鲁大千的脑袋出了问题。可鲁大千却说:"那都是因为烤烟全被种到了坡地上,今年要种到平地上,种到良田里。"花村的平地种包谷丰收,种水稻也丰收,是名副其实的良田。所以他们相信,种烤烟肯定也能丰收。

张大河是一个人,但鲁大千不是,鲁大千还带着秘书。鲁大千说这话的时候看秘书那么一眼,就代表了这是全乡的意思,是经过深思熟虑、经过多方研讨后形成的决策。他吩咐秘书把具体的政策传达给张大河,秘书便把一份红头文件念了一遍。张大河听完就明白了,今年乡里不光要在良田里种烤烟,还给每户村民定了任务,按人头每人必须完成一百斤级内烟叶。你不种烤烟也可以,但你到时候必须要能拿得出烟叶来。你要完不成这个任务,就得背双倍罚款。

张大河就急火攻心了。他像火箭一样向上射了一下,幸好双脚还站在地上。他想到了"乱弹琴",但他没说,他说出来的是"你们这是瞎搞"。他原本是想说一句比"乱弹琴"稍委婉一点的,但结果说成了更火辣的了。鲁大千就拍桌子了,虽说是张大河的桌子,但鲁大千当自己的桌子一样拍。他说:"你这是什么话呢?这也是一个村长说的话吗?你的觉悟到哪里去了?"张大河也豁出去了,他也拍了桌子。而且他是站着拍的,比鲁大千坐着拍更有气势。他说土地承包到户了,种什么是村民自己的愿意,凭什么要让种这让种那呢?他说,这不是变着方儿盘剥村民吗?

鲁大千就像看见外星人一样鼓起了眼睛。他本能地站了起来。他要是能比张大河高一点就好了,或者壮一点也行,但这两样都不能如他所愿。他毕竟是个公务员,身板儿怎么也比不过劳动人民。幸好他带了秘书,感觉到自己的阵容是"众"而不是"寡",让他有了底气。他说:"你他妈的还是村长吗?"张大河说:"这个村长是你们任命的你们要拿回去我也不可惜。"鲁大千用力地说:"我是说觉悟!"张大河说:"村长得为村民们好才是好村长。"鲁大千说:"这不就是为村民们好吗?"争吵交汇到了他想要的这条轨道上,他就更加义正词严了。他又一次拍了桌子角,还掐着指头数落:"让你们种烤烟,让你们致富,难道不是为你们好吗?难道是为我们这些当乡干部的好?你们卖烤烟卖发了财,我们能得到什么好处?"他说,"我们这么辛苦为啥?我这黑更半夜的跑来和你开会是为啥?我们为了让你们好好种烤烟天天田间地头日晒雨淋是为啥?"最后他自己回答说,"还不是为了让村民们尽快富起来吗?"

张大河当然也理直气壮。他说:"要是烟叶种不出来,粮食又给耽误了,村民们还活不活人啦?"他明确地告诉鲁大千,"我怕做罪人,我怕挨村民打。"

鲁大千突然变得柔软了起来。他轻言细语说:"任务是针对全乡的,大部分村还没摊上基地这样的好事。你们被定为基地,乡里就有技术支持。从栽种到烘烤全程都有农技站的技术人员手把手教。你们完成那点儿任务是完全有保障的。"他说,"要说反对,那些没被定为基地的村才应该反对,跳起来的不应该是你张大河,应该是别人。"

不管张大河是不是服气,那场谈话就到这里为止。鲁大千的指示不容分说:两天之后有乡干部下来规划基地,十天过后他要来视察。他不光要看到花村的基地全都翻了一遍,还要看到合格并且势头良好的育苗床。

那之后他就拍屁股走了。

那之后,张大河就还是村长,他得贯彻乡里的精神。大清早起来,他就拿起他的錾子戳子满村子敲。那两样物件是他做石匠用的,他当上村长召集第一个村民会的时候需要一件响器帮他号召,他顺手就拿起了这两件。第一回敲出了效果,以后就一直沿用。两块生铁在他手上敲出"叮当当叮当当"的声响,他再跟着喊上两嗓门儿"开个会哈",村民们就赶出门来问他:"哪阵儿开呀?"要是没赶上问他,也要问一下旁人。他们就会在那个时候赶到张家的院坝。自从张大河当了村长,所有的村民会就都是在他家院子里召开的。

这天他把开会的时间定在了上午十点钟以前。这之前,他在大清早开过会,因为男人们都还在家,而男人们在吃早饭之前一般是不出门做活的。现在肯定不一样了,男人们进了城,清早起来每家每户都有早饭和猪食要煮,基本上就把女人的整个早晨套牢了。

敲完了一圈儿回来,他就开始在院子里摆板凳。板凳肯定是不够坐的,但他还是要把家里所有的板凳都贡献出来。他还充分发挥了一个石匠的优势,在院子的两边放了好些个石凳。这些石凳第一次村民会以后才渐渐出现的,开始是两三个,后来又两三个,再后来又两三个,现在有了二十五个。开始是毛坯,一块方正的石头。有空的时候,他就拿錾子修几下,再有空的时候,又修几下,现在它们全有了凳子的形。春冬两个季节,他还在上面盖个草饼,人坐上去不会凉屁股。一般情况下,对门的百合和映山红还会腾出些板凳来。天热的时候,院子里有太阳,人们爱找阴凉处坐,好多人就会被挤到百合和映山红家屋檐下。

栀子则负责熬上一锅老茶水,用木桶装了,放到院子里那棵桃树下去。那棵桃树很老了,歪歪扭扭的树脖子上生着很多碗大的结疤。结疤上分泌出的褐色的树油,像一个个巨大的被凝固了的泪珠,亮晶晶地挂着。它属于栀子的婆婆,张大河那死去的婆娘。几十年了,那个叫桃花的女人已经没了,但它还在这个院子里活着。这正是该它开花的时节,它还努力地开出了一树花朵。风吹过的时候,它会忍不住抖掉些花瓣,所以茶水桶得有一只盖。桶盖上放一只瓢,口渴的人自己揭开舀茶水喝。

等他们都忙完了,就有人朝着他家院子走来了。往些时候,张大河会出来给早来的人散烟。这回他条件反射攥出来,却发现不用散烟了,来的几乎都是女人。以往的颜色要单调很多,这回却是花花绿绿一片。看人差不多都到齐了,他就开始清嗓子。这种时候,就是他想幽默一把了。有一种人,他事实上不具备幽默的特质,却总抱着一种幽默的愿望。他每一次说出来的笑话都无法逗人开怀,但他一直痴心不改。

这天他说:"上头要给我们肥肉吃了。"

他说:"我对鲁乡长说,男人们都进城了,剩下的都是一村子女人,怕吃不动哦。鲁乡长说,吃不动也得吃,是任务!"他眼巴巴地看着一院坝开会的人,希望他们能笑起来。可是没有一个人觉得这有什么好笑。他却再接再厉,他总是不把人逗笑不罢休。他说:"不光要完成任务,完不成任务的还得罚,吃不了这一块,就再罚你吃更大的一块。"还没人笑起来,他就得有一个村长该有的严肃和正经了。他就把乡里发展花村为烤烟基地的事儿,把一个人头一百斤烟叶任务的事儿,以及完不成任务就处双倍罚款的事儿传达给大家了。

下面自然是怨声载道,作为一个村长,就得站出来做思想工作了。他又成了鲁大千那边的人了,就得站鲁大千的立场了,就得说鲁大千的话了。稍有不同的是,他有时候会突然想起他也是花村的一个村民,村民们的担心也是他的担心,村民们的忧虑也是他的忧虑。所以,会有那么些时候,他的口气会变得柔软起来,变得好说好商量起来。

这个会让李四爷一下子就著名起来,因为花村的人发现他作为一个大男人竟然熟练地做起了一个妇人的工作。当时他是带着两孙子来开会的,孙子们哭闹,他便旁若无人地解开他的胸膛喂起了奶。他不是那种为了做明星而不顾一切的人,他只是这样哄孙子习惯了。等到大家都嘲笑起来,后悔已经来不及了。这个插曲成了那个会的高潮,只有这件事情才把大家逗乐了,才让大家放松了。张大河想要的幽默失败了,李四爷没想要幽默,却非常的成功。老头老奶们全都要看李四爷的奶,看它们到底长得啥模样,竟然敢拿出来哄孩子,还竟然哄住了。说是老头老奶,其实又不是很老。没有到倚老卖老的程度。李四爷的行为当然被看成了有失体统,李四爷自己也感觉到自己完全丢了体统。慌乱中李四爷已经把他那褐色的胸膛遮起来了,即使两孩儿哭闹,他也不打算再敞开了。但有人竟然上去抓扯,要撕开衣服看里头的究竟。当李四爷的胸膛最终变得一览无余后,他们又嘲笑起他那里的平庸来。原来那还是个男人胸膛,他并没有拥有一对像样的奶子。他们就更觉得他可笑不成体统了。

那时候,百合和映山红想到了替李四爷解围。李四爷是她们的叔叔,是她们婆婆的小叔子,他们是亲戚。况且李小飞进城时关照过,要她们帮忙照看一下他的两个儿子。她们管不了别人嘲笑四叔,但她们管得了两孩子。她们一人一个抱了过来,让李四爷在窘迫之下不至于顾此失彼。于是又有人开起了她们的玩笑,说你们不服你们四叔的气,要跟他比奶子呀?偏偏又遇上映山红是个泼辣货,她上前就要撕那说话的老头子。说我不跟四叔比,我跟你比。她撕开了那个老胸膛还要撕自己,那老头子就举起双臂挡住了眼睛,似乎他其实才是最害羞的。一阵哄堂大笑后,映山红才饶了他。接下来就有人用告诫的口吻对映山红和百合开玩笑说:"你们可别拿你们的奶喂孩子呀,你们喂过了,你们四叔的奶就哄不住孩子了。"不管如何,玩笑的脚跟还是落到了实地上。李四爷最终让大伙体会到的,还是一种无奈和心酸。

4

两乡干部来花村规划基地,在平地的所有旱地和水地里都插上标签。女人们知道那是做什么,就标签而言也没什么新鲜花样。但她们却显得十分好奇,干部们走到哪里就跟到哪里。不做声,只看,看他们往自家地里或者别人家地里插着五颜六色的小旗。水地里都种着小麦,麦苗子正当年,绿得正浓,那小旗插进去,显得很刺眼,惹得她们暗生那种拔掉小旗的想法。小旗当然是不能拔的,于是她们就说话:"这里头要种烟,麦子怎么办?"干部回答说:"开箱,麦子可以留一部分。""意思是要铲掉一些麦子?"她们问。干部说:"那当然,你不铲掉一些麦子怎么开箱啊?"她们就沉默了。心疼那些将要被铲掉的麦子。后来干部们闹了个笑话,才打破了她们的沉闷。他们把小旗插到邻村的田里去了。这也不怪他们傻,他们所处的地方算是花村腹部,属于邻村的那几块水地确实又生在这个地段。也不知道当初划界是怎么回事,弄出这种不可思议的事情来。它们和花村的那些水地生得一模一样,而且同样也种着麦子,麦子也同样的绿。又正好赶上那时候张大河找厕所去了。情形大概就像两个村的孩子凑一起,干部们自然是分不清的了。仅仅是分不清也没什么,问一问就知道了嘛。可关键是他们太经验主义了,以为在哪家屋里的孩子就一定是哪家的,不问青红皂白统统拉来打上记号,这就滑稽了。女人们实在忍不住笑。干部们被笑恼了,就呵斥她们:"笑什么笑,基地就得像个基地的样子,它们即使是别村的也一样纳入基地。"这样就不好笑了,一点儿都不好笑了。不过她们对"基地"算是有了一个比较明晰的概念,她们想,它跟"整齐""大"应该是近亲。

基地划好后,张大河就号召大家开工。旱地里种的是胡豆,不怕。本身就开着箱,把地翻了就行。水地里全种着麦子,得舍去一半的麦子,才能开出箱。女人们只翻旱地,磨蹭。张大河得以身作则,先铲麦子。女人们就围到他家田头看,看张大河和栀子把麦田剃成"鬼剃头"。

张大河割,栀子负责把他割倒的麦苗抱出田垄。被割倒后的麦苗从伤口肆意散发着清香,百合忍不住拿一棵含嘴里嚼。"太可惜了。"她说。"马上就要抽穗啦。"她又说。映山红的大嗓门儿也喊了起来:"我舍不得割麦子哩,怎么办呢,大河爷?"张大河说:"你舍不得割我来替你割,我不要工钱,你烧碗油茶我吃就行。"他希望他很幽默。百合说:"我也没劳力种烤烟,一个人,一双手哪种得了烤烟啊。"张大河说:"种,大家帮衬一把就是了。"百合说:"大家帮衬?哪个来帮衬我啊?大河爷你是村长,你来帮我?"张大河说:"可以。"映山红说:"我看大河爷你倒是心狠手辣的,不如你去帮我家割麦子吧?我反正是下不了手了。"张大河说:"好,明天就割你家的。"

张大河带了头,却没起作用。大家都并不动麦子,全在旱地里忙。张大河装聋作哑。十天后,鲁乡长带着五六个乡干部来花村视察,见旱地里种上了包谷,叫上张大河到地里刨,就把那猫耳朵似的嫩芽子刨出来了。去麦田,也没有开箱。麦子还长得好好的,麦田还密不透风,没给烤烟腾地方。

"这是怎么回事?!"鲁大千终于炸开了。你能看见他脑袋四周全是金星,七窍都冒着烟。

他喊起来:"去找锄头,锄头镰刀都行,给我铲,给我割!"

随行的乡干部们四散开去找锄头。不正好有人在地头干活吗?不正好有人家散落在这地方吗?锄头镰刀都放在猪舍嘛,他们很快就找来了。他们属于那种积极服从命令的战士。他们拿来锄头就开始铲苗,那些嫩黄的猫耳朵被铲掉了,微弱的清甜气息弥漫在空气中。拿镰刀的扑向了麦田,开始割麦子。就有人围观来了,先是两三个,后来是四五个,再后来又是四五个……干部当然不是为了学雷锋,他们是在给花村以颜色,那就让他们围观吧,就是做给他们看的哩。围观的人越来越多了,到后来留守花村的全来了,一些身子骨还硬朗的老头子,一些身子骨还硬朗的老婆子,更多的是年轻女人。他们像树一样沉默着,像那种在等待一场大风的树。张大河有些担心,他感觉到了紧张气氛,他想他至少得用他那点儿微薄的幽默来搅和一下气氛。于是他对围观的村邻们说:"看你们多有面子啊,乡干部替你们干活哩。"他干咳两声,"还不快回去烧油茶,煮开水?"他的话其实可以被理解为对干部们的讥讽,可惜他的村民们没听进去。大家都全神贯注于乡干部们手上的家伙,全神贯注于空气中清甜的气息。对于农民来说,这种气息太亲切了,它是植物血液特有的气息,当植物受伤或者死亡,这种气息就充满在空气中。

张大河还想说点儿什么,但他突然发现已经不用了。村民们已经一哄而上了。他们没有领袖,他们甚至都没有互相交换一个眼色,但他们却万众一心。他们蜂拥而上,眨眼间就夺过了乡干部们手上的镰刀锄头。这原本是他们的武器,他们用上才称手。他们指向哪里,它们就打向哪里。惨叫声及时地炸开来了,锄头们咬着了肉和骨头。庄稼苗不会惨叫,人是会的。乡干部挨打了!鲁乡长受了惊,张大河从最初的愣怔中醒过神来,急忙上前阻拦。"别打干部!别打干部!打干部犯法啊!"这是他撕裂的喊叫声。打的当然继续打,干部们在跑,他们在追,锄头镰刀石头,乱飞。没打的就问张大河:"那我们打你?"张大河说:"打我吧打我吧,你们想造反啦,竟然打干部……"既然干部打不得,那就只有打他了。人潮掉头就冲向了他,把他淹没在一片噪声和人肉之下。

乡干部们全落荒而逃了，鲁大千断后，一边跑一边冲着这边喊："你们反了！你们简直反了！"

有女人就大笑起来，他们落荒而逃的样子太好笑了。

这样，张大河也不用打了。人们尽兴散开，张大河水落石出，头上有血，头破了，别的地方没血，但张大河站不起来了。栀子上前扶，扶不动他，李四爷就上来帮忙。李四爷刚才打没打他呢？肯定打了，但现在他是真心帮他。

张大河龇着牙吸着冷气，他说："你们打断我的腰了。"

没人接他的话茬，都看出他的腰出大问题了。大家都沉默着，眼神里带着歉意。张大河呻吟着，在栀子和李四爷的帮助下勉强站了起来，然后李四爷背他回了家。

他的腰没有断，歇歇他就能站起来了。只是无比的痛，一动就像有刀子戳他的肉戳他的骨头一样。栀子跑了一趟三会场，买了些消炎粉和伤湿止痛膏回来，消炎粉敷头上，膏药贴腰。

这个事件被乡里当成了大事件，当天下午鲁大千就带了派出所来，要抓几个人走。所有村民都被吆喝到了村街上站着，民警在花村把手铐摇得叮当响。张大河也忍着痛扶着墙壁出来了。"抓谁个呢？"他问鲁大千。

鲁大千说："抓带头闹事的。"鲁大千的头也破了，但谁都敢肯定他没张大河伤得严重，不过他却夸张地在头上顶一块白纱布。

张大河说："没带头的哩，他们全都是一齐上的。"

鲁大千说："你的意思是全都该抓？"

张大河说："一定要抓就只有抓我了。我才是他们的头儿哩。"

鲁大千把一张空嘴磨了又磨,手铐就铐到了张大河的手上。

鲁大千并没有把张大河带进拘留所,而是带进了乡医院。看张大河不明白,他便像打炸雷似的告诉张大河说:"我怕你死在里头了!"张大河说:"我指的不是拘留,而是来医院。"鲁大千说:"你不是受伤了吗?不治?"张大河说:"我都买药了,不必要。"鲁大千说:"你他妈的是怕花钱吧?乡里给你报销!"

他命令医生给张大河输液,却不为他打开手铐。张大河不问,他也不解释。右手借口扎针解脱了出来,但手铐又铐到了左边的床架上。看医生挂上了吊瓶,鲁大千就要走,张大河急忙"哎哎"。鲁大千又站下,等他的下文。张大河说:"你这是回去了?"鲁大千说:"那你的意思是我还要在这里守着你?我又不是你儿子。"张大河抖抖手铐:"说,这样拴着,我要是想上厕所咋办?"鲁大千说:"就拉床上吧。"

张大河输着液睡了一觉,最后在一个拼命找厕所的梦里醒来,才发现自己的膀胱真的胀得难受。他吸气,想忍。但越想忍越胀。就急忙喊医生,求他拿个尿盆来。医生倒蛮好的,替他拿来了。他感激不尽。尿完放病床下,说等自由了自己拿出去倒。医生没说啥,给了他一张废报纸,让他把盆盖了起来。

那以后,他又睡了一觉,鲁大千就来了。他关心张大河的腰痛好些了没有。张大河以为腰痛好些了就该进拘留所去了,但他却是来说教的。铲苗也好,抓人也罢,都不是他的爱好,他喜欢说教。他希望张大河明白他的苦心,希望张大河能让村民们明白他的苦心。他也是执行上头的政策,也是为了帮助农民致富,也是在想方设法让他们变富裕起来。

张大河说:"确实也有一个劳动力的问题,男人们全进城了。"

鲁大千说:"谁让他们进城的?把他们全叫回来。"看张大河撇嘴,又说,"那也不能耽误了种烟。就剩下一帮女人是吧?你就领导那帮女人把烤烟种好。你是村长,你就做洪长青,做党代表,带好一帮红色娘子军。基地办得怎么样,到时候任务完成得怎么样,我们只问你。"

张大河回去的时候夜已经不浅了,按平时的习惯花村应该全都熄灯睡觉了。但是那晚大家都关得晚,看上去一直在等他。当栀子和张哥儿扶着他回来的时候,花村的灯全亮着,灯光从开着的门里射出来。人就站在那昏黄的灯光里,像一棵棵被烧黑了的树桩。没一个人发出声音,连爱闹的小孩也沉默着。

张大河给他看清的第一张脸点头微笑,他说睡觉吧,没事了。他说都进屋踏实睡觉去,那事儿已经了了。然后他又对第二张脸说,我根本就没去派出所,他们把我弄医院输液去了。他说他们是看我这腰需要输两瓶液哩。他又想幽默一下。

人们陆续进屋。灯陆续熄灭。

张大河进屋前回头望了一眼,身后一片黑暗。

那个晚上狗们咬了一夜。第二天早上起来,栀子在门口发现了好多篮子。篮子都长一个模样,篮子里的东西却五花八门,有鸡蛋,有白糖,有酒,甚至有只猫儿,有两只小鸡娃。猫儿金黄,鸡娃也金黄。

那时候,已经有人自己挖包谷苗了。只是不像干部们那么粗鲁,他们下锄的时候很小心，坚决不会碰伤了那些小耳朵。他们将它们挖起来，是要把它们转移到坡地上去。坡地很瘦，但好歹是地，庄稼苗的一生总是应该在地里完成的。送它们去坡地的时候，它们一定得带着泥，这跟嫁姑娘时一定要带嫁妆是一个心情。

麦子是没办法移栽了，割的时候心里直流血，完了送往有牛的人家给牛吃，也算是为它们找了个不错的去处。

单单这一项就是大工程，所以大家最焦虑的还是劳力问题。孩子们全都被留在家里帮忙，不让上学了。张大河不同意让张哥儿留家里，他们家也没搬包谷苗的活，所以那两天花村只有张哥儿一个人上学。

5

等开发在三会场李子家里打家具，可衣柜都打成形了，李子待嫁的姑娘却突然说她要进城了。姑娘说要进城的时候很是轻描淡写，就像她对他们家正在为她打嫁妆的事一样漫不经心。她给我们的感觉，她妈轰轰烈烈准备的嫁妆跟她没关系，那个两个月以后的嫁期也跟她没关系。她和同学约好了，要进城了，至于嫁还是不嫁，她都无所谓。她才二十岁不到，应该是对什么都感兴趣的年龄，但她看上去只对进城感兴趣。看在母亲着急的份儿上，她为自己这种人生态度找了个理由。"进城咋了？他不也进了城吗？"她说的"他"，便是两个月以后她要嫁的那个人。他们是同学，恋爱是自己谈的，同样是经历过热恋才决定要嫁娶的，但现在显然她变得犹豫了。犹豫的根本原因在哪里,是不会告诉母亲的。母亲知道那么多干什么？她只需要知道她要进城了,嫁人的事情已经不一定了。李子一开始把事情想得简单了,以为她不过是对将要嫁的人在城里迟迟不回抱有情绪,以为她进城也不过是为了去找他,但临到她走的那天李子才明白,约她进城的同学是个男生,而且看上去已经不仅仅是同学了。

姑娘叫风儿。风儿把李子的情绪吹得凌乱不堪。

"那家具还打不打呢？"等开发问。

李子毫无主意,她的眼神在向他求助。打嫁妆的这些天来,他们眉来眼去的已经有了许多的不同。

等开发说:"你最好打个电话给王果,听听他的意见。"

王果是柜子的哥,李子的老公。李子说:"他能有啥好意见？他从来都不管家里这些事儿,他只管挣钱。"王果刚进城那两年,李子在家遇上大事儿小事儿都会打电话跟他商量,一开始王果也认真拿主意,但后来就不耐烦了,就总说:"你不会自己拿主意吗？怎么啥事儿都来问我呢？"

李子就学会了自己拿主意,她拿的主意是继续打。这让等开发想入非非,这主意代表的是挽留。虽说他们之间什么也没发生过,但等开发这些天还是感觉到发生了些什么。他突然变得情绪高涨了,像风筝看见好天气一样的情绪高涨。唯一让他丧气的是他们连手都还没碰过一下。倒不完全是因为这屋子里还时常有个风儿走来走去,李子属于那种顾虑重重的人。如果你们俩同时遇上了一场突如其来的阵雨,敢脱光了晒衣服的肯定不是她,即使你已经做出了表率,她也会忍着那份难受让湿衣服贴在自己身上慢慢干去。但这又并不代表她什么都不敢做,并不代表他永远也碰不了她的手。在她顾虑重重的背后,等开发相信自己看到了可能性。尤其当她说"继续打"的时候。他不仅继续留下来打家具,打家具的时候还吹起了口哨。

不光等开发觉得李子有非分之想,别人也是这么想的。比如栀子的父母。白芍死后,老王禾和老红杏便是王果的至亲了。论辈老王禾是王果的堂哥,老红杏又是王果的姨妈。长兄当父,更何况老红杏本来就可以当母。那之后,老王禾和老红杏就自然而然地担当起了父母的角色,把王果一家当自家人照看。既然姑娘都不嫁了还要继续打家具,他们也就多起了心眼儿。

那之后,老红杏就天天过来帮忙。虽然李子明确表示并没有什么要帮忙的,但她还是照常过来。有时候,她掺和做做饭,有时候她干脆就站那里跟等开发扯几句闲话。李子做贼心虚,就咬定她是故意来照看她的。她的难受被等开发看出来了,那天吃夜饭的时候他便说:"总有她看不住的时候。"话一出口,他们中间的那些顾虑,那些像蜘蛛网一样黏人的东西就给等开发撕破了。李子欠缺的就是撕破的勇气,既然等开发替她撕破了,她就没有不把头伸出来透透气的理由了。伸头的同时她再鼓起勇气撕扯几下,揉揉扔掉,他们就解放了。

等开发暗示的是黑夜,一旦他们投进黑夜,老红杏就没法照看他们了。李子是怕黑的,但这会儿她的确没考虑黑的问题。最大的问题是她的心,它看上去那么急切,却又显得那么害怕。它纠结着,一次又一次按下渴望,却又一直伸长着脖子张望着黑夜。它知道那里可以发生一切它想发生的事情,但它却担心着脚下,怕踢着了石头让自己摔上一跤。

等开发说:"你要是怕,就算了。"她显然让等开发很扫兴。

如果等开发要打退堂鼓,她就不能再抱着那些担心不放了,她错过的就比她守着的要多了。于是她按等开发说的,他走过十分钟后她就出门朝花村的方向走,他在最安全的地方等她。她热血沸腾地夜行十多分钟,就听见等开发的咳嗽声。等开发跟夜一样黑,她也看不清自己,但他们准确地拉到了手。等开发这会儿很放得开,因为他说这里很安全。但李子放不开,李子很紧张。都到这时候了她竟然还在想"我不该""我这叫啥""我要被别人吐唾沫淹死的",等开发又一次扫兴,就产生了犹豫,他说:"那你到底是怕还是不怕呢?"李子不吭气。等开发就放开了她,说:"那你回去吧。"可李子又凑上去了,她比先前贴得更紧。她说:"你不该这样对我。"等开发说:"那你又害怕。"李子说:"我不是害怕。"等开发说:"那你是怎么?"李子说:"我怕……"等开发说:"还是怕嘛。"李子说:"可我也想。"她说:"五年了,加起来王果只在家待过二十五天。"等开发说:"那怎么办?"李子说:"你就是个脓包。"等开发一咬牙说:"你敢说我是脓包!"等开发粗鲁地把她放倒在地,她心里闪过一丝感激。然后她又顾虑上了安全。她说不会被人撞见吧不会被人撞见吧?等开发说不会的不会的这里不会有人来这里只有鬼哩。但紧接着她又担心起别的来。她想她必须及时提醒等开发,千万不要把这件事情说出去,跟谁也不能说。只能天知地知,她知他知。她要他发誓保守这个秘密,发誓要把这个秘密带进棺材。等开发回答得却很草率,他更关心的是她是不是得到好了。到这时候李子才发现等开发已经把事情做完了,而她却错过了用心体会。在她遗憾的过程中,等开发建议她下一次专心一点。他告诉她,他选的这个地方绝对绝对安全。他这样说,她就发现了身边的坟堆,原来他们在坟垮里,她刚才就躺在两个坟堆之间的乱草上。

这个发现可非同小可,她便撞了鬼一般木头木脑。黑暗中等开发看不见她的表情,不知道她沉默的根源,当然也看不见她头上的草屑和她的头发有多乱。他让她往回走,他接着回花村。这个指令刚发出,李子就跑了起来。由于恐惧造成的身体僵硬,她一连跌了好几跤。等开发回转来想帮她,她却像见了鬼似的猛跑。等开发就没追了。

李子跌跌撞撞跑回家,一进门就撞上了老红杏。由于她把自己当李子的婆婆,李子平时也把她当婆婆,她就可以有李子家的钥匙,李子也可以有她家的钥匙。当初只把这个当着互相信任的标志,却没想到会带来今天这种不便。

"你去哪里了?"老红杏问。但她分明是想知道她为什么是那么一副七魄丢了五魄的样子,还头发蓬乱,头发里夹着草屑。

李子刚才的恐惧是坟地带给她的,现在老红杏的追问又吓了她一大跳。对于李子来说,她蓬乱的头发和头发里的草屑就相当于小偷腋下夹着的可疑的包袱,任何追问都是致命的。如果进屋前她还有个人样,现在已经没有了,不论是从脸色,还是神情,老红杏看到的都更像是一个女鬼。这个女鬼夺路躲进房间便再不出来了。

第二天大清早等开发一到,李子就把她的忧虑告诉了他。她说我回来的时候被幺姨撞见了。她说她怀疑了。她说我也是太蠢了,回来的时候头发上还有草。等开发一直等她说完了,才说怕啥怕呢她又不是你正经的婆婆。他说:"你只要不害怕就没事。"他说你不说我不说,就没有谁可以知道那件事儿。他说只要没有证据就谁也不敢把你怎么样。最后他还开玩笑说:"你幺姨要是再跟你打听,你就说你遭鬼牵了。"

如此,李子就镇定了下来。但老红杏上午过来帮她洗碗的时候,她还是受不了她的眼神,还是觉得自己被看穿了。老红杏跟她谈风儿,谈王果,后来又跟等开发谈成家啥的,都让她觉得话有所指。老红杏用一种试探的口吻问钥匙是不是该换回去。她们互相拿着对方的钥匙都十多年了,这会儿说这话自然就让李子受了惊。这种反常代表了不寻常的转折。老红杏走后李子发现自己出了一身冷汗。她想老红杏肯定看出问题来了。等开发认为是她自己内心作祟,他认为是她自己想多了。那晚吃夜饭的时候等开发一眼一眼地看她,她知道他是什么意思。她说:"今晚算了。"她心里打算的是今后都算了,她思量着如果他们的故事就此结尾,那就还算得上善终。等开发无趣地说:"那就算了。"这样李子又不忍了,又觉得欠了他了。便说:"你不该选那么个地方。"等开发说:"只有那种地方最安全。"她说:"我不会去那种地方了。"等开发说:"除非你不害怕被人发现。"她说:"我今晚要给王果打电话,问风儿到了没有。"她显然磨蹭上了。等开发说那就明晚吧。他有足够的耐性等她磨蹭。

那晚,李子跟王果吵了架,原因是谈到风儿的问题时王果表现出的漠然,这些年来让李子受不了的就是他这种态度。当然,这些年来,气生得最大的也就这一次,因为这一次她心里远比以前复杂。以往生完气,很快就会过去,这回她生完气还赌上气了。她不仅跟别人赌气,也跟自己赌气。她赌气不再想王果,更不再去想等开发。她以自己做下了昨天晚上那种事情为耻,她在自己脚跟前吐了自己的口水,就下决心再不做那种不要脸的事情了。如此她便如释重负了,身体轻松了心也轻松了。有一种形态不太明晰但方向明确的乐观鼓动着她,她在未来的方向看见自己成了一个无欲则刚的人。

那晚,她睡了几年来从未有过的好觉。次日清早,她用一种新生的姿态迎接她开辟出来的新人生,她甚至还哼了几句流行的调子,看什么也都喜欢,也都满足,完全是新生儿呼吸着第一两口新鲜空气时的富足感。

早上,等开发就来了。等开发一来,她就发现她变化了。像一块蜡遇上了火那样,等开发看了她一眼,她就化一下,看她一眼她就化一下。这一眼一眼,其实非常平常。他们之间即使没发生过什么事情,那一眼一眼也是必须的"寒暄"。但那一眼一眼确确实实把李子看动摇了,竟然让她怀疑起自己昨晚开辟出的新人生的价值了。"其实……""又何必呢"她的脑子里又开始跳出这些词儿。两分钟前她还感觉干净得像新生婴儿的肠胃一样的内心,就因为她的这一下动摇,昨晚那些被她清理出去的东西就都趁机溜回来了,她又变回到那一个对现状不满、充满欲望的人了。不仅如此,她还变质了。以前只有不满,只有欲望,但好歹还在红线内,现在倒好了,那条红线对于她来说已经不具备以往的威信了,倒是各种超越红线的理由和借口对她更受用:"其实用不着活守,人生几十年一晃就过去了,这样也蛮好的。""也就是这一两回,我也没乱七八糟跟谁都来。""你在地里忍不住渴了,还不就地捧口泉水喝呀?""我这里解我的渴,王果那里挣他的钱,两不误多好。"

她在自己建立起来的心安理得中感受着另一种新生,一个坏女人的新生,一个坏但快乐的女人的新生。唯一还没有超脱的是作为一个女人的矜持,或者说羞怯,这就或多或少让她跟"坏女人"有了区别,决定她坏与不坏的权利掌握在男人手上,就现在而言,掌握在等开发手上。她想的就是"他给我就要,我保证不主动伸手要就是了"。这是她跨过红线以后,给自己设的底线。

等开发看上去比较麻木,他根本就没感觉到这些变化。那天他照样坐在他的木头上吃饭,喝茶,照样专心干着自己的活,照样偶尔撮起嘴吹一首半首曲子,或者唱两句山歌。照样到夜饭的时候才上饭桌,照样到了饭桌上才开始跟李子眉目传情。

"说好的今晚。"他说。

"我不去那种地方。"李子说。

"那种地方最安全。"他说。

"我害怕。"李子说。

"怕啥呢?它跟别的地方不同就在于那里的泥巴是疙瘩,别的地方是平地。"他说着就笑起来,"死人早都变成泥巴了,你还真相信他们能站起来呀?他们要是能站起来倒好,我们敲开门进到里头去做不更安全?嗯?让他们把床让出来,给他们住宿费就是了哈哈哈。"他被自己逗得开怀大笑,李子却被他逗得脸色惨白。他想象出来的情景可真让李子毛骨悚然。这样他就伸过手去拍拍李子的脸,"真没啥怕的,有我在嘛。"他说,"真要有鬼出来,我保证一拳一个,让他们再死一回。"他说,"我绝不会让他们怎么你。"见李子的脸色还好不起来,他就说:"那我们就在你屋里。"他说,"屋里多暖和啊,也不怕冷着屁股。"他说,"你以为我想到那鬼地方去呀?我最想的是在这屋里,在你的床上。"他说,"可是你又不敢。"

吃完饭,李子洗碗,等开发端着茶杯喝着茶水到厨房对她说:"我在前晚那路口等你十分钟,十分钟你不到,我就走了。"

等开发刚出门不到三分钟,她就心急火燎地投入了黑夜,追他去了。

6

百合性子急,不想因为自己人手不够而落后于别人,就希望烟苗比别人家的长得快些,她能把移栽的事物做在前面。按照她的经验,人尿能让葱蒜一夜之间就蹿起老高,她便把浇葱蒜的尿浇给了烤烟苗。浇一次,她看不见动静,就赶紧浇了第二次。哪知道,烟苗不但没一夜蹿起老高,反倒矮下去了。仔细一看,它们的根全都给烧坏了,它们死了。这可得了?别人已经开始移栽了,她这里却出了这么大的事儿。再育苗得花上十天左右,然而对于农事来说,十天差不多就是一个季节呀。那时候花村的女人还没有形成一急就去找张大河的习惯,百合暂时还只想到找栀子和映山红,她们是好朋友,好朋友就得分担她的焦虑,就得替她想办法。映山红替她想的办法是偷,栀子也没阻止甚至很愿意在夜里为她们壮胆。她们都像是还了童,心中有了出嫁前的玩闹心情。这样,她们就撞上李子跟等开发了。

她们选择了李柴火家的苗,因为李柴火家的苗没养在屋后头,因为他家的苗箱离他家房子五十米远。那苗箱,离坟垮很近。

那个夜晚真黑,本应该是小偷的好时光,但她们运气却不那么好,刚偷到一半儿就被李柴火发现了。李柴火出门上厕所,就看见这边的电筒光了。偷苗得小心翼翼,所以她们得借助电筒光。没想到,倒把黑夜辜负了。李柴火一看见自家苗箱这边有电筒光,连厕所也忘了,直着脖子冲这边喊:"喂,那边是哪个,在搞啥子?"

这边一吓就把电筒关了。不关还没什么,一关李柴火就感觉不对了,就追过来了。而那时候他家的狗也醒了,也"汪汪汪"冲锋陷阵。这边三个翻起脚板就跑,一开始慌不择路,后来是映山红想到了坟垮,她们就往坟旮旯跑。她们跑的时候叽叽哇哇,李柴火就知道是几个女人了,他不可能相信女人们会往坟旮旯躲。他犯了一个经验主义的错误,沿着大路追过去了。等他的狗感觉不对,掉过头来往坟垮追的时候,这边已经发生了另一件事情。

不管怎么样,等开发还是把李子带到了坟垮。李子虽然从了,但却一直悬着心吊着胆。三个小偷稀里哗啦往这里一跑,她悬着的心就飞出身体去了,身体本能地挣脱掉等开发就跑。等开发也条件反射地跟着跑,而且因为他是男人,很快就跑到了前面。觉得这样不好,他又倒回来要拉上李子,但李子却像怕鬼一样怕他的手,她冲他喊:"你快跑,别让人看见。"她的声音沙哑了,她吓得不轻。为了满足李子"别让人看见"的愿望,等开发就自己跑了。这个坟垮真大呀,李子跑了很久也没能跑到头。那三个小偷先是给这边的动静吓着了,打算倒退回去的,又被李柴火家的狗撵了过来,她们就只好往前跑。李子就认为她们是在追自己,她正好就当了她们的向导。夜晚黑得出奇,有个黑影子动起来也是灯塔。况且李子发出声音以后,栀子已经听出来是她了。栀子不明白李子怎么会在这里,追着她就还要搞清真相。一着急,栀子也喊了起来:"李子,我是栀子,等等我。"李子一听,就惊乍乍地喊起来:"鬼呀——鬼呀——"然后一跟斗栽下就不起来了。

李子死过去了。这是李柴火撵过来以后下的论断。那时候三个小偷已经忘记了自己是小偷,她们正眼巴巴地求助于李柴火。李柴火也暂时忘记了自己是抓贼的,凭着电筒光他看清了李子那张死人脸以后,就仗义地给了她左右两耳光。看没动静,再给了两耳光,并大声喝喊:"滚!滚!"他的喊声不光吓着了三个小偷,也吓着了他的狗。狗呜咽几声,跟着就冲着李子狂吠起来。那之后,就见李子睁开了眼睛。因为怕光,她拿起手挡住了眼睛。她看不见黑暗里都是谁,她问:"我这是在哪里?"李柴火一把拉她起来,说:"你在坟垮哩。"他说,"好啦,鬼走啦。"他说,"你被鬼牵了。"

　　李柴火的论断暂时救了李子,起码这个时候她不再被追问,她的不寻常表现也都被顺理成章地看成了另一种正常现象。百合偷烟苗的事实已经不容争辩,李柴火当场就收回了他的烟苗。他显得异乎寻常的大度。他说他明天正打算移栽,她们倒是帮了他的忙,他明天可以少花些时间起苗了。落得一场空的三个小偷哭笑不得,幸好她们都把李子的事情看得比她们的事情大。她已经摇摇晃晃走了。她那样子,比鬼还像鬼。

　　第二日等开发来的时候看见李子还是那副失魂落魄的样子,就笑她说:"你还真当你是遭鬼牵了呀?"李子说:"你比兔子还跑得快,轮不到你来嘲笑我。"等开发就委屈上了,他张大嘴做出要大喊冤枉的样子,又用最低的嗓门哑哑地申诉:"我可是听你的呀!"他说,"是你让我跑的呀,你不是怕人发现了我说不清楚吗?"他说着突然忍不住笑,李子白他一眼,问他笑什么,他说:"昨晚你倒装得挺像的。"李子愤怒地说:"我可不是装!"等开发不笑了,他实在不相信李子当时是真给吓昏死过去了。但李子明确地告诉他,她的确不是装的。等开发就只能认为她"胆子也太小了",他说:"还不如一只耗子的胆儿大。"他这样说,其实正好表明他依然不相信李子不是装的。他说:"这样倒好,往后,我们就干脆装遭鬼牵,倒免得你怕这怕那的。"李子说:"你少跟我提往后,没有往后了。"等开发盯着她的眼睛问:"真的?"李子也盯着他的眼睛说:"真的。"

等开发撇了撇嘴,该干什么干什么去了。他看上去已经接受了李子的意见,再不幻想往后了。李子当然也该干什么干什么,只是精神比往日委靡。

昨晚回来的时候动静大,把隔壁已经睡下了的老红杏也惊动起来了。说实话当时李子完全是一副听天由命的心态,但她没想到由于送她回来的是栀子,又是栀子亲口说出李柴火的结论,老红杏并没有表示怀疑。她更没想到今天早上老红杏会过来帮她做早饭,还真把她当鬼牵了一样对待。从昨晚到今天早上,这位宽厚的长辈一句话都没说过,她平静得就像明白一切,又像真的被蒙在鼓里。越是这样,李子心里越没底,她想她唯有立即收敛,才不至于一败涂地。

但中午的时候发生了一件她意想不到的事情,等开发突然从木头堆里走向厨房,对着她耳朵说:"你幺姨出门了。她把家门都锁上了,应该要耽误一阵子。"她昨晚被吓木了的脑子还没想明白他带来这个消息是什么用意呢,等开发就拉拉扯扯把她弄进了房间并反锁了门。他再没跟她说第三句话。他抱的完全是一种不容分说和斗气赌博的态度,是一种要做给李子看看的态度。他那狠劲儿让李子坚信如果她要反抗或者喊叫,他就会掐死她。但李子没有反抗,更没有喊叫。事实上她都没来得及做出任何反应,就已经被肉体困住了。肉体的感觉占了上风,它在刚获得的领地上烧杀抢掠,狂轰滥炸,直到将它彻底变为自己的殖民地。

这时候等开发才得意洋洋说:"怎么样?没谁来把你怎么样吧?你害怕的是啥呢?害怕墙上有王果的眼睛,床角有王果的眼睛?还是怕你幺姨突然闯进门来了?"他说,"我们这不是很安全吗?并没有被捉奸在床啊。"他得意地笑着。收拾停当后他又摊开两手问李子,"怎么样,我们不是做成了吗?"

李子无话可说,他们确实安全着陆。在她渐渐冷静下来的同时,她的神情也在一点一点更新。到吃晚饭的时候,她已经完全焕然一新,变成了另一个女人一般。家里的确没那么可怕,墙壁上也并没有王果的眼睛,床角也没有,幺姨或者堂哥也不会有事没事闯进门来,这个房子里最大的空间还是属于她的。她很富足,她不需要有什么压力,她变得神情松活,步履轻盈了。

等开发说:"这样多好。"

她会心地笑,她也觉得这样真好。

但是嫁妆总有打完的时候。感觉没好上几天,最后一件就要成形了。他们一直在磨蹭,但老红杏看上去却有些不耐烦了。那天过来的时候,她对等开发说:"像你这样打家具的话,包天还划算,包工就不划算了。"等开发说:"要把家具打好嘛,慢工才能出细活。"她说:"理倒是这个理,但事实上太慢了,打家具的人家也增加了成本啊。你这就跟大集体那会儿磨洋工差不多。"等开发用玩笑的口吻说:"大娘做生意,就把经济看得很重啊,不过你不晓得,磨洋工也有磨洋工的好处。"老红杏不笑,她也并没做出那种十分严肃的样子。她看上去依然十分温和,只不过没心情笑而已。她看着等开发手上那把可以看着句号的椅子说:"今天就能完了吧?"等开发说:"完不了。"老红杏说:"这不已经完了吗?"等开发说:"还要打一个洗澡桶。"

事实上这是等开发随口诌出来的,李子并没有说要打一只洗澡桶。但他既然这么说了,婆婆转身问她的时候,她就承认是自己的意思,自己想添一只洗澡桶。

好日子就多出了两天,但洗澡桶打好以后,等开发就再没脸皮生出别的活来了。"再找借口就要暴露了。"他说,"再说,你家也只缺这么一只洗澡桶,别的都不缺了。况且,你家也没木料了。"他嘻嘻笑起来,就像他们是小孩子玩过家家,玩到最后玩不下去了。

李子说:"别没正经,你早该走了。"

等开发说:"别急呀,我打了澡桶还没能洗上个澡呢。"

李子说:"你在别家给人打澡桶也要洗一回才走?"

等开发说:"别家不一定,你家不一样嘛。我得替你试试漏不漏水呀。"

李子便烧水往新澡桶里倒,倒满了,等开发就把她抱了扔进去。李子没有防备,就像突然被人投进河里一样吓得想喊,但等开发没让她喊。他用舌头填满了她的嘴。对于等开发来说,这是告别宴,对于李子来说,这是饯行。他们在澡桶里把这场盛宴演绎得水乳交融。

水漫出来,先漫过房间的地面,最后从门下漫到了外屋,变成一条不算宽的细流,漫到了香气四溢的刨花中间。老红杏就在那个时候开门进来了。她手上拿着一瓶酒,是当时我们花河男人最稀罕的"芙蓉江"。她知道今天晚饭后等开发就收工了,这酒是用来给他饯行的。进来后没看到人,倒看到满屋子的水,再顺着水流的方向看到李子紧闭的房间门,她就什么都明白了。

老红杏放下酒走了。她本来想替李子打扫一下水的,但想了想还是走了,而且走的时候还故意把门关得很响。

那对天下最幸福的男女因为紧张原本紧紧抱成一团,听到门响之后,他们便放松下来。重新燃起的兴奋使他们两眼放光,他们就那样咬着耳朵定下了今后约会的方式。不打家具,等开发就没理由来李子这里了,今后的约会又改在野外的黑夜里。坟垮他们不会再去,但等开发说,她还是可以被鬼牵。鬼牵人一直都是我们花河的一个传说,不知道有没有人真被牵过,但我们从来都没有怀疑过。我们相信一些阳气不足的人(基本上都是女人)会被鬼附身,鬼会牵着她在黑夜里到处乱跑,过河不会被淹死,爬坡不会被累死,只是鬼离开她以后,她才会变得神情恍惚,才会浑身疲惫。他们当然不希望再被鬼牵。他们也不相信人们真会相信他们是被鬼牵,但他们不怕了,他们就想幽会。他们约定三六九见面,三天一会。就像赶集,三天一场。

7

烟苗栽上了,就得跟着追肥。张大河那腰暂时还无法承受担子,挑粪的就只能是栀子。张久久没进城之前,栀子的肩头从来没接触过扁担,这一下,它便显出一个农村女人不该有的娇气来。挑了一个上午,栀子的肩头就破了。正好栀子在那件衣服上绣的花就在胸前往上一点儿的地方,一些花瓣就给染成红色了。那是一件月白色的的确良衬衣。栀子喜欢穿浅素色的衣服。绣上去的花瓣也都是白色,平时都不大看得出来。这一染,倒明显了。

吃午饭的时候,张大河把自己那副护肩找出来,要她披上。不过那也管不了多大用,扁担一咬上去,那破了的肩头照样痛得很。于是,一个下午栀子都在咬牙,把牙都咬松了。张大河不能挑,就专门负责在地里浇。张大河让栀子把化肥加重些,他浇的时候少浇一点。那意思栀子很明白,为的是让她少挑些担子。

晚饭前,他找出两三个废弃的药瓶儿,要张哥儿替他往腰上拔火罐。他让张哥儿站他身后,他点燃一张纸片放进瓶儿里,让张哥儿赶紧把瓶儿按到他腰上。但张哥儿老做不好。按上去迟那么一点,吸不紧,按的时候歪了那么一下也吸不紧。祖孙俩弄出两头汗来还不行,栀子就从灶间过来了。栀子问:"爸你好好的拔啥火罐呢?"张大河说:"我拔个火罐,看这腰能不能好得快点儿。"栀子说:"那让我来吧。"栀子从张哥儿手上接过药瓶儿,自己点燃一张纸片放进瓶里,准确无误地拔上了。接下来她把另外两个也都给拔上了。张大河的腰上生着三个药瓶儿,那份怪异让张哥儿忍不住好笑。过一会儿,张大河说:"拔吧。"栀子便小心地拿住一个瓶儿一拔,只听一声悦耳的"啵",瓶儿到了她手上,张大河的腰上留下一个紫色的圆疤。张哥儿说:"公章。"张大河的腰上给盖了三个公章。他让张哥儿拿他事先准备好的玻璃锥子往那公章上扎。他说:"把死血给我扎出来。"张哥儿拿了就扎,莽莽撞撞的,没轻没重,一扎张大河就喊起来了。他不光扎出了死血,连鲜血也给扎出来了。栀子赶忙制止,自己接过来扎。她比儿子多一份女人的轻柔和细心,又多一份大人的沉稳,她那手扎下去,张大河不仅感觉不到痛,倒感觉到身体里生出了一份不该有的柔情。他的腰黑血如注,他却在紧抿着嘴抵御着那份令人不安的柔情。那时候,栀子身上带着的花香也逼得很近。院子里那丛茂盛的栀子花树正在孕朵,一个个乳色的花骨朵也正恣意地散发着令人迷醉的花香。他清楚栀子还舍不得去摘那些骨朵来香自己,她应该还有一些去年的干花。栀子从来都不让她家的栀子花浪费,她会把它们收集起来,晒干后好好收藏着。每次洗澡都泡上几朵,洗完后她就能香上一两天。别人是只在她的花季里香,她是一年四季都香。

次日清早起来,栀子发现部落站在她家"圈屁股"。栀子是来上厕所的,因为是大白天,她选择了圈舍里头。她家的猪都习惯她的这个习惯了,它们从来都不做出那种被惊扰了的样子,最多只哼哼两声,那也应该是在说别的。栀子在猪的旁边蹲下,一眼就看到"圈屁股"的那双眼睛。一吓,尿意全缩回去了,她用自己能做到的最快速度提起裤子并转过了身,但好奇心又使她扭过脸朝那边看了一眼。她没看到那双眼睛。就是说,就在她受惊的时候,那双眼睛也同样受了惊吓,退开了。圈舍都是用木板建的,壁上便有许多天生的"窗户",刚才那双眼睛便利用了这"窗户"。现在,栀子也利用这"窗户"看见了部落的身影。

既然是部落,她就镇定下来了。她绕到"圈屁股",发现部落其实是在那里舀粪。部落是来帮她的,他居然知道她这时最需要人帮。但栀子认为这个时候,部落应该在他家地里。她不想他为她挨母亲的骂,况且他也应该把自家的活看得更重要,毕竟那才叫正常。

可部落觉得他家有他哥,而栀子家只有栀子(张大河腰不顶用,那就忽略不计),而且栀子的肩头还破了。他看见栀子的肩头破了,他看见她咬牙了。

栀子的担心是对的,他们正吃着早饭,吉利大娘就骂骂咧咧来了。她大清早不见部落呢,临到要吃早饭了才知道部落在替张大河家浇烤烟。告诉她这个消息的是等开发,她的大儿子,部落那同娘不同老子的大哥。这位大哥自恃自己有手艺,在家里总显得很骄傲,这阵儿又因为家里要忙施烤烟肥,耽误着他出门打家具,傲慢劲儿就更足。部落要一懒到底也罢了,但他是家里懒外头勤,这位大哥就看不惯了。大清早他挑粪往地里走,看见部落也挑着粪担子往地里走,他还惊喜,以为部落终于良心发现了,变得勤快起来了。可过一会儿他却发现部落挑着粪去了张大河家地里,原来他是为张大河家干活哩。回来后,正遇上母亲到处喊部落呢,他便连挖苦带讽刺地告诉她说:"你那傻瓜幺儿给地主打短工挣口粮去了。"要紧的是他闹上了情绪。他本来就不支持种烤烟的,就是被定为基地他也不打算种。他打家具能挣钱,根本就不怕罚款。他不喜欢地里的活,只喜欢打家具。打家具不晒太阳不淋雨,也不用花多大的体力,他每天闻着木头香气吹着口哨喝着茶水抽着烟就把活干了。不仅如此,他干的还是只有极少数的人才能干的活,成就感远远大于种庄稼。烤烟是吉利大娘犟着性子种的,她舍不得交罚款,那钱是儿子挣的,她就更舍不得。种的时候她咬着牙就过来了,可追肥的时候她就不得不求他们家这位能干又不懒惰的长子。这位能干的长子因为自家兄弟是个傻子是个懒汉,迫不得已留下来帮忙,可现在这个懒汉却突然到别人家勤快上了,他就觉得自己冤枉了。他很认真地告诉母亲,如果她不把那个傻瓜叫回来跟他一起挑粪浇地,他就出门打他的家具去了。

吉利大娘本不是那种不讲理的人,但人一急起来就难免发昏。她一路上都骂的是部落,到了张大河家门口,就把矛头直对张大河了。她看见部落跟他们一起吃饭吃得那么和睦,像一家人似的,就看不惯了。既看不惯儿子跟外人处得一家人似的,也看不惯张大河这一家子心安理得。她说:"你们别想捡我家便宜,我养半天儿子,还没得他力气使哩!"

她揪住部落耳朵把他拉回去了。

部落回去后,便如他大哥所愿地挑着粪担子下地了。浇完了地挑着空担子往回走,半路上看见栀子又挑着粪担子来了,他就扔了自己的空担子,跑过去要抢栀子的。栀子说:"你赶紧挑你自己的去吧。"但他却不容分说就夺下了她的担子,挑着就往前跑。栀子在后面追,说等会儿你又要挨骂了。可部落就像没听见一样,他把粪担子挑到栀子家地里放下,回头又捡上了他的粪担子。他想这样不就两全了吗?那之后,他便如法炮制。他先挑到自家地里让母亲浇着,再跑回去半路接栀子。如此这般,吉利大娘和等开发都没啥好说的,因为部落并没有耽误了往自家地里挑粪。只是那样一来,部落的肩头也给磨破了。等开发骂活该,吉利大娘不言,栀子把自己的消炎粉往部落的肩头上撒,还替他吹。消炎粉撒到破皮的地方会痛,吹着气,却又很舒服。所以张大河让张哥儿替他母亲撒消炎粉的时候也用嘴吹,张哥儿吹两下觉得累,就对他说:"你来吹吧。"

不管如何栀子都被看成境遇不错的那个女人,她毕竟还有个公公帮着浇地,还有个傻子部落跑来帮忙,肩头磨破了还有张哥儿为她上药为她吹。而花村有好些个媳妇都是单枪匹马,没人帮忙不说,肩头磨破了也没人心痛。

映山红和百合都看准了李四爷。她们没有公公,婆婆又年老体弱,下不了地。她们心里就只能把李四爷当公公了,希望他能在关键时候帮上她们的忙。

李四爷也有地要浇,而且他也是单枪匹马,而且他还要照看两孙子。她们便把两孩儿接过来交给婆婆,她们让她管两孩儿,让她管他们的饭,她们和李四爷一起挑粪浇地。遇上是百合家的地,就是百合和李四爷挑,映山红浇。遇上是映山红家的地,就是映山红和李四爷挑,百合浇。遇上是李四爷家的地,映山红能一点,她便主动提出跟李四爷一起挑,由百合浇。

那天李四爷在前头挑着空担子回来的时候正好内急,到了粪池跟前看看身后没人就掏出龙头排起了水。水刚排完,映山红就到了,他慌乱地收拾,映山红就哈哈大笑。映山红是那种没心没肺的人,她觉得好笑就笑。而且她的笑声也是花村女人中最健康最能展示肺活量的,她那圆鼓鼓的身体就活像个大音箱。像她这样的人,笑过了也就笑过了,啥心思都没有,可那一幕给她婆婆米二娘看到了。米二娘那会儿正好在猪圈里上厕所,李四爷挑着空担子回到粪池跟前的时候她出于害臊忍着动静,李四爷排上水以后她又出于好奇在偷窥,这样映山红的没心没肺就给她撞了个正着。可问题是她没把映山红的没心没肺当没心没肺,她当成了放荡。跟映山红正好相反,她属于那种长了一肚子花花肠子的人,媳妇在那个特殊的时候发出那种特殊的笑声,她认为很不妥,很容易引起误会。她没有去想自己是不是误会了,她想的是会让李四爷产生误会。李四爷要是把映山红那种没心没肺看成是放荡了,那就有危险。她想李四爷毕竟做鳏夫好些年了,映山红也守空床半年多了。这种危险对于映山红对于李四爷都不算危险,但对于李家,对于米二娘,就是危险。所以当李四爷先装了粪挑着走了以后,米二娘就到了映山红跟前。她很严肃地对她说:

"你不应该笑。"映山红不知所以,她就进一步提醒,"就刚才,那种情况,那种时候,你不该笑。"映山红就明白了。明白了就又笑起来。她想那有什么,那不是很好笑吗?映山红有时候自己在地里撒尿给人撞上了也不难为情,也觉得好笑。对于她这样的人,婆婆的警告一点儿都没用。甚至那天中午饭的时候,映山红突然在饭桌上想起那一幕,就喷了饭,联想到婆婆的警告就又喷了饭。米二娘拿这样的媳妇没办法,晚上李四爷回家的时候,映山红要帮他送孙子过去,米二娘就把映山红拦下,自己去送。兴师动众的,李四爷就提出不用送,他自己能抱回去。他说的是实话,但米二娘又怀疑是因为要送的人换了,他才要推。因为刚才映山红要送的时候,他并没有推。李四爷不推映山红是因为映山红年轻,他觉得这样也未尝不可。他推米二娘是因为米二娘是二嫂,又比他老,劳累她不妥当。但米二娘偏偏就理解为不推映山红是因为有非分之想,推她是因为没有想法。她硬抱了一个孩儿送到了半路,在半路上她提醒小叔子说:"媳妇年轻不懂事,你应该懂事的。你毕竟是她们的叔叔,相当于公公,该有的忌讳得有。"说完她就把孩儿揣给他回了。

当然,第二天她照样能像啥都没有发生的样子,照样悉心照顾两孩儿,照样认真做饭,照样该笑时就笑,该严肃时才严肃。她不过属于那种胆小多虑的人,动不动就爱敲敲警钟而已。更何况,两儿子不在家,现在这种互相帮助的状态才是最好的状态。突击战打到最酣的那两天,她那点儿担心甚至给另一个担心取代了。她怕李四爷白天太累,晚上睡觉睡太死会把两孩儿压着了。所以晚上李四爷回家时她便没让他带他们回去,她把他们留了下来,说让他们跟她睡。李四爷表现出不舍,她就说:"难道我这两老奶还不如你那两干奶?"她说,"好歹我这两个还是软的。"她还说,"好歹我这两个是真的。"

孩儿们跟她睡了三个晚上,她生出不舍来了。突击战打完,李四爷就该把孙子抱回去了,他已经习惯搂着两个孙子睡觉了,没了他们在身边他睡不好了。孙子是他的,米二娘当然不好强留,就送。只给李四爷一个,她抱一个,送他们回家。路途短得不能再短了,就那么几步路就到了,送也没送足瘾。李四爷开了门进了屋她还舍不得放下,假装逗孩子逗得忘形,逗得不知道李四爷已经开了门,不知道他等着接孙子哩。李四爷就提醒,说给我吧二嫂。米二娘只好给。但她突然又生出一个想法来,她竟然要看看李四爷的胸。她当然用的是开玩笑的口吻,她说让我看看你那胸膛上到底长了一对啥样儿的奶子呀,怎么竟能哄住两孩儿呢?李四爷就笑起来。李四爷其实是个不苟言笑的人,但这一次他是真没忍住。他放下两孩儿,把胸膛大大方方给二嫂看。米二娘看一眼就瘪起了嘴,那里实在太平庸了。她想到了自己的光景,想到了自己比上不足比下有余。她替两孩儿叫屈,她说他们居然喜欢上你这样的胸脯,她说他们还不如挨我睡呢。李四爷在她面前使劲眨巴了两下眼睛,而后就有了说下面那话的胆量。他说那你让我看看你那里?但他很快就胆怯起来,就难为情起来,就烧着脸走开了。

米二娘瞪了他一眼,也走了。路上她想,看不出啊,这家伙!不过她却很愉快。

突击战打完,张大河的腰就直不起来了。想拉直也不是不可以,但一伸就痛得眼冒金星。虽说这一季他并没有承担粪担子,但一直弯着腰浇地,也不见得就对腰多好。他烧了半碗烈酒,请张哥儿替他揉。那烈酒是包谷烧,被点燃后火焰呈蓝色,非常好看。但张哥儿害怕烧着了自己,他不敢,不管张大河如何鼓励他,他都不敢。张哥儿觉得这种活儿最好由父亲那样的人来做,但父亲不在家,她就想到了母亲,母亲再怎么是个大人。他把母亲拉到爷爷跟前,用爷爷鼓励他的那些话鼓励她。"不怕的,一点都不会烫,那火焰看起来吓人,其实烫不着人的。"他说。栀子就做了,看上去她是受了儿子的鼓励才变得那么大胆。她鼓起勇气抓一把蓝色火焰扪到公公腰上轻轻揉,张大河就呻唤起来。但张哥儿认为那是很享受的意思。事实也如此,这么来回三五下,张大河就试探着把腰直起来了。

不过这一直,又难往下弯了,一弯,也照样能痛得他眼冒金星。

栀子便让张哥儿替他捶,她想捶捶就应该好一点了。张哥儿捶了一会儿,爷爷还是没见好到哪里去,就不耐烦了。而这个时候张大河自己也失去了信心,就说你不用为我捶了,你妈的腰也累坏了,你应该去给她捶。张哥儿要去为妈捶,妈又认为他看不清形势,明明是爷爷更需要捶,他却跑开了,所以她又要撵他回去。这样张哥儿就烦了就生气了,就说你们不如互相捶吧,就说"妈你给公捶,公你给妈捶得了"。

第二天,张大河挺着他的硬腰去了乡里。鲁大千看他腰挺那么直,也有些看不惯,伸手在他腰上来了一下子。这一下就把他打弯了,而且弯下去就起不来了。鲁大千以为他装,还在旁边看笑话,等他那阵儿难过劲儿过去,他才看见他出了一头的白豆汗,脸色煞白。鲁大千赶忙抱歉,但这一点儿用都没有,他确实直不起来了。"酒。"他对鲁大千说。鲁大千问:"喝酒管用。"张大河说:"不是喝,是烧。"鲁大千就赶忙伸着脖子冲着食堂呼喊:"酒,张师傅拿酒来,要烧酒。"

鲁大千搀扶着张大河往办公室走。张大河九十度折着腰,那情形,你可以当鲁大千是张大河的拐杖,也可以当张大河是鲁大千的拐杖。

在乡政府办公室,鲁大千亲自替他抓火揉腰,又才直起来了。

"那帮刁民干的好事!"鲁大千说。"这得怪你们。"张大河说。"你怎么老是这种立场?"鲁大千说。张大河说:"好了,不理论这个了。眼下最要紧的是技术员,你答应过我要给我们技术员的。烟苗要长得不好,以后怎么能保证烟叶质量?烟味质量要是上不去,花村的村民就得喝风。"鲁大千说:"肯定不能让你们喝风。我马上就调人,明天就让技术员到位。"

那天下午,三会场那半边天突然下了一场大雨。也就下了十几分钟,雨停后,花河靠着三会场的那一半儿就浑了,而另一半则依然很清。不过没过多久,浑的那一半儿就和清的那一半儿搅和到一起了,河面上就出现了一些浓的或淡的斑块,看上去像长了癣。

8

那天晚上栀子在数硬币。她侧躺着,硬币被她倒在枕头跟前。她一个一个地捡起来,便等于数着未来日子的日新月异。为了不弄出太大的响声,她尽量轻放。张哥儿不如她那么细心,所以他弄出的声响就盖过了硬币的声音。栀子听到他这边的异响后停了下来,一枚硬币被她举在半空中,直到她听清是张哥儿的床叫,才又将它放进了罐头瓶。那之后她半撑起身子,冲着墙壁喊了一声"张哥儿"。如果张哥儿答应了,她就会跟着问他在干什么。但张哥儿没答应,他只是稍停顿了一下。也就那么一下,他顾不了那么多。这样他的床就继续发出声响。而且由于他的着急,响声更激烈。栀子便下了床,从自己的房间来到了他的房间。这一点他本来是能料到的,但他还是给吓得不轻。他本来专心致志,这一吓,他就感觉那份专心从他的体内射了出去。他蜷成一团儿,用双手保护着裆前的那一片湿地。栀子的手放到了他的被子上,她轻轻推了推他,问他干什么把床摇得稀里哗啦响。他不答,他感觉自己憋着一口气强悬在半空中,他一张嘴发声就会摔下来,摔得很惨。栀子伸手摸了他的脑门,在那里摸到了一把湿和异常的烫,就吓着了。"你发烧了。"这是栀子的第一判断。她想把他扳过来,让他的脸对着她,这样她才便于看得清楚。但张哥儿不让她得逞。一个发着烧的孩子哪来那么大的劲啊,栀子又迷惑上了。最后她揭开了被子,因为她感觉他蜷缩着的身体和被子下面有什么秘密。她当然是对的,她揭开被子就揭开了真相:张哥儿的手捂着他的小和尚,他的裆前一片黏糊和潮湿。张哥儿终于还是摔了,而且是脸着地。眼前金星一闪,整个脸就不是自己的了。那种木木的、肿胀的感觉使他恨不能把它抓下来扔掉。

　　栀子显然有些明白,但显然又不完全明白。作为一个女人,她显然明白这里发生了什么。但作为一个母亲,她又不明白为什么一个十二岁的孩子会发生这种下流的事情。她的确想到的是"下流",因为她小时候上的那点儿学并没有教她生理卫生知识,长大过程中也没认真跟男生一起混过,后来张久久也没跟她说过这些。关于一个男人的成长对她来说是空白,是零。这样她就想不到"成长"上去,她就必然地尴尬了,比突然撞上个正在小便的男人还要尴尬。她将自己揭开的被子猛然盖上,走了。

张哥儿知道自己闯祸了,一动不动地蜷在那儿,直到听见母亲已经回去睡下了,他才蹑手蹑脚出门舀水清洗自己的胯。

栀子当然能听见他的动静,所以她又出来了。碍于刚才的尴尬,他们都尽量耷拉着眼皮不看对方。作为儿子,他希望母亲别来掺和。作为母亲,她但愿儿子不要在这种时候用冷水着了凉。

"温瓶里有开水。"她提醒张哥儿。

张哥儿不吭声,但他往脸盆里加了热水。

不过第二天早上她还是认为张哥儿着了凉,因为张哥儿的声音突然变粗了。本来张哥儿是打算赶在母亲起床前就出门上学去的,但结果还是落在她之后了。栀子看见他背着书包出了门,莫名其妙地就想叮嘱他一句什么。于是她说:"放了学就赶紧回家。"张哥儿头也没回地来了一句:"晓得。"不管是母亲也好,儿子也好,语气里都还带着气性。好像他们都惹对方生过气,而且那气还没生完。栀子一开始就把他嗓门儿的变化看成是生气的原因,但后来又觉得他没生她的气的道理,就又把它归结为感冒。所以张哥儿上学去后,她又跑到街去为他买感冒药。

那天晚上张哥儿继续把床摇得稀里哗啦。栀子在这边大声吼,也只管用那么一秒钟。今晚张哥儿闩了门,他不怕母亲会闯进自己房间。当然,栀子也不会再闯进去揭他的被子了。张哥儿便一味地由着自己。他也没有办法,他也按捺不住身体里那股疯劲儿。到最后爷爷也拿出了态度。爷爷睡在他另一边的隔壁,如果他这里的动静母亲能听见,那么爷爷也一定能听见。要是母亲那边拿他无奈,爷爷就一定得有个态度了。爷爷用力干咳了一声。这一声对于一个正在行窃的小偷来说,肯定是具有威力的。但对于一个正在手淫的少年来说,也就是一声干咳而已。稍许安静过后,床又再一次更加疯狂地叫喊起来。

第二天早饭的时候,栀子和张大河之间出现了前所未有的不自然。这种不自然缘于他们对张哥儿动静的心照不宣。不宣不等于不想宣,张大河其实很想告诉栀子,那不过是一个男孩成长为一个男人的过程中的一个小动作,不足为怪。但栀子是他儿媳,这样的话他不好启口。后来他决定为他修床。凭他的经验,将那些楔子榫头紧紧,就不至于闹出那么大的动静了。这件事情不好声张,张大河吃完午饭就拿了榔头到张哥儿的房间里捣腾。栀子听到动静后去看究竟,一看他是在收拾张哥儿床,脸就莫名其妙地烧上了。她没做声,张大河也只是一声干咳。她退出来,张大河继续捣腾。

栀子大概能从公公的淡定中明白,张哥儿的行为合情合理了。最起码,她明白她不用大惊小怪了。但另一种恼火却依然是存在的,那就是张哥儿的床响影响了她的心静。她原本数着硬币就能心静,可他的床响,让空床带来的寂寞和空落感明显变大了,变得即使日新月异的未来也填不满了。他让她想张久久了,想一个女人对于一个男人更实质性的需求了。这种恼火原本使她恨上了张哥儿的床,怕它太响了。但张大河修了之后,她又恨它不响了。它要是不响了,她就得去寻思它为什么不响了,她就得花时间去期待它响起来。而当它真正再一次响起来,她又觉得太刺耳了。

那个秋天烤烟大丰收,我们花河一夜之间就产生了不少暴发户。突然间的暴发使他们手忙脚乱,不知拿那些钱怎么办。

鲁大千认为应该树几个典型在花河造一番声势,一方面可以引导我们正确地过好暴发后的日子,另一方面还可以大肆渲染种植烤烟的好处。典型也不是乱树的,乡里通过严格的考查,找到了几个收入上了万的。花村的是李柴火。

鲁大千寻了个赶集的日子,把全乡的暴发户召集到乡政府门口,戴上大红花,抬着他们同样戴了大红花的彩电洗衣机排着队敲锣打鼓在三会场街上游行。暴发户只有七个,但陪同游行的人不少,有抬家伙的,有拿彩旗的,有专门的锣鼓队。队伍前面由两个乡干部拉着横标:"大种烤烟,先富起来"。这样一来,游行队伍看上去也还蛮壮观的。尤其是锣鼓的声势,感觉是锣鼓队首先受到了鼓舞,他们敲锣打鼓的劲儿比吃奶的劲儿还大。赶集的人尽量互相贴得紧些,在街中间为他们亮出一条通道。暴发户们神采飞扬从中间走过,把所有的目光都吸引到他们身上。渐远的时候,那些被黏在他们身上的目光就被拉扯得很细很长,像蛛丝。有人甚至怕它断了,在差不多的时候就跟了上去,尾随在他们之后。

他们在三会场整整转了五圈。

那一天,赶集的人们都没认真赶集。抱着鸡来的,临散场了又抱着鸡回去,打酱油的结果错打成了醋。

鲁大千来花村召开村民会了。由于今年烤烟大丰收,他充满着居功自傲的幸福感,从村口一路招摇着过来。他看见谁都微笑,都打招呼。他希望自己像明星一样被追捧,他渴望有人来找他签名。但事实上村民们都表现得很腼腆,他跟他们打招呼说:"开会了,开会了啊,到张大河家来。"村民们没有高呼,也没有一拥而上,他们只"哦哦"两声,该干什么还干什么。

张大河就得去敲他的铁器了。张大河出了门,鲁大千就进屋去搂栀子。栀子不让他搂,他还搂,还往关键地方摸,还把嘴往她光脖子上啄。栀子把他推开,他又弹回去了,像弹簧。他说你都想了你都湿了。他以为栀子属于那种半推半就的人。他没想到栀子是真推。没想到就想不通了,他从来没遇上过这样儿的。栀子就告诉他:肉想了没用,要心也想才行。很明显她的心没跟她的肉往一处想。所以她就是湿了就是被鲁大千撩冲动了也没用。如果鲁大千还不明白的话,她就更明白一点告诉他:人不是畜生,人干这种事儿得有感情。裤裆的想法不是前提,感情才是前提。鲁大千就打着哈哈说,他对乡亲和女人都有感情,难道她对政府没感情?末了鲁大千还是不明白,不明白花村为什么竟然出了这么一个女人。不过他也不会放在心上。他每天在这少了男人的花河走来走去,要遇上多少寂寞的女人啊。遇着了谁,遇着了怎样的一个谁都用不着放在心上。就像你在田野里走,满世界都是稻穗,你会在意其中那么一枝有点儿不一样的吗?

不过他还是撂下一句话,说栀子你会想的,肉会想,心也会想。他对此满怀信心。

张大河拿着铁器回来以后,村民们就全部集中到张大河家屋门前了。形势看起来比哪一次都要好,因为来开会的人比哪一次都多。原本一家来一主事的就行了,这一次家家都是倾巢出动。就连看家狗也跟着来了,在人群中间蹿来蹿去,或者就找块空地打闹。捧场的人这么多,鲁大千自然是非常高兴,高兴得都没个乡长样了,更像个邻家兄弟。"怎么样?""怎么样嘛?"他连连发问,希望有人突然振臂为他高呼。但是没有。村民们都矜持地闭着嘴,一副火候未到的老练样子。鲁大千就清了清嗓子,继续。"如何?我说种烤烟能致富,没错吧?"他又说,"现在相信了吧?我没骗你们吧?"他还说,"这回尝到甜头了,还跟我唱反调不?还有人认为我是要害他不呢?"

他来这里的目的当然不仅仅是为了来寻成就感寻开心,他是希望过年男人们回来就被留下,留下来种烤烟。但他没想到他的这个愿望很快就成了泡影,原因是男人们从城里带回的钱更多。

9

男人们是在腊月二十五这天回来的。

腊月二十那天,栀子在李子那里接到张久久的电话,说他们于腊月二十五到家。他们,指的是从花村出去的二十多个男人。他们当初是整整齐齐出门的,现在也要整整齐齐回家。张久久从电话里传递过来一种志得意满,听上去他们是要衣锦还乡。栀子回来后就一家一家把消息传达到,二十五这天,花村的媳妇们也整整齐齐到三会场街上去接她们的男人。

振奋是一眼就能看得出来的,她们都穿了自己最看好的衣服,有几个甚至穿的是崭新的。跟春天送他们进城时一样,她们早起就脱掉了棉衣,只在衣服里多加了两件薄衣御寒。那些被她们绣上去的,不被季节所困的花朵在寒风中开得依然娇艳迷人。她们闹喳喳说着话,都猜测着一年未见的男人会变成什么样了。她们带着的那些个还没到上学的年龄,却又早已经能跑能跳的孩子,在她们的队伍里蹿来蹿去,或嬉闹,或故意走得东倒西歪。

三会场一直没有车站,中间三岔路口的地方被约定俗成为人们上下车的地方。那天,我们花河的天空正在酝酿这个冬季的第一场雪。空气凝重,无风,寒冷从各个方向侵蚀着我们。三岔路口因为没有房屋遮挡,寒气就更显得肆虐。她们站在那里,说话的时候嘴里总冒出一团团的白雾,烟鬼似的。柜子建议大家跟她一起进娘家屋里坐着等,好歹屋里比三岔路口站着要暖和些。但她们并不觉得这是个好主意,她们怕错过看见班车的第一眼。更主要的是她们并不觉得冷,此时她们内心的火热是零下一两度的天气无法打败的。对于别人来说,现在是隆冬。对于她们来说,春天才刚刚开始。

  班车总算在它该到的时候到了。它刚从拐弯的地方露脸,女人们就蜂拥着迎上去,司机拼命按喇叭,她们又鸡飞狗跳般闪到两边。男人们已经在班车里激动起来了,有人看到了他的婆娘,不顾一切地扯着嗓门儿喊着她的名字。有人没喊名字,却把随身的包袱从窗口扔出去,直接砸到婆娘的身上。婆娘被吓了一跳,他便在班车里开心大笑。跟母亲一起来的孩子们已经喊成了一片:爸爸爸爸爸爸。女人们一律咧着嘴,激烈地哈着白气,眼睛一眨不眨地盯着班车门。班车门哐当一开,她们的心便轰然冲向嗓子眼儿,悬在那里。看见自家男人出来了,那心才又荡悠悠往下落。这时候再没人管大家是不是要整齐回家了,不管男人女人都把这事儿忘了。嘴也不够用,眼也不够用,哪还管得了那么多。女人们争着抢着替男人拿包袱,男人们也心安理得地笑纳了这份宠爱。

  由于到家的时间还是大白天,女人要求男人们要做的第一件事情就变成了洗澡。跋脚鞋早拿出来了,和小板凳一起放在澡盆旁边。它们可是在柜子里放一年了,对主人那双脚的渴盼一点儿也不亚于女人们对他们裤裆。它们急切切地瞪着眼睛,巴望主人快一点看见它们,来它们头上抚上一把,再亲昵地骂了一句什么。主人就来了。拿着他们从城里买回来的新跋脚鞋来了。那是一双带绒的拖鞋,是城市拖鞋。花河早先没有。但现在有了。他们喜欢那一种的柔软、洋气,还没有后跟硌着脚板。家里的这一种,被他们用脚踢开了。今后,他们再不会穿它们了。它们被正式淘汰了。

花村在恢复充实的过程中用过了劲儿,使它在腊月二十五的那个夜晚给一种鼓胀感撑得几乎变形。在这个隆冬节令的夜晚,鼓噪着花村的却是一种春天才该有的骚动。从见面那一刻起,男人也罢女人也好,血液就开始升温,血管就开始膨胀。到夜饭上桌的时候,血管的张力已经到了极致。所以,那晚花村家家的夜饭都吃得早,家家的灯也都关得早。夜饭前,大家都还碍着点儿什么,夜饭后,就全都不管三七二十一了。原本是两个相亲相爱相依为命的躯体,硬让他们够不着看不见,巴巴相思了整整一个年头,当它们重新抱在一起的时候,你还能指望它们把别的事情放在心上吗?原本是一个个丰衣足食的身体,硬让它们活活饿了一个年头,你还能指望他们注意吃相吗?那个时候,饱餐一顿才是第一要务。那个时候他们全成了饕餮之徒,他们大嘴咀嚼,大口吞咽,咀嚼出很响的嘎嘣声,吞咽出很响的咕噜声。干瘪了的肠胃得到了充实,血管慢慢鼓胀起来,皮肤慢慢滋润起来,直到打起饱嗝。正像春天进城前那一晚一样,这一晚他们也没睡。

这一晚,花村的猫都误以为到了春天,号了一夜。

吃饱喝足后女人们就开始可怜起李小飞来。李小飞没婆娘,回来也是白回了。但男人们却告诉她们,李小飞比他们谁都幸福,因为他根本就没挨饿。

李小飞向我们证明,家里没婆娘并不一定就是坏事。光棍儿有光棍儿的好处,他盯人的时候眼睛里没有顾忌,别人就看出他的单纯来了。又加上他年轻,他说他没婆娘别人就信了。他说他没婆娘是事实,但别人理解的是未婚。这人正好又是个女人,还刚离完婚打着单,处于感情低潮期,她就乘虚把他拉进家门了。一开始确实只是为了填补空虚,但后来她又像来真的了。一开始只看见他的单纯他的年轻他长得也好看,后来却发现了他越来越多的好。他一点儿都不愧为一个年轻男人,一个好功夫的男人,除此之外他还勤快还体贴周到还十分愿意为她效劳还像敬娘一般敬她疼她。于是她把他当成了上帝送给她的礼物,尽管他是个农民工。当然,这样的好男人要是个城里人,还轮得到她吗?

　　在花村别的男人都忍饥挨饿的时候,她一直让李小飞过得很饱足。所以李小飞事实上是最让他们眼馋的那个人。女人们就把他们眼红的那部分看出来了,就全都不高兴了,全都吃起了干醋。她们并不把李小飞的艳遇当好事儿,城里女人被她们认为靠不住,尤其当她们看上一个农民工的时候就更可疑。她是不可能嫁给李小飞的,她不过是想拿李小飞解渴。她们这么说的时候吊着眼眉,挑起嘴角,十分痛恨男人们的天真。她们像将军一样挥着手划拉,说那个城里女人会嫁到这穷山沟来?会嫁到花村来?打死她们,她们也不相信。她们哼哼着鼻子说"走着瞧",她们叫男人们等着看李小飞被那城里女人踢出门槛儿的那一天。她们说:"更何况李小飞还有两个孩儿,还有个爹。"她们坚信有一天李小飞会被那女人像踢破烂一样踢飞出来。她们警告男人们不要高兴得太早,而是应该预备好对李小飞的同情。

不过，会不会被当破烂踢这一点，除了对李小飞，对别人并不重要。重要的是他们不能眼馋。女人们告诫男人们，他们跟李小飞不一样，他们没李小飞年轻，也不是光棍儿，所以他们最好老实点儿。她们说我们要是知道你们在城里不老实回头我们就把你们骗了。她们说这话的时候手上抓着要害，就一点儿都不像是在开玩笑。不过因为是过年期间，又是想了一年到头才刚刚见面，她们又不像是太认真的样子。说过了就啥也没有了，就又高高兴兴了，甚至也为李小飞高兴了。

没有婆娘，李小飞回家的奔头就是他的两个孩儿。儿子们都能走路了，但还走得不是很稳。他们一人腰拴一根布带子，没事的时候李四爷就会像遛狗一样，一只手牵一个在花村遛。回来的时候李小飞正碰上他爹遛他的儿子。儿子们走得歪歪倒倒，流着口水吐着泡泡。他一眼就看得心发软，就扔了包袱张开怀抱想把他们揽入怀抱。可他们扭头就扑向了爷爷。他们不认得他们的爸爸。进屋以后，李四爷把两个孙子抱起来凑到李小飞面前，认真做了介绍，但两小家伙依然不认。事实上由于李四爷在有关"爸爸"方面的传授几乎是零，他们根本就不懂得"爸爸"的真正含义。如果"爸爸"跟一个陌生人没有区别的话，那他们为什么要理他呢？因为家里突然多了一个陌生人，两个孩子都不下地了，下地太危险，不如在爷爷的怀里更安全。他们早就知道爷爷的奶头没有实际意义了，但他们又实实在在爱上了爷爷那对仅仅只为摆设的奶头。没事的时候，无聊的时候，酝酿瞌睡的时候，再比如这种想找安全感的时候，他们都会依赖爷爷的奶头。李四爷的奶头已经被他们吮出了长度，原本不那么像样的两颗奶头,现在已经有了正经奶头的模样。刚开始那会儿他们想吮,还得费点儿劲,现在不费劲了。他们吮着奶头,就相信自己已经跟爷爷连成一体了,就安全了。

被自己的孩子当成了陌生人,应该算得上一个父亲最大的悲哀了。两个孩子怯怯地挂在父亲的胸膛上,一眼一眼警惕地看着他的时候,他成了那个夜晚那个空气中充满了狗的口水味的春情荡漾的花村中最心冷的那一个。尽管他并不饿。尽管他心里还委婉地隐藏着一份得意。他拿出给孩子们带回的所有礼物,玩具、衣服、糖、点心,他想通过贿赂来实现他们父子间的亲近,但孩子们拿了玩具吃着点心依然是紧贴着他们的爷爷。他要是想把谁夺过去,谁就尖叫,甚至不惜动用他们刚长出不久的乳牙。

于是李四爷说:"别急,慢慢来。"

夜饭依然是李四爷去做。他把两孙子一前一后绑在身上,孩子们在他的肩头上脸对着脸吃着李小飞从城里带回的点心,给李四爷撒了满肩头的粉屑。出于警惕,他们一有机会就会拿眼睛去盯李小飞。夜饭很简单,但有肉。肉是李四爷上街买的,过年猪还没杀。今年花村的过年猪统一都定在男人们回来后再杀。孩子们各人都有一个碗,他们伸手抓着吃。他们不会拿筷子,看来李四爷忘记教他们了。李小飞有点儿走神,他在寻思这次进城自己是不是很成功。如果城市那头算得上成功的话,那么花村这头呢?他的孩子们连"爸爸"是个啥都不知道,或许由于李四爷在家教这一块儿的不称职,他们今后还会有很多该知道的都不知道,还会有很多缺失。那么,他还敢谈成功吗?

吃完夜饭,李四爷把两孙子扔铺上由着他们玩。他们玩的是李小飞买的新玩具,所以玩得特别地高兴。不管他们对李小飞的印象如何,这些能发声色彩也鲜艳的正经玩具还是蛮讨他们喜欢的。他们之前玩的是什么呀,是药瓶儿、瓶盖,有时候甚至是爷爷从地里捉来的蚂蚱和从树上捉来的蝉,或者就是他们自己坐地上捡来的呆头呆脑的石子。

再好玩儿也挡不住瞌睡,孩子们终于睡着了,李四爷把他们摆弄在床的两边,中间空出一个大人的位置来。他告诉李小飞他们一直就是这么睡的,他睡在中间,一只手搂一个。现在他让李小飞睡到中间那个位置去,他叮嘱他一定要搂着他们,而且要一直搂到天亮。要不然,就有把床外面那一个挤下床去的危险。

李小飞就按他说的睡到了两个孩子的中间。考虑到自己是否能够胜任和这件事情的重要,他有些忧心忡忡。李四爷替他关了灯,出去了。他在黑夜里搂着两个孩子,又情不自禁地去想邻家那些床上的情景。有一会儿,孩子的小手就摸索到了他的胸膛,它像条没眼睛的虫子凭着嗅觉和平时的经验在他的胸膛上找着奶头。李小飞明白过来后急忙撸起自己的衣服,让它准确地摸到了它。当孩子的小嘴咬上去的那一瞬,李小飞一激灵。

腊月二十六这天,花村统一杀年猪。花村只有一个杀猪匠,二十多条猪排在一天杀,确实够呛。但谁都不想推迟,杀猪匠就定了条款,他只管把猪杀死,剖开,别的事他都不管。大清早起来,花村便大规模挖杀猪灶。杀猪灶一般都挖在猪舍旁边的地头,得让锅口跟地一样平,这样便于把死猪拖进锅里烫毛。

杀猪匠自己决定了一条杀路,从哪家开始一路杀过去,最后到张大河家收场。他要在张大河家吃晚饭。我们花河有做席吃杀猪饭的传统,家家都要请人吃杀猪饭的。这样张大河就把自己家定为第一家,这天虽说家家都杀年猪,但家家都得到了他的邀请。

杀猪匠叫毛二,虽说长年杀猪,人却长得瘦了吧唧,酷似只猴。他一直被怀疑能否杀猪,但这些年他又一直在杀猪。我们往往一边怀疑他能不能把猪杀死,又一边揪着猪的耳朵和尾巴把猪送到他的跟前去。杀年猪也是个大活,杀猪匠只管捅刀子,揪猪的活完全是由别人干的。那猪又不像人,给判了死刑的同时已经死了心。猪从来都不认罪,更何况它也没有罪,它不过是生成了猪,就得过这一关而已。所以历史以来从没有一头猪会视死如归地自己走向杀场,得人拼尽力气抓住耳朵抓住尾巴死拖硬拽。猪小,四个人足够了;猪大,得五六个人一起用劲。刚从城里回来的一帮子年轻男人凭着一股新鲜劲,积极而热情,他们都不用谁请,都主动前去帮忙揪猪。杀猪灶挖好后,得加大柴火烧一大锅开水等着。等毛二抽好了烟,试试刀口,说一声"可以了",他们就到猪圈里揪猪。猪被揪到后,毛二一刀子捅进去再抽出来,就又坐一边儿抽烟。刚才负责揪猪的,现在还要负责把死猪送进开水锅里滚,滚完了还要拖上来拔毛,拔完了长毛还要刮底毛。刮毛的刀由毛二提供,但他不参与刮毛。刮完了毛,大伙再齐心协力把猪挂起来。毛二就扔掉烟头,吐口唾沫,再上前剖猪。要平时,剖开后他得拿出内脏,再把肉砍成块。如果他心情正好很好,他还可以替主人家切猪肝,炒猪肝。猪肝得切成三角形,得炒八成熟。这一点别人都做不到,只有毛二做得到。但今天不同,今天他得杀二十多头猪,所以他的工作到剖开拿出内脏就为止了。他擦干净刀,就得去下一家。所以,这一天花村帮忙的活还包括把猪砍成块,这就够男人们忙了。大清早起来,他们就在街上跑来跑去。

孩子们也跟着跑,他们玩猪尿脬。猪尿脬经生石灰一沤,一搓一揉,洗净了一吹,就成了气球。但它又比真正的气球牢实,所以孩子们玩它的时候是用脚踢,当足球玩。那一天,你听到的最多的,除了刨猪毛的声响以外,就是孩子们踢猪尿脬的声响了。"砰",这就是猪尿脬飞出去了。

10

那时候,花村的周围已经飘起了雪花。花村没有飘,被认为是杀猪的规模太大了,猪汗在半空就把雪花熏化了。果然,到张大河家杀完以后,雪花就飘下来了。

今天得有四五桌人在张大河家吃晚饭,百合和映山红都赶过来帮栀子做饭。因为家家都杀了猪,女人都得留在家里收拾,来吃饭的就全都是男人。跑来跑去忙了一整天,到张大河家总算画上句号了,男人们便开始扎堆打牌。打牌的也就两个摊子,八个人,看牌的比打牌的多,也数他们最爱说话。"出这张出这张!""炸炸炸!"不打牌的往往比打着牌的更着急。

女人们则在灶屋议论应该怎么花男人们挣回来的钱。映山红想修新房子。她笑称她胖,不喜欢住得太仄逼,一直就想另劈一块屋基另修一间房子。她想要的是那种砖墙的平板房,有钱以后还可以往上升的那种。当初李小敢进城,就是为了去挣钱回来实现她的这个愿望。百合没她那么大的心,她家有木子在县里上着高中,正花钱。

况且,如果映山红修了新房子,分家时分得的那一间就闲下来了,她说到时候他们跟她买下,再翻修一下就可以了。她没有儿子,不用考虑今后有没有房子娶媳妇的事情,所以她认为保证木子上好学才是正经的。栀子却提到了电视机,因为张哥儿疯狂地渴望有一台电视机。

但不管如何,她们表现出的都是一种满足,对昨晚一夜饱餐的满足,对这一年活寡没有白守的满足。

一边说着话,一边菜就熟了:猪肝炒白菜头,猪肠炒白菜头,瘦肉炒白菜头,肥肉炒白菜头,猪血煮白菜叶子。热气腾腾摆上桌,男人们孩子们就自己上桌找位置坐。男人们坐了三桌,孩子们坐了一桌。张大河提出了三壶白酒。壶是塑料壶,五斤装的。酒是满的,往男人们那边一张桌上放一壶,说喝完了不够还有。有酒,男人们的桌上就热烈起来。闹哄哄把张大河邀请入座,三桌男人就都举起了酒碗。一个字,喝!而后就是此起彼伏的哈气声,那种享受,你从他们的哈气声里就听出来了。然后就有人称赞上了酒,说这酒不错,这酒好,说这酒没掺水。男人们高兴,就叫女人们也过去喝酒。百合和映山红就过去了。她们不怕酒,男人们怎么喝她们怎么喝。男人们见了就夸她们好酒量,她们就得意就纵声大笑。

喝酒还得找些话来说,正好他们又很开心又忍不住想说话,就讲起了李小敢的油茶瘾。说李小敢没油茶吃不下饭,开头两天都急得要哭了。说没办法了他就摸进包工头的工棚里去偷茶叶来嚼,被抓着了还跟包工头干了一仗。

又说工地上的饭还真不好吃,长期吃馒头,炖白菜。别说馒头吃不惯,那白菜也炖得跟猪食似的,一股猪食味。

说那边的肉根本吃不下去。说那边吃肉不兴烧毛。说吃毛还不说,还全是猪汗味。说刚开始好几回,他们都把咽进喉咙的肉又吐出来了。说不是他们想吐,实在是胃不接受。

后来就都说起了李小飞,说李小飞运气比谁的都好,进城以后就没挨过饿。不过他们嘴上的"饿",指的可不是肚子的事情,更不是带毛肉和炖白菜。当然李小飞的事情并不好笑,他们笑他也顶多是为他高兴。而李小飞又是个谦虚人,并不把得意露在外面。女人们要是好奇,他也并不打算多说。百合问:"你打算把她娶回花村来吗?"他只说:"难说。"映山红问:"她会跟你回来吗?"他也说:"难说。"一切都还很难说,但他却又是一副胸有成竹的样子。

那晚男人们喝到很晚才走,张久久呼着一嘴酒气进房间的时候,栀子早已经睡那儿等他很久了。她捂着被窝一眼一眼地飞他,张久久就说了一句废话:"咋还没睡呢?"栀子说:"你们吵得那么凶,我哪能睡得着啊。"张久久说:"那就不睡。"他把自己剥成个光猪钻进了被窝,就闻到了被窝里淡淡的栀子花香。他说你又洗了啊,但他分明是惊喜的意思。栀子爱干净,昨晚迎接他的时候就洗过澡了,但今天不是杀年猪招惹了一身腥味吗?所以今晚睡前她又洗了又让自己香气四溢了。栀子往底下拱,就拱进了被窝的黑暗中。她在黑暗里忍不住咻咻笑出声来,她已经抓住了他,她在笑他已经挺上了那么快就挺上了。她不是嘲笑,而是欢欣鼓舞而是喜出望外,是兴高采烈是欢天喜地。她用嘴咬他,用双腿夹他。她把紧握在手中的张久久放进了嘴,她不光想把他捧在手心,还要把他含在嘴里。她的身体是赤裸裸的,她的情感也是赤裸裸的,欲望也是赤裸裸的。正像女人们脱光了都大同小异一样,在床上她们的表现也都一样。一样的纯粹,一样的直白,一样的真实,一样的放荡。张久久一直都得意于自己拥有栀子的另一面,真实的一面,放荡的一面。栀子穿上衣服就会立即变成另一个样子:一个矜持的样子、稳重的样子、贤惠的样子、毅然的样子。一旦脱光衣服,她就变成了另一个样子,一个女人在那个时候该有的样子。栀子是个完人,一个完美的女人。拥有着一个完人的张久久,不光白天骄傲,晚上也自豪。在无尽的自豪中他闭着眼龇着牙吸着冷气哈着热气神志恍惚欲仙欲死浑然忘我,每一次,他都觉得自己差一点儿死在她的销魂穴前。

每一次,完事以后他们都会睡成一个"比"字。张久久在前面,栀子在后面,栀子的胸贴着张久久的背,手伸向张久久的胯,握着他的独角兽。那时候他的独角兽已经被她抽空了再不能战斗了,已经摇白旗投降了,已经疲惫地睡去了。但栀子还是要握着它,还是要把它捧在手心。这是她最喜欢的一种睡觉姿势。当然张久久也同样喜欢。完事后栀子的身子还会热上好久。要是在冬天,他就能享受到她的双乳带给的温暖;要是在热天,汗湿的双乳又会带给他一片特殊的凉爽。这种睡姿能让他们迅速入睡,而且睡得很香。但是今晚栀子想说话。栀子的嘴靠张久久的耳朵很近,她说话的时候只需要发出极小的声音。她说:"你听。"张久久问:"听啥?"栀子说:"听隔壁张哥儿的动静。"张久久说:"我没听到啥动静。"栀子说:"你得仔细听。"她说:"前阵儿爸把他的床修了一下,这响声变小了。"张久久真仔细听,就听见动静了。"他在干哪样?"他问。栀子说:"他在干坏事儿。"张久久把身体翻平,扭脸很郑重地看着栀子,问:"干啥坏事儿?"栀子的手一直没松开,这会儿她便稍稍使了点儿劲,暗示张久久答案的出处。张久久就弹了一下,又弹了一下。第一下,表示他很吃惊,第二下则表示他已经释然了。"他十二岁了吧?"他问。栀子说:"开年三月满十三了。"张久久说:"那就对了。他长大成人了。"张久久再将身体转一下,面对着栀子,同时把手放到她的胸前,"他开始想女人了。"他说,"他要是白天看上了哪个女人,晚上就会做梦,梦见自己跟那个女人整,整出水来就醒了。"栀子说:"你小时候也这样下流?"张久久说:"当然。每个男的都这样。"栀子问:"你小时候喜欢哪个女人?"张久久说:"记不得了。那时候不懂啥漂不漂亮的,大概只要是女人,我们就会想。"栀子说:"可张哥儿不是在做梦。做梦哪能弄出那么大动静。"张久久说:"不是做梦就是手淫。"他摸到栀子握着自己的那只手,动儿下,"就像这样,"他说,"我们叫打手冲。"他说:"我们打手冲的时候也是想着某个女人的,所以很来劲儿。"他接着说,"没关系的,过了这一阵儿就好了。"栀子说:"你最好还是管管他。"她发现张久久挺起来了,他们说张哥儿就把他说振奋了。她又把他往自己"家里"拉,热情邀请他做客。张久久就进去了,常客了也不客套,很随便很随意也很自在。栀子说"你快点儿"他就快点儿,栀子说"你慢点儿"他就慢点儿。栀子说:"你不在我听着张哥儿的床响就受不了哩。"他说那你也打手冲。栀子就"噗"的一声笑起来了。

花村从城里回来的男人们都去看了李柴火家的彩电,回来后大家就聚一起讨论他们是不是也应该买一台。由于他们把这看成一件大事儿,讨论这件事情的时候就习惯性地聚到了张大河家。他是村长嘛,全都相信他比自己更有真知灼见。他们不是没有买彩电的钱,而是因为他们之前都有别的打算,比如翻修房子,比如换换家具。但他们没打算买电视机,而且是彩电。虽说他们争着去看李柴火家的彩电,而且看完了也发自内心地羡慕,但一转身他们又变得很小心。

我们花河人对钱抱着一种敬畏。

既然他们要张大河拿主意,张大河就认真替他们拿。他说挣钱来就是为了花,就是为了改善生活的,那么怎么需要怎么花就是了。他说看各人的需求吧,要是房子更关键就修房子,要是电视更关键就买电视。别人问他说:"那你买不买电视呢?"他回答说:"买吧,因为张哥儿一直想要一台哩。"这也是他们一家人商量得来的结果,既然张哥儿说他想要一台电视是因为有可能在电视里看到他爸,说他的一个同学就从电视里看到过他爸,那么他们就决定暂时先买一台电视。关于床,关于衣柜,张久久许诺栀子说:"最多就明年年底。"栀子也相信明年年底张久久就会带着足够换新衣柜换新床的钱回来。而张久久更是信誓旦旦地表示,不仅如此,他还有望带回刷新房子的钱。

总之,形势一片大好,谁也不用担心他们那些微小的愿望实现不了。

花村的男人们最后全都决定先买电视。腊月二十七这天,他们又一起挤上班车进了一趟县城。回来的时候,便每人肩上都扛着一台彩电。那天晚上,家家都在调试天线,喊得黑夜都无法入睡。腊月二十八这天,花村没一个孩子出门,全盯着自家的彩电不眨眼。

男人们却又来找张大河了。问他:"今年就这样?"

张大河问:"咋样?"

他们说:"我们全买彩电了。"他们看张大河似乎还不明白,就鼓着眼睛干笑。他们说:"我们全都成暴发户了,难道还像往年那样过年？"

　　这回张大河才明白他们的意思了。他说："庆祝！多买鞭炮。"

　　他们得令后便欢天喜地买鞭炮去了。孩子们看准时机撒娇撒野，又多买了些"魔术弹""神之箭"。年三十那夜，花村在张大河的指挥下，一家挨一家按顺序放炮，鞭炮足足响了一个小时。害得吃年夜饭的时候，大家都成了聋子，听不见说话，只得比画。那晚孩子们都没睡，全站在院子里放"魔术弹""神之箭"。放完了这些，他们还有从地上捡来的掉了队或者是故意当了逃兵的单个鞭炮。这些家伙有的还是完整的，还有引线，一点照样能炸得惊天动地。那没引线的，你从中间把它断开，又能嘘出一股火光，同样有趣。那时候雪下出了我们花河历史上最壮观的时刻，他们弄出的火光闪现的时候，雪片子被辉映成彩色，感觉像天女散花哩。他们把鞭炮栽雪地里，点燃，将雪末子炸到半空，同样能看到那种效果。这样玩腻了，他们又把鞭炮塞进狗屁股里，想恶作剧一把。那晚狗们跟着他们一起兴奋啊，头脑却一直保持着清醒，所以当他们想点燃的时候，狗就拼命逃脱了，冲进黑夜了。他们便只好冲着它消失的那片黑夜大喊："狡猾，太狡猾了！"后半夜的时候，一只引线只剩下了半厘米的鞭炮不等李有种扔出去就炸了，他的大拇指给炸得血肉模糊。李有种的惨叫声把大人们全吓着了，就把孩子们全吼了回去。

　　李有种的伤是用蜘蛛网包扎的。我们的墙壁上都会住着这样一种蜘蛛，它们似乎不到半空中去织网，而是在墙壁上织一张圆形的密得像棉布一样的帐篷。一般情况下是一层，育儿的时候是两层。儿女们住在里头，大概跟住在睡袋里差不多。也不知是从哪个年代起，我们相信它们那帐篷能止血消炎，尤其是它们婴儿的襁褓。当比小米还小的蜘蛛婴儿们受到惊吓后四处奔逃,我们依然能镇定地用它们跟它们的襁褓一起糊伤口。而当它们在血泊中壮烈之后,我们的伤口就已经不流血了。伤口小的话,一个就够了。伤口大的时候,我们就找上三五个,一层一层地贴,然后再在外面包上一层布片。第二天,你的伤口就结痂了。不过即使是这样,李有种在梦里依然还哭哩。

一夜纷飞,到大年初一的清早,终于雪积到了两寸厚。大地白茫茫一片真好看啊,可是一轮白晃晃的太阳突然间就从山口腾起来了。它来化雪了。

11

等开发是在张大河家吃杀猪饭的时候决定进城的。那天他喝得很多,好像是酒精起了作用,让他的大脑开了窍,他突然就决定开了年跟大家一起进城了。他当然没有说出来,他只是在心里拿定了这个主意。那晚他是最先离开张大河家的。他的托词是他不行了。他输了好多拳,喝了好多酒,别人也相信他的确不行了。但这并不等于别人会放他走,喝多了酒的人是没有道理可讲的。他们只知道我还在喝,你就不能走,大家在一起喝才高兴。但等开发说他真的不行了,他的脸色惨白,嘴唇发紫。他找准一双眼睛像照镜子一样盯着,说:"你们看我这张脸就晓得我真的不行了。"可问题是不行也不能走,他们说:"你就趴桌子上打会儿瞌睡。"这就很不讲道理了,等开发再不想跟他们啰唆了,站起来就走。事实上当他站起来走掉的时候,也没人要上前去拉他,他走起来又反而感觉到落寞了。

他带着这份落寞回到家,醉意就淡到他的心事背后去了。他打水洗脸,却又不认真洗,把整个脸淹进脸盆里"呜嘟嘟"吹,吹得水泡满地溅。吉利大娘听到动静就披着棉衣起来了,问他:"醉了?"他把头从水里提起来,说:"没醉。"抹一把脸上的水,他去了厕所。他在那里"哇噢哇噢哇噢",一股恶臭就飘进屋里来了。进屋来的时候,吉利大娘为他准备了一碗水涮口。她说没醉咋又把它呕了?她的意思好像是舍不得那些酒。等开发说:"留在肚子是憋得心慌。"他涮完口就对母亲说,"开年我也想跟他们一起进城。"

他刚做出这个决定,李子就做出了要嫁他的决定。

王果是腊月二十六回来的,就那天晚上,李子主动跟王果提出了离婚。这让王果猝不及防,但即便如此,他也只问了一句:"想好了?"李子回答"想好了",他就点了头。

那时候,离婚在我们花河还没有被看成正常现象。但王果和李子这种状况,却被我们看成正常。但凡遇上有人离婚,我们都习惯去劝,但以往都是劝和不劝散。这一例,我们却劝散。我们认为他们离了也好。他们一离,我们就鼓动李子和等开发赶紧结。我们认为李子守了这些年活寡,等开发也当鳏夫好几年了,他们能争取到这个机会就应该抓紧。等开发却比我们更着急,因为他想的是开了年就跟大伙一起进城。他没有把这一点告诉任何人,包括李子也不知道他进城的心比结婚的心更急。他找巫毛牛看了个近得不能再近的婚期:正月初二。

因为都是二婚,他们没有大操大办,只是在花村摆了几桌酒席。男人们到酒桌喝酒划拳一通,闹闹就结束了。我们也是在他们的婚宴上才知道等开发进城打算的。男人们在酒桌上划拳,他也去划拳,他就在这个时候告诉他们,他也要跟他们一起进城。男人们一点儿都不惊讶,都觉得他有这个想法非常正常,而且非常欢迎他。他们告诉他工地上木工活也很重要,而且比打家具简单多了,也挣钱多了。总之,他们让等开发越来越有信心,越来越有激情了。他甚至生出了带上部落的热情,他没等他母亲提出来,就主动对他母亲说:"这回我带上部落。"

他这里热情似火,李子却等于掉进了凉水井。她要跟王果离婚原本就是因为王果一直在城里,她够不着她寂寞她守着活寡。她看好等开发要嫁给他正是因为等开发是个木匠,看上去大可不必进城。但她刚嫁了他,他就要进城了。新婚那天晚上她本来该笑该无比地幸福,但她却在哭。这一步显然错了,可这又不是像小学生做错了一道题,用橡皮擦擦掉还可以重做。所以她认为上了等开发的当。她明确地揭露了等开发,她说你让我上了你的当。等开发说这话从何说起呢,你嫁我我娶你两相情愿。等开发也承认他瞒了他的想法,但他坚决否认自己欺骗,因为他根本就没想过进城和不进城对于李子有多么重要。他以为他们仅仅是两心相悦,仅仅是情投意合。之前没想到不要紧,现在李子告诉他了。她认为他现在还没进城,他现在改变主意也还来得及。可等开发说我为什么要改变主意呢?大伙都进城挣钱我一个人留在家里不是傻瓜吗?我为什么要当那个傻瓜呢?等开发不想做傻瓜,李子又只想到自己的幸福,两人没法谈到一处了。新婚那晚,两个竟吵了一夜,李子也哭了一夜,等开发当然也气了一夜。进城以后他就得挨饿,他很想在走之前来几顿大补,把自己补得胖胖的。这样挨上一年饿,也不至于会瘦成皮包骨头。但李子白白耽误了一个晚上。

今年男人们定在初五出发,等开发只剩下两个晚上了,他希望李子能够体谅他为他着想。初三一整天他都在做李子的思想工作,他希望她接受他进城的事实,并且像花村别的女人一样为他进城做些准备。如果她不愿意像别的女人那样为男人们准备油辣椒啥的,那她也应该为他准备两晚上的满足。李子最终做出了妥协,因为她也只能妥协。等开发去心已定,她就是拿十头牛都拉他不转了。男人要进城已经成为铁打的事实,她将再度掉进守活寡的深渊也成了铁打的事实。她不过是从一张空床跳到另一张空床而已。这时候,等开发的需求也是她的需求。剩下的两个晚上对于等开发来说意味着什么,对于她也意味着什么。

于是她也决定好好珍惜这两个晚上。

但是实际上她又跟等开发有所不同。等开发想补的仅仅是一年的亏空。他的未来在他的想象中是一年一年的,就像别的花村男人一样,一年后就回来了,一年后又回来了。他的太阳落下去后还会升起来,再落下去后还会再升起来。所以,他只需像为了应付一个白天,把头晚的觉睡足。而李子看到的未来却不同,她看见的未来有着一个相当长的长度,一个无尽的长度。她看到的不是等开发年底还会回来,她看到的是"等开发又进城了",是"等开发还是进城了",是这一个"太阳"跟那一个"太阳"一样,还是要落下去。而她要的,是一辈子的白昼,是一辈子的阳光灿烂。她害怕黑夜,害怕没有太阳的冷清和黑暗。而等开发进城,她的今后就只能是漫长的黑夜了。

所以她要补的,就比等开发的要多要狠。她不光要狂补漫长的岁月将要带来的亏空,还要弥补她的失算和无奈带来的亏空,还有希望落空带来的亏空。

所以,那两个晚上,她发的劲儿是恨不能把等开发吞下去的劲儿,是恨不能让等开发做死的劲儿。她咬他,从开头咬到最后。她掐他,拧他,她不让他停下。等开发不知道她跟他有那么一些不同,他以为她也跟他一样简单,所以他把她的狠劲儿理解为仅仅是比自己贪心了一点。他当然是高兴的,是纵容的。他甚至由衷地喜欢她那贪婪的吃相,他虽然痛得不行,但他仅仅是笑着表示嗔怪。就像一个父亲看着自己的孩子狼吞虎咽,弄洒了饭,打翻了汤还噎得眼泪汪汪。他只是对她说:"你轻点儿,轻一点儿。"

到走的那天,他全身都是李子咬下的青紫疙瘩。而且据他说,他的手腕和脚腕都像被抽掉了筋一样,没有力气。

他说这话的时候,李子在为他打包袱。虽说她很沮丧很失望,但别的女人怎么准备,她也为等开发怎么准备。既然拦不下,她就得认命,该怎么过就怎么过。

临走的前一天,等开发在属于他母亲的那棵李子树旁边栽下了一棵李子树。他对李子说,这棵树是你的。不远的地方还有一棵杏树,那是属于等开发那亡妻的。它正值开花时节,正开花开得疯狂。

花村人离不得辣椒。所以女人们把辣椒舂成粉,放热油里炸一下,再加上干豆豉,加上腊肉丁,将家里能找到的罐头瓶儿都装上,便够他们在那边下半年的饭。

李小敢还要映山红为他准备油茶。油茶是汤,怎么弄呢?李小敢不管,他只管到了城里也要有油茶喝。映山红就把茶叶炒香了,舂成末,另外又替他炼了腊猪油、油渣。他到时候用水把这三样东西一调,就可以充当油茶。

　　李小飞听说了,就提了一包茶叶一块腊肉来找映山红帮忙。他说他其实也跟李小敢一样馋那玩意儿,只是他没跟人说过而已。既然有了这个办法,他也想带一些走。来的时候他带着大波小波,空手抱一个,裤腿上吊一个。因为空气中充满着辣椒味,两小家伙一直在打喷嚏。而李小飞因为手上不空,就任他们把鼻涕抹得满脸都是。映山红见了便直"啧啧","啧啧"完了又赶忙拿毛巾为两小家伙洗脸。但她分不清大波小波,花村的人都分不清。她把大波叫成了小波,李小飞就把另一个送上前说:"这才是小波。"这个春节他最大的成就是分清了哪一个是大波哪一个是小波,并且成功地让他们跟自己亲密起来,还叫他爸爸了。但他没想到他的成就完全建立在一个错误的基础之上。比较起来,让他们叫爸爸是他三大成功中最容易的一件事情。他只对他们行贿几次,对他们说,我对你们这么好,你们得叫我"爸爸",他们就叫了。他一点儿都没意识到这是一种误导。那天映山红为大波小波洗干净脸,又在他们脸上亲了两口,过后又拿糖果给他们,他们就叫映山红"爸爸"了。李小飞还以为他们是在叫自己,可他们明明是冲着映山红在叫。他们说:"爸爸爸爸,还要。"他们跟她要糖果。

　　李小飞就傻了。映山红当然也傻了那么一会儿,但随后她便哈哈大笑起来,还笑出了眼泪。"我不是你们的爸爸。"她对他们说。她指着他们身后的李小飞,"他才是你们的爸爸。"那时候李小敢正好从外面进屋来,映山红就把她认为最好笑的那幕跟他说了。于是李小敢也笑,笑完了还意犹未尽,还要跟两个孩子开玩笑,说我是你们爸爸,叫我。大波小波给这几个大人闹得有点儿傻,他们愣愣地转着眼睛,那只有一岁多的小脑袋实在闹不明白哪儿出了问题。他们唯一能分辨得清的,是李小飞的脸色比另外两个要难看,这一点使他们意识到那张一直晴朗的脸可能要变天。还好的是,黑云只是路过,风一吹,天空又开朗了。李小飞的脸扭曲了一阵儿,终于恢复了光滑和红润。他张了几下嘴,终于还是附和着笑了起来。"你两个小狗日的。"他用疼爱的口吻骂着儿子们。他适当地施加着威严,他告诉孩子们说:"爸爸不是乱叫的,我才是你们的爸爸,除了我之外,别人都不是。"李小敢在一边捣乱说:"还有我,你们可以叫我爸爸。"李小飞就飞起一脚踢到他屁股上,开玩笑说:"他们叫你爸爸你就得拿开口钱。"玩笑开到这儿,劲也就过去了。李小敢又给了两孩子一些糖果,算是给他们出场费。那之后,他们才开始认真说话。

李小敢说:"这得怪你,你没教得好。"映山红说:"怪他在外面时间长了。孩子们生下来,还没把他认清楚,他就一年到头见不着影儿了,这又才突然冒出来,他们能认他吗?"她对李小飞说,"你跟他们,还不如我跟他们熟呢。"

李小飞说:"那又有啥办法呢?"

李小敢开玩笑说:"你不如带进城去,他们不是有个妈了吗?"

李小飞说:"哪能啊,我不是没婆娘吗?哪来的孩子。"

映山红说:"总归是要晓得的嘛,你难道还能瞒一辈子啊?"

李小敢呵斥映山红说:"你懂个啥。"

李小飞说:"走一步算一步吧。"

玩笑几句,李小飞把要托付给映山红的事情交代了一番,便抱着孩子们回家了。他家里也冲出一股辣椒的呛味,孩子们一走近就狂打喷嚏,鼻涕虫长长地挂过了嘴,眼睛泡在眼泪里。李四爷也在为李小飞弄肉丁豆豉辣椒。看孩子们呛成那样,他建议李小飞带他们出去待会儿再回来。李小飞则主张由他来做家里这事儿,让父亲带着孩子出门去。他替孩子们擦了把脸,接过了父亲手上的活。孩子们还在一个劲儿打喷嚏,鼻涕虫又爬出来了。李四爷只得再替他们洗把脸,总不能让他们这么挂着鼻涕出门去啊。他希望在他替他们洗脸的时间孩子们把喷嚏打完,他相信在一定时间内喷嚏的数量是有限的,打完了,就不再打了。而且他深知打喷嚏的痛快,也相信孩子们能从中体味到那种痛快。只是,他还有一点儿伤感。因为,当他们不再打喷嚏的时候,花村的男人们就又该出发了。

那天早上,女人们依然穿着自己最漂亮的衣服跟在后面嘻嘻哈哈送行。小孩子们跟着母亲,也追来追去嬉闹。情形完全跟去年一样,就像一天跟另一天一个样一样。

但李子不在其中。正如她没有那种绣着花儿的衣服一样,正如她是花村唯一不会绣花儿的女人一样。那会儿她在看那棵属于她的李子树。这会儿还没到李子树醒来的时候,它还在酣睡。所以她觉得她那棵小树跟旁边的婆婆那棵老树看上去一样老,一样没有生气。

12

送走了男人,大家就开始忙种烤烟的事宜了。今年鲁大千都不用来村里做动员,张大河也不用到乡里开动员大会了。他跑了两趟乡里,也仅仅是为争取技术员去的。关于劳动力的问题,也没人再提起过,只要能种出钱来,劳动力的问题就显得非常次要了。没人手是吧，一个人干两个人的活，甚至干三个人的活，行不？"气力是个怪，死（使）了还在"，今天使完了，睡一觉，明天又充满了。我们就是这样看待力气的。

那个春天基本上没什么大事，花村在一种常规的状态下重复着岁月，烤烟苗如他们所愿按部就班地成长。到了烟叶变厚，摸上去发黏的时候，倒是出了件不算小的事情。百合家的木子突然从县中学背着铺盖卷儿回来了。

木子正上着高二，夏天一过，就进高三了，她却决定不上学了。我们很替她可惜。我们对一切半途而废的事情都惋惜，更何况她的前面还是"大学"。更何况她都跑了一大半了，只差最后冲刺一下就可以到达终点了。不过木子对"终点"的理解跟我们不一样，她告诉我们说："高中的那一头的确就是大学，但这只是理论。而现实是很多人把高中上完了，并没有走进大学。"所以她认为，高中的终点不是大学，不过是高三。念完高中又去哪里呢？对于木子来说，最好的出路还不就是进城进工厂？既然不念完高中也可以进城，那又何必一定要念完呢？那不是白花钱吗？所以她就这样问她的母亲："你说白花一年的学费和早挣一年的钱，哪一个更划算？"可是做母亲的哪能这么算账？我们从来都"养儿不算饭钱"的。李小勇进城挣钱，百合在地里辛苦，不都是为了能保证她上学吗？不光打算让她上完高中，还打算让她接着上大学的。那时候，能上个大学多光荣啊，一人大学，全家光荣啊。可木子却愣要让他们的幻想破灭，因为她了解自己，能给他们带来那种光荣感的几率非常低。她认为那一点儿都不现实，最现实的是她趁早进城，抓紧时间挣钱。事实上她的任性是建立在一种责任感的基础上的，她想的是一家人有两个人在城里挣钱,父母的那些更现实一些的愿望就更容易实现。只是这一点说出来百合也没法理解。因为她也固执,她不打算理解。

县职中正在办进城务工的培训班,木子已经从那个班结业了。就是说,她已经为进城做好了充分的准备。就是说,她已经成了我们道真县又一批劳务输出娘子军中的一员,她们将在县里统一要求的进城时间集结开拔。就是说,百合再说什么都没用了。

百合想打个电话把木子的行为告诉李小勇,但那时候打个电话很不方便。得她这里打到他们工地旁边的公用电话点儿,那边把要找的人的名字和回电话时间记到一张小黑板上。工地上的人到那里买烟或者买酒喝的时候会看看那块小黑板,看过了就回去转告,然后电话才又在她们约定的时间打回来。那时候,她们通常都守在电话边。

这可太费周折了,百合能等,木子却没那耐性。木子任性惯了,大了就不喜欢父母替她拿主意,大主意小主意都是她自己拿。她劝母亲不要那么费心,就是她爸也阻拦不了她。因为前途是她的,怎么奔得由她自己做主;因为主意已经拿定了,她不想改别人就改不了;就是她爸反对,他也够不着,也拿她没办法。

她们是要统一出发的,她们是正规军,由县里统一送到前线。所以,在她父亲的电话还没打回来之前,她就毅然决然走了。

百合生上了气。木子走后她两天没好好吃饭。两天之后是她约定接李小勇电话的时间,她在那里哭丧着脸等了半天,最终跟李小勇吵了一架收场。李小勇没想跟她吵架,是她想吵。生木子的气是一回事,她还生李小勇的气,生打电话困难的气。木子已经进城,拉她回来已经不太现实,接那个电话不过是因为已经约好了,不过是因为她一肚子气没处发泄,所以她一开始就奔吵架去的。如果打个长途回来竟然是为了吵架,李小勇就认为太不划算了。最终两人都气鼓鼓收场。

吵架原本是为了泄气,可没想到泄掉一拨,又装了一拨。回来的时候百合依然气鼓鼓的,依然需要释放。于是她便去了栀子那里,跟栀子说了好久的话,后来又留在栀子家吃饭。她答应留下吃饭是看上了张大河夜饭上的酒,她想喝酒。张大河自己没想到这一点,吃饭的时候依然只拿了自己的杯子。百合见了就说:"大河爷你不至于那么小气吧?"张大河又才去添杯子。他不好意思只给百合拿,就给栀子也拿了一个。他说:"要喝,栀子也喝一杯。"喝上酒,百合就把刚才跟栀子说的那些话又拿出来翻说。一则是桌上也需要话来说;二则是刚才跟栀子说的时候,栀子都只是劝慰,在她看来说跟没说一样。她需要的是立场鲜明地站在她这一边的抱不平,而这一点,她希望能在张大河这里找到。

她说:"大河爷你给评个理,李小勇那是啥态度?木子逃学进城那么大的事儿,我去找他商量,他却嫌我是浪费长途话费,嫌我态度不好。他还像个家长吗,还像个当家男人吗?"

张大河说:"这就是小勇的不对了。一则,木子这事儿不是小事儿;二则,家里有什么事儿找他商量也是应该的嘛。"

百合从张大河这里得到了支持,就激情高涨了。不管如何,她认为自己仁至义尽了。她尽到了一个母亲的责任,也尽到了一个家庭主妇的责任,可李小勇怎么能是那么一种态度呢?她原本就是为开批判会来的,揪斗了李小勇,跟着就该是木子了。那么大的事情,竟然就不跟父母打声招呼,她眼里还有父母吗?

她把一杯酒吞下去，眼泪就汹涌下来了。好像酒进了她的喉咙就改变了主意直奔了她眼眶，而她的眼眶的容量又十分有限。或许栀子也这么想，所以她作为闺蜜不得不提醒她少喝点儿。但百合听了却更来劲儿，她主动拿过酒瓶往自己杯子里满，末了还埋怨酒杯太小了，说他们家小气，说喝酒就应该用碗喝，说今天她就想喝点儿酒解解心头的气。她一杯一杯灌下去，又源源不断地从眼睛里流出来。

张大河安慰她说："等小勇回来我好好说说他。"张大河的口吻里有明显的诳哄味道，好像她是个小孩子，刚刚受了委屈，正在他面前哭诉。但这一点却让百合很受用，她看上去很愿意被当成一个小孩子哄。她在这种感觉里变得柔软起来，眼泪也更加多了起来，后来她干脆哭出了声。

百合的遭遇，几乎得到花村所有女人的同情，唯独李子不屑。李子觉得都是小事。李子现在是花村最有阅历的那一个年轻女人，她经历过王果进城后那些年带给她的各种各样的不满、委屈、无助、愤怒和寂寞，经历过风儿的任性、不孝，现在又经历了自己的倒霉。

王果不进城了！他要在三会场做生意了！

我们从来没认真打听过这些年他在城里干着什么，但这一回我们很清楚他要在花河开一家旅馆卡拉OK和饭馆一体的东东。他的想法遭到了嘲笑。花河这小地方，还离县城那么近，谁来这里唱歌谁来这里吃饭睡觉啊？可王果又反嘲回来，说他们这种思想太落后了。王果看中了供销社那老房子，一长溜的两层楼。供销社早垮了，一楼全包给了原供销社的职工们做生意，二楼一直没被好好地利用。现在，他们要把二楼派上大用场。

李子嫌他的床冷才跳到了等开发的床上,现在等开发的床冷了,他的床又热了。当然李子并不后悔从王果的冷床上跳出来。如果老天捉弄起人来一定要这么狠的话,她也只有认命。有时候,你多点经历也有好处,你比别人多一些教训了,看事情就看得远了,看得清楚了。李子原先只看明白了王果,看明白了男人们进城后的将来(即使花村这些男人的"将来"才刚刚开始,她认为她也看得见),现在她还看明白了她们这帮留守女人的将来。

"你别不服,现实就是这个样子。"她对百合说。

"男人们的眼睛都望着城里哩,哪顾得上家里这个黄脸婆。"她说。

"婆娘都顾不上了,哪还顾得上孩子。他们只管自己快活自己自在。"她说。

"你们要是不信,看看我的昨天不就信了。"她说。

所以她最后说:"等着瞧吧,你哭的日子还在后头哩。"

似乎老天有意成全李子做一个彻底的榜样,不光要让花村别的女人看到她的昨天,还要看到她的今天、她的明天。老天有意要把她树成一块警示牌了。

昨天,她家姑娘逃婚进了城,今天,她挺着个大肚子回来了。原因是跟她私奔的那同学靠不住,她怀上了孩子他就没影儿了,就玩人间蒸发了。如果她要去打掉孩子,医院又必须得有个男人去签字。

她当初是追随爱情而去的,她原本幻想自己可以拥有一个全新的人生:离开乡土,离开母亲那样的留守生活,寄生于繁华的城市,有着一份不一定富足、但一定能满足自己小小的虚荣心和内心对"美满"的起码要求的崭新生活。她原本从父亲那里得到启示,以为城市不过是个大游乐场。还有一点她早先没敢告诉母亲,现在也不用告诉了:她替母亲委屈替母亲不平,她想到城里打出一片天地,把母亲也带进城去。她从心里也对父亲不满,不满父亲带给母亲的荒废和虚度。她就是为了拒绝那种荒废和虚度,才要跟同学私奔的。因为这一个许诺过她,会保证让她一直跟他在一起,在城里。可是现在,他不知去了哪里。他们原本一起在工厂里上着班。他们原本一起和另外两对共同拥有着一间十平方米的出租屋。屋子里挤着三张床,他们各自在自己的床上挂上布帘,就当那布帘是墙。晚上他们各自在床上亲热,保证不发出夸张的声响,也能做到互不干扰。只是有时候会在自己的床上看到临床的室友的脚板,或者自己的手伸到另一张床上。不过那一般都是因为睡得太沉了,放松了警惕。这一般都不会被他们当成尴尬。风儿就在这间屋子里怀了孕,又准备在这样的一张床上跟她托付终身的同学商量怎么对待这个孩子。那时候还不像今天这样开放,打胎并不像开感冒药那么自由,更没有哪家医院打出学生打胎可以凭学生证打折的广告。而且那时候的青年男女对待意外怀孕的态度也没今天这样随便。她甚至还希望把孩子留下来,因为那时候还照常流行"爱情的结晶"这种说法。可这个时候他却突然消失了。那天晚上他没回他们的出租屋,是风儿一个人在那张床上躺了一夜。第二天,风儿到他所在的车间去找他,才知道他昨天就没来车间上班了。

那之后,那张床上就一直只有风儿一个人。另外两张床上的女室友觉得这是他们这间出租屋的一个风险,就要她搬出去。风儿不想搬,就告诉她们她怀孕了。她的意思是这样她们就不必担心什么了。但别人不这样想。别人不好直接把她撵出门,她付了房租,她们也没这个权利。她们就让她所在车间的课长也知道她怀孕。她当然就被开除了。而她的男朋友,那个叫王海的同班同学,那个答应要跟她相守一辈子的家伙,却依然不见踪影。

　　从工厂里出来以后,她曾花了一个月时间来专心打听寻找,除了找到两个也叫王海的人以外,别的什么也没找到。而这个时间,她的肚子已经鼓了起来,她在城里留不住了,便想到了花河,想到了母亲。鸟刚长硬翅膀的时候,一心想的只是飞,飞得越远越好。但当它飞断了翅膀,就会想念母亲筑的那只巢。

　　她一回来就直奔母亲,没让父亲知道。她不想让父亲知道,她把父亲看作王海的同类。李子就只能独自承担她的麻烦。李子不光要伸翅膀护她,还要抵挡这件事情招惹来的唾沫。李子虽然做上了等开发的婆娘,做上了吉利大娘的儿媳,但凤儿跟等家没有一点儿关系。恰恰又是因为这一点,未婚先孕的凤儿就更不应该跑到等家来臊等家的皮。吉利大娘原本就对李子的婚外放纵行为不看好。虽说和她一起放纵的是她的儿子,她儿子也有责任,但这一点都不影响她对一个女人的品行的判断。她把李子看作那种不检点不正经的女人。她还知道别人也是这么看的。这一点让她脸上无光。但因为李子最终成了等家的儿媳,她不好发表什么言论。凤儿一头撞到她的冷枪上,就不能怪她讨厌了。她一语双关地说他们家不能出了一个榜样再出一个榜样,她说花村出了一个榜样已经够了,不能再出第二个了,说上一辈人已经出了榜样了,下一辈人就再不能出榜样了。她还反对凤儿来找她母亲,凤儿应该去找她父亲,她父亲能耐多大呀,啥事儿不能办啦,别说是打个胎,就是让他怀个胎也没问题呀。

李子受不了这些话,就抽了风儿的耳光。抽完了耳光也还得替风儿想办法,因为她不可能真像婆婆说的那样把风儿推到王果跟前去。她领着风儿去了她那没良心的男友王海家。

王海家住在隔壁的木耳村。他的父母听说风儿是王海的女朋友,确实非常高兴。但他们奇怪她为什么没跟王海在一起,为什么不是王海带着她回来,而是她母亲带着她来的。当他们听说风儿怀了王海的孩子,想要他们接收她的时候,就更加警惕起来了。他们谨慎惯了。按理说,这是送个大便宜给他们,但他们从来都害怕这种大便宜。他们只相信天上不会掉馅儿饼,要是有一天头顶突然掉下个饼来,他们一定不是捡起来就大吃,而是必须先搞清楚饼里是不是有什么古怪。

他们也不知王海去了哪里。王海进城后很少跟父母联系,如果风儿都不知道他去了哪里,那他们就更不知道他去了哪里。

一个大活人怎么说不见就不见了呢?这是做父母的首先无法认同的事情。他们没进过城,不知道城市有多大,自然想象不出一个大活人掉进人海就找不见的情景。更何况他们是那么不喜欢这种说法里透着的不祥。其二,要是王海和风儿处得好好的,那王海为什么要消失呢?其三,既然风儿肚子里的孩子王海是不知道的,那谁又能保证他的真实性呢?他们喝着油茶,就把风儿提供的线索揉成一团又掰成几块,掰成几块又揉成一团,最后就产生了这样的怀疑:风儿不检点有了别人的孩子,王海才抛她而去。风儿现在是想瞒着王海把自己和肚子里的私生子揣给王家,好让王海到时候来一个"巴到烫"。

这样的想法确实委屈了风儿,对此他们也深感歉意。但他们很无奈,王海不在,仅听凤儿一面之词,他们也只能这样去想。他们的真诚无可挑剔,不管是怀疑也好,无奈也罢。他们一点儿也没有想要得罪她们的意思,他们从来都信奉"和气生财"。

第三天,凤儿的事就传遍花村了。传的是凤儿在城里不检点怀上了孩子,没办法就回来讹王海的父母。据说这是王海的父母传出来的。李子一出门就感觉脸上有烧灼感,她怕看人的眼睛,怕给烧伤了眼。她偷偷到三会场街上打听到一位秘密为人打胎的老婆子,给钱就可以。但她要带凤儿去打胎,凤儿却不干了。

她的理由很简单,要是早先,神不知鬼不觉的时候,孩子打掉就打掉了。可是现在,她认为只有生下孩子来,才能证明她的清白。她相信孩子生下来一定像王海,只要像王海,就能证明她不是别人舌根底下那个不检点不要脸的凤儿。王海的父母也就必须认她。

李子觉得凤儿这样想很傻,在她看来,事已至此,证明不证明都没了意义。况且为了证明这一点,她得付出多么大的代价。她说服不了凤儿,就威胁她说要把这件事情告诉她爸。她以为凤儿会因为害怕她爸而屈服于她,没想到凤儿什么都不管了。她说你爱告诉谁告诉谁去,别说是她爸,天王老子她也不怕了。她豁出去了。她一定要把孩子生下来,她要用这种方式抽王海一家人的耳光,让他们无地自容。

到这份儿上,李子只有反过来屈服于凤儿。凤儿从此就在她这里住下,等待孩子降生。好在李子的脸皮已经很厚实了。经历了这么多,不得不厚实了。人一旦脸皮厚了,就什么都不怕了。不过纸终归包不住火,王果最后还是知道了。即使他很忙,也知道了。王果知道以后,事情就不一样了。王果不能容忍凤儿伤风败俗,即使他正在筹办那个真正伤风败俗的生意。他可以看得开,但他知道花河人看不开。面子是给别人看的,自己怎么想没用。他专程跑到花村来抽了风儿的耳光,把风儿的嘴角打出了血。那之后他便释怀了,似乎那两耳光便能给花村一个交代,便足以表明他的鲜明立场和态度,便能把无地自容的顾虑一笔勾销。似乎,这两耳光之后,别人便再不能指责他"子不教,父之过"了。

风儿原本面临的不光是被人唾骂的问题,还有一个计划外怀孕的问题。如果她要生下这个孩子,她就得过计生办那一关。王果抽完她的耳光以后,就替她把这个看上去很难办的问题解决了。王果果然能耐,一句话就解决了。

风儿的孩子就在那年秋季的一个下着雨的夜晚降生了,女孩,风儿为她起名叫雨儿。雨儿带给风儿的惊喜不是初为人母的新鲜感受,而是她长得跟王海"就像一个模子铸出来的"。看上去,雨儿深知母亲的心思,出世的时候便体贴入微地为她准备了这张脸。

刚满月她便抱着雨儿去了王海家。王海的父母一看雨儿的模样就无话可说,风儿便和雨儿一起留下了。

13

那个年底,张久久没有回家。据回家的男人们说,他要留守阵地。他们赶上拖薪的形势了,干到一年到头,包工头只给他们一半儿的工钱。另一半儿得扣下来,保证他们来年还跟他干。张久久就让大伙回来过年,他留下来守着那一半儿工钱。

但李子认为那不过是个谎言。当男人们对栀子这么说的时候,她就在旁边冷笑。冷笑完了她就对栀子说:"扯谎的。"

栀子更愿意相信男人们的话,因为栀子不是李子。栀子说:"大家都这么说哩。"张久久能有这么一份责任心,能热心替大伙守阵地,张大河由衷欣赏,她也由衷地为他高兴。这样李子就更要冷笑了,她看不惯栀子的天真,也痛心她的无知。她坚持认为,守阵地确实不假,但为什么偏偏是张久久,而不是别的谁呢?李小飞也留下了,但李小飞是因为城里有个女人。那女人不让他回来,女人舍不得他走,要他留下陪她过年。所以李小飞才愿意留下来替大伙守阵地。张久久凭什么呢?难道真就凭一份责任心,凭一副热心肠?

李子意味深长地问栀子:"你信吗?"她说即使张久久真的是因为生了一副热心肠就甘愿不回家了,又说明了什么呢?不还是说明他的心有问题了吗?不还是说明他疼你不如疼别人了吗?她说:"你看不清张久久,还看不清你哥吗?你哥以前是个啥人,进城后又成了个啥人,你不知道啊?你哥现在是个啥人啦?他要开妓院哩。"她说王果的生意其实就是妓院,她说花河都有妓院了,你说城里有些啥呀?最后她干脆挑明了说,她怀疑张久久也是因为女人才不回家的,即使不是像李小飞那样有个正经女人,也应该是奔城里那些娼妇留下的。

那天晚上,栀子是自张久久进城以后第一次觉得入睡成了一个无法攻克的难关。那天晚上,她遵照公公的建议,适当地喝了点儿酒。事实证明,适可而止并不见得时时都是好事。比如今晚,适可而止的饮酒就使她的血液使她的肉体甚至大脑都处于恰到好处的兴奋状态。正因为恰到好处,又使其更持久更坚不可摧。如果她往左一点儿,她就能像平时那样,数着硬币让自己变得疲倦然后入睡。如果她往右一点,她就会醉。即使就一点点醉意,在那种微醺的状态中,大脑就会变得恍惚,肉体就抓不住思想,抓不住感觉,最终她还是会摔进睡眠。她性子里的谨慎使她养成了适可而止的习惯,而且这种习惯一直以来都只给她带来好处。可那天晚上,她却尝到了不左不右的苦头。她数了两遍硬币,可两遍都无法专注。她没数上十个思绪就飞开了,飞到李子那里,听李子说那些话去了。李子也就那几句话呢,它却翻来覆去撩,摇旗子似的。栀子给她撩得无法平静,冲它发狠,强迫自己闭上眼睛,什么也不想。可她发现她已经无法左右自己,无法左右自己的大脑了。大脑被心思攻占了,身体被兴奋攻占了,它们做好了彻夜狂欢的打算。那些并不利于她的思绪被它们绕进来又绕出去,绕出去又绕进来,一直让它们在她的脑子里打着转。它们还怂恿她加入,并很乐意与她分享疯狂和快乐,虽然她并不觉得彻夜不眠是一种快乐。它们让她想起一些当初并不十分在意的事情,比如重新去思考李子遭鬼牵的谎言的可悲性,比如李子说的"王果的今天就是张久久他们的明天,我的今天就是你们的明天"这样的话。满脑子打来打去,不可开交,只觉得两个太阳穴都要给挤破了,脑壳要爆开了。她使气起了床,到灶屋猛喝了一气凉水。但那又有什么用呢?她需要的是睡眠,她渴望入睡。重活都在地里,不睡觉并不能干活。夜晚白白耽误了,白天又没劲干活,不是很冤枉吗?更何况,她很不喜欢熬了夜之后头脑昏昏,嘴巴发苦眼睛发涩的浑浊状态。她喜欢清爽爽的感觉,累也好苦也罢,她都希望心里清清爽爽,身体爽爽朗朗。可这个晚上她却正在忍受这样的折磨,猛喝凉水也没能让身体里那种感觉变得清亮起来。

她想打开电视转移一下注意力,但又怕吵了公公和儿子。在堂屋不知所措了一会儿,就觉得自己听见了异常响动。认真听,就听出是张哥儿屋里的动静。是床在响,还有他气促的呼吸声,跟着是他的喊声:"啊!啊!"栀子想到过别的,比如噩梦。或许他正做着噩梦,被狗追着或者被狗咬了。但她想起张久久说过,这个年龄会做一些春梦,会把白天看好的某个女人拉进梦里满足他的肉欲。她能怎么办呢?既然张久久说这很正常,一点都不用担心,她也就不该那么担心了。可她却免不了要去寻思张久久了,张哥儿尚且如此,张久久呢?我在家想了可以数钱,张久久想了怎么办?张哥儿的床响属于正常,那张久久呢,是不是嫖娼也很正常?是不是奔着娼妇们留在城里不回家过年也是正常?

正出神,张大河开门出来了。猛一下看见栀子,他吓了一跳。栀子没被吓着,但栀子反应过来后比吓了一跳还难堪。这个时候她怎么能在这里站着呢?她成什么了?那种喜欢偷听儿子手淫的猥琐母亲?张大河显然也是被张哥儿的动静吵起来的,既然给吵醒了,就干脆去一趟厕所。

"还没睡?"张大河这么问栀子。

栀子埋下头说:"起来喝水。"

都尽量回避张哥儿的话题,都心照不宣。

张大河照常出门上厕所去,栀子赶紧回到房间睡下。这么一闹,她再没有入睡的可能了。她像死不瞑目的尸体一样挺在床上,圆睁着眼睛看着天花板,听着公公在厕所弄出的水响,和他从厕所里出来时的干咳声,然后是开门声关门声,再然后是瑟瑟索索上床的响动。她拿头撞墙的心都有了。

第二天百合一眼就看出栀子一夜没合眼。栀子璺,说:"你凭啥说我一夜没合眼?你亲眼看见了?"百合用手指自己的眼睛,说:"你看看,这才是睡好瞌睡的眼睛。"她的眼睛很清明,很有神。她又去指映山红的眼睛,说你看看,那才是睡好瞌睡的眼睛。她一点儿都不掩饰她的自满,她就是要让栀子看清有男人在家和没男人在家的不一样。除此之外,她还要让栀子明白她们都很感恩,很感激张久久为他们付出的牺牲,感激栀子为他们付出的牺牲。她和映山红一起拿了些年货过来,又在张大河面前夸赞了张久久一番。跟栀子单独一起说话的时候她们又承认这样委屈了栀子,说下一年如果还需要守的话,就让李小勇李小敢去守。那碎嘴的映山红甚至说你要是忍不住我就把李小敢借你一晚。

但栀子似乎更倾向于跟李子凑了。即使百合映山红跟她是好朋友,但她们也是比她优越的一对好朋友了。现实把她划到了可怜人那一边。而李子,很早以前就自认为是可怜人是倒霉人了。很显然,她们是一类了。

等开发当然是回来了的,但李子觉得这种回来跟不回来也没啥区别。"回来也就是几天,过完年又要走的。"她的话听起来很像是在安慰栀子,但栀子明白她想表明的是另一种现实。"他们回来也就是尽个义务。"她说,"头两年确实会有新鲜感,但往后就不会有了,肯定不会有了。到后来大家都一样。我们全都一样。"她在说一种宿命。由于看见了宿命,她一点都不因为等开发回来过年而感到幸福,而感到比栀子优越。因为她看到的是她们的相同。

大快朵颐是免不了的,她也不反感,但她却比花村别的女人多一份平静。吸引栀子的或许正是这份平静。当一个人发现自己处于劣势的时候,别人的平静也能使自己平静。

李子认为,既然到后头都一个样,那这会儿那点不一样就没有意义了。

栀子从她的话中联想到了一群将要饿死的人,不管在途中你是不是可以饱餐两顿,最终的结局都是被饿死。她并不想这么快就认同李子的那些看法,她只是觉得有个人提醒一下也是好事,起码多一种准备。一个准备充分的人,事到临头就不至于那么慌乱。

14

我们花河一年四次妇检,每季度一次。春天的时候乡里下过通知,映山红没理会,挨了五百罚款。夏季的时候通知来了,栀子和百合去约她,她就把门关了,让她们看她的肚子。"只有你们两个晓得!"她在门后面的阴暗处站着,说这话的时候两只眼睛像老鼠眼一样泛着绿光。她怀孕了!可是第一胎是男孩的,不允许生二胎。百合和栀子不光惊讶,也替她担心。她们盯着她隆起的肚腹就等于盯着她和她肚子里那个孩子的惨淡未来:一是引产,孩子没长醒就被打回阴间,她落个空欢喜一场。二是把孩子生下来,她被抓到乡计生站割掉输卵管。

"我不管,都怀上了我就不管那么多了。"映山红说。她让人看到的是一种宁死不屈同归于尽的决心。

栀子和百合都不知道说什么才好,但又不能总不说话。映山红绷着一股劲,她们必须说说话,她才不至于把肚子绷破,把孩子给喷出来。

于是栀子说:"你的环呢?"

于是百合说:"是掉了还是你故意拿掉的?"

映山红说:"肯定是掉了,要不然怎么会怀上?"

她说:"我没想违背政策,这是老天爷的意思。"她像给冷水激着了一样"咯咯"笑了两声。栀子和百合也附和着笑,她们必须让她明白她们站在她这一边。于是,笼罩在屋子里的紧张气氛就松动了许多,三个女人都长吐了一口气。

"我一定要生下来。"映山红松弛下来的声音开始发抖,"我喜欢孩子。不是一般的喜欢。要是准生,我可以生十多个。"

"你以为你是母猪啊。"百合开玩笑说。

映山红咯咯笑,像激动的大猩猩一样拍她的胸脯,拍她的屁股。她有一对大胸、两扇大屁股,这一直是她的骄傲。她说:"看我这身体,不生孩子不是枉费了吗?"

"那你打算咋办?"栀子问,"你两个季度不去妇检,工作队马上就会来追你的。"

"我也不晓得咋办。"映山红说。

"躲。"百合说。

"我躲了烤烟怎么办?"映山红说。

"你到底是要孩子还是要烤烟啊?"百合有些恨铁不成钢。

"当然是啥都想要。"映山红说。

"你躲去,烤烟我们帮着点儿。"栀子说。

映山红一巴掌拍到大腿上,说:"我要的就是你们这句话。"

"等我生下了孩子,回来感激你们。"她激动地说。

"我已经想好了,我进城去,看他们怎么抓得到我。"她说。她因为自己有了这么好的退路而显得无比欣喜,眼睛里闪着水光。

那天晚上,她们三个去了王果家。映山红要给李小敢打电话,百合和栀子被当成护驾,现在她们三个是铁打的联盟,而王果家被她们认为是最安全的地下交通站。她没有跟李小敢约别的时间,她让公用电话的老板赶紧去叫一下李小敢,想方设法也要让他尽快赶来回电话,就说她婆娘出事儿了。那之后她就一直激动地守着王果的电话机,当然栀子和百合也陪着她守。以往,这台电话机的主人是李子,她们守电话的时候还不用这么紧张。现在电话机的主人成王果了,感觉就不一样了。王果是个男人。这是其一。其二是听说王果正准备开妓院。其实王果并不让人讨厌,他很随和也很热心,但就因为他要开妓院,她们就不喜欢他。不喜欢他又要用他的电话,心里就膈应。要是能早一点结束这个电话,就能让人心里早一点结束那种膈应。但李小敢的电话迟迟不见回过来,映山红看上去都要哭了。好在她心里想得更多的是李小敢,她估摸李小敢听到这个消息以后,应该比她更激动。她对栀子和百合说:"他会高兴坏的。他明天就会连滚带爬跑来接我进城。"她两眼梨花带雨,那种能令她晕眩的幸福就在眼前。可是电话却迟迟不响,总也不响,她忍不住了又打过去问,那边却说李小敢不在工地上,接不了电话。她正打听他啥时候会在工地,那边早已经挂电话了。

"那就明天再打吧。"栀子安慰她说。

"那就明天。"百合说。

把一件今天没法完成的事情推到明天,是无奈。但如果是把一件可以在今天完成的事情推到明天,有时候就是策略了。乡计生工作队发现映山红连续两个季度不参加妇检,就已经把她当成追查对象了。之所以没有马上追下来,是因为工作队有工作队的想法。

按规定,第一胎是男孩的,生完就安避孕环。这只铁环在女人身体里成了一种保险,如果男孩顺利长大成人,它便一直保证女人不再超怀。如果男孩中途夭折了,便可以拿下,给她一次再生育的机会。像映山红这样的,李有种长得好好的,她又怀上了,便属于违背计划生育政策的行为。按规定,工作队就应该说服映山红去做人流或者引产。但事实上都是没法说服的,只有强制。就是说,把她们强行带到手术台上,将她们的违法所得拿掉。不过,因为我们花河人都心软,有时候又会睁一只眼闭一只眼,比如像映山红这样的,当第二季度她依然不来参加妇检,工作队就已经明白发生了什么事了。这种情况要是发生在超怀第三胎的女人身上,他们会在第一时间就把她控制起来。像映山红这样的,他们考虑的是她只有一个孩子,不能生第二个仅做是因为她第一个是男孩,那么她要是超生一个也是可以理解的。当然,"可以理解"是一回事,政策法规又是另一回事。生完了,罚款和绝育手术是无论如何也躲不了的。那会儿在我们花河,到处都能看到这样的标语:一胎安,二胎扎,三胎四胎扎又罚。况且,计生工作人员的积极性并非全部来源于使命感。如果能每个季度都有一些罚款来保证他们的积极性不消退,那也是再好不过的事情。所以,像映山红这样的,他们总是会留给她一点躲逃的时间。当然这个时间很有限,因为他们是执法者,永远不能让私心和情感什么的占住上风。他们留给映山红的就是那个晚上,但映山红因为李小敢没能接到电话,就把那个晚上白白浪费了。这样一来,她的"明天",就和工作队的"明天"撞了车。事实上,如果映山红那天晚上就躲到外面随便什么地方,工作队白追一趟也就算了。但她太大意了。真撞上了,他们就不可能再让你溜走了,那对他们是失职。

工作队来到花村的时候,映山红正做着一个噩梦:她身处一个黏糊糊的完全被密封的泥潭,没有空气,四周燃着大火。她在里头拼命挣扎,努力想找到一个透气的地方。就在她即将窒息而死的当口,她的世界轰然爆炸,她获得了救命的新鲜空气……她意识到自己刚才是在母亲的子宫里,母亲遇上了一场大火……

她被一阵擂门声惊醒,才知道自己的逃跑计划已经泡汤了。

计生工作队的擂门声有着人和狗都能识别的特点。听到这种响声的时候,人的汗毛会竖起来,狗的尾巴是夹着的。这种时候你再想逃已经没有可能了,擂门声响起的时候你家能通过一只猫的洞口都把守着我们的计生工作人员。除非你能飞。由于他们从来都不相信人能飞,所以他们从来都没有把守过屋顶。

映山红在懊悔中不能自拔,而李有种又被门外那种来势汹汹吓住了,所以他们家的门就一直吼叫着。挨邻的人家早都被吵开了门,不过谁都只能保持一种隔岸观火的姿态,唯有张大河必须有一个明确的态度。他们在擂响映山红家门的同时,也擂响了他家的门,因为他是村长。现在,他已经明确地站到了他们的队列里来了,他们希望他来喊话,把映山红叫出来。张大河沉吟着上前把工作队负责擂门的人拨拉开,自己上前斯文地敲。工作队对他的小家子气很不满意,认为他削弱了他们这支队伍的士气。所以他们又把他拨拉开,自己上前擂。张大河就往后退。他明显的热情不够,即使天还没亮明,你也一眼就能看清支撑他那点儿热情的不过是一个村长的使命感而已。他不可避免地挨了批。对象就住他家对门,他知情不报已经是大错,现在又不积极配合他们工作,他这个村长显然是不称职的。既然是这样,他就应该将功补过,而不是后退作壁上观。对于自己的错误,张大河当然是很清楚的。当他们惊天动地的擂门声响起的时候,他就已经清楚了。出门前他还问过同样被惊起的栀子,"是百合还是映山红?"但不管是谁,他都很清楚自己已经失职。就在他往后退的这当口,他还后悔自己粗心了哩。

虽说并不真情愿在这里立功来补自己的过,但不让退,他就还不能退。不管如何,他还是村长。他不擂门,但他在他们擂门的间隙喊话。"红啊,躲在屋里也不是个事儿……"他的话被认为不够威严,别人就打断了他。别人把他的话撒上火药,劲头就大了很多。"映山红!躲在屋里也不是个事儿,你再不开门我们就只好劈门了!"

张大河说:"这是政策,也不是针对你一个……"

他们说:"我们劈门了啊?!"

怎么能让他们劈门呢,门就开了。是米二娘开的。米二娘由李小勇和李小敢轮养,这一阵儿在百合那边。她是从两家的隔门过来的。她见得多,清楚映山红到底也是扛不过工作队的,就替他摇起白旗投了降。她想的是这样一来,李小敢也好,还有那未能出世的孩子也罢,只恨她就行了。那时候,天空已经有了它该有的明亮,米二娘眼眶里的泪泡泡清晰可见。

映山红被带走了。

被吵醒的邻居们揉着他们因为没洗脸而依然残留着睡意的眼睛目送着她。米二娘替映山红打理了一床毯子、一件外衣,由百合拿了追去乡计生站。张大河主动揽了安排滑竿的活。他在人群中找到那家里有滑竿的人,跟他去借出滑竿来,叫栀子和米二娘用被子铺垫上。滑竿准备好了,他在老头当中选了两三个强壮的,就和他们一起抬了滑竿出发了。

映山红从手术床上下来的时候太阳才刚刚升起。她被安排在窗口的一张床上休息。太阳从窗口伸进来,把她照成血红色。赶来照顾她的百合和栀子守在床边,由着她哭。那时候她的身体还被麻药控制着,她的下半身完全还停留在麻木状态中。但她的意识非常清醒,她很清楚那里已经空空如也。很清楚她心爱的孩子已经离开了她温暖的子宫,被扔进了肮脏而冰冷的便桶。她把这一切责任都归结到自己头上,一切都是因为她昨晚没及时躲逃。

"我昨晚就该逃的。"她哑着声说。

"我为啥一定要等到李小敢来接我呢?我就该先往城里逃,让他来半路接我。"她说。

在懊悔的同时,她还挣扎于万劫不复的负疚感之中。

"我可把孩子害惨了,他还没长成器,还没来得及看一眼人世,他们就把他一剪刀一剪刀剪坏了……"

她终于"啊啊"大哭起来。那"啊啊"声被一口上不来的气拉回肚子,又一直拉到脚心,她费了半天力气,才又把它拉回喉咙。栀子和百合什么也做不了,只能一个拍她的手,一个拍她的胸,权充安慰。

临床的是一个第三胎的,她不仅丢了孩子,还挨了结扎手术。她比映山红惨,要是她都不哭的话,映山红还哭就有些令人看不惯了。所以她埋怨映山红太吵了。她说:"你哭啥呢哭?你不是还没被结扎吗?只要还没被结扎,就还有生孩子的希望。"她一句点拨,映山红就看到那微渺的希望了,就真的找回一点安慰了。这样她便继续她的抱怨或者叫安慰。她说:"我第一个是姑娘,生第二个还是姑娘,就想生个儿子呢,可他们就不让你生。"她说,"我一开始就感觉这一个肯定是儿子,我求他们让我把他生下来。我说生下来要不是儿子,我就把孩子交给他们随便他们怎么处理。可他们不同意。"她说,"这回引产下来,果真是个儿子。那些遭天杀的,他们杀了我的儿子。"她稀里呼噜哭了起来,"就差半个月孩子就要出生了。我这大半年来东躲西藏逃得好苦啊,就是为了保住他呢,可他们还是把我找着了。"她说,"就差半个月了。"到此,她本来的目的已经不清晰了,她一步一步滑向了伤心的深渊,到最后她反而大哭特哭起来了。她说:"他们拿走孩子也行,要是不把我结扎了,我就还有生个儿子的盼头。可他们不给我留这个盼头,这一刀结扎了,我就只有当和尚的命了……"

我们花河把没有儿子的人视为和尚,而和尚的命运又被我们看成最为悲催的命运。所以,她哭得一点都不比映山红肤浅。

跟她比起来,映山红的确就成为比较幸运的那一个了。当她哭得不可开交的时候,映山红的伤心便知趣地退到了后面。由于她们同是天涯沦落人,映山红的恻隐心站了出来。而恻隐心同样是催泪的物质,所以,那之后的泪,映山红是为她对面那个伤心欲绝的人流的。

栀子和百合也忍不住淌起了泪。她们都是女人,都是充满母性的女人。关于孩子,她们都生着一腔最柔软的情感,就像她们都生着一个温暖的子宫。

映山红这样的,属于轻手术。计生站的床位有限,当她被认为休息得差不多以后，就被劝回家静养。身体还没恢复知觉，那也不要紧，回去慢慢恢复也没问题的。栀子出门跟公公打声招呼，回头和百合一起架着映山红出来，几个男人上前帮一把忙，映山红就躺在滑竿上了。

路过王果家的时候，王果出来说李小敢来过电话，说今天他在工地，可以打电话过去了。这样映山红就急得跟个孩子要找爹似的急忙把电话拨过去了。这回不必要躲躲藏藏了，所以他们为她找的是路边最方便的公用电话，因为她在滑竿儿上，上下也不方便。那之后她就守在路边等李小敢回电话。

李小敢让她等了很久，所以她一拿起电话就开始瘪嘴，泪珠子像滚豆子一样。说你摸姐呀现在才来？说你昨晚死哪里去了现在才来？说我们的娃儿没了！我们的老二。说都六个月了。但是，他已经没了。说我就想给你生孩子哩，就想给你多生几个孩子哩……对于一个农村女人来说，表达爱意的最好的方式就是一份愿意为他多生孩子的愿望了。

坐着小月子，怀里却没个孩子，映山红满腔的母爱没处释放，令她十分难受。身子好点儿了，她就出门了。李四爷坐在屋檐下抽着烟，眼睛牵挂着街上的大波小波。他们正和另一个同龄的孩子玩蚂蚱玩得起劲。看映山红过来了，李四爷便起身让出椅子，进屋为自己拿板凳。他在屋里耽搁了一会儿，出来的时候手上拿了件小孩子的棉衣。他把棉衣垫在自己刚让出的椅子上，让映山红坐。映山红说不用，没事儿。但他一定要让，映山红只好听他的。映山红满心感激，当然不光是这把垫了棉衣的椅子，李四爷还是抬她回来的其中一个。李四爷看着大波小波，她也看着。那一个孩子的母亲就过来了，来找她的孩子。孩子见到妈,就扔了蚂蚱扑上去,自己撸起衣服吃奶。妈骂孩子是个"饿死鬼变的",却就边上的一个树荫下找了块石头坐了,认真喂他。李四爷冲她喊:"来这里坐吧?"她说:"不了,让他吃两口就回去,我还得下地撇烤烟呢。我喂饱了他,让他跟大波小波玩着好不?我跑两趟就撇完了。"李四爷说:"没问题,我给你看着。"女人便展示给李四爷一个无比感激的笑容。

孩子吃得很享受,吧唧声远远就能听到。大波小波也不玩蚂蚱了,傻傻地盯着他母亲的胸膛。那里有两只无比饱满的奶子,他咬着一只,摸着另一只。他们从来没享受过那样的奶。他们能记起的只有爷爷那干涩的乳头。他们看得眼馋,女人就慷慨地召唤:"来吧,这一个给你们吃。"大波就不顾一切奔过去了。可他刚要咬上去,就挨了打。是他的朋友打的。朋友并不代表一切都可以跟你共享。他们可以一起玩蚂蚱,但绝对不允许你碰他的奶。他的小巴掌并不比大波的大,但他胸膛里有愤怒,有醋意,这两样东西就相当于子弹里的火药。他不仅打了他,还把他推了一个屁股蹲儿。而后他也不吃奶了,两手叉腰拦在母亲的胸膛前面,做门神的模样。大波就哭起来了。女人打了自己的孩子,骂他是个吝啬鬼变的。但这有什么用呢?孩子依然勇武地把着关口。而且大波很清楚女人再不会为他敞开胸膛了,因为她不会让自己的孩子太伤心。爷爷这边在叫他:"大波回来,来吃公的。"爷爷已经敞开了怀,露出了他那干瘪的素胸。大波在那里看不见他的渴望,但他还是起来了,决定去那里解个馋。他奔向爷爷。爷爷像母鸡一样张开翅膀迎接他。他扑进爷爷怀里,一口咬住属于他的那个奶头如饥似渴地吧唧。左边那个是小波的,但现在小波还在留恋女人的奶头。刚才大波那一闹,他看见那只奶头流出奶汁来了。他甚至闻到了它的香甜。但他不敢像大波那样去冒险,也就只能干瞪着。爷爷就叫他了:"小波回来,来吃公的。"他用手指着属于小波的左奶头,那个黑色的像颗干枣核一样的奶头。小波摇摇头。映山红在旁边看得心痒痒,这会儿便伸手召唤小波:"来,来吃我的。"她说:"我的也有。"她用手指自己的胸脯。小波看向那里,果然看见那里鼓胀着一种丰盈。况且她的声音还像泉水声一样动听。小波动了心,奔映山红这里来了。他走得有些犹豫,还回头看过两次他身后的女人。但映山红迎上来牵住了他的小手,并把他搂进了怀里。映山红的怀抱有一种特殊的气味,这种气味对于他来说很陌生,但他能肯定是他梦寐以求的气味,一种叫母爱的气味。他的那点儿警惕心在这种气味中融化,并变成了蒸汽飘上了天。当映山红为他敞开那一片丰美的胸脯的时候,他眼前一黑就栽进去了。他终于吮到了他梦寐以求的奶子。他双手捧着它。眼泪撑痛了他的眼眶。他愿意为它去死。

　　映山红看到他的眼泪了,就在他们对视的那一瞬间。映山红以为是没有奶水的原因。她抚着他的头安慰他:"再吸吸就会有的,你要使劲。"映山红给了他一张充满母爱的脸,那里荡漾着羊水一样的温暖,他感觉自己又回到了母亲的子宫,他透过羊水看见了自己的母亲,他的眼泪夺眶而出,他感恩而殷勤地吧唧起来。

　　大波也过来了。映山红为他亮出了另一个乳房。

　　他飞快地看一眼映山红,便咬住了那一个。兄弟俩互相看了一眼,那之后,两张小脸便一直埋在他们刚刚拥有的乳房上。映山红的乳房确实没有泉涌的乳汁,但乳头很柔软,而且还带着一种香甜。有了这样的乳头,他们已经很满足了。况且,他们还能从手感上感觉到希望,他们相信有这样丰美的土地,就一定会有泉涌的那一天。他们真的盼到了。映山红的奶头开始变甜了。他们放开嘴打量,就看见那粉红色的乳头正往外冒出一个个乳白的水珠。兄弟俩相视一笑,小心翼翼地咬上去,陶醉之色就溢满了他们的小脸。

那时候,李四爷显得很傻。他那贫瘠的胸膛依然敞开着。它因为被大波抛弃而显得很无措很落寞。但李四爷却早把它忘记了。李四爷的心思在映山红那里,在映山红那一片遮挡不住的风光之上。他没有把视线投向那里,但他眼角的余光却能把那里的风光尽收眼底。事实上他也没刻意用余光偷看,是那风光太炫目,是它侵占了他的视野。那时候,他的心思大概跟大波小波差不了多少,他生出的并不是淫邪之心。而是像孩子一样纯真的,只是想捧住想吸上一口的心思。可他毕竟不是大波小波,也不是别的哪一个小孩子。于是,他只有目不斜视地拼命抽烟。这样还不行,他就干脆进屋找件事情忙起来了。

那边的女人喂饱了孩子,就把孩子扔原地,交代要他跟大波小波一起玩,又交代映山红看着点儿,便下地去了。

孩子犹犹豫豫叫大波小波,他们不理。他再叫,他们就把脸扭一下,斜着眼看他一眼,然后又回头继续享受。映山红一只手摸着一只脑袋,轻抚着他们。她对那一个说:"你等下,他们吃好了就来了。"那一个就双膝跪地,屁股放脚跟上,一个人玩着蚂蚱等着。那时候,那只翠绿色的蚂蚱还有两条完整的后腿,还能跳。他一个人无聊,就扯掉了它的一只腿,放嘴里嚼。等他吐掉蚂蚱的骨头渣,扯掉了它另一条腿的时候,大波小波才意犹未尽地放开了映山红的乳房。映山红安慰他们说:"想吃了就来找我,我这奶反正也没人吃。"她又说,

"下一回水就多了。"他们哈哈脆笑着跑开去了,映山红还痴痴地看了一会儿自己的乳房,才掩上了怀。

那之后,映山红便天天来喂大波小波的奶。两小家伙该吃奶的时候没吃过正经的奶,到现在早该断奶的时候,倒遇上了美餐。那种开心是无法言喻的,他们有时候吃着吃着会突然放声叫他们的爷爷。李四爷有时候会从屋子里冲出来,有时候会从圈舍里跑过来,那时候他们就捧着映山红饱满丰润的乳房骄傲地展示给他们的爷爷看。他们争着说:"你看!公你看!"李四爷必须看了,看得脸直发烫。那天,叫爷爷看完了,大波突然就仰起脸叫映山红"妈妈",小波听了,也仰起脸叫映山红"妈妈"。他们把两个大人都叫愣怔了,自己却哈哈大笑,一边笑还一边一个劲儿地叫"妈妈"。他们的开心并非源于大人们的傻,而是正经源于他们终于也有了"妈妈"。别的孩子管给他们奶吃的女人叫"妈妈",那他们也应该叫映山红妈妈,他们理解得就这么简单,是真正的"有奶便是娘"。

明白了他们的意思以后,大人也不必犯傻了。映山红哈哈大笑起来,她笑出了眼泪,她说:"那好吧,我就做你们的妈。"李四爷也笑。李四爷看出映山红想她那夭折在计生站的孩子了,他想安慰一下她,他想说你还可以再怀,他想说下一次怀上了你就早点躲。但映山红是他的堂侄媳妇,他不便开这样的口,就没说。

米二娘却主张把大波小波接过来喂奶,而不是映山红过那边去,当着李四爷的面儿撸开胸膛喂。映山红要是不把这话听进心里去的话,她就主动跑去接大波小波。每天一到时间她就对映山红说,你在家等着我去接那两孩儿过来。映山红嫌她跑来跑去辛苦,后来就叫李四爷送。李四爷送过来以后,就会留下来等,想等他们吃好以后好领回去。而这个时候,米二娘也一定盯在旁边。她尽量跟李四爷说着闲话,尽量不让他去注意映山红。

15

映山红不知道从哪里听说,有事没事都使劲努,就能把避孕环努出来。但她努力了两个月,一点儿不见效果。这天,她终于忍不住找栀子打听是不是真有那种偷偷为人取环的人。她是从别人的闲话中听来的,而栀子甚至都没听说过。但栀子的娘家不是在三会场街上吗?在我们花河,三会场就是信息最集中的地方了。栀子答应去跟她母亲打听。她回了趟娘家,给她带回了好消息:不光有这样的人,还打听到这个人住哪里了。据说这个人要收一百块钱,一只下蛋母鸡,映山红去的时候就拎了两只下蛋母鸡。

因为这件事情得保密,映山红只让栀子的母亲带路。栀子要陪,她也没让。老红杏也是打听来的,所以一路上她都得不停地打听,某某家住哪里呀某某家住哪里呀?别人给她指路的时候不看她,看着映山红,还有映山红怀里的母鸡。

总算是找着那老太婆了。她确实是个老太婆,但却长着男人的硬颧骨,上嘴唇还生着浓密的胡子。看一眼映山红手上的母鸡,老太婆二话没说就把她们让进了屋。屋子很小,床、灶台、夜壶,全在这间屋里。屋里的冷清能让你一眼就明白她是个孤老婆子。迎她们时,她嘴上叼着支烟袋,现在她把它小心放到了一边,开始到床上鼓捣。她从床下拿出了一块木板,吹吹上头的灰,把木板平放到床上,然后示意映山红睡上去。映山红放下鸡，正准备往上睡，她又示意她脱掉裤子。映山红看看老红杏，咬牙脱了。睡上去以后，老太婆就鲁莽地在她胯下摸了一把，而后就像烟鬼一样半闭着眼深吸着空气。那之间，她拍了两次映山红的大腿，用手示意她把屁股抬起来。映山红抬了屁股，她便往木板下塞了两块砖。这样映山红的屁股就抬得很高，她也看得清了。她撸起衣袖，不容分说就把手伸进了映山红的体内，映山红猛然一缩，惊问："你用手拿？"老太婆却依然不做声，她看上去像个哑巴。她的手没拿出来，映山红吓着的那一下，她只不过没有继续前进而已。不过，那以后她也没前进，她在那个停下来的地方抽送了几下，像男人们前戏里头会做的那样。这一回映山红没有做出什么过激反应，她在寻思这个老太婆是什么意思。她当然想不到"变态"这个词汇，但她能想到这个词汇的意思上去。老太婆冲她努了努嘴，又白了一眼老红杏，最后又莫名其妙地笑了一下。那以后，她才去拿她的烟袋。烟袋上还燃着辛辣的土烟，她把烟屁股抖地上，用脚踩灭，又仔细吹了吹烟袋，就把烟袋伸进去了。老红杏和映山红几乎是同时张大了嘴，虽然她们当时并没有对视上。那是一只竹根做的烟袋，烟锅有汤圆大，烟杆有一尺长。不知道她为什么竟然想到用它为妇女们取环，除了她，谁也不会想到这一点。但事实是她的确用它完成过多个壮举，烟锅略略前倾的脑袋可以在妇女们体内到处打探，直到摸到那只钢环，把它戴到头上带出来。那个过程会使妇女们很痛苦，还会让她们流血，但当它头戴闪光的钢环从里头出来以后，依然是一副载誉而归的自豪模样。映山红痛得一身湿透全身发凉的时候，就是因为看到了它那副模样，才又重新滚烫起来。

老太婆把她取出的避孕环从烟锅上拿下来，放到她那简陋的饭桌上,而后就开始裹烟叶。老红杏替映山红拿掉身下的砖头,扶她起来的时候,她已经点上烟抽上了。烟锅上还沾着映山红的体液,有些地方甚至是血,但她没有要去洗一下的意思。老红杏想提醒她一下,但看她耷拉着眼皮一副不愿理人的样子,也就没做声。映山红咬着牙下了床,把一百块钱放到饭桌上,拿起那只钢环,说了声"多谢",便在老红杏的搀扶下出了门。

自始至终,老太婆没吭一声。她们出门后还回了一次头,也没见她朝门外看。

回来以后,映山红便迷上了那只避孕环。撇开它的意义不说,那真是一个漂亮玩意儿。她拿在手上把玩了整整一天,才意识到自己终于从它的控制中解放了出来。她很开心,所以忍不住想找人分享。她把栀子和百合叫到她的房间里,关上门,把那东西拿出来给她们看。

"就是这个?"栀子身体里也有这个,但她还从来没见过它的真面目。现在映山红让她长了这个见识。

"怎么弄出来的?"那东西被百合抢到了手上。虽说就那么一个简单得不能再简单的东西,她却像个孩子得了个复杂的玩具,翻来覆去地看。栀子也要拿到手上去看,她看够了才给了她。

"你们猜猜看,看你们想得到不。"映山红卖起了关子。她的眼前已经很清晰地出现了那支烟袋,下身也条件反射地刺痛起来。她龇着牙吸着气等她们猜。栀子说:"我听说过用啤酒瓶。"百合则表明她实在猜不到,而且用啤酒瓶这样的也是才听栀子说。映山红就不卖关子了,她说:"烟袋。"

那两个就像她刚发现是用烟袋的时候那样张大了嘴。

映山红很得意,"你们想不到吧?"她说,"我也没想到她会用烟袋。"

她说:"她拿它在我肚子里掏,掏得我五脏都要烂了,就掏出来了。那狗日的烟袋出来的时候,头上像戴帽子一样戴着这只环哩。"说着她哈哈大笑起来。那两个看她笑,也觉得好笑,就跟着笑了几声。但她们还是更关注映山红身体的感受,她们像自己也经受了一番一样露出痛苦表情,问她:"痛吧?"

"当然痛,"映山红说,"我都差点儿痛死过去了,"她怂恿栀子,"你也去取了,再生一个。"栀子想想说:"再说吧。"百合吃醋地说:"你们倒可以取环再生呢,我就没那命了。"百合生完第二个孩子以后就被结扎了,但结扎完以后,她的第二个孩子又夭折了。

那两个就赶紧住嘴,不再说这事儿。安慰全在手上,她们喜欢采用捏捏对方的方式,一般情况下都选择的是手臂。那儿离心近,她们表达安慰的轻轻几下,很快就能传达到对方的心里去。

映山红后来把那只避孕环藏在枕头里,晚上睡觉的时候就拿出来把玩。那东西很有弹性,也很柔韧,拿在手上就想扭它,拉它。第一次很新鲜,从第二次开始,那些拉它扭它的动作就变成下意识的了,这种时候她一般都在想李小敢。她的想象力不是很丰富,多数情况都靠回忆,回忆李小敢在家时候的情景,他们在床上的情景,他们身体纠缠在一起的情景。有两次,她忍不住把那只钢环放了进去,它能给她带来一点儿起码的充实感,让她自欺欺人地得到一点儿慰藉。她盼着过年,年底李小敢会回来。

那个年底映山红不再关心别的事情,她巴心巴肠地想怀上孩子。李小敢自然跟她是同一条心,在家那些天,他不仅很努力,还从别人那里打听来一个好办法,完事后将映山红的屁股用枕头垫高,保证她怀孕的几率。但他能在家的时间很有限,过完年他又要进城。映山红没把握,她想让他待到有了把握再走。要么就把她一起带进城去,反正她迫切地想要一个孩子。没办法,李小敢就哄她说肯定没问题了。他说他先进城去,如果到时候没中标,他再来接她进城。

他们的境况不如以前了,现在涌进城里的农民工多得像山上的草,谁先进城谁就有活干,进晚了,就找不到活干了。这种情况滋长了包工头的骄傲,他们不光动不动就拿开人来吓唬,还降低了他们的工资标准,年底结算时还要扣起来一半。不管你有没有意见,你要是不心疼那一半工钱,又不想有活干了,你爱去哪里去哪里。你要是心疼那一半工钱,又不想丢了活,你就过完年还回来。而且听李小敢说,过完年再去也不一定有活干,有人可以趁你回家过年,乘虚而入填了你的空。所以,这个年底张久久还是没有回家过年,还是得留下来为大伙守阵地。有他在那里干着,就不至于被人钻了空子占了阵地,他们过完年回去就还有地方干活。

这时候百合和映山红却不再说什么换守的话了。倒不是她们自私,她们只是不好意思说了。她们感觉到张久久已经被花村的男人们当成了主心骨,而这个角色就必然要为大家做出牺牲。她们只是觉得亏欠柜子的太多了,也不是随便说几句什么宽心话能解决问题的。面对柜子强装的平静,她们也只能假装平静。好在她们还有别的话可以说,比如她们早先的那些理想和愿望。张久久虽说人没回来,但钱是带回来了的。她们就问柜子想不想换衣柜,还想不想换床,还想不想粉刷房子。如果她想的话,她们就会无条件地帮她。映山红心大了一点,要另修一间房子,李小敢还没挣足那个钱,再说映山红现在一门心思只想要个孩子。她要成不了事,百合也就没法买下她的房子。再说李小勇也没能挣足那个钱。总之,她们愿意先成全栀子的愿望。

但栀子没那份心情。

栀子虽然很平静,但百合和映山红还是能看见她的灰心。她一说"以后再说"的时候,她们就看见了。

她们安慰她:"暂时的。"她们又想跟她说"明年换守",但最终没说得出口。映山红甚至同样想到过"把李小敢借她一晚",但她发现这样的玩笑不能再开了,再开就过火了。

李子照样不相信张久久,她用那种掌握着真相的口吻告诉栀子:"男人总是会找一些冠冕堂皇的理由来骗你。"她甚至怀疑工头扣起一半工资那一套也是谎言,男人们有可能把钱花到别处了,比如说发廊。她知道城里有很多跟头发没有关系的发廊,在建筑工地旁边尤其多。她让栀子想想她哥王果,想想她哥的甜蜜之家。她说为什么就连一个小小的三会场也能出这样的东西,就是因为有钱的男人越来越多了。而男人有了钱,第一件最喜欢的事情就是嫖娼。她再一次说到了"走着瞧"。不过她劝栀子:"白等一年跟白等两年是一回事,反正,我们都会白等一辈子。"她劝栀子不要数钱了,她说数也是白数,钱回来了,人不回来等于零,人回来了心不回来也等于零。等开发是回来了的,但等开发的心在城里,回来几天又是要走的,所以她也认为等于零。

那天晚上,栀子把罐头瓶里的硬币倒出来清洗了一遍。她喜欢干净,这件事情对于她来说很平常。但这天晚上的这个行为似乎又不能以平常而论。

16

　　大波小波哐不出奶水来了,映山红就确信自己真的怀孕了。那时候还没有满大街都卖早孕试纸,她连听都没听说过那玩意儿。她判断自己是不是怀上了,得根据自己的身体反应。仅仅是月经停了不一定靠得住,妊娠反应根本就没有。奶水停了,她便认为证据足够了。

　　她的奶水是大波小波哐出来的,这一天他们不知道为什么井突然就干了。两小家伙抱着奶子揉挤半天都没用,就茫然地看她。那时候映山红正暗地里开心哩,全身都是由衷的笑容,甚至两个乳房也在笑。这样他们就更迷茫了,难道是她关了闸门吗?是她不想让他们吃了,她的得意来自于她关闸的成功?

　　映山红摸摸他们的脑袋顶,悄声告诉他们:"不是我关的,是另一个家伙关的。"

　　"是哪个呢?"他们问。映山红说:"以后你们就晓得了,现在我还不能告诉你们。"又说,"等以后吧,以后有奶水了我再请你们的客。"又说,"会有的。明年就有了,明年我就回来了。"

　　他们问她:"你要去哪里?"

　　她说:"我要进城。"

　　她把大波和小波送回去的时候,李四爷正在缝一个棕口袋。他家猫死了,这个棕口袋是猫的棺材。我们花河葬猫不葬在地底下,是葬在树上。死去的猫都能拥有一只新棕口袋,今后它们就住在一棵高高的树上，闻着新棕发出的清香味，吹着风，慢慢变成一张干皮，慢慢跟棕口袋合为一体。

大波小波一来到爷爷面前就显得委屈了，今天他们没吃着奶。他们眼里噙着泪蛋蛋，欲掉未掉。他们扑向爷爷，往他怀里拱，要从他的胸膛上找补偿。但爷爷的胸膛如何能给他们补偿呢？那里连起码像样的奶子都没有。终于，他们还是呜呜呜呜控诉起来。

"我的也没了。"映山红只好跟李四爷解释。

李四爷大概也一时间难以明白为什么她那里会突然没了奶水，他也像大波小波早先那样盯着她的胸脯迷茫了好一会儿。后来映山红给他盯得不好意思了，他才赶紧把目光拿开了。映山红的不好意思并非表现在脸红，而是大惊小怪的"哈哈"。在这短促的笑声发出的同时，她的眼睛里全是惊怪。这种情况下，不好意思的其实已经不是她了，而是对方。她甚至差一点儿就问李四爷，你不会也想像大波小波一样验证一下吧？要不，我让你挤挤？

李四爷像是明白了她的意思，红着脸说："用不着了。"但事实上他想说的大波小波已经大了，用不着吃奶了。随后他把这个意思做了个补充，同时也起到了劝说两孙子的作用。他对映山红说："这一阵多谢你了，两小家伙都给你喂胖了。"映山红说："他们叫我妈妈哩。"说完她又咯咯笑。今天，她的身体里填满了欢欣啊，那笑声自己都忍不住想往外蹦啊。

她把喜讯告诉了百合和栀子。像第一次那样，她们三个又一起去给李小敢打电话。因为需要保密，她们还是决定去王果那里打。这一回她很稳得住，除了栀子和百合以外，别的人一点也没看出她遇上了喜事儿。她跟她们保证，这一次她坚决不会等到明天。不管李小敢是不是接着了她的电话,她都要在今天就进城。李小敢接不接得着电话,她今晚都要离开花河。她们认为这一次她反而不用那么着急,因为离第一季度的妇检时间还有几天,这个时间完全可保证她走得从容一些。但她还是不想冒险,她觉得谨慎才能从容。她交代百合和栀子替她关照李有种,她说她生完孩子就回来。感觉上,她生个孩子也就是一天两天时间。一天两天之后,她就回来了。

他们在电话里约定由李小敢来半路接她。她将一个人走完从花河到市里的这段路,得坐两趟班车。李小敢从那边过来接她上火车。

那之后她们便火速回家为映山红收拾行李。临走时米二娘才从地里回来,看她们提着个大包袱要出门,凑上来打听,百合才告诉她映山红要进城去了。这一趟,百合和栀子依然要跟着为映山红打掩护。把她送上了班车,她们才放心回来了。

栀子回到家,张大河就告诉她说:"今晚的新闻里说到他们那帮人了。农民工。新闻里说到农民工了。"

自从家里有了电视,栀子只要没更要紧的事,每天晚上都一定要盯着新闻。张哥儿说过别人在那里看到过农民工,她就相信自己也能看到。事实上她的守株待兔也不是没有成效,那一阵国家建设已经轰轰烈烈,很多电视镜头里都能看到农民工的身影。通过那块荧屏,她起码能看见张久久那样的人大概是在一个什么样的地方活人。但今晚张大河说的是农民工,不是国家建设。"新闻报道的是某个地方的农民工因为被拖欠了工资,所以大家都不干活了,把工地围了起来,"他说,"不是像以前那样扣留一半儿,而是全部都没有。"考虑到栀子可能对那条新闻会特别感兴趣。他提议她等一会儿,等重播。

栀子没吱声,她站在那里想了一会儿,还是决定去睡。今天送走映山红的时候，她真想跟她一起进城啊，但那个念头刚冒出来就给她按下去了。她为什么要进城去啊？为什么是她进城去而不是张久久回来呀？拖欠工资还留在城里干什么呢？一分工资都没有了，留守还有意义吗？拿留守工地来做理由还站得住脚吗？

　　原本大家都以为，张久久两年都没回家过年了，春天一定会回来一趟的吧。他留在城里不就是为了守阵地吗？这边的男人们过去了，就可以把他换回来了呀。可是他依然没回来。这一回也没说什么理由，只说干脆还是年底回来算了。听上去他好像特别怕麻烦。但是，即使是个怕麻烦的人，也不会嫌回家麻烦啊。除非回家对他来说真的已经没有吸引力了。

　　她躺上床，让自己去想张久久是不是这会儿也在罢工围堵工地，这样想她会好过些。眼睛很涩，但大脑却越来越兴奋。睡着睡着的，眼睛也来了精神，竟在黑暗中睁得大大的。于是她干脆打开灯，下床拿出了张久久为她准备的硬币。她把它们倒在枕头边，把另一个枕头抱在怀中，侧着身子开始一个一个数。她希望能和怀里那只枕头呈"比"字入睡。

　　但今晚这一招没效果。如果一定要说效果的话，那也是反的，硬币们没让她安然入睡，反而是让她越来越精神。她索性起了床，想找点儿事情干。但真找了一件事情到手上，又发现自己并没心思。这时候，那份因没能看到那条新闻的不甘就凸显了出来。她打开了电视。她当然没能如愿以偿，那条新闻并没有站在那里等她。她换遍了所有的频道也没找到它，况且她根本没有足够的耐心等一等，看是不是能无意间碰上。她身体里填满了焦躁。她成了另一个栀子。她竟然想到了酒，想到了每天晚饭时都被公公拿到饭桌上的那只酒瓶，想到了公公偶尔也向她推荐的那一小杯烈性液体。公公说过,酒能解乏,还能帮助睡眠。

那里头还剩着大约二两烧酒。她定定神,一仰脖子全喝下去了。

那二两烈酒带给她的感觉的确很好。那些经不起酒精麻醉的思想一醉就倒下了,只单单剩下个别嗜酒的,它们可能因为酒精的刺激会变得更加兴奋。但这时候栀子已经醉了,也管不了那么多了。她在一种浮浮沉沉的感觉中向着睡眠张望,就把另一种东西错看成了睡眠的模样。她积极地靠近,深入,越来越深入了,却突然被一阵床响惊醒。她打起精神仔细倾听,却又只听到一耳朵的寂静。等她放松下来,"吱吱呀呀"的响声又起来了。这一回,她才猛然意识到这声响可能跟自己有关,她的双手被她夹在两腿间,她正捧着一手心的湿。酒陡然间就醒了。醉意变成一个冷噤被她抖落到地上。

17

那个春天,王果的甜蜜之家正式开了张。供销社的二楼总共有五百多平方米,他将一头用来做了旅馆,放了二十来张床,一头用来做了饭馆儿,放了十多张桌子。中间才是卡拉 OK 厅,有一间供人唱歌的大厅,其余地方全隔成了简单的房间,安放着简易的小床。王果向我们介绍了甜蜜之家各个地方的用处,唯独不介绍这些小房间小床派什么用场。但我们不出两天就清楚了。

开张这天,他已经亮出了甜蜜之家的强大阵容:二十多个年轻女人全都貌若妖精。这些女人今后将在你吃饭的时候陪你喝酒,将在你唱歌的时候陪你唱歌,还将在你喝酒以后陪你进小格子房间。据说,就连陪你到隔壁旅馆住宿一晚,也是她们的分内之事。

我们恍然大悟:果真是开妓院啊!

不管如何,它开了张。它还成了花河最亮丽的看点,最宏大的排场。沾它的光,花河也显得洋气了许多,繁华了许多。有了它,我们几乎就能看到花河繁荣娼(昌)盛的那一天了。不看好甜蜜之家的大有人在。花河这么一个偏僻的地方,谁来嫖娼呢?花河的壮年男人都进了城,留下来的有几个能嫖得动呢?开在眼鼻子底下,花河人就想嫖,也是有那个贼心,没那个贼胆,或者贼脸啊!

我们抱着"走着瞧"的心态,想象着它破产关张的那一天。殊不知,自开张那一天起,它歌舞升平的气象便一直欣欣向荣。我们的想法错了,喜欢找乐子的人并不怕偏僻,而且可以说更喜欢偏僻。我们的想法又是对的,这样的东西开在眼鼻子底下,是没人敢去玩的。那要是开着离自己远一点又够得着的地方,就可以放心去玩了。进甜蜜之家的当然不是花河人,不管你的幌子是吃饭也好,唱歌也罢,全都是我们不认识的人。陌生才安全,安全才放松。那一阵儿,一到晚上,花河上空就响起各种好听的或者可以杀人的歌声,有时候还有女人淫荡的撒娇声和笑声。遇上赶集的时候,女人们就会走上街来买她们喜欢吃的水果或者干果。她们一律穿着十厘米以上的高跟鞋,让我们老担心她们会摔倒。

因为这东西是王果开的,有人就恨上王果了。多半是女人。她们公开发表着"王果这是作孽"的看法,一到甜蜜之家跟前就吐口水。她们把甜蜜之家看成一个毒瘤,一个流着脓散发着臭气的毒瘤。

巧的是那年我们的烤烟也遭遇了不测。单从地里的情况而言,那年的烤烟算是大丰收,但烟草公司那边的情况却非常糟糕。明明是上好的烟叶,一到收购站,就被定成末级了,就不值钱了。种烟的不都是些女人吗?女人们一般不都迷信吗?她们就怪甜蜜之家,说是它给我们带来了厄运。你要是跟她们理论,希望她们科学一点,她们也能摆出一套科学的说法来。她们说正是因为有了甜蜜之家,烟草公司那些干部才想到压级讹钱。讹钱为什么?就是为了有钱进甜蜜之家。总之,甜蜜之家让她们深恶痛绝。

　　百合在烟叶站遭遇同样的欺负后,心情低落,回来路过甜蜜之家的时候,她便将背篓当坐凳,坐在对面盯着它出神。她心里堵得慌。她的烟叶质量是没有问题的,她都种了三年的烤烟了,自己都能评级论品了。但烟叶站收烟的人一句话,她的烟叶就成劣质烟叶了,就不值钱了。这个问题是这个秋季的普遍问题,并非她一个人才遇到了,但她还是觉得很憋屈。她坐下来,是想让自己平静。她并不知道盯着哪儿看才能让自己平静,但既然甜蜜之家是个新事物,她便选择了它。因为看不惯它,她和别的女人一样还没正经盯着它看过。现在,她是在补课。那时候,甜蜜之家正处于睡眠之中,要吃饭的要唱歌的要睡觉的,都得是晚上来。一般情况下,它会在下午五点左右醒来。那时候会有一些轿车开进三会场,紧跟着饭馆里就飘出油香。到傍晚的时候,霓虹灯才亮,跟着才会有歌声升上空中。大白天的时候,它实际上没有什么看头。况且就外表而言,它无非是比三会场别的建筑华丽花哨了那么一点。但你要是看不见里头的精彩的话,外表那点儿花哨又算得了什么呢?跟个娼妇一样,你要是见识不到她内在的淫荡,光看见她浓妆艳抹的外表有什么用呢?

　　百合坐在那里想到了钞票。想到了从男人手上数出去的钞票。

想到它们被一双怎样的手接过去,被揣进怎样的一个口袋里。后来她开始寻思那些男人,他们都是些什么样的男人呢?像张久久?还是像李小勇?还是像李小敢?李子说城里有许多不理发却专门卖淫的发廊,说建筑工地旁边尤其多,说那就是专门为农民工们开的,那么,张久久进不进呢?李小勇进不进呢?张久久不进的话为什么又两年不回家过年呢?这一阵儿,她也开始怀疑有关张久久是主心骨的说法了。那么要是张久久都有问题的话,李小勇有没有问题呢?李子怀疑过他们被扣工钱的真实性,那么他们是不是真把那一半儿钱送进这样的地方去了呢……

不能说她已经获得了平静,只能说她心头又多了另一种不平静。刚起身就遇上了栀子。她手上拿着两双鞋。一双球鞋,一双解放鞋。那球鞋她说是为张哥儿买的。百合就瘪嘴,问:"那一双呢?"栀子说:"给我爸买的。"百合就更要瘪嘴了。说:"公公就公公嘛,'爸'个啥?"栀子没吭气,只说她不该坐那里盯着甜蜜之家看。那东西虽说是她哥开的,她也很反感,很以为耻。百合就说:"我哪里是想看那东西呢,我是来卖烟叶的。"

栀子说:"叫你别慌着卖烟的,怎么又来卖了?"

烤烟从去年就卖不起价钱了。明明得到了技术员肯定的烟叶,到了烟叶站就成了劣质的了。那金黄金黄、没有瑕疵、在前两年能为烟农挣回大把钞票的烟叶,这两年却被烟草公司的人当废品了。我们有史以来都认为丰不丰收全看老天爷的脸色,可现在取决于烟草公司那帮凡人的脸色了。我们不知道哪里出了问题,但有一点我们看得很明白:烟农们遭欺负了。去年,大家都忍气吞声过来了,今年,能忍得住的少了。想跟烟叶站定级的人打架的大有人在,从开始收购烟叶以来,花河烟叶站几乎天天都有人干仗。还有人受了气后当场就把烟叶点燃了,差一点儿烧了收购站。

张大河主张花村的人不要急着去交烟叶,他正在想办法。至于他能想出什么办法,别人不得而知。因为不得而知,就有那么些人不大信得过他,就背着他背了一些烟叶到收购站试探行情。这些人抱着侥幸心理,总是希望碰上"万一",万一情况变了呢?

百合和李四爷就是其中之一二。

百合倒是把一肚子火吞下消化了,但李四爷却喝醉了酒摔下了坡。他摔下去的时候没人看见,他摔的地方又正好是个深窝子,所以摔下去以后也没人看得见。是栀子和百合说着话走来了,他听见了声音,本能地哼哼起来,才被发现了。

两人听见哼哼声后站下来认真看,觉得有点面熟,冲着下面喊了两嗓子,李四爷就回了个声儿,说是我哩。虽然他只说"是我哩",但她们已经知道他是谁了。

她们吱溜溜滑下坡去,迎头就闻到一股酒臭。他不光醉了,还吐得一塌糊涂。她们打算扶他起来,但李四爷软成了一块肉,又直喊他的腰断了,腿也断了,她们就做不到了。末了只好由栀子回去叫人,百合在这里陪着他。

栀子走后,李四爷看着百合一个劲地笑,又一个劲儿地哭。李四爷不像李四爷了。

"四叔你平时不喝酒的啊。"百合说。

李四爷说:"喝,今天喝!"

"你满身酒气!"百合说。

"我喝了四块钱的酒,哈哈。"李四爷说。

"你喝那么多干啥?"百合问。

"我一背上好的烟叶只卖了四块钱,我就把四块钱全打酒喝了,哈哈。"李四爷说。

"我那一背也只卖了两块。"百合说。

李四爷哈哈大笑,笑得要死过去一般。

百合问:"你笑啥?"

李四爷说:"我笑你的'两块'。"

百合眼睛一恨,说:"四叔你个老不正经的。"

李四爷嬉皮笑脸地说:"'半岩两块瓦,撬开稀洼洼',哈哈哈。"

他还说起了另一个谜语:"巴掌大个城,二指宽城门,卖甘蔗的进城,卖汤圆的守门。"他嬉皮笑脸要百合猜。

他看上去完全疯了。百合朝他脸上吐一泡口水,完了又觉得这些谜语其实编得很好笑,也笑起来。"你到底多大酒量啊,四两酒就醉成这样?"她说。

李四爷说:"你把口水给我揩了。"

百合用袖子去擦他脸水的口水,他突然伸手到她胸上捏了两把。"真软和!"他喊道。喊完后又疯子一样大笑。

李四爷没摔出大问题,腰也没断,腿也好好的,除了几处擦伤和瘀伤作为他摔过的证据以外,酒醒过后,他便什么事儿都没有了。但张大河把它当成了大事儿。李四爷是因为烤烟的事儿才醉酒才摔下坡的,问题不在于摔没摔出问题,而在于因为什么摔的。烤烟是乡里来发展的,现在烤烟卖不出钱了,他认为乡里应该负起责任来。他跑到乡里找鲁大千,他说村民的烤烟卖不起价钱,都有人醉酒摔到路坡下去了,你们管不管?鲁大千不说管还是不管,先问人摔成什么样了。他说人倒没摔出什么问题来,可关键是有人摔了。他说:"摔的这一个还是我们村最稳重的一个。"他的意思很明白,如果最稳重的那一个都摔了,就很能说明问题了。但鲁大千一听没摔出什么问题,就立即放松了面部表情,也放松了神经。既然没摔出什么问题,他就认为张大河是小题大做。放松下来后脸上便自然而然地堆起一脸焦头烂额的神情,他表明村民的烤烟卖不出价钱乡里也着急。但无奈的是烟草公司自成一统,他们管不着人家。他说他们不是没有做工作,只是人家不买账,人家只管压级压价,从中牟利。他说:"人家管收,就管着价钱。"看上去他确实为这个事实窝着火,要不然,他也不会随便就在张大河面前说粗鲁话:"人家不给价钱你还咬人家卵子啊?"

他这样说话,就表明他没把张大河当一般村民,他是把他当自己人了。末了他对张大河说:"你是村长,你得稳住村民。"他说,"能屯就把烟叶屯起来,谁都不卖烟了,我看他烟草公司几爷子还能不能乱搞。"他说,"等他狗日的来求我们的时候,我们再卖。"可问题是烟叶娇气,受了潮生了锈,就成真正的劣质品了。到那时候,就是烟草公司出天价你也卖不出去了。所以,张大河认为他是在说废话。

那么他就不说了。他闭嘴了。

张大河也感觉这个时候就是咬他的卵子也没用,便回来了。回到花村他便召集大家准备好烟叶,第二天跟他一起去永锡乡烟叶站。永锡烟叶站跟三会场烟叶站是一个娘生的,到那里又会有什么不同呢?更何况,为防止烟叶外流,人家早有防备,但凡关口上都设了岗,堵住后就把你往回撵。更何况,他们还有一条:拒收外乡烟叶。可是张大河打的主意不是能卖掉烟叶,他的目的在于闹出个大的动静,以引起上头的注意。他不主张吃哑巴亏。他要求花村的每一户人家都参加,最好一家能出动两个或者三个人。他领着一支看上去不错的烟叶队伍。半路上遇到三会场烟叶站设卡的拦截者,他就号令大伙把他们绑了。

  他带大伙去永锡烟叶站,主要是他掌握了一条看上去不错的信息:不光烟草公司想赚钱,干部们也想赚钱。虽说公司赚的也是他们的,但他们还想直接往包里赚,想赚得更多一点。所以收购站的干部们就出了一招:跟烟农勾扯,把烟叶等级往上提,烟农卖了烟叶他们从中提成。这无论如何勉强算是双赢,所以一些跟干部们关系搞得不错的,便走了这条路。张大河也想的是这条路。不过他带去的人太多,还是费了不少周折。不过虽说费了不少周折,但他带去的烟叶总算是卖掉了,被提了成,但总体上算起来比早先那种卖法要强一点。

  他们捆了人,闹出的动静够大的了,张大河等着引起反响。他想即使不抓他去拘留,也得把他的村长下了吧?但结果却出人意料地平静,就像什么事都没发生过一样的平静。唯一的反应,就是烟草公司在各个关口增加了人,由原来的两个变成了后来的四个。传说他们怀里还藏着电棍,但既然是"藏",就没人真看见过。

  不过那之后张大河再没带人去闯关了,那一趟虽说争了口气,但过后他还是免不了灰心。回家后,他便把他家剩在家里的那些根本不可能有好命运的烟叶一火烧了。看他那么做,别人也跟着烧。花村在呛人的烟雾中度过了一天一夜,第二天起床后他便拿起他那两件铁器从村头敲到村尾,要大家赶紧拔了烟秆翻地种小季。那之后他便起早贪黑把地翻了,全种上了小季。

"能抢回一点是一点,不能让大季小季都给荒废了。"他说。

18

那一年就到尾巴上了。

栀子摆好夜饭,张大河便去碗柜里拿酒。目光投向酒瓶,他便迟疑了一下。酒又少了。他每天晚上都会喝上一杯酒,但近来他发现每天酒瓶里少下去的肯定不是一杯。但也就是迟疑了一下。那之后他依旧为自己倒了一杯,又把酒瓶放了回去。

吃着饭,张哥儿突然就说起了他爸。他想知道今年他爸回不回来。如果桌上没人能够回答,他又想知道他为什么两年都不回家过年。张大河说你爸是为花村人守工地,你爸是仗义之人。可他说:"不都拖欠工资了吗,还守啥呢?"张大河就不知道说啥好了。

栀子说:"你专心吃饭,没人拿你当哑巴。"

张哥儿却说:"我是为你好哩。我们家算起来有三个男人哩,却让你这个女人这么受累。"

栀子给他说笑起来,说你懂个啥。这样,桌上的两个大人就正经谈到了张久久他们。张大河知道栀子这天上街往城里打过电话,可张久久没说他回不回来,只说他们还没拿到工钱。拿不到工钱,就是想回家都回不了。

他们家吃饭的时候一般都会开着电视,因为张哥儿只有那个时间才被允许看电视。饭桌摆在屋中间,爷爷和母亲坐在两边,他坐在正面,这样便于他吃饭电视两不误。他喜欢看译制片,而且尤其偏爱它动不动就亲嘴就搂抱的德行。而他的爷爷和母亲又最怕看这个,一遇上那种镜头,栀子就会借故走开。但他们都认为他不适宜看那样的东西,所以后来一到那个时候,他爷爷就支他去倒水。张哥儿烦了,就顶嘴说:"公你咋一看到这种地方就口渴呢?"事实上,他走开了,张大河和栀子也照样得不到自在,所以后来张大河一支张哥儿倒水,栀子就去。有时候,张大河甚至是自己去。

吃完夜饭,栀子就要看《新闻联播》了。一到时间她就不容分说地把频道换到了中央一台,还自恃着一份家长的威严催张哥儿去做功课。张哥儿自然是十万个不高兴,因为那时候往往译制片都还没完。不过他已经具备了一定的忍耐力。他杵在那儿迟疑着,希望能从《新闻联播》里找到一点弥补。可是《新闻联播》总是先播国家大事,总书记到哪里访问了,总理到哪里慰问了。而他这年龄,并不具备关注这些的兴趣,所以最后还是扫兴地离开了。

事实上栀子也并不关心别的,她守着《新闻联播》不过是想从中打捞那么一点关于农民工的信息。这样的信息是她跟张久久最近的联系,有了那么一点儿够得着的意思。《新闻联播》里这样的信息比较有限,后来她发现广东卫视的新闻里这样的信息要多一些,而张久久他们正好又在广东,于是她便在每个晚上为自己增加收看广东卫视的时间。这个时间又是张哥儿匆匆做完功课、想在睡觉前抓补一下电视瘾的时机。所以母子俩总是在这个时间发生冲突,但大多数时间都是以张哥儿失败而告终——栀子变得越来越固执了。

这天晚上张哥儿从自己房间里冲出来的时候,广东卫视正在播这样一条新闻,说的是某开发区因为拖欠了农民工工资,农民工讨薪不成,便想到了跳楼。遇到这样的新闻,张哥儿也自觉地保持着应有的安静。镜头里能清晰地看见那个站在楼顶的农民工,头发胡子都很长,像刺一样支棱着,那样子实在已经没了个人的模样。他平视着前方,似乎在走神。而楼下则是黑压压的观众,全仰着头,因为阳光刺眼,又全都用手充当着遮阳棚。播音员说有消防人员正在从楼道向这位危险的农民工接近,镜头里也看到有人正在楼梯上盘旋而上。楼下也是一片如潮的劝慰声,有时候还能清晰地听到"别跳,跳下来你就什么也没有了"一类的声音……

张哥儿突然说:"那不会是我爸吧?"

"不是!"栀子的回答几乎是条件反射的速度。张哥儿看她一眼,就看见了她绷紧的脸和额头上不畏严寒的汗珠。

"肯定不是,我爸没那么傻。"张哥儿想到了安慰,他正变得懂事起来。

但一转眼他又回到了一个孩子的原形,他竟然问他的母亲和爷爷:"你们说他真的会跳吗?他会不会是故意吓人的?"

两个大人都没有回答他的问题。这条新闻已经到了尾声,消防人员成功地将农民工控制了,血腥事件终于没有发生。

那之后栀子便默默地收拾碗筷,很显然这条新闻的含铅量太猛了,她再吃不下别的了。张大河也到一边抽上了烟。

栀子说:"张久久说他们也堵大门。"

张大河说:"只要别跳楼就好。"

张哥儿说:"得有人管管了,得管管那些拖欠工资的人了。"

等栀子半愣半呆神不守舍收拾完家务,夜已经有了它该有的深和浓。它正在把人们吸进睡眠。而栀子却无法入睡。先前电视里的那一幕已经顽固地刻进了她的脑子,并且一直保持着播放时的惯性。事实上好久以来她已经无法指望数硬币让大脑的齿轮停转了,她心头太满了,她的肉体在无尽的等待中已经充满了埋怨,它不知道要等多久,难道真要等到老吗?难道真要等到死吗?除了这个,她还不满于张久久们的现实处境,干半天拿不到工钱,这是啥世道呢?她担心哪一天张久久也去跳楼。她辗转反侧,辗转反侧,没完没了地辗转反侧。事实上这一阵儿这样的情况几乎占有着她全部的夜晚,这一阵儿她更依赖于酒。估摸着公公和儿子都完全睡着了,她便摸下床,摸到灶屋,再摸向碗柜。她尽量不弄出动静。灶屋是她最熟悉的地方,碗柜也是她最熟悉的家具,这一点她完全能够做到。但由于这天晚上张大河有心,她还是吵醒了公公。张大河的房间就在灶屋旁边,是灶房后面隔着的一间睡房。他今晚有心想看到这一幕,所以睡前就虚掩着门。那会儿,他稍稍支起身体就从门缝里看见了栀子。准确地说,是看见了栀子的身影。栀子拔开酒瓶橡胶塞的时候发出过一个声响,她喝下一杯酒以后,也发出过一个声响。酒香飘进了他的房间,而后又散去。他在心里暗暗地叹了口气。

那晚栀子做了一个可怕的梦,梦见一个颈桩冒着鲜血的男人捧着他的头朝她跑来,他一定要把他的头送给她,奇怪的是她并不害怕,也不拒绝,她竟然认真地接下了那颗头。当她发现头上那张脸竟然是张久久的脸的时候,才吓得尖叫起来!

今年年底花村的男人们没有相约着回来,最先回来的是等开发和部落两兄弟。他们回来之前也没跟家里打电话,突然就回来了。

回来的时候也不像往年那般欢喜。就等开发而言,脸上仅有的倒是一份尴尬。好像他在回来的路上撞翻过一辆火车,赔了不少钱挨了不少骂。他们一出现就被花村的女人们包围了。当得知他们身后并没有她们的男人跟着之后,她们又想知道这是为什么。"为什么你们回来了他们却不回?"

等开发只好回答说:"他们稍后就回。"他还说,"我是送部落回来,要不,我这会儿也没回。"还说,"你们晓得部落的,在城里哪活得了人?"

他的尴尬似乎源自这个,但他告诉李子的才是实在的,是他没拿到工钱,空着手回家。他当初是信誓旦旦进的城,回来却两手空空,由不得他不难堪。他没能给李子带回一毛钱的礼物,连回家的路费还靠的是部落。部落哪里来的钱呢?捡的。自从包工头开始拖欠工钱,部落就不正经干活了。部落被所有人当成傻子,但关键时候他似乎想改变别人的这种看法。不开工钱还干的人才是傻子,他不是。在别人都抱着那份"往下干总会有拿回工资那一天"的想法的时候,他已经离开了工地。他不知到哪里混了几天,回到工地的时候就已经有了挣钱的路子。那便是在工地上捡废品:废钢管儿、废钢筋。然后他把它们变成钞票。他是整个工地上睡得最香的那一个。工地上不养他,因为他不干活,但他看上去比谁都滋润,都红光满面。

等开发顾不上他,等开发跟其他人一样天天都为工钱焦虑得睁不开眼睛。只要他还活着,每天晚上还能看见他在工棚里睡大觉,等开发便不会再多花一分心思在他身上。等开发惦记的是早天拿到工钱,把他送回花河。尽管部落做出的才是聪明之举,但他们依然把他当成傻子,依然耻笑部落捡垃圾,等开发再不把他送回家,脸就快给他丢尽了。

但他没想到竟然得靠部落的钱回家。说是他送部落,车费却是部落的钱,这也是他面子难受的地方。部落倒并不在意这些,他带回一台 VCD,一回家就埋头摆弄。当初和等开发分家后,电视机就分到了等开发这边,现在他想看碟,就得在等开发家看。他顺带买回几张影碟,全是武打的。看影碟比看电视过瘾,花村的孩子全给他吸引来了,白天夜晚的,等开发家屋里都挤得满满的。吵了一天一夜,等开发发了火,赌气叫他把电视机抱过去放。

过了两天依然不见别的男人回来,就还是有人忍不住跑来打听了。

"他们到底回不回呀?"

"回的吧。"等开发说。

"到底能不能拿到工钱啊?"

"应该能的吧。"等开发说。

等开发明摆着不想跟人谈这个,一谈这个他的脸皮就往下垮。他也不爱串门儿了,整日坐在家里磨他的锯子凿子刨子,都磨七八遍了还磨。李子就冲他冷笑,说:"看上去,你又打算在家重操旧业了?"等开发不吭声,李子就继续冷笑,"我就晓得那是不可能的。"

又过了两天,李小敢和映山红也回来了,等开发才松了一口气。女人们的注意力终于可以从他这里转移了,她们相信李小敢和映山红那里肯定带着最新的消息。更何况映山红终于得了个宝贝孩子,就这一点,就得有些话来说。

李小敢说,几乎都能回来,就是张久久和李小勇可能得留下。他说他们两个主动提出来要留下替大家讨工钱的,况且大家也都相信他们比自己更有这个能力。

看栀子和百合的脸色起了变化,李小敢嘴上赶紧殷勤起来。他说:"你们别把讨工钱看成小事啊,那工头死活说没钱,你就咬他卵子都没用。"他说,"本来是他欠我们的,你一去讨,就成了你要跟他借钱似的。他爱理不理,动不动还跟你冒火,说爱干就干,不爱干就走人。"他说,"现在城里农民工多的是,你走了,下一个马上就挤进来了。"他说,"遇上这种咬脑壳硬咬屁股臭的包工头,你能拿他怎么办?"他说,"张久久和我哥有一天实在忍不住了,就拉了工地的总闸,提了两个啤酒瓶儿,等来问事的人一凶,就朝着他脑门来一酒瓶儿。撂倒了这一个,他们又提着酒瓶儿去办公室找工头,他还耍赖,他们就朝他头上也来了两下。"李小敢说到这儿歇了会儿,他实在是说累了。那时候,栀子和百合的脸蜡黄蜡黄。李小敢想,得让她们活回来呀。于是他接着说:"他们等人来铐呢,却没人来铐。那之后,他们一去找工头,工头就给他们递烟。"他说,"工头对他们客气。所以,要钱的事只有靠他们了。"

百合突然说:"那要是你们全都提了酒瓶儿去找他,他不就给你们了?"

李小敢说:"不是那么回事。工头也是真没拿到钱。"他说,"估计,我们要全都提了酒瓶儿进去,包工头也只能给我们磕头。他是真没钱。"

栀子问:"那钱到底去了哪里?"

李小敢说:"在哪里,在更大的工头手上吧。"

如果你还想问别的,李小敢就表现出一副很疲倦的样子,打着哈欠,眼睛皮打着架。

稍后,男人们就都回来了。只剩下张久久、李小勇和李小飞没回来。回来的人也说他们主动留下来盯着工钱。听上去像是工钱摆在一个什么地方,他们只是暂时够不着,怕别人偷了,所以得有人盯着。这下百合就难过了,木子早就说明不回来,李小勇也不回,今年她就得一个人过孤清年了。有意见,又不能针对李小勇的仗义行为,百合便钻他们话里的牛角尖儿。她说:"钱在人家腰包里揣着,你们影儿都见不着,盯个屁!"她说,"你们就看见钱了,盯着也没用!"她说,"你们还不如去抢!"她说,"我就不明白了,你们那么多人,工头才一个,他不给钱你们咋就依着他呢?"她说,"你们怕啥子呢?你们抢也抢的是自己的钱,别人还敢拿你们去坐牢?"她把男人们质问得一愣一愣的,似乎他们真没想到过这一点。

看百合那么激烈,大家就担心栀子。张久久都三年不回家了!

对于张久久几个的仗义行为,张大河倒十分看好。早先是替大家守阵地,这回又是替大家盯工钱。儿子一直都在替大家出头,他心里那点儿做父亲的骄傲就昂扬起来。他希望栀子也能欣赏到张久久的大丈夫行为,看见他骨子里的英雄气概。但这个给他带来骄傲的儿子又的确亏欠了栀子,而且亏欠得太多了。他想替儿子弥补一下,吃饭时就让栀子喝酒,就让张哥儿为他母亲添饭,为她倒茶,替她洗碗。到了晚上,他还让张哥儿为他母亲打水泡脚。张哥儿一开始都很听话地照着做,到后来给他支使烦了,便说:"公,其实你也可以帮她的。"

19

栀子决定在这个春节实现她那几个小小的愿望了：换衣柜、换床、刷房子。这是当初张久久进城时许下的诺言，而且是最小的诺言。他还说过要换房子，换成两层楼三层楼的那种，外墙用瓷砖包上，太阳照起来炫目得让人发晕的那种。但眼下不是还没那个钱吗？栀子想的是，把他说出的话抓在手上，就等于把他抓在手上了。他的诺言在变成现实，也就相当于他回来了。

张大河或许也是这样想的，他积极响应栀子的决定。她刚做出决定他就买来两车石灰，并吆喝上张哥儿跟他一起洗墙。年深日久的烟熏火燎，墙面已经成了焦黄色，灶屋更是成了漆黑色。他们得铲掉这一层，才能把石灰刷上去。离大年三十还有两天，祖孙俩决心在年夜饭之前把墙洗完。等开发也在腊月二十八那天进了场，他被栀子请来打衣柜打床。木料是现成的，早些年就被锯成了方子，这样可以为他节约大把时间，而他又是那么担心时间不够。如果仅仅只有春节这几天时间的话，又打衣柜又打床就不一定够用了。但是不是这个春节会有一个长假呢？他们是不是还要进城呢？这一点是说不准的，虽说他们看上去都很灰心，但灰心并不等于死心，谁又敢保证过完春节他还能安心坐在家里呢？

栀子就说："那就打一样算一样。"他们家忙上以后，就有人前来帮忙。屋子里大兴土木，百合就让出灶屋给他们家煮饭，她也顺便帮着栀子忙。反正她也是一个人，这样倒也热闹。映山红要照看孩子，帮不上忙,李小敢便和别家的两三个男人一起帮忙张大河铲墙。反正他们在家也没心思做别的,帮张久久家的忙,还能还还他的情。

但栀子看上去更在乎部落来不来帮忙,部落没主动过来,她就由不得自己不去叫他了。部落其实也没什么大事儿,他不过是迷上了看影碟而已。吉利大娘也声称过年那点儿事儿根本就不需要他帮忙。所以栀子就问部落:"你愿不愿意去我家帮个忙啊?"她的理由是他哥需要一个下手,而他又跟他哥学过两年木工。但栀子心里更重要的是部落的地位,有一种栀子也说不清道不明甚至都察觉不到的情况是,在栀子心里,在她分给男人们的那个区域里,除了家里那三个男人以外,就是部落了。

部落当然是欣然答应。他并不一定能明白自己在栀子心里的重要,但他很明白栀子在他心里的重要。只要是栀子的忙他都愿意帮。他没有主动前去,其实不是因为迷上影碟,而是他懂得忌讳了。那些忌讳到底是何种面目他并不一定清楚,但他很清楚这都是为了栀子好,很清楚这种忌讳也能表明栀子在他心目中的重要,跟上前帮忙是一样的。

但如果栀子更希望他到场帮忙,他也乐意选择帮忙。

有人帮忙,铲墙的活于腊月二十九的晚上就差不多结束了。余下那么点儿尾巴,张大河留到了三十的上午,因为栀子要把年夜饭提前到中午,请帮忙的大伙在他们家过个年再回。

她有这么大的打算,映山红就把孩子交给婆婆,自己也过到隔壁帮忙。三个女人一起忙活了一上午,一顿像样的年夜饭就上了饭桌。张大河高兴,特意买了两瓶"芙蓉江"来喝。女人中百合和映山红也属好酒的,所以自然是男人女人都喝上。栀子当然也喝上,最后张哥儿也被允许喝上。男人们喜欢划拳,张大河就鼓励他们划。他不会划,就跟他们猜火柴棍儿,猜对了赢,猜错了输。要不就跟部落划,部落因为不如别人机灵,又加上是初学,划得并不比张大河好多少。到兴头上,张哥儿也被拉了进去。他虽是个孩子,但这两天他也是个功臣,理应得到这种待遇。虽说不是正经的年夜饭,但气氛却胜是年夜饭。

好不好过,年都得过。我们花河不会讲笑话的人总爱讲的一个笑话是,一个长工家过年没好吃的,就一碗包谷稀饭。但长工不想别人知道这个,他也想过出地主家的那种热闹。于是就想出了一个办法,干脆把那碗包谷稀饭往桌子中间一倒。稀饭四处流淌,于是一家人都忙喊"吃这里吃这里""这里来这里来"。别人在外面一听,也以为他家摆了满桌子好吃的哩。

这个笑话已经很老了,都给说烂了,听的人都不笑了。但一些想幽默又不具备幽默天赋的人们,还总是在说,一直在说。尤其在他们想说明花河人死要面子的时候。现在,栀子就属于这样一个死要面子的人。

张久久没有回来,但他们家却过着一个顶顶热闹的年。栀子想要的效果也无非是这样了,并不一定真能填补张久久留下的空白,但起码能掩盖一下表面的沮丧。事实上这种强搅起的气氛越强烈,张久久留下的空落就越醒目,但栀子又能如何呢?

当晚那顿真正的年夜饭后,有三个女人都很关心那一晚栀子怎么度过。百合、映山红和李子。

因为是正经的年夜饭,栀子也还得回到自家灶屋做,也是为了腾出灶屋,好让百合做她家那顿正经的年夜饭。墙铲完了,地上也收拾得差不多了,栀子把灶台打扫打扫就行了。

但百合也没做年夜饭,她被映山红邀请过去跟他们一起吃。李小勇没有回家,李小勇留下来为大家盯工钱,李小勇成了那个仗义的英雄,百合就成了英雄的婆娘,就跟着受到爱戴,所以映山红就不能让她感觉到孤清,还不能让她感觉到她在被可怜被同情。当然,百合也得装着不在乎,装着感觉不到孤清,装着看不见别人的同情和可怜。这样一来,映山红就得让自己瘪,百合就得让自己鼓。虽说对于映山红来说,这个年也很平常,但相对百合而言,她过的是团圆年,从心里说,她是有优越感的。但她不能把这种优越感张扬出来,她得让百合感觉到一种"差不多",一种"也无非是这样"。而百合呢,心里的空落感自然是无法避免的,她要稍不注意,人就会瘪下去,所以她得随时注意让情绪上扬,不要让人看出她的落寞来。映山红看出来了不要紧,千万不能让李小敢或者别人看出来。栀子看出来倒不怕,但千万不要是别人。

妯娌俩一起忙年夜饭,两个身体在灶间擦来擦去,映山红尽量保持着平静,而百合尽量让自己看上去满不在乎。映山红沉气的时间多,百合提气的时候多。

但吃完年夜饭,百合就有点儿撑不住了。她说要去看看栀子吃完了没有。栀子跟她是同类项,都属于这个大年夜的沦落人。她要去找她,她已经不想再装了。她像个气球一样鼓、鼓、再鼓,现在她得找个地方释放,要不然,她得爆炸了。映山红当然明白这一点,但映山红依然不能表露同情,不能表露可怜,就连起码的善解人意都不能表露。她得装着什么也不明白,装着那不过是平常得不能再平常的事情。她说她也想去看看栀子在干啥。

妯娌俩从屋里出来,就撞上了李子。李子也是来栀子家串门儿,三个就一起进了门。栀子那会儿和公公在看"春晚"。公公其实习惯大年夜串门儿的,但如果他串门儿去了,栀子就一个人在家了。张哥儿早就奔部落那里看影碟去了。如果张久久在家,张久久也会去串门儿。但那样的话,栀子就是一个人在家也没什么,她心里是满的。然而这两三年来,栀子的心里都是空的,所以这两三年来张大河大年夜都不串门儿了。他宁可留在屋里跟栀子一起看"春晚",一起说说家常话,从形式上把栀子心里的空填补一下。虽说都新时代了,但我们花河还依然保持着过年穿新衣服的习惯。即使新衣服已经够多,到过年那天也一定要置一身的。婆婆不在了,替张大河置过年衣服的就是栀子。早些年就是,现在也是。所以那个时候,张大河通常都在试栀子为他买的新衣服,而栀子通常都是在往自己那件新衣服上绣栀子花。

她们来了,张大河就穿着他的新衣服出门去了。临走时他把火炉添旺,好让她们坐得暖和些。

第一时间是比衣服,看谁的好看谁的合身,谁的花儿绣得好看。栀子的还没来得及穿,她今年选择往肩膀上绣花儿,难度大了一点儿,所以还没完工。大家都只往胸前绣,就她喜欢到处绣。一会儿绣到领角上,一会儿绣到口袋上,或者袖口上或者肩膀上。李子的衣服上没花,她不会绣,也不打算学。

"春晚"正放赵本山的小品,他在拼命搞笑,但她们觉得并不那么好笑。栀子有花儿绣,那三个干坐着却有点无聊。就想到男人们如果这样坐一起的话肯定就甩上牌了。但事实上这个大年夜男人们竟然都不串门儿不凑一堆甩牌了,映山红说李小敢没出门,李子说等开发也窝在家里的。"他们瘟了。"这是李子的论断。李子对此很是幸灾乐祸,因为她是花村唯一那个反对男人进城的人。她反对你去,你硬要去,到那里碰扁了鼻子回来,她当然就要幸灾乐祸了。

"他们是瘋了,全花村的男人都瘋了。"映山红虽说不乐意看李子的幸灾乐祸,但她不得不承认这个事实。她向她们证明,男人们不光不甩牌了,连房事上的激情也减了许多。她说不信你们问李子。

李子说:"一样的。"

她们以为她说的是等开发和李小敢或者其他别的男人是一样的,以为她说的是"瘋",说的是"房事上减了激情",但她实际上说的是"减没减了激情都是一样的",说的是"有没有男人都是一样的"。当映山红说"要是往年的话,大年三十晚男人们是不会睡觉的"时候,她就说:"那又有啥用?他们疯了那一晚你一年到头就都够了?"她还笑着打了个比方,说女人的身体并不像那粮仓,装满了不用就能一直满着,一年到头不用,就一年到头都满着。她觉得应该更像萝卜坑,填得再满,一旦萝卜拔走了,坑就只是个空坑了。

映山红和百合就笑她,说:"那你的意思是拿个萝卜给你,就可以不要等开发啰?"李子说:"我的意思是没有等开发的时候,萝卜也不是不行。"映山红哈哈大笑,说:"百合跟你差不多,她用黄瓜。"李子说:"黄瓜也可以,你用啥呢?"百合抢过去说:"她倒不用黄瓜,她用茄子,有一回她还差点儿看上了人家的牯牛。"

当然都是玩笑话,她们只为了一乐。几个女人笑痛了肚子,就把话题转到了栀子身上。事实上她们最关心的是栀子,她们知道栀子是靠数钱来打发寂寞的。但如果张久久连续三年都不回家的话,她们肯定就要怀疑数钱是不是还管用了。要是数钱不管用她又怎么办?那映山红甚至都担心栀子的身体,她不知从哪里得来的想法,竟

139

然担心长期不用的话,女人的身体就会长拢,就会像伤口一样愈合起来。她担心到了那时候栀子还得挨上一刀,重新把它分开。栀子却说:"要是值得守的话,合拢了再挨一刀也是值得的。"她的神情,则说明她正在寻思自己的守是不是值得。那几个则把这一点武断地看成她认为"不值",看成她已经在寻思怎么弥补这种"不值"。映山红甚至已经替她想到了"偷",她觉得栀子这会儿应该考虑偷人。在她看来,饿极了的时候偷一口吃的又犯不了法。但栀子却告诉她说:"偷也得看偷什么人。"她说,"干那事儿可不仅仅是两个人打平伙,一个人凑一样就行了。而是要看心,要你心里有我,我心里有你。要你心疼我我心疼你。要不然,就还不如黄瓜,不如茄子。"

听了栀子的宣言,她们就好好替她想了一想。不用挖空心思,有两个人明摆在那里,一是张大河,二是部落。张大河是公公,有障碍。但部落什么都不是,却又是那个心疼她又得着她心疼的人。她们简直都差一点儿为她欢呼为她鼓掌了。百合甚至想到栀子的先见之明,想到她这么些年心疼部落的远见。她说:"你好狡猾呀,原来你费那么多心,就是为了养大了好偷啊!"

对她们的结论,栀子笑笑,不置可否。她们又觉得奇怪了,三个闺蜜都同声问:"你咋不狡辩呢?"栀子说:"我心里没想,还怕别人说?"她们见她停住了,就催她接着往下。映山红说:"心里要想了呢?"栀子就说:"我心里要想了,更不怕别人说。"她又补了一句,"准你自己想,还不准别人说?"

接下来的问题就顺理成章了,她们都逼着她回答,那到底心里是想还是没想?

栀子再不回答,也许,她也在问自己。

大年初一,等开发和部落接着来打衣柜打床,李小敢接着帮张大河往墙上刷石灰。有部落打下手,等开发想一口气替栀子把衣柜和床都打了。他说的"一口气",指的是在他们进城之前。刷墙刷到初五终于完了工,衣柜和床打到初五也完工了。一口气的时间就到了。花村男人们进城的时间就到了。

就进城了。

这一次,栀子再没叫人带信去问张久久有没有打算春天回来。他们走的时候,她甚至都没站到门外去看看。她那会儿在寻思过几天去请个漆匠来把新衣柜新床漆一下。

20

张久久他们三个人盯在工地上,就是想把工头盯住,结果还是让工头跑了。工头起初不给他们工钱确实是因为他也没拿到钱,但后来他拿到了却又舍不得给了。工头也担了一场白干活拿不到钱的风险,他拿到钱以后就选择了卷款脱逃,来个全身而退了。他今后是不是还会做工头已经很难说,说不定他已经选择了别的挣钱出路。就像农民工很多一样,工头也很多。这一个跑了,那一个就来了。新工头没欠他们的钱,他根本就不怕他们。他说你们要信得过就继续留下来干,要信不过就走人,腾空了地方我好叫人来。他不光告诉你农民工有的是,还告诉你他比前一个工头可靠。如果你认为他不可靠的话,又去哪里找更可靠的呢?郑重其事在这里盯,却没能把工钱盯住,张久久他们恨不能把脸抹进裤包里揣起来。但这都不重要了,重要的是钱没了。他们到处打听,就到别人认为可以告状的地方告了状。几十个人一年到头的工钱,不能没了就没了。他们留下来一边继续干活一边等告状的结果。他们从上一次的教训中吸取了经验,这一次他们跟工头把丑话说在了前头,他们要跟工头签个合同。这一次告状就是因为没签劳动合同,人家就告诉他们基本上没有胜算。有了这条经验以后,他们就多了些底气,就又把花村的男人全召唤回去了。要是这一年能把工钱拿完整,那也可以算雪耻了。

　　这一切都是听来的,百合想亲自跟李小勇打听一下是不是真有这回事。她的怀疑并没有恶意,她只是不希望这是真的。但李小勇不想重复他们的耻辱,不想把那份耻辱当口香糖反复嚼。尤其当自己的婆娘提出怀疑表示不信的时候,他就不光不想说,还忍不住想发火。百合的电话打过去,他就真发了火,百合就委屈上了。好心好意的关心,他却不耐烦了,这算什么德行呢?百合就只能胡乱猜测,专门往坏处想。这就越想越气,越想越想不通。往时遇上这种情况她一般都会找栀子或者映山红排解一下,说说话,疙瘩就散了。这一回,她连排解的心情都没有了。她不想跟人提李小勇,也不想听别人跟她提,别人一提她就想发火。别人真不提呢,她也窝火,恨不能别人提起他来惹她骂他一顿。这就乱套了,心头一团乱麻啦,整日心窝子都像茅草扎了。她就变得比平时更爱说话了,有事没事都张张嘴,让心里头随时都透着气。嘴上的频率快了,自然就有很多话不过大脑,直接走捷径就出口了。映山红的奶发胀,她的小女儿吃不了那么多,她嫌流掉浪费,要去喂大波小波,百合张口就说:"你小心四叔摸你的咪。"映山红拖上了个小孩儿,农忙起来就应付不了,就又想请李四爷过来帮忙,百合又张口就说:"你小心四叔打你的主意。"映山红就被她小小地吓了一跳。她何出此言呢?偏偏映山红又是那种不爱动脑筋的人,什么事都最好别人能给她个明白。看百合的状态有点儿怪怪的,便去向婆婆求教。但事实上她最关心的不是她为什么会发出那样的警示,而是她最近为什么会变成那个样子了。她实际上是担心百合生了什么毛病,她也是这样明示婆婆的。可米二娘看重的却是李四爷那里究竟真发生过什么,她是不是必须警惕一点了,警惕闹出笑话闹出伤风败俗来。

　　米二娘不让映山红到李四爷那边去喂大波小波,也不让映山红请李四爷来地里帮忙。映山红觉得这也太小题大做了。奶胀了她就照样去找大波小波,但大波小波却不吃她的奶了。他们已经早过了断奶的年龄,再吃是要遭到别人笑话了。他们没有掉头就走开,主要是因为映山红还记着她一年前的承诺,这令他们十分感动。映山红冲他们露着两只巨大而丰腴的乳房,那紫黑色的乳头正冒着奶汁。她在引诱他们,她渴望他们去吃奶。可他们现在感受到的只有羞涩,甚至有点儿无地自容。他们的爷爷有些着急了,说你们傻呀,去吃呀。可他们冲爷爷说:"你去吃嘛,你为啥不去吃呢?"李四爷就给他们说愣住了,映山红也愣住了。李四爷愣住后一直盯着映山红的胸脯,映山红愣住了就一味地让她的两个大乳房无奈地暴露着。过去好一会儿,他们才从愣怔中抽身出来,就都很难为情。李四爷难为情了就把头埋下,映山红难为情了却哈哈大笑,她甚至问李四爷:"四叔你想吃不?"

　　映山红以为大波小波是受了婆婆的教唆才不吃她的奶,她回去就问婆婆:"是你不让大波小波吃我的奶吧?"米二娘警惕地反问:

"你还是去喂他们奶了?"映山红说:"他们不吃。"米二娘说:"你还好意思。"她又说,"连大波小波都晓得害臊,就你不晓得。"

映山红无所谓地笑笑,便又要去请李四爷来帮忙下地。米二娘不让。米二娘愿意自己下地帮她的忙。米二娘的任务是看小不点儿孙女,是做家务。那已经够累了,她哪还能帮忙下地呢?映山红拿话堵她,说我是请四叔帮忙挑粪哩,你挑得动吗?米二娘就用力堵回去,说你要不怕别人笑话,我就帮你挑粪!

不仅如此,米二娘还恨上了百合,就像百合真有过什么,真做过什么坏事一样。看她的时候她一眼一眼恨她,跟她说话的时候她一句一句怼她。两妯娌凑一起议论一番,最终认定婆婆的这些变化都源自百合信口开河的那两句话。而对于百合来说,这又都源自李四爷的酒后失德。

百合就恨上李四爷了。就是说,这之前她没恨过李四爷借着酒劲摸了她,她一直都不把那件事情放在心上。可现在她突然就放在心上了,突然就计较起来了。要么就是她反应迟钝,到现在才觉出自己吃了亏,要么就是婆婆因为这个恨上了自己,她得找个地方申冤。反正,她突然就不理会李四爷了。看见李四爷从对面过来,她立即就拉下脸,比舞台换幕还快。李四爷要是跟她说话,她就满口火药。

李四爷就小心地问她:"我哪里得罪你了?"

百合冷笑了两声,说:"得没得罪你自己心里清楚。"

这样李四爷就得做深刻反省了。正好有两条狗拉拉扯扯过来了。它们刚做完那事儿,一时分不开,又各自想走开了事,便成了别别扭扭的连体。百合见了一块石头打过去,骂道:"臭不要脸的畜生!"

李四爷脑子里轰然一响,眼前就黑下来了。

有时候你把一样东西放迷失了,费劲找也找不到,等你都失去了信心,才猛然发现它就在眼皮底下。李四爷遇上的就是这种情况。百合指桑骂槐,就把他拖到那一天的那一个黑洞前,他一定神就看见了黑洞里那个混账的自己。想做什么挽回是不可能的了,最要命的错误不是错误本身,而是无法弥补。李四爷除了硬着头皮承担错误的后果,再没有别的办法。他从两侄媳妇的表现看,百合肯定说给映山红了。他不光在百合面前抬不起头,在映山红面前也硬不起脖子。但抬不起头又不能把头垂着,男人的脖子总该有它该有的强度。李四爷必须强撑着。他不光是不能让别人看出自己内心的羞耻,最好还让百合和映山红慢慢地产生怀疑,怀疑是她们自己弄错了。

因此,他必须不动声色,该咋样还咋样。

恨上了李四爷,百合需要请人帮忙下地的时候,就不请李四爷了,去请张大河。

映山红得了个小姑娘,不光要结扎还要罚款。结扎倒没什么,她也知道这是政策。罚款也没啥,她同样清楚这是政策。可是罚款的数额太超出她的想象了:五千。映山红看那个数字把眼睛都看成对对眼了。映山红是准备好罚款的,但她准备的是五百。罚单上的数字跟她能承受的那个数字模样相同,不同的是多一个零。映山红真想把它摘了扔掉,但无奈它不是个果子,而是个零。

她当然只能凑,把后面那个代表了十倍的"有"的零凑上。但关键不是凑不凑的问题,而是太欺负人了。一年前那些超生二胎的才罚多少?超生三胎的又罚的是多少?大家都是清楚的。可是你让她怎么办呢？认罚吧，太欺负人了。罚单给她的期限是三天,可到了第四天她还在犹豫,工作队就开进了花村。他们当然不指望能拿着钱回去,所以他们来了十多个人。不过他们也不排除拿着钱回去的可能,所以他们并没有一上来就动粗。这回他们根本不怕映山红会不会跑,他们冲的不是她,而是罚款。他们甚至看上去懒懒散散,像来赶场似的。他们首先叫出了张大河,然后才由他领着去映山红家。动静大了,映山红早站到门口来了。就那会儿,她还在犹豫交还是不交呢,关键就看工作队的态度了。张大河是主张他们态度软和一点的,因为他清楚映山红是个服软不服硬的人。但工作队不清楚。他们惯用的打法是先吓,打退不如吓退。事实上是他们忽略了张大河的意见,一开始张大河就劝他们"好说好商量",他甚至走到最前面,主动代表工作队说软和话。但他们没把这一切放在眼里,他们叫张大河加入不过是一个形式,并不真希望他能做什么。他们的队长一上去就吼就喊,嗓门粗脖子也粗。映山红本来打算跟他们理论一下罚款的数字的,但他喊的是"赶快交罚款吧,不然我们就采取措施了"。他们不给她理论的机会,想一下子就把她吓倒。映山红不吃这一套,她一听"措施"两字儿就犟上了。什么措施呢？不就是打房子抄家吗？一帮土匪还玩什么官腔呢？映山红当即就决定不交罚款了,她把脖子一梗手一扬,说你们就采取措施吧,我没钱给你们。她还说:"我有钱也不会给你们。"

她是被他们激怒的,现在她也要激怒他们。

工作队倒不怒,看上去,他们都像一群有教养的人。听她这么一说,队长就回头问他的部下:"你们说咋办呢？"部下原本蹲的蹲,站的站,很放松地抽着烟,没抽烟的也都百无聊赖地揪着旁边的映山红花朵在吃,吃得满嘴血淋淋。队长这么一问,他们便打起精神,抽烟的不抽了,用力地扔掉烟屁股,吐掉苦口水;吃花的也不吃了,把最后那口甜汁儿吞下。说:"那就按她说的做吧。"他们慢条斯理地朝着门口走,映山红就把门让给了他们。米二娘突然抱着孩子往门外闯,他们又为米二娘让路。米二娘堵在门口问他们:"要打房子?"

排头那个回答她说:"不一定,看你们家的东西够不够抵罚款,够了就不打房子。"

米二娘说:"要是不够,你们打烂了房子也抵不了钱啊,你们又不带走瓦片。"她还想说,即使带走,破瓦片也不值钱啦。她想说服他们,打房子其实根本解决不了他们的问题。但人家回答她说:"抵不了钱,可以出气嘛。"人家还说,"你们拿政策不当回事,不把政府放眼里,还不兴政府出口气呀?"这样米二娘就没话可说了。她抱着超生的孙女儿出了门,远远地躲。百合站在另一边哩,她去了她那里。好歹多个人,多点儿胆量。

映山红倒是显得够胆大的,她一直站在门口看着工作队员在屋里翻箱倒柜。她那种不把他们放在眼里的轻慢态度,促使他们把动静弄得很大,"你不是很牛吗?那我们就让你牛。"他们砸烂了碗、盆、米缸、油瓶,回头看她有什么反应,就看到映山红在冲他们冷笑,映山红说:"砸吧,你们这帮土匪、强盗,有种你们把房子烧了。"不过他们没有听她的,花村的房子一家一家连成一串,一烧不成大祸了?他们搬走了她家电视机、衣柜、桌凳,抱走了三床铺盖、一坛子猪油、一口袋米,然后,捅破了屋顶,砸烂了饭锅水瓢。

临走的时候,他们撂下话说:"不是说你家这些东西能值多少钱,主要是给你们点颜色看看。"

等他们走远了，映山红才一屁股瘫坐到地上。米二娘把孩子交给百合抱了，回屋里来收拾。屋里乱得像个战场，也没剩下几样完好的东西。她捡起半只碗，看没用，扔了。捡起半只油瓶，看没用，也扔了。百合抱着孩子进来，提议说，把米捧起来淘淘还可以的。米二娘就捡了半块勉强可以利用的米缸残骸，把地上的米一点一点捧了放进去。栀子也来了。她上前帮米二娘的忙。

张大河从自家搬来梯子，爬上房顶检瓦。他从房顶往下看，屋里的人也往上看。他在房顶上说："你们弄好没？弄好了就走开，别让瓦片落下来砸着人。"栀子就叫百合和米二娘赶紧躲开。

映山红一屁股坐下去就坐了一整个下午，似乎屁股就在那里生了根，她拔不动了。她没哭没笑，也不说话。看热闹的，真心同情她的人来了又去，去了又来，她也视而不见，听而不闻。百合把孩子交给她，孩子拱进怀里咬住了她的奶，她才"妈呀"一声叫了出来。她说："妈呀，你这嘴真凉。"她在说孩子。孩子吃着奶，就把她吃软和了。她的眼眶热了一阵，像是有眼泪想出来。但她用袖子擦擦，那阵热潮就退回去了。她开始冲屋里喊栀子，喊百合。她们都在为她收拾屋子，她想知道屋里到底给弄成什么样了。栀子和百合都跟她赌气，说你想知道成啥样了还不能自己进来看吗？她们显然在怪她刚才意气用事。

但她还是等孩子吃饱了，才站起来进了屋。屋里已经给收拾得差不多了，只是空得没法。映山红很不适应这种空，到处看。床上没铺盖了，她对怀里的孩子说："你看你，都是因为你，今晚我们睡觉都没铺盖盖了。"感觉上，她还有心思在开玩笑。张大河把脸从一个破洞里看下来，问她："有没有现成的瓦片？"她仰着头像个无赖一样回答他说:"没哩。一片都没有。"张大河的脸从那个破洞前消失后,她还咕哝,"大不了拿块胶纸先挡了,还可以当天窗。"

这个事故后,怀里的孩子就更金贵了。他们原来给她起了个很普通的名字叫桃儿,既是逃的意思,又应了花名儿。还在菜园子里栽下了一棵小桃树。现在,映山红给她改成了"金钱草",又在那棵小桃树旁边种了一丛金钱草。映山红拥有着金钱草,就好像当真拥有着富裕一样,没心没肺地乐观。

21

部落今年没进城。即使等开发照样进城去了,即使吉利大娘撵他了,他也没去。本来,李子也试着说服等开发不进城的,既然城里的境况那么不好了,她就认为没必要进城了。等开发是个木匠,在哪里不能挣钱呢?虽说三会场有了一家家具店以后,就已经没那么多人喜欢请木匠打家具了,但毕竟还不是全都不喜欢了。家具店那些家具都是木工板做的,都不如真木头打的牢实。它们不过显得很洋气。还有一些人,是更看重牢实的。更何况,即使不打家具,也还有别的木工活可以找哩。李子原本希望在自己已经看淡了的前途中争取到一份惊喜:如果等开发不进城了,她不就可以赚取一点安慰吗?要是等开发从此再不进城了,她不就时来运转了吗?但李子摆半天事实讲半天道理,等开发还是要进城。他任性惯了。更何况城里希望远比家里多。而且,你越是无望甚至绝望,那希望就越是强烈;你说不出希望的一二三四,那希望才更显得神秘,才更显得无穷无尽。

他们闲着时,排队杵在过街天桥上看车水马龙,辨认车型车标。他们收工后,成行地蹲在夜总会对面的墙根下看小姐进场。那种丰富且新鲜的感受,哪里是蹲田间地头看土疙瘩能比的。如果李子不能明白这一点,他也不想做更多的解释。

等开发走后,部落便昏天黑地地沉迷于影碟,吉利大娘就叫李子把电视机拿回去。李子倒是过去了,但这并不代表她就把婆婆的话当圣旨,就一定要贯彻落实。她过去的时候正好是她想歇一会儿的时候,她在部落跟前歇下,同他一起看着影碟,就不想走开了,就更不想把电视搬走了。把电视搬回去又有什么意思呢?不就一个人坐那儿看吗?让它在这里,让它待在部落这里,她要看的时候就不是一个,而是两个人,而且另一个人还是个男人,一个年轻得不能再年轻的男人。我们已经知道,李子是一个认命的人了。一个认了命的人就意味着她不再有所顾忌。如果这个认了命的人又正好还年轻,或者还没有行将就木,就还意味着她将不放过任何机会及时行乐。和部落坐一起看影碟有意思,和部落一边看影碟一边打俏更有意思。部落不是个爱说话的人,更不善于打俏,但李子总能勾起他说话的欲望,李子的打俏也总能让他开心。他们看着影碟,嘻嘻哈哈,旁若无人地嘻嘻哈哈。所以部落就让李子看黄片了。那是一个三级片,他偷偷看两遍了,但现在他想跟李子一起分享。好东西要分享才能产生快乐。吉利大娘早听不惯他们嘻嘻哈哈了,想提醒他们注意影响,一头撞进部落房间,就看见他们紧盯着电视屏幕上下流的那一幕哩。她当然就不只是想提醒提醒了,当然就要骂李子不要脸了。部落再不成器都比不过李子不成器了!

吉利大娘自己抱不动电视机,部落又不愿意抱,就请张大河帮了一回忙,把电视机从部落的房间搬到了李子屋里。

李子什么也没说。李子请部落下地帮忙。部落刚跟她下到地里,吉利大娘就来了。吉利大娘要部落跟她下地。部落很不愿意,跟嫂子下地当然比跟老妈下地有意思一些。

吉利大娘又要骂,李子就对他说:"你赶紧去吧。"这样他才跟吉利大娘去了。当然照样不情愿,他所以要去,不过是看在李子的面子上,不过是为了避免李子挨骂。

这之后,部落的身体便开了窍,想做男人了。按我们花河的说法,叫"醒事"。李子跟他打悄,跟他一起看三级片,他就"醒事"了,就想升级成男人了。"醒事"后第一时间他就想到了栀子,他喜欢栀子,他想要栀子帮他升级。正好又没了电视机,他就抱了他的影碟机到了栀子家。那会儿张大河不在家,张哥儿也不在家,只有栀子在。所以部落说,正好。栀子没时间看电视,她让部落自己留在屋里看,她该干什么干什么去。但部落不让她走,因为部落认为那会儿"正好"。栀子不明白他要给她看的究竟是什么,也好奇,就听了他的。电视屏幕上一开始就是两个穿得很少的男女搂在一起摸摸抱抱,撕着衣服。栀子见了就要走开。可部落把她拉住了。部落说,很好看。部落不看电视,看着她,还说着"很好看"。好像说的是栀子很好看,又好像是想从她脸上看到认同。栀子不怕他看,但栀子怕看屏幕上那一幕,因为她并不认同。那对男女已经上了床,脱得只剩下一块遮羞布,肆无忌惮做了起来。部落跟她凑得那么近,他嘴里的热气都烫着她的脸了,他身体散发出的热气都烧着她了。只因为他是初学,本能以外的行动虽然生猛,却都还很陌生。那时候的栀子很傻,她的身体她的肉无疑是想的,所以它不拒绝不抵抗。但她的心想没想呢?

那时候,她居然还没发蒙,还能问自己这个只有她才会问的问题。毫无疑问,心要想,必须要相互心疼。百合和映山红她们说得对,部落是符合"心想"标准的。但她的心还在犹豫。部落只知道她的肉在想,不知道她的心还在犹豫,就得寸进尺,于是就挨了她一耳光。那一耳光并不重,但部落还是给她打退了。部落从来没挨过她的打,所以就把这个并不算重的耳光看得很重。

栀子把电视机关了。她不让部落在这里看了。她说:"把你这些乱七八糟的东西拿回你家看去。"她把今天的这一切都看成是影碟带来的祸害,她一点都没怪部落。在她心里,部落不过是看那些糟糕的片子看邪了。部落说:"我家没电视机。"又说,"我专门拿来你看的。我想给你看。"栀子声色俱厉地说:"我不稀罕看这种恶心东西!"部落露出了委屈,但听了她的话。

部落刚从屋里出来,就遇上了张大河。看他闷闷不乐,又看他抱着个影碟机,张大河便猜想到他是来借电视机被栀子撵了。栀子平素对部落非常迁就,怎么今天就不欢迎他了呢?张大河有了疑问,就问部落:"栀子不借电视机给你?"部落说:"嗯啦。"张大河问:"她不让你看影碟吧?"部落说:"嗯啦。"张大河说:"那就不看,最起码白天不要看。你要晚上看,上我家来吧。"部落犹豫了一下,说:"算了。"

进门后,张大河把他刚打回的两瓶酒放进碗柜。以往他每一次都只打一瓶,这一回他打了两瓶。心里想的是专门给栀子一瓶,这样的话又不好说。他便在放酒的时候尽量弄出大点儿的动静,以便栀子自己注意到这种变化并跟他想到一块儿去。在我们花河,公公和儿媳之间有很多意思都只能靠两个人细心意会。但栀子不为所动。她一直在灶台上忙,不过张大河一眼就看明白那是忙给他看的,她一直在洗着一只早已经洗干净了的碗。

"女儿。"他在叫栀子。这是我们花河的特殊叫法,长辈们叫女性晚辈都这么叫,两个字同时发音,只在发音的时候卷一下舌头。我们花河人说话喜欢带儿话音,说什么都卷舌头。裤子说成"裤儿",猫说成"猫儿",咪说成"咪儿"。女说成"女儿",跟书面语的"女儿"完全是两回事。

"爸。"栀子埋着头回应。

"部落来我们家借电视看他的影碟了?"他问。他隐隐地感觉到刚才发生过什么。

栀子说:"是呢。"

张大河又问:"那他怎么又走了?"

栀子说:"吉利大娘不让他没白没黑地看呢,我让他在我们家里看,不逗吉利大娘恨吗?"

但张大河又隐约觉得没那么简单。栀子已经不洗碗了,她擦着手出了灶屋,背起背篓扛起了锄头。张大河又看见了她脸上还没能完全褪去的红晕,还有胸前那颗没来得及扣上的纽扣。

栀子觉得自己完了。她走路,眼睛看不见路,看见的是两个男女在床上翻滚的场景。她薅草,眼睛看不见草也看不见庄稼苗,看见的还是那个场景。她把庄稼苗铲掉了,还铲到了自己的脚尖。钻心的疼痛使她的大脑暂时干净了一会儿。她抓着脚趾,忍着痛,眼泪从紧闭着的眼角渗出来,形成大大的泪珠落下,落到那只被她抓得发白的脚指头上。她受惊似的放开手,血液瞬间冲向脚指头顶,它从此成了酱紫色。

脚趾连心,尤其当你内心脆弱的时候。栀子真想哭,最好是哭出声来,不管不顾地哭上一场。可是她严格要求自己要做到的,却是不动声色,是一如既往,是无所改变,是保持她原有的安安静静的本色。

但令她难受的黑夜该来还是来了。那时候,她有了一个独立的房间。在这个独立的空间里,没有什么威胁到你的尊严,你尽可以把自己裸露,甚至剖开。肉欲看上去就在皮肤下面,但实际上藏得很深,仅仅撕开皮肤你并不能把它找到,你向下一寸半寸同样抓不到它。它在你肉体的最深处生着根,枝叶贯通你的全身,贯通整个的你……栀子最后像个被电死的尸体一样蜷成一团儿。她今晚往身体深处放进了一枚硬币,她或许想用钱收买藏在她身体深处的那个肉欲,但她很清晰地看见了它的冷笑,它笑她错了,它并不像人一样看重钱,钱对于它来说什么都不是。它能暂时给她一点安宁完全是因为她的态度,它看的是她的面子而不是钱。它不会收下她的钱,她从哪里拿的还得拿回哪里去。那一会儿,栀子跟它达成了一致,钱是什么呢?生带不来死带不去。是可以打新衣柜打新床,是可以修新房子,她现在就睡在新床上,就住在刚刷白的房子里,但除了能闻到一股新木头香,除了一屋子的生石灰味生漆味以外,还有什么呢?她还是她,还是那个寂寞的守着活寡的女人。倾其一生挣钱,等挣到钱的时候花儿都谢了人都老了,都离死不远了!她真希望对张久久说,等你挣到了钱,我们都老了,我们饱受煎熬的肉和心都老了,我们有钱也已经爱不动了,想不动了。连钱也花不动了。但她很清楚张久久不会和他探讨挣钱的意义,他只会觉得她傻。就算他嘴里一个劲儿承认她无比正确,心里也会觉得她傻。

栀子渴望酒了。她起来去偷酒喝。碗柜里有两瓶酒,她早看到了。但她不会承认其中一瓶是公公专门为她准备的。即使心里承认,她也不会从行动上承认。她不会去碰那一瓶完整的。那就等于承认她需要酒,承认她偷酒喝的事实了。诚实是美德,但有时候虚伪却是为了更好地保持美德。

梔子动了公公喝过的那一瓶。她照着往天晚上的样子喝了一大口,看看里头下去了一拇指。这是她平时的量,喝下这一大口,她就能勉强入睡。但今晚她突然想再喝一口。就喝了。看看瓶,又下去了一拇指。就是说,差距已经很明显了,已经不可能不被公公发现了。干脆,她就再喝了一口,又再喝了一口。瓶儿就干了。她的胃里蹿起一股火苗,直升到喉咙口。她想,这会儿要是拿个火机往她嘴边一点,她就能燃起来。但她又拿起了旁边那一瓶,她想她得把那一瓶喝成公公喝过后的那种状态,那样公公就可以把这一瓶看成那一瓶。她就把酒喝了,而且是很准确的两小杯的尺度。然后,她就站不稳了,酒精将她两腿的骨髓烧干了,它们没力气支撑她的身体了。她感觉眼睛肿了起来,额颅也肿了起来,甚至嘴也肿了。她感觉到它们还在肿大,一直在肿大,不知道啥时候才是尽头。她看什么都有了重影,三个或者两个,它们晃来晃去,最后还打翻在地……她摔了,她想爬起来,但她已经没那个力气了。力气去哪里了呢?她好生气。张大河就开了门。梔子看向他,看见了三个人影,她知道自己醉了,她想到了羞耻,但她站不起来,没法赶快找地方躲去。张大河看明白了,就上前来扶她。可他刚抓住她的胳膊,她就笑起来了。梔子平时是很少笑出声的,这时候她纵声大笑了。"爸,我站不起来。"她说。她笑的是这个。她笑的是自己不仅没法躲,还得依靠公公站起来了。这是一个哭笑不得的现实,她选择大笑是因为她失了控,一笑起来就失了控。她没法刹住了,她笑成了一团儿,她不努力了,她向现实妥协了,她说:"爸,我站不起来的。"她说,"爸,我就在这儿睡。"她说,"这下我睡得着了。"她说,"你放心吧这下我睡得着了……"她瘫倒下去了,就要睡过去了。张大河还抓着她的手臂,他还在动员她:"女儿,你站起来。女儿,我帮你一把你就能站起来。"但栀子真的要睡过去了,他不知道往下该怎么办。张哥儿就在那时候也开了房间门。

张哥儿上前抓住了母亲的另一只胳膊。他已经闻到了母亲身上强烈的酒气,他知道她喝醉了。他们试着把栀子扶起来,但努力了两回都不行。她要是站不起来,你就扶不起来。张哥儿提议背,要么他背,要么他爷爷背。张大河怕他背不动反摔着了栀子,便自己背。

把栀子安顿到床上以后,张哥儿端了一碗水放到床边。他想的是一会儿母亲应该特别需要水。那之后,祖孙俩站在外屋说了会儿话。

"妈心里不痛快。"张哥儿说。

"这农忙季节,活太累,她多喝了点儿酒。"张大河说。

"你不应该去给别人帮忙,把家里的活扔给我妈一个人。你要去帮别人,也得先帮完我妈以后。"张哥儿说。

张大河想说自己是村长,别人叫上了,就不能不帮。但一转念又觉得这话根本就不具备说服力,便没说。他只叹了口气。

那以后,张大河不喝酒了。不是说他戒酒了,而是说他不在家里喝酒了。张大河把剩下那大半瓶拿到李四爷那里喝了。那以后,他不再往家里打酒。

连着两个晚上不见他喝酒,栀子也连着两个晚上没酒喝。

那天,栀子自己打了酒回来。晚饭的时候,她让张哥儿把酒瓶和酒杯又摆到了公公面前。

张大河没说什么,拿过酒瓶儿就倒酒。那天晚上,栀子没有偷酒喝。但那天晚上栀子竟然很快就入睡了,只是迷迷糊糊中她被一阵床响惊醒了过来。她以为是自己的问题,待看见自己的手好好地抱着枕头,才又想到张哥儿。她又睡不着了,又渴望酒了。克制是一回事,渴望是另一回事。再说,她还想去听张哥儿那边的动静。最近在她身上发生着一个不被她觉察的变化:她迷上听床了。张哥儿的床响的时候,她会找个借口走到外屋,假装忙着别的什么事儿。有时候,她会把自己听湿了。

可今晚却不是张哥儿的床在响。

她信不信都没有办法,不是张哥儿的床在响。

22

吉利大娘终于骂李子了。

电视机搬回李子屋里以后,她的确不去部落屋里看影碟了,但他们在她屋里看上了。她允许部落拿影碟去她屋放,她还允许部落放黄片,还和他一起看。所以,吉利大娘就数落开了。"部落是你小叔子,"她说,"你当初还是栀子嫂子的时候跟等开发好上,我没话说,但现在你还有等开发,你还是部落的嫂子,就不应该多部落的心。"她说,"叔嫂之间打打闹闹没关系,但不能过线。"她说,"你要是不嫌弃部落是个傻子,你就跟等开发离了嫁部落。你要是还想跟等开发好,你就得检点,得为他守着。就是难守也要守着。"

李子就被她说烦了,就顶了嘴。什么叫过线?王果的甜蜜之家不还在大街上红红火火吗?三会场那几家录像厅不也都在放黄片吗?政府都不觉得过线,你一个乡村老太婆,比政府觉悟还高。理所当然,婆婆就愤怒了,就破口大骂了。

吉利大娘骂李子的时候,没顾忌家庭的脸面,因为在内心深处,她还没把这个先勾引后嫁来的儿媳当儿媳,总觉得不够"明媒正娶"。她一骂,花村就全都知道李子勾搭部落了。李子曾经是栀子的嫂子,现在又是闺蜜,下地的时候碰上了,栀子就问她咋回事。李子被吉利大娘骂出了名,已经"老水牛下泥潭,以烂为烂了",就赌气说:"怎么回事呢,不就是我想勾搭部落吗?"但她后来又想到栀子可能是在忌妒,因为她也认同百合说过的"栀子有远见"的说法。所以她又说:"你放心,我跟部落啥都没有。"当然她还补一句,"我要是有心,谁拿我也没办法。"

有她这句话,就说明她还没那心,就被栀子认为还有救。栀子觉得根源在部落,在部落的脑子,或者就是在黄片。所以她劝李子以后再不要答应部落看那些乱七八糟的东西了。

部落春节期间帮了他们家的忙,栀子还没答谢他。李子这事儿出来后,栀子就到街上为部落买了一双球鞋。她当然没有只为他一个人买,她同时还为张哥儿和公公也买了一双。张哥儿知道其中一双是部落的以后,就撇嘴,觉得他妈答谢过火了。

栀子当然没把张哥儿的话放在心上,一个小孩子的话而已。况且她也的确就是为了表示答谢。要是过火了,也仅仅是为了答谢。吉利大娘也不多心。部落跟她也亲,她跟部落也近,但吉利大娘从来都不多心。吉利大娘只是觉得部落都这么大了,她还给他买鞋的话,部落就该不好意思了,她这个当母亲的也该不好意思了。但栀子说纯粹是为了答谢,就不用有这方面的顾虑了。部落是著名的懒,但到了栀子那里又无比地勤快,他这辈子能挣双鞋呀啥的,也只能在栀子那里挣了。

把鞋给了部落,看着他试穿的时候,栀子就轻言细语对他说:"李子是你嫂子。你对她好不错,但不能让她因为你挨骂,还让人说空话。"她说,"以后就别看那些乱七八糟的片子了,要看也看点儿正经的。"她又说,"你要看也行,不能让你嫂子看,更不能让她跟你一起看。"这时候部落已经穿上了新鞋,新鞋很合脚,他很开心,所以他突然说:"一起看也可以,不能让妈撞见。"

我们以为,土地下放到户以后,我们获得的就是一份种什么的自主权。但这一年,我们竟然不知道该种什么了。这些年,我们都习惯政府动员了,政府说,你们种烤烟吧,我们就种烤烟。种烤烟之前,我们是很清楚哪个季节该种什么的,种了几年烤烟,就不清楚了。我们变得依赖了。烤烟种多了,不值钱了,乡里不再动员种烤烟了,我们就等他们来动员种别的。

张大河只好对花村的人们说:"不要等了,该种啥种啥吧。"那时候杏花早开过了,桃花也谢了,梨花一夜之间就把花村的颜色换成了白色。要是再拿不定主意,季节就滑过去了,就什么都种不了了。

可到底该种啥呢?种过烤烟后,他们已经不再看好种粮食。种粮食不挣钱,农药化肥种子,花出去的成本都收不回来。

但是张大河认为,烤烟是万万不能种了。他主张先种粮食,种着等政府又想新的种钞票的招数。

张大河让别人明白他也没有招了。他将收割后的油菜田泡上了水,旱地也翻了一遍,只等着往水田里栽秧,往旱地里撒种了。

那就种吧,挣不了钱,就种来糊口吧。

那一年,花河人都这么想。所有的水地都被泡上了水,那些差一点儿就被当成肉牛卖掉的耕牛又有了用武之地。只是有一个问题很明显:女人们也得参加打田了。早几年就该有这问题,就男人们涌进城去那会儿。但正好政府大力发展种烤烟,水地全变成了旱地,问题便被掩盖了。当女人们不得不卷起裤腿,把腿伸进冰冷的水田的时候,才突然发现种烤烟的另一个好处。女人天生就怕冷,把脚伸进水田的时候全都"啊啊"叫唤。叫完了还要打上一阵寒战,才能完全进入状态。那一阵儿,我们花河女人的嘴唇全都是深紫色,像统一了颜色的口红。

节令上本该有几天暖和日子的,但奇怪的是这个春天一直都阴雨绵绵。"贵州落雨当过冬",春天没个春天的样子,岸上的人棉衣还脱不下呢,女人们泡在水里,终于就给泡出问题来了。

先是石瓦村一媳妇突然栽倒在水田里,是水牛看身后出了问题扬起大嘴"哞儿哞儿"呼喊,她才给人发现了。她被从水田里捞起就开始狂吐,送到花河医院还吐,输上药水还吐,她吐得两眼什么也看不见了,在空中瞎舞着双手痛苦地喊道,我再也吐不动了……天黑的时候,她果真就吐不动了。再想吐,也只能等下辈子了。

医院说她得了一种叫钩端螺旋体的病。

听起来问题很小,不过是个人命运的问题而已。但事隔两天,木耳村又出现了同样的事情。同样是一个年轻媳妇,同样是在犁田的时候栽倒在水田里,同样是捞起来就开始狂吐,同样是送到医院,挂上水也照样吐,同样没挨到天黑就死了。

医生说,同样是钩端螺旋体病。

这种病我们之前并没有听说过,但如果只有一例的话,我们也不会太好奇,这世间疑难杂症不是很多吗?听听就过去了。但要是你身边接连出现两例,你自然就会好奇上了。就跟失窃一样,连着两天你的邻居都挨了小偷,你肯定就警惕上了。于是,关于这种病的说法就被传说开来。说是一种瘟疫,主要由老鼠或猪传染。一说是瘟疫,就全都变了脸色。老鼠是自来就遭人恨的,可猪怎么办?于是又有一种说法传开来,家养的猪基本没问题,关键在于老鼠,而且是山鼠,在野地里窜的那种。就是说,那两个倒霉的小媳妇可能是遇上了这样的老鼠。是不是真的,已经死无对证了。接下来,大家都警惕着地面,怕遇上山鼠。

李柴火的儿媳也一样地充满警惕,但她还是染上了。她没栽倒在田里。她当时负责糊田坎。她发现自己突然口干。水壶就在田坎上,她伸手拿过水壶来喝水。喝到口里却咽不下去,胃里一阵上顶,水喷了出来。李柴火正好犁到她跟前,就顺便说她:"女儿你慢点喝。"可她却知道不是呛着了,她的喉咙很痛,像裂了口子。她拿手捏了捏喉结的地方,本想试试有多痛,却不承想一声干呕,就吐出了一口鲜红。一见红她就"哇哇"喊起来了,她喊的是:"我没碰过耗子啊,我没碰过耗子啊!"

李柴火认为不关耗子的事,在背着她赶往医院的路上,他一直跟她谈她和那两个媳妇的症状的不同。可他并不是医生,只有医生的诊断才具备着权威性。医生诊断说:"她一样是染上了钩体病。"

比起前两位,她在医院的时间要长些,她待到了第二天的夜里。

她跟她们的症状也不同,但结果却是一样的。她发着高烧,嘴唇开裂,出血,眼睛、鼻腔、口腔,凡有黏膜的地方都出血。而那些不出血的地方,则变成了釉黄色。她跟她们不同的地方还在于她因为死得没那么仓促,死的时候身上没带泥。她的那身泥衣服是她婆婆给换的,她腿上的泥是李柴火给洗的。

　　她咽气后第一个哭起来的是李柴火。他哭的是:"天啦!你咋不把我收去呀,把我这个没用的收去就行了呀,她多年轻啦。"他呼天抢地,老伴儿就在旁边捶胸顿足。老伴儿泪眼滂沱,无声地张合着嘴。她想喊的,李柴火喊出来了。

　　病魔的嘴脸就有些明晰了,它看上去是专冲年轻媳妇来的。媳妇们都怕下水田了,因为这个时候医生们又说,并不一定要碰上老鼠,只要碰上了被老鼠污染了的水,恰好你的抵抗力又处于最弱的时候,你就很危险。别人也就不忍心把她们逼进水田了,因为谁也不敢说她们哪一个的抵抗力就强。

　　这样,打水田的事儿就全交给公公们了,即使那些被认为吃不消的会给泡出病来的好几年都没下过水田的公公,也都下去了。媳妇们的眼睛全盯着他们,自家的盯,别人家的也盯。他们下田的时候盯,他们从田里起来还盯。盯了几天,发现他们没事,就松气。松完了气,那些没公公的媳妇们就全围上去了,"你们家的不是犁完了吗,帮我们家一个忙吧?"

　　打完了自家的,公公们也累。但看有这么多媳妇需要他们,他们又不累了。他们像突然发现自己其实还不算老,其实还可以活出壮汉的形象来的。本来打算歇歇的,媳妇们来请,就又都精神抖擞起来。

23

那只是犁田呢,田犁完总得栽秧呢,犁田不就是为了栽秧吗?那谁去栽秧呢?是公公他们,还是媳妇也一起呢?媳妇还是怕,公公们就还是不忍心勉强她们下田。就问张大河怎么办。张大河是村长,找他拿主意成习惯了。

张大河就拿了主意:干脆大伙一起插,就像大集体那会儿一样,整体出动,打阵地战,一块田一块田地完成。这样好,却出现了谁家先谁家后的问题,张大河就又拿了个主意:从村东头插到村西头,不论谁先谁后。公公们最后被他分成了两组,弱点儿的成一组,负责从苗田里拔秧把子,并铺到田里。强的一组,只管闷头插秧。

这时候,李子却拿出一双长筒雨靴穿上。她想的是这样一来,耗子污染过的带着病毒的水也奈她不何。她穿着这双雨靴下了自家的田。她不参加大集体没有别的意思,只是觉得没那么必要。她这么想也不是有鄙视别的媳妇的意思,她只是觉得自己没那个必要。因为她并不像别的媳妇那么怕死,因为她对"活着"的看法不一样,对"现在这种活法"的认识不一样。她本来想过把部落留下的,但后来又没有。她想的还是"必要不大"。她让部落帮犁田不是因为她怕死,而是因为她根本就不会犁田。但插秧她是会的。

她就那样一个人寂寂地下了田,弯着腰插起了秧。那时候,大部队还在东头,离她还很远。栀子发现了她的装备,也来了兴趣。原本她也不想干站在岸上着急,这会儿就拉着李子问她从哪里买来的靴子。李子这靴子是找人从县里买回来的,既然它被栀子看好,她当天就上街委托去县城进货的朋友帮栀子也带一双回来。而这人竟一下子获得灵感,回来的时候就带了一大批。当栀子穿上第二双以后,跟着就有人来买第三双、第四双,最后就被抢购一空。

有了武装,栀子就跟李子结伴儿下田。田要紧挨着就更好,没紧挨着,只要互相一抬腰就能看见也好。插秧老弯着腰,久了就要往直里抻抻才行,这时候她们就远远地喊一两句话。这样就能让你感觉到你不是一个人在战斗,你就不害怕。有一次李子把腰直起来,就看栀子那边不对劲了。她试着喊了两嗓子,没回应,便稀里哗啦踢着泥水跑过去看。才发现栀子倒在田里,像个死人了。她可吓得不轻,尖叫声是伴着哭声一起喊出来的。幸好她有过掐人中的经验,即使在那种惊慌失措的情况下也把栀子给掐回来了。她要送栀子去医院,栀子却说不用。栀子没往钩体病上头去想,她知道自己贫血,平时也有过头晕甚至晕倒的现象。但是李子不那么想,李子原本是最无所谓的那一个,但现在她却是最害怕的那一个,她怕栀子是染上了钩体病。她一定要把栀子往医院送,她想把她背起来去医院,但她背起来走不了多远就得歇下。她并不比栀子强壮多少,她实在是力不从心。这样她就火冒三丈了,就冲着茫茫田野火冒三丈地喊:"男人们都死哪里去了?张大河你死哪里去了?"她甚至想到了部落,她想到栀子对部落那么疼,想到部落是栀子养的"候补"一说。可现在她却靠不上部落。所以她还喊了一嗓子:"部落你死哪里去了?"她把栀子逗笑起来了,栀子觉得她不应该那么慌乱。这一点,就是李子也感到惊讶。

到了医院,又没啥事儿了,医生不排除贫血,但也没说就绝对不是钩体病。医生们也被那恶魔吓怕了。他们要栀子回去细心观察,如果出现喉咙痛发高烧啥的就十万火急了。

从医院里出来后,李子终于忍不住好奇,想知道栀子当时为什么能那样淡定。她想即使是她,一个看似对什么都无所谓的人,也是会惊慌的。再不济,淡定的也应该是她李子,而不是栀子。栀子就告诉她,主要是她在地里晕倒过,她知道是因为贫血,不过是因为弯腰的时间太长或者蹲下的时间太久造成的。但李子却认为自己在她的神情里看到了一丝隐隐的无所谓,跟她相同的那种无所谓。她想这一点或许栀子自己也没能觉察到,但它确实存在着,它被她看到了。她忍不住想劝劝栀子。她说:"你跟我不一样,你还有张哥儿,我有啥呢?姑娘大了,都到人家里当癞皮狗了。"栀子不许她那样说凤儿,又跟她开玩笑说她们有过膝的雨靴,耗子尿进不去。

回家的路上正好遇上张大河慌里慌张从这头小跑,两腿还满是泥。他是听说栀子被送到医院后赶来的,一看栀子好好的才松了一大口气。但李子不让他松气,他撞她枪口上了。她说你这会儿来干啥呢?她说你刚才死哪里去了?她说你去替别人插秧,你无私你伟大你是雷锋你了不起,但你家里呢?她说你让栀子一个人下田栽秧你让她累死在田头又算什么英雄?她说你有本事你也别让栀子下田,你别让她贫血,你没这本事,你让栀子在你张家累死累活,自己却到外面去充好汉算啥呢?她说我累死累活还说得过去,我家没男人在家,可你们家不是有你在吗?要是今天栀子真就那样死在田头了,我看你还有没有脸去充好汉!她泼起来就收不住,要不是栀子生了气拉了脸,她不知还有多少话要说。

不过那之后她又为自己哭了一场。不管是因为挨了她的泼,还是因为心疼,张大河不让栀子下田了。无论如何也不让。他告诉她,他家的秧子耽误不了,全花村的秧子都耽误不了。他领导的公公队势头很好,完全有望完成全村的插秧任务。他说就是要为插秧送命,也应该是他们。栀子听了公公的话,暂时在家歇下了。李子就哭起了自己。哭自己没人疼。谁说她真就那么想下田了,谁说她真就那么无所谓就那么不怕死了?不就是因为没人帮没人疼吗?

她一个人在家里哭,吉利大娘就过去了。吉利大娘说:"哭个啥呢?不是大家的都等男人们来插吗?再不济还有部落哩,那东西懒归懒,但你还是叫得动的。"李子说:"你不是不让他帮我的忙吗?"吉利大娘说:"我哪是不让他帮忙了,我只是……"她没把那后半句说出来。

自从有了过膝长靴,有的媳妇已经学着李子和栀子下了田。栀子闹那么一下虽然吓了她们一大跳,但听说栀子更有可能是贫血后,她们的胆子又大了起来。百合也买了一双长筒的雨靴,但刚买回来还没穿她就发起了高烧,两腮肿起了疙瘩。那会儿是下午,能下地的都在地里。百合突然发现自己喉咙痛,口发干的时候一下子就慌了神,两腿发软就站不起来了。幸好米二娘就在隔壁。百合在屋里喊:"完了完了,我也得钩体病了!"米二娘就听见了,而且听得两眼金星乱闪。她放下金钱草小跑过隔壁来,百合一看见她就两眼一黑栽地上了。米二娘咬着牙拖,好不容易把她拖到床上躺下,往她嘴里灌了一碗水,说:"你等着,我去叫人。"

百合就在屋里等婆婆去叫人。她想,说不定等不到她叫来人,她已经死在床上了。想到死她便哭,哭自己死得孤清,男人不在身边,姑娘也不在身边,就连婆婆也为找人出门去了。我们花河人把最后咽气叫作"落平",不知道取的是什么义。我们很看重那一刻有没有人在旁边,有没有人送终。如果有,即便你一辈子都过得不好,也好了。如果没有,即便你一辈子都过得很好,也不好了。除此之外,我们还比较在意自己死后的样子,尽管那是我们完全没有办法的事情。百合是见过李柴火儿媳那模样的:淌着血泪,皮肤像黄鳝的模样。她相信自己死时也肯定是那副模样,她很伤心自己将死成那个样子,她真不希望李小勇知道她死成了那个样子。但她很清楚她一死李小勇是要赶回来的,是要在她下葬前见上她一面的。即使见不着,别人也会跟他描述她死时的模样……

　　米二娘跑到公公们插秧的那头嘶哑着嗓门儿喊:"他四叔,百合得钩体病了!"李四爷就踢着泥水跑起来了。他都没顾得上洗洗脚上的泥。他趿拉着一双早就该扔掉却又一直没舍得扔掉的解放鞋,因为脚上有泥,鞋里老打滑,鞋底也老打滑,跑来的途中他几次都差点儿摔倒,后来他就干脆把它们扔了。米二娘跑不过他,他顾不上等她,一个人先跑到了百合跟前。他跑得上气不接下气。看百合在哭,他无措了那么几秒钟,一时间不知道该从哪里下手。百合看见他以后就像看见了救星,她伸出双手求救道:"四叔快送我去医院!"这样,李四爷便一门心思把她抡上背,背起就跑。

　　他们出门后米二娘也赶到了。她跑得脸色发青,但她没停脚步,继续跟着他们跑。跑几步又想起家里的孙女儿金钱草,又跑回来抱上金钱草追。

　　那时候映山红也带着两腿泥追上来了。她从婆婆手里接过孩子,要她后面慢慢去,她往前面追。她嫌腿上那双雨靴拖累,也把它们扔给婆婆,光着脚去追。

李四爷跑到医院的时候自己已经坚持不住了,他差不多是跟跄着进了医院,像喝醉酒一样蹿到了医生跟前。"快,钩体病!"他气息奄奄。医生们从他身上接过百合,他便一屁股瘫坐地上干呕起来。他呕得脸色煞白,快死过去一样。以至于医生们都怀疑他也得了病。"到底是你得了钩体还是她得了钩体?"有一个医生竟然傻乎乎这么问他。幸好那时候他已经缓过劲来了,不干呕了。所以他朝那位医生挥挥手说:"不是我,赶紧救我侄媳妇。"

几个医生手忙脚乱在百合身上查看了一番,认同了李四爷的说法。百合被当成了第四例钩体病,打上了吊瓶。

可这时候李四爷又不相信这诊断了。"真是钩体病?"他问。正好映山红也赶到了,听他这一问,也白着脸看着医生。被问的医生感觉到他对面的目光重得让人难以承受,说话的时候头就往下垂。"是。"他说得很轻。他尽量不给病人和病人家属增加语气上的压力。但病人和病人家属还是全都被他击得心往地心沉落。

百合又开始哭。这一回她没哭出声,但谁都清楚这才是最彻底的伤心。眼泪从心里涌出,从绝望的深谷里涌出,无声,像刚解冻的河水一样冰冷。

"赶快电话李小勇。"她对映山红说。

"还有木子。"她对李四爷说。

米二娘在旁边很响地抽了一下鼻子,她的脸已经湿透了。

于是百合又对她说:"妈,我要你给我缝老衣。"米二娘的老衣缝得好,是整个花河都知道的。米二娘就哭出了声,她说:"女儿哩,你死不了的。"她说,"你不是钩体病,我保证你不是。"她说你要是钩体病早都说不出话了,哪还轮到你跟我说缝老衣啦。映山红听了也忙附和,她说对头对头啊,你别胡思乱想,你肯定不是钩体病,你死不了的。这原本就是哄病人的假话,但栀子和李子正好赶到了,她们从这通假话里得到启示,竟然要求医生重新诊断。栀子刚刚才来过医院,她刚刚才排除自己得了钩体病,所以她希望百合也跟她一样不过是一场虚惊。她当然不敢肯定百合真就跟她一样,她们的症状毕竟不同,百合的症状毕竟很接近那一种,但她认为重新诊断的过程很重要。栀子把医生拉到门外,希望即使重新诊断的结果依然是钩体病,医生也要对百合撒个谎。医生明白了她的意思,就真的重新诊断了一番,而且真给了一个"不过是重感冒"的结论。

"弄错了,你不过是重感冒。"他对百合说。

百合露出了怀疑,但泪流明显细下去。

他说:"都怪你们,一来就喊'钩体病钩体病'。"他的意思是他们受了误导,才发生了误诊。

他冲百合笑了笑,说:"这回你可以放心了,感冒死不了人。"

但百合还是怀疑。她将目光看向床边那一帮亲友,她希望在那里找到肯定。就找到了。不管是谁,在接到她的目光的时候都放松了表情,他们都表明自己相信了医生,相信不过是虚惊一场。米二娘已经笑起来了,她是真相信医生的话了。别的人即使还抱着疑虑也不会让她看出来。百合如果还不相信的话也没别的办法了,因为她无论如何也没勇气去问医生"我真的不是钩体病吗"。她不敢问,她害怕医生给问烦了,就回答她说:"不是钩体病才怪。"

医生出了病房,栀子第一个就跟上去了。是她让医生撒谎的,但现在她又想知道他是真撒谎,还是根本就没撒谎。

医生居然模棱两可说:"真的假的都不重要,重要的是病人的心态。"

"就是说她真得的是钩体病?"她问。

医生说:"我跟你说了,这都不重要。"

那时候,映山红李子还有李四爷也全撵出来了,他们显然也不太相信重感冒。医生看他们眼巴巴的样子,就对他们说:"治吧,治好了,就是感冒。治不好,就钩体吧。"

不管如何,输完十二瓶药水以后,百合就好了。不高烧了,喉咙也不痛了,淋巴肿块也没有了。当确认这些症状真的已经不在自己身上以后,百合长长地舒出一口气说:"就当是场感冒吧。"

就是说,还是没人相信她只是得了一场感冒。所有人都相信她是得了钩体病又被治好的那位幸运儿,医生们也乐意别人说他们治好了一例钩体病。不管怎么样,大家都松了一口气。钩体病不再是打不败的恶魔,只要有一个给治好了,它就不至于可怕到极点。况且,女人们还都有了长齐大腿的雨靴。那之后那种雨靴就成了我们春季打田用的必备品,就像犁和牛一样重要。而且很快就流行于整个黔北。

24

那个恐怖的春天终于过去了,各种花树都挂上了果,彩色的花村就成了清一色的绿了。李子和梨子才比米粒大那么一点儿,桃长到了指头大,杏子却已经可以吃了。说"可以吃",就是说它们实际上还是青梅,但我们更喜欢吃青梅。很酸,但你蘸上盐或者糖,吃起来爽得很。花村人就吃着青梅传说起了"李柴火跟他媳妇有一腿"的闲话。传这闲话的人也没说自己亲眼看见过，只说，要不然的话，他媳妇死的时候他何以伤心成那个样子呢？说她媳妇腿上的泥还是他洗的呢。闲话的人认为这两个理由已经足以证明他烧过儿媳的火了，听的人也就觉得差不多。在我们花河，老人公烧儿媳的火是被放到男盗女娼之列来唾弃的，烧火的和被烧的都被当成畜生看的。儿媳已经死去了，而且死得那么悲惨，但白眼很快就取代了同情。

有一天，李柴火的婆娘就站出来了。她见人就眨巴眼睛，那眼睛像沤在辣椒水里一样。她对她遇上的每一个人说："你们嘴上积点儿德，我那媳妇都死了，就别糟践她了。"她说，"我那媳妇活着时，里外一把手哩，她死了，哪个不伤心啊！"她说，"她不光能挑家，还孝顺……"

她说了一个上午，回去了。

那个上午，花村的人们每每对视便做面面相觑态。她回去后，探讨就开始了：她为什么要来说那一通话，是为了证明她儿媳跟她男人是清白的吗？可是她为什么不说"根本就没那回事"，也不说"你们纯粹咬舌根"或者"你们是血口喷人"呢？她只说儿媳能干儿媳孝顺，她只表达她对儿媳的痛爱怜惜，这说明什么问题呢？只能说明她默认了那件事情的合情性。就是说，她认为，有这样好的一位儿媳，就是犯上那么个错误也是可以原谅的。做出这种理解的当然是女人们，她们在做这种分析的时候更多地想到的是自己，想到自己也属于李柴火儿媳那样的既里外一肩挑也孝顺的女人，想到自己同样是守着男人留下的一张空床，想到自己里外一肩挑的时候也渴望另一双肩膀。换位一思考，她们就觉得真不应该说她的好歹了。那之后，闲话自然消失,人们又该干吗干吗去了。

有一种情况在悄然发生,像树叶发酵要生出蘑菇的过程一样,女人们开始慢慢放松,那些捆绑在道德和伦理之上的绳结正在崩开。而她们,正在为自己小心翼翼地争取一份宽衣解带后的松活。造成这种后果的是刚过去的那个恐怖的春天。这个春天放大了男人们进城后留下的缝隙。公公们努力填补上那个缝隙,就让媳妇们对公公有了一个全新的认识:公公不仅仅是公公了,还是她们没有了男人以后最得力的依靠,是她们的保护神。公公的意义在她们这里得到了最大化,她们就下意识地想撕掉那些无形的遮蔽和捆绑,去争取实现那种最大化的最大化。

她们变得爱扎堆了。一个碰上另一个了,腿就拔不动了,再过来一个就粘了,要是再来一个,还可以粘上。就像一块磁铁吸住了另一块磁铁,照样可以吸住第二块、第三块。她们先会扯上几句不痛不痒的,而后就开始叽叽咕咕。一般都以"你听说没"开头,那后边便是谁跟她公公或者别人家的公公怎么了。李柴火跟儿媳妇的闲话已经过时了,她们传说的一般都是新的。要么就是事物本身更新快,要么就是她们太在意时效性,基本上每隔两天消息就被刷新一遍。这些都是秘密,但不知道她们怎么全知道了。她们从中获取着鼓舞,情形非常像临近解放那会儿,我们听说这儿也解放了,那儿也解放了,就相信我们花河很快也会迎来解放。同样,她们在欣喜地传说着这些案例的时候也会掺杂着一些形势分析,谁跟公公为什么一下就被抓着了,因为她同时还有个婆婆盯着,谁跟谁的公公为什么也被抓着了,也是因为那谁家也是有婆婆的。婆婆被她们认为是获得解放的最大阻力,像顽匪。她们分析来分析去,就数栀子面临着大好形势。

这花村的女人们,要么就是公公也没有婆婆也没有,要么公公也有婆婆也有,要么没有公公只有婆婆。有一个跟栀子一样,只有公公没有婆婆,但那公公却被她们看成废菜。因为他是肺结核,人瘦得像麻秆,整日像个破风箱一样咳个不停,走路时让你担心风大点儿就把他刮倒了。这个公公在这个春天只下过一次田,因为他第一天就给泡发了病,咳嗽得死去活来。而跟他相比起来,张大河又堪称公公中最强壮的,虽说比他年轻的有好几个,但即使他们也比不过他。那一阵儿他帮的人家是最多的,他在水里泡的时间是最长的,他让人看到的可能性是最大的。所以她们认为,只有栀子,占有着花村最好的天时地利人和:公公强壮,还没婆婆盯着。她们有时候也把栀子拉上一起叽咕,还半取笑半羡慕地夸奖栀子的好形势。

这种风向很快被婆婆们发现了,婆婆们开始拿眼恨她们,只要她们扎成一堆,眼睛就恨过去。这样她们就散开了,该干吗就干吗去了。接下来就是婆婆们扎堆,她们得互相告诫,要管好自己的媳妇。她们看到了不好的苗头:照此下去,可能天下大乱。"别让她们凑一起嘴嘴雀雀!"她们说。发生过的当然已经无法挽回,但她们得尽力阻止继续发生。有种情况很令她们担心,她们做过认真调查和考证,发现她们传说的闲话大都是子虚乌有。媳妇们不光在说发生过的,也在胡说八道,无中生有。这表明了啥?不是她们喜欢搬弄是非,而是为了"哄汽水"。我们花河说"哄汽水",就是哄气氛的意思。"哄汽水"是为了什么呢?自然是想搅浑了水好浑水摸鱼。就是说,她们有想法了,有渴望了,她们想革命了。

她们在只剩下自己媳妇的时候对她说:"最好别做让人戳背脊骨的事情,别人也长着嘴。"她们响亮地敲着警钟。

插完秧,跟着就是旱地里的一轮突击了。那时候正好包谷苗长到了小人儿高,得追最后一次猛肥,拢上根,保证它稳稳地生长。那活实际上比犁田插秧更需要力气,但公公们打完水地那两仗,已经溃不成军了。再加上旱地里没有瘟疫,不需要害怕,他们就歇下了。这样一来,多数粪担子就落到了媳妇们的肩膀上。

栀子让张大河也歇两天,但张大河没有歇。张大河还干得动,只要他还干得动,他就不会让栀子一个人挑粪担子。那个季节正好是春夏交替,春困还没退尽,就赶上"夏日炎炎正好眠",挑着粪担子还想打瞌睡哩。正好这活又是最累人的了,浇上肥,得赶紧围土。要让包谷站得稳,还要让肥不流失,就得把垄往大里起。而你埋头苦干的时候,包谷叶子又如刀子般割着你的脸,汗水淌下来,脸就火辣辣地痛。你要是想歇口气,坐下来不到五秒钟就会睡过去,还做梦还打呼噜。

干上一天,晚上睡下后就不希望天亮,天亮以后就不想起来。但偏偏这活又是最讲时效性的,包谷苗一夜之间就会蹿起老高,你追肥落后了它就发育不良影响挂苞,况且你等它长出老高再去追肥你就更费劲。所以,干这活你得咬牙切齿地干。

问题是,如果你只是一个人面对,咬牙切齿也赶不上包谷苗生长的速度。那公公垮了又没有婆婆帮忙的,那些有婆婆但婆婆也帮不上忙的,那些纯粹没有公公没有婆婆的,看着包谷苗"噜噜噜"往上蹿就急得想哭,恨不能拽住它让它等等哩。所以,当张大河看自家的只剩下一点儿尾巴,正要松牙的时候,别人就来请他了。人家提着酒,说大河爷你无论如何也得帮忙一天,要不然,今年我家包谷收成就得减掉一半了。人家还说:"你是村长,我不找你找哪个?"张大河就去看栀子。看栀子不是为了争取她的同意,而是为了表达歉意。他得去帮忙了,自家那尾巴活就留给栀子一个人了。

就去了。挑着粪担子走进地里,又有人说:"大河爷你还能挑哩,那就再帮我一天吧,我家这包谷都长得比我还高了。"张大河就答应下来,说:"行,明天吧。"

李子想请部落帮天忙,吉利大娘没说不让,部落就去了。李子的包谷也长到她那么高了,像森林一样了。中午的时候,她实在忍不住困倦,就坐包谷林里歇气。不光她歇,她也叫部落歇。两人一歪地上就睡过去了。由于他们睡得近,看见那场景的人就说他们睡在一起了。等他们醒来,关于他们的闲话已经跟着风在花村跑了一圈儿。吉利大娘就跑到李子地里把部落叫走了。李子睡得迷迷糊糊的,不知道出了什么事儿,就问婆婆。吉利大娘本来不想理她,但她既然问,她就不说不快了。她说出了啥事儿你心里不比谁都清楚吗?说你们不要脸我还要脸呢,说狗还晓得背着点儿人呢。她这样说李子也就明白了个大概了,但完全弄明白还是从地里回来以后,她找栀子打听的。栀子是青着脸说的,她看上去明显已经相信了那传言。这样的活天冤枉让李子很冒火,冒完火她就又去找部落,部落才帮了半天,她的包谷还没浇完,他得帮忙帮到底。吉利大娘拿眼恨她,还要拦住部落,她就提醒婆婆说过"再不济还有部落"的。她说:"等开发不在家,我不找部落帮忙找哪个?"吉利大娘说:"我只说他可以帮干活,没说啥都可以帮。"她说部落是你小叔子,不是你男人。李子说:"人家的闲话你就信,我的真话你偏不信。"她要婆婆当面就问部落有没有那回事,部落说没有,吉利大娘就不好再说什么了。即使不信他们,她暂时也不好说什么,她毕竟没掌握铁打的证据。

李子和部落就又挑着粪担子去了地里。不声不响干了一个下午,傍黑的时候李子就对部落说:"歇会儿吧。"就都歇下。这回是在包谷林外,地坎边儿上,因为这时候包谷林里不如地坎边儿上凉快。

部落嚼上根草。李子看了,也扯了一根放嘴里嚼。

"他们说我们闲话你气不气呀?"她问部落。部落说:"不气。""可我气,"李子说,"我啥也没得到,可我背了一口黑锅。"部落就笑。李子说:"你别笑,我是为你背的黑锅。"可部落还笑,她就不气了。"你其实都还没长大,还没长成男人,"她说,"你只是到了男人的年纪,但有一关你还没过,就算不上一个男人。"她问他,"你想不想过那一关?"

部落就记起了自己去找栀子的那一幕。他有点儿落寞地说:"想。"

李子把他那点儿落寞看出来了。李子说:"你在想栀子是吗?"她说你觉得这个世上只有栀子最心疼你对吗?部落就说:"是。"李子问:"你也想对她好是吗?"部落就说:"是。李子说:"那你得先变成个男人。"她说:"你变成个真正的男人就可以对她好了。"

她说:"我可以帮你。我可以帮你过那一关。"

部落就渴望地看着她。她就说:"来吧。"

于是,她钻进了包谷林。他也钻进了包谷林。

她终于还是让那些传言变成了现实。气急败坏的吉利大娘揪着她的头发把她拖到了包谷林外,她还想拖她去游街示众。她要让她曝光,要把她的丑闻公之于众昭告天下。李子要回去穿上衣服,她哀求她仅仅让她回去穿上衣服。但吉利大娘不让,她就是要让人看见她真实的样子,她被抓了个现形的样子。她觉得李子真可笑,她偷人都敢,却害怕别人看见她没穿衣服。她揪着她的头发想来个游街示众,还不让李子穿上衣服,李子就要拼死反抗了。她被揪掉了好多头发,但她终于挣脱了婆婆。但事情并没有因此就结束,她虽然挣脱掉了但她的光身子她的狼狈相还是被我们看到了。这样,胜利就还属于吉利大娘,吉利大娘就还在兴头上。不能游街不要紧,她可以骂街。甚至因为不能游街,她还要通过骂街来把那个遗憾弥补上。李子就彻底被婆婆激怒了。如果到那会儿就为止,她也就算了,她最要紧的毕竟是赶紧回去穿上衣服。但如果她穿上衣服以后婆婆还没完没了地骂,她就再不能忍气吞声了。于是她也骂。她说我是做错了事,我是不该,但你以为等开发就是好人啊?他在城里就不偷人不嫖娼啊?他们为啥子那样喜欢进城为啥子在城里待得那么稳啦?就是因为在城里他们想要啥就有啥,想干啥就干啥哩!你以为他们真是工资被人扣了吗?其实是把钱拿去嫖娼了哩……

但她并不否认她已经是个烂人了。

不能沾染部落了,但她却明显地意犹未尽。她意犹未尽不要紧,要紧的是她已经承认自己是个烂人了。既然是个烂人了,还要苛刻自己干什么呢?过两天,她又去请张大河帮活。那时候地里的活已经不是那么紧张了,所以张大河和栀子都有点儿意外。李子看出来了,她问栀子:"是不是我成了一个烂人,你就跟别人一样恶心我了?"她又问张大河:"是不是我成了一个烂人,你就不打算帮我了?"她说你可是村长。她说我现在这种情况,请别人是请不动了。她说我连自家人都请不动了,还能请别人吗?她说你是村长,我就只能请你了。

177

张大河就只能去。一开始也是正经地干活,张大河浇肥,李子拢土。到了正午的时候,包谷林里闷热,李子就脱得只剩下一个裤子。她那么脱也不只为了凉快,她反正是个烂人了,都不需要装得无辜装得无邪。等张大河挑着粪担子进了包谷林,她就到他跟前去了。张大河要在这种天气里挑粪担子就必然是光着膀子,大家都是这样,经常都是这样,并没有人觉得不妥。但她却从中找到了她需要的那种邪念。她一上前就摸他的光膀子,就说他这样是想勾起她。她承认他的光膀子确实有着强大的吸引力,但她也不否认自己的光膀子同样出色。她白花花地杵在他跟前,她吊着眼看着他,她拿他的手往她的光膀子上放,她对他说:"我反正是个烂人了。"她总在强调那句话。她希望张大河明白她的意思,明白一个烂人的需要,明白一个烂人的无所畏惧。张大河当然是明白的,但是张大河有所畏惧,怕自己被拉下水是一回事,他是村长,他还怕村里乱了套。村里如果乱了套他就有责任,如果还是他先乱了套,就更说不过去了。所以,他只能报以李子一串干咳。干咳是因为紧张因为需要压制身体里往上顶的那股亢奋。干咳完他还得尽一个村长之责发表一番演说。得说人非圣贤孰能无过。得说犯了错改了就还是好人。得说人只要自重,就能得到别人尊重。得说男人们进城以后,女人们是受着苦,但大家都是这样大家都受着苦,也不止你一个。得说我相信你也不愿意遭人骂,也不愿意在人前抬不起头,你只是没想得通,你只是糊涂了。得说只要想到大家都一样就想通了,想通了就熬得住了。

他说得满头满身都大汗淋漓,比他挑粪担子辛苦多了。

但李子认为她才是真想通了的那一个,正因为想通了,她才比别人看得更淡。她不承认自己是熬不住,她只承认自己是在争取自己应该得到的东西。在张大河这里撞了一鼻子灰,她就想到了李柴火。李柴火是有前科的,他烧过儿媳的火。李柴火还在乱坟岗里摸过她的脸,打跑过附在她身上的"鬼"。李柴火还不是村长,不用害怕天下大乱。李柴火就上了她的套,就成了她的俘虏。李子就终于又争取到了一个烂人应该得到的享受。但这一回她又惹怒了李柴火的婆娘。那婆娘能忍受李柴火烧火是因为儿媳孝顺儿媳撑着家里半边天,她为什么要忍受一个外人呢?她能得到李子什么好处呢?李子来请李柴火,她当即就没给好脸色。倒不是她一开始就怀疑李子没安好心,只是因为李子成了众人唾骂的烂人。她是李柴火犟着鼻子跟李子走了之后才怀疑上的,结果还真给她抓着了。

这一回,她可没红着眼睛去求人别乱嚼舌头。这一回,她提着面锣(也不知道她一时间去哪里找来的)在村街子上敲来敲去,她不光骂李子还骂吉利大娘骂等家,骂等家没有传授,养了个祸害养了个娼妇,骂吉利大娘没有管教。这一回,她是积极动员大家活动舌头。

李子被栀子认为是活该。"活该!"她就是这么说李子的。李子对她的恼火很不屑,她这么说的时候,李子听见自己哼了一声。因为她认为栀子不过在意的是她跟部落那件事儿,别的事儿她不一定放在心上。所以她认真跟栀子解释了一下。她说:"跟部落,我是为了帮他。我是为了帮他过那一关,帮他长成男人。"她又说,"我帮他也是为了帮你。他一心想帮你。但他实际上还没长大。"她还说,"我确实烂,但我不会跟你抢部落。我那样做不过是帮他长大,就跟你平时想的一样。"说到这里她又自嘲了一下,她承认自己确有对不起栀子的地方,因为她竟然打算跟她抢张大河。但她不是没抢着吗?所以她又认为栀子大可不必那么恼火。

她就说了这么多。但这些已经够了。话够了,坦诚也够了。

栀子信了。她先前还像吉利大娘一样恼,现在却一点儿都不恼了。

吉利大娘却气昏了头。她跑去给等开发打电话了。到这一年,电话已经不那么难打了。工地旁边的公用电话多了,有了竞争,那守电话的就愿意呼喊了。这边电话打过去,那边就用个手提喇叭喊:谁谁谁接电话。等开发就在她母亲一气之下的当口得知了李子的那些丑闻。母亲不仅仅是为了让他知情,还指责他娶了一个骚货,一个不要脸的娼妇。似乎,她的全部愤怒都针对李子的人品,针对等开发眼瞎。他娶了一个这样的婆娘回家,让她,让他们等家遭到祸害,还让花村遭到祸害。她强烈要求等开发,要么回来把李子接走,要么就回家来守着。因为她再不能容忍李子伤风败俗了。

她发泄完了却并不见得开心,甚至比先前更难过。气上的时候,难过就给遮挡起来了,这会儿气撒完了,难过就云开日出了。难过像铅一样使她两腿发沉,脸色发乌。走到桥头的时候,她就想坐下来歇歇。刚歇下,就有一着土黄色和尚服的女人冲她过来了。她慈眉善目,老远就竖掌,吟"阿弥陀佛",说施主这是为啥事难受成这样呢?吉利大娘就把眉头舒展开来,强打精神。于是她又说:"你和菩萨有缘,今天我就给你解解。"吉利大娘问:"你是和尚?"因为她觉得她不像和尚,她一直盯着她的头,那里有一顶土黄色的帽子做了很好的掩盖,但她依然能看出她没有剃发。

"我是菩萨的弟子。"她说。她递上一寸大的菩萨像,"结个缘,菩萨保佑你。"

吉利大娘动了心,把菩萨像接过来了。她随即就把手掌摊到吉利大娘跟前,"随缘。随便多少都行,十块二十块都行,"她说,"当然你要多给,你就多得福报。"她另一只手扬起一个本本,她说:"有记载的,你的名字,多少钱都记得清清楚楚。"

吉利大娘想了想,掏了十块给她。她收下钱,要记。吉利大娘说:"不用记了。"她的意思是她拿得太少了,另外,她也不那么相信这人,她能掏钱不过是因为手上拿了个菩萨像,菩萨像毕竟是货真价实的。

但她还是认真问了吉利大娘的名字,记下了。那之后,她便认真坐下来要给吉利大娘"解解"。

"你的面相显示不好。你命里很苦,"她说,"你克夫,嫁一个死一个。"

吉利大娘干咽了一口,神情认真起来了。她说:"你先嫁了哥,生了一儿子,男人死了,你又嫁了弟,又生了一儿子,但那儿子有点傻。"吉利大娘深吸了一口气,说:"这不是哪个都晓得吗?"可她说:"我又不认识你,我只不过是从你的面相上看出来的。"

真有那么神啊!吉利大娘在心里感叹。

她说:"信不信由你。我还得告诉你,你眼下还有灾。"

她说:"你眼前遇上这事儿只是小事儿,还有大事儿在后头。"

她说:"你得多结善缘。"

她最后说:"你得皈依佛门,才有解。"

说完她就走了,留下吉利大娘一个人坐在桥墩上发了很久的呆。那以后吉利大娘的情绪一直都起不来,她整日整日地寻思着她该怎么办,是信还是不信。没过几天,花河就来了好大一群穿土黄色和尚服戴土黄色尼姑帽的女人。她们铺遍了花河两岸,见人就递菩萨像片儿,就说"结缘",就伸手请人"随缘"。偶尔也替人看相,做派跟吉利大娘遇上的那位一模一样。十来天过后,她们又突然之间消失得像被风刮走了一样干净。

花河开始到处传说那帮女人的欺骗行为,几乎所有人都在控诉自己上了当受了骗。这时候,吉利大娘才释了怀。不过一骗子,不过一堆骗人的话,她用不着放在心上。

25

百合想答谢李四爷。那天她到街上买了块新鲜肉,一块豆腐,又打了一斤酒。炒上肉,烩上豆腐,她便送到了李四爷的饭桌上。同去的还有李小勇那双青布面的趿脚鞋。那鞋八成新呢,可他进城后就瞧不上它们了。百合认为扔那儿烂掉可惜,就想干脆送给四叔穿得了。李四爷的确也需要。李小飞买回的那种拖鞋不禁穿,他早穿烂了。现在,他又捡起原来那双土的。鞋底已经很薄了,鞋面子已经破了。

那阵儿李四爷正好在吃饭,桌上只有一碗萝卜缨子烩米汤,大波小波抢得满桌子满嘴都是糊糊。百合来时,左腋下夹了那瓶酒,右腋下夹了那双鞋。菜刚放下,大波小波就伸筷子抢。百合说别抢别抢。她赶紧腾出手往他们碗里拨肉拨豆腐。看他们心满意足地吃起来,才回头对李四爷说:"四叔,小勇不穿这种土鞋了,不如你穿吧。"李四爷没做声,她便把鞋放到一边的墙根下,回头问:"四叔,你的酒杯呢?"

那时候李四爷还犯着傻。他的记忆中百合是记恨他的,因为他酒后失德。即使后来她因为生病的时候得过李四爷的帮助,已经不见得那么恨他了,但也不过是不冷不热而已。可今天百合却拿来了酒端来了菜,他就不清楚她葫芦里卖什么药了。毕竟,酒在他跟百合之间已经成为一种过敏源。

他犯傻,百合就自己到碗柜里替他找来了酒杯。他不常喝酒,酒杯已经上了灰。百合又拿了酒杯去洗。她这么忙活的时候,大波突然往他爷爷嘴里塞进一块肉,小波也学着哥哥的样子往他爷爷嘴里塞进一块豆腐,他就尝到了肉的香豆腐的香。他试着嚼了两口,看百合回来了,就急忙像小偷掩盖证据一样囫囵吞了下去。

百合为他倒上酒。说:"吃吧,四叔。"

他点点头,却点得很生硬。"喝点儿酒没啥,大河爷还天天喝啦。"百合说。她说到"酒"的时候,没带半点儿忌讳。但李四爷却是忌讳的。他的太阳穴直跳。李四爷不端酒,百合便觉得自己应该陪他一杯,就又到碗柜里拿了一个杯子去洗,洗好了就为自己倒上一杯。她说:"我陪你喝一杯吧。"她咂咂嘴,一仰脖子喝了下去。她劝李四爷:"喝吧,四叔,看我都喝了。"嘴边挂着一滴酒珠,她用手指推进嘴里,又咂咂嘴,说:"这酒很有劲儿,嘿嘿。"

她看上去完全把那个尴尬事儿忘了?但不管如何,李四爷拘束了半天,还是把酒喝了下去。这样百合就高兴起来,她又给他倒上。她看着他喝。她说:"我其实也想喝,但我怕我喝了你就不够了。"

李四爷忙说:"喝吧喝吧,酒又不是饭,还管个够啊?"

百合说:"当然要管够。"这话似乎有什么暗示似的,又令李四爷警惕起来。但百合却说:"往后,你也天天都喝一杯,我听大河爷说,这样能长寿,还说至少能增加八年寿命。"

李四爷点着头,就把绷紧的肉皮又放松下来。原来百合真的没什么恶意,她不是来卖药的。百合说她是来答谢他的。她说他救过她的命,是她的救命恩人。她这么说的时候就清楚地记起了当时的感觉,当时趴在李四爷背上的那种抓住了救命稻草的感觉。当然,现在想起来,就还有一种心跳的感觉。既然没死,她那对敏感的乳房就还依然敏感。当她提到那件事情的时候,它们的记忆就立即活跃起来。它们记起了李四爷那宽厚的后背,记起了它散发出的强烈的雄性气味。还有她的屁股,它当然也并不比乳房迟钝到哪里去,它也清楚地记起了李四爷那双粗糙的大手搂着它的感觉。当时它们都跟百合一样紧张,一样没顾得上去体会。但当百合的病治好以后,没有了生命危险以后,那些感觉就来找她了。它们原本也是跟百合一样给疾病吓着了,就一直躲在暗处。既然百合没事了,它们就抖抖羽毛踱着方步出来了。

百合一说到答谢,一说到那天背她去医院,李四爷的感觉也被得到了一定程度的唤醒。虽说他看上去远比百合要羞涩,但它们一旦跟百合的呼应,就能形成强大的阵容。米二娘看到的正是这个风险。

那会儿,李子的丑闻已经家喻户晓。丑闻的负面影响确实不小,但就正面而言,它却又是一个教训,起的是警示作用。所以说,米二娘生出提防之心就非常正常了。在李四爷背百合去医院的那个事件中,米二娘是个旁观者,所以她能清楚地看到他们的那些微妙感觉。它们躲藏起来的时候她看得见,它们走出来后就更看得清了。所以米二娘认为,百合来答谢她四叔,是无可指责的,但她不能跟她一起喝酒。一个寡女人找一个寡男人喝酒,叫人怎么想呢?又叫李四爷怎么想呢？要是喝醉了，把持不住自己了怎么办呢？他们刚喝上兴，米二娘就过来了。米二娘也没说来做什么，只是假装碰上他们喝酒了，假装碰上这样的好机会了，就提出自己也要喝一杯。就喝。她也没让人看出什么端倪，没让人感觉到她的心思。她自自然然，大大方方。但那叔公和侄媳却无可救药地不自在上了，好像他们之间是有暧昧的，是经不起检验的。米二娘要的就是这个效果，最终能让百合知趣地离开，对她来说是功德。

百合吃完夜饭就把映山红叫到房间里嘀咕。她想跟映山红探讨一下最近婆婆的一些做派，她觉得婆婆疑神疑鬼的，她认为她不应该这样对她们，因为她们什么也没做，她们还属于规矩媳妇。映山红倒显得很善解人意，她认为儿子长期不在家，身边又有人失了守，婆婆多个心提防也是正常的。"她是好心。"映山红这样说。可百合却开玩笑说，要是好心就应该体谅一下她们的难处，就应该给她们一个宽松一点的环境。她对婆婆今天扰了她跟李四爷喝酒的兴致很不高兴，她认为不过是喝个酒，她认为就连喝个酒都不让清净的话，就算不得为她们好。

她们正说到火候，米二娘就把脑袋伸进来了。百合心里直叹她"阴魂不散"呢，她却是来叫她们出去看电视的。因为那会儿新闻里又在播农民工，她说的是"快来看小勇小敢他们"。她们一听就兴奋了，以为真能看到李小勇李小敢哩。可看不见李小勇李小敢倒在其次，关键那条新闻带给她们的是心酸是忧心是愤慨。她们看见的是一群农民工像豆子似的撒在那里，无望地冲着一个大门叫嚷，他们和大门之间站着警察，警察在维持治安，他们在讨薪。

新闻很快就过去了，婆媳三人意犹未尽地盯着电视机发了好一会儿呆,后来映山红嫌吵,把电视关了。

婆媳之间在这个时候完全达成了一条心,一条同仇敌忾的心。她们一起骂那些拖薪的人,一起肏他们的祖宗,然后又一起跌进沉默,再然后,才又说起了话。

米二娘说:"看吧,男人们在城里活得不好哩。"

映山红说:"活不好就回来吧,好歹家里还有我们种着粮食,回家来还饿不死人。"

之后百合去了对门,张大河和栀子也看到那条新闻了,公媳俩也正沉闷着。百合来了,便坐下来跟他们一起谈论。他们也不具备那种可以谈论国家大事的舌头,无非就是谈谈城里那帮人的不容易,谈谈他们的担心。但有一点又不是那些能把国家大事放在嘴上夸夸其谈的人能及的,他们很实际,他们开始考虑怎么做城里那帮人的坚强后盾。即使还没有明确的目标,但那样的心理准备已经成熟了。最起码,媳妇们心里不再浮躁了,她们有了一份要跟男人一起携手面对困难的决心和镇定。

那天晚上,媳妇们反而睡得很好。数绿豆的又管用了,数钱的也管用了。

那段时间李子就成了花村唯一睡不好觉的那一个。那段时间关于农民工讨薪的新闻比较多,又正好农闲下来了,所以花村上上下下都谈的是城里那帮人。李子最怕谈的就是这个了。事实上,李子应该庆幸我们把注意力转移到了新闻上,如果那新闻跟农民工讨薪没有关系的话。那之前她也算是个焦点人物,被我们说来说去,后来我们说上了农民工讨薪,就没心情再说她了。但我们没心情再说她不是因为农民工讨薪更有趣味,更新鲜,而是因为当农民工们那么辛酸那么悲催的时候她却在家里偷人却在往她男人头上戴绿帽子。说她,让我们心情更加的不好更加的阴霾。这一点李子是很明白的。当我们正谈着农民工正谈着花村那帮男人的时候,她来到跟前我们就立即住了嘴,就没有谈兴了,她就完全明白了。当她婆婆在门外跟人谈农民工谈等开发,谈完进屋后眼眶发红,她就完全明白了。

除此之外,她还知道婆婆把她的事情告诉了等开发。依她的性子,告诉了等开发也没什么关系,大不了就是再离一次婚。在她看来,活守寡的日子跟离婚打单也没什么区别。可是现在花村的男人们在城里不好过了等开发在城里不好过了,尽管我们并没有亲眼所见,新闻里也没有说过花村那帮男人在讨薪,但我们已经相信这一点了,李子也相信这一点了。李子的无所谓不在乎,原本是建立在他们都过得很逍遥很自在的基础上的。他们在城里逍遥自在,把她们留在家里守活寡受煎熬,她才有理由无所谓才有理由不在乎,现在有人剥夺了他们的逍遥他们的自在,也就剥夺了李子无所谓不在乎的权利了。

而她又把婆婆的感情用事看成了最坏的结果,婆婆不该把那件事情告诉等开发,尤其不该在这个节骨眼儿上告诉他。如果他们的处境很积极很乐观,她倒不会担心什么,但他们正处于消极困境,母亲再告知他另一个消极,她就担心他承受不了。她是很了解等开发的,他时常都体现出冲动的一面,而且他就是不冲动的时候也是属于那种任性的人。她把这种担心告诉了婆婆,结果遭到了婆婆的嘲笑。婆婆听了直"啧啧","啧啧"完了又称赞她真是难得。当然不是真称赞,是讽刺。婆婆说你这会儿怎么想起担心来了?你早先做啥去了?

你做亏心事的时候干啥去了？她说你做事的倒没事，我说事儿的人倒有事了？她尤其对李子把这个重大的责任摊到她头上感到愤懑。但李子不是那个意思，李子一点儿没有要责怪她的意思，李子不过是心事重了，习惯性地想找个人来分担。本来她率先想到的是栀子，栀子是最合适的替人分担心事的那种人，她安静，她善解人意，不管你说什么，说多少，她都能静静地听完，而且任何话放到她那里都绝对比自己留着更保险更安全。但是她相信这个节骨眼上，就连栀子也不一定会有心情听她说这些，毕竟，这种话听起来真的太让人啼笑皆非了。

风儿回娘家来，是我们花河连续烈日第二十天的那天。花河瘦成了一具骷髅，只有发白的河床能证明它曾经是条河流，稻田全都开了裂，口子有拇指宽。二十天前，稻子刚刚灌了一半儿的浆，天色好的话，二十天时间足够它们灌饱了。只要灌饱了浆，田里干了也关系不大。没灌饱，稻子就只能是空壳了。最好的，也无非有半截扁平的米粒，那米也没个米相，黄黄的，一副发育不良的病态。我们努力了半年，我们冒着得钩体病的风险奋斗的稻米的希望，就给太阳化成了烟雾。至于包谷，叶子已经一点就燃了，苞看上去是鼓的，一捏是空的，很像那些没胸的女人戴了一只鼓鼓的胸罩。

就在这时，风儿又带回来一件令人啼笑皆非的事情。吉利大娘当即就吊上眼睛挑起嘴角说："你们娘儿俩真是天生一对呀，真是有其母必有其女呀！"

王海终于回来了。王海回来时带着他的大肚子女友张琴。王海回来是为了打掉张琴肚子里的孩子。那个孩子是王海的。

王海并不赞成凤儿住在他家,更不赞成她对他抱什么幻想,但既然正好凤儿这样做了,他就希望凤儿能再帮他一个忙。因为凤儿家住三会场街上,父母都跟计生站的人熟,肯定比他好说话。

凤儿就来了。凤儿来求母亲去找计生站的孙一刀。孙一刀是花河计生指导站最好的手术刀,花河百分之九十九的结扎手术都由他操刀,人流引产接生当然更不在话下。但真跟他熟的是王果,是她父亲。王果经常从他那里拿胎盘来下酒,一旦有头胎的又是男孩子的胎盘,孙一刀就给王果打电话,王果过去他那里坐坐抽支烟,便把胎盘拎回来扔给饭馆儿的师傅去弄。她来求母亲,不过是想让母亲去求王果。

但王果不想帮这个忙。在王果这里,王海倒在其次,凤儿和李子更让他哭笑不得。他当时也忍不住说她们"真是有其母必有其女",他也认为她们是非常可笑非常令人费解的一对。

那一阵孙一刀偷偷给人做人流或引产手术是收钱的,但如果是王果的事儿,他肯定不会收钱。如果王果不把这件事当自己的事儿,就另当别论了。他对孙一刀说:"事儿你当我的事儿办,手术好好做,钱你该收多少收多少,甚至还可以多收。"

做过手术,凤儿侍候了几天张琴。张琴出于感激,就告诉她王海吸白粉的真相。而后他们就走了。走后的第三天,张琴突然回来叫凤儿一起进城。凤儿一时没拿定主意,她等不及就走了。凤儿是她离开后第五天才走的。那天山里的一个光棍来王海家闹,要他们家要么交出王海,要么交出张琴,要么还他钱。原来三天前他给了王海钱,娶了张琴,正办婚酒呢,新媳妇却跑了。王海父母应付着他,凤儿就抱着雨儿走了。她把雨儿送到李子这里。李子问她不进城不行吗？她说她得到外面透口气。她说这话的时候表露出的的确是一副要窒息的表情。李子只好说："那就去吧。"

风儿走后，王海的父母就来把雨儿接了过去。他们说，没有雨儿，他们不习惯了。

26

越来越接近年底，女人们的梦境里便会越来越多地出现她们的男人。有天晚上李子梦见等开发回来的时候穿着一身怪异的红布衣裳，走近了仔细瞧，才发现那衣裳像老衣。李子被他那身衣服吓醒过来，便再也不敢入睡。想到天亮一定要找人解个梦，天刚亮老红杏就带信来叫她过去接电话了。

电话是张久久打过来的，说等开发遇上了点儿事儿，叫李子进城去一趟。

李子心里顿时七上八下，一种不祥的预感像石头一样沉沉地压在胸口。她怀抱着这块石头坐了两天三夜的大巴车，终于见到了张久久。可她最想见的是等开发。所以她第一时间便迫不及待地问："等开发呢？"

张久久说："在工地上。"

她松了口气，问："他好好的吧？"

张久久像是没听见。他让她上一辆出租摩托，他坐在她后面。摩托车噪音很大，也不便说话，她便不再问什么了。

到了工地，她第一眼看到的是这样一幅标语："千万注意安全，出了事故,别人睡你老婆,打你小孩,花你抚恤金。"

张久久说:"走吧。"她跟着张久久在凌乱不堪的工地上走了一会儿,就见到了等开发。等开发迎接李子的姿势让李子顿觉五雷轰顶天塌地陷,他直挺挺躺在一块木板上,靠几块简单的冰块勉强保证着他的不臭。

他死了!李子在一阵晕眩中稳住了自己,她没有瘫倒,但她大脑里白茫茫一片,像雪原。

工头被一条粗麻绳捆得很结实。因为出事后他想逃,被张久久他们捆三天了。这三天,他一直被迫陪着等开发一起等待着李子的到来。因为是他提出,谈赔偿必须要家属到场。所以一见到李子,他就迫不及待地问张久久他们:"是家属来了?"

张久久把李子拉到了一边,他有话要跟李子交代。

"你已经看到了,现在你得保持清醒头脑跟工头谈赔偿。"张久久说。

李子张了几下嘴,结果却哭了起来。她现在什么都不想谈,只想哭。她大脑里那白茫茫一片全都融化成了冰冷的雪水,正朝着她的眼眶汹涌。可张久久却认为现在不是哭的时候,他说先谈赔偿吧,谈好了才有钱让等开发回家。李子强忍着哭声,但眼泪却怎么也止不住。她一遍一遍地擦,擦湿了两个衣袖也无济于事。

张久久说:"你就跟工头要三十万。"

他说:"这是等开发要的数,你一定要咬住这个数字不放。"

可是当她再一次回到等开发跟前的时候,她却不管不顾地扑到他身上哭开了。她身体里充满了悲痛,她由不得自己不哭。幸好大家都很理解,就连工头也表示理解。大家都默默地等待她的伤心浪头过去,等她平静下来。大约十分钟后,李子不哭了。李子想起了"三十万"。"等开发没了,一个大活人没了,一条命值三十万对吗?"她向在场的所有人发出这样的疑问。而在场的,只有等开发这一边的人,花村的那帮子男人给了她肯定的回答。他们说是的。他们说一条人命只值三十万已经太便宜了。但工头的回答不一样,工头说人命也得看什么样的人命,还要看在哪种情况下出的人命。他说等开发是自己跳楼死的,又不是工伤死的。他说再说我也没钱,你们就是张着狮子大口也没用。他说:"既然你们已经绑了我,家属也来了,我就承认给你们三万。你们要是同意,就把我放了,让我去借钱,你们拿了钱送死人去火葬再送回老家安埋了事。要不然,我就坐这里陪着他烂,反正我烂不了。"

他的无赖态度足以把等开发激诈尸,但活着的这帮人却得忍着。他已经答应了三万,这是个好兆头。广东的冬天对于一具尸体来说是靠不住的,如果不是真的没办法,他们是不会让等开发在这里承担腐烂发臭风险的。他们耐着性子跟工头说,他虽不是工伤死的,但也是因为你拖欠工资而死的,说三十万可是等开发跟你商量好的,等开发再怎么也是为帮你而死的,说要不然,我们也不让你这么辛苦坐着陪他了,我们也让你躺下陪他,说你不是说你反正烂不了吗,我们也让你跟他一起烂,说我们把你抬到楼顶,让你从等开发跳下的那个地方跳下来,这样等开发就不好怪你了……

他们用温软的语气说着威胁的话,工头就冷笑。工头说你们胆子比卵子大,来吧,把我抬上去再摔下来吧。他说我跟你们说,就是弄死我我也没那么多钱给你们。

他们互相看看,很无奈地商量:那就只好把他也弄死算了。

工头就喊起来:"你们敢!"

他哭起来,他说我们都不容易哩。

他们又互相看看,把撸出的光手臂放下来,鼓起的青筋也退回去。张久久代表大家发表意见。他说:"要不,你把余下的二十七万打成欠条,我们先拿三万去料理死人的后事?"

工头想都没想就冲工棚那边喊:"拿纸笔来!"

张久久他们前年告状,最终因为找不到工头而成了无头案。那以后他们便吸取了经验教训,今年他们把工头盯得很紧。那时候还不兴按月发工资,也不像现在你随时要走随时都可以结算工钱。那时候约定俗成的是半年发一次工资,但由于那一阵儿流行拖欠农民工工资,张久久他们白干了半年。那之后他们便每晚派一个人睡到工头的工棚里去。他们明着说是为了监视他,怕他跑掉了。不知道他们为什么没想过工头白天也可以跑,奇怪的是工头自己也没想到过。他十分讨厌晚上被他们轮流监视,睡进他工棚里来的人其实不睡,一个晚上都迷糊着眼,他翻个身也能让他立马坐起来。这样一来,也弄得他无法安睡,但他真就没想过第二天白天就跑掉算了。

后来他自认为找到了一个绝招,他从发廊里带了个女人回来,当着"看守"大张旗鼓地干。果然,"看守"看不下去了,如他所愿地出了门,在门外守了一夜。第二晚他继续往棚里带女人。这边就把张久久换去了。轮流看守工头是张久久的主意,他们自然认为他更能胜任这种突变。张久久咬着牙在工棚里忍了一夜,第二夜就没忍。

工头就对他们说:"我不欠你们钱了,我请你们嫖娼了。"

张久久说:"鸡巴!"

工头说:"就是鸡巴。"

张久久说:"你少鸡巴啰唆,请客是请客,工钱是工钱,两回事。"

工头突然挤出一脸的焦灼来,口吻也软得跟稀饭似的,看上去全天下就他一个可怜人了。他说:"我也是要不来钱才拖着你们的,上头不给我钱,我能怎么办?我想咬他们的卵哩,牙又没生那么硬。"

他说:"你们再这么逼我,我就只有爬到这楼上往下跳了。"

他当然只是嘴巴这么一说,那之后,他看上去就不那么反感有人陪他睡觉了。他甚至有时候会在睡前跟他们聊上几句闲话,有时候还会支使这支使那。再往工棚里带女人,他就提前通知,要"看守"暂时躲出去一时半会儿。

他对他们说:"我不会跑的,我也没拿到钱我跑了不是天下第一大傻瓜吗?"

也确实是因为这一点,他一直坚持到年底都没跑。但到了年底他仍然没拿到钱,这回,他就真跳楼去了。大楼已经修到了二十楼,他爬到十八楼,坐到窗洞子上,晃着两腿,抽着烟。看楼下围观的人多起来了,他才把烟头往楼下一扔。这就是要跳的意思了,楼下如潮的喊声就起来了:"别跳啊别跳啊,你跳了你老婆孩子钱全都是别人的了!""先别跳啊,你告诉我你老婆是谁,你跳完了我好找她去呀!""你最好先写份遗书,把你老婆儿子和钱都交代给我吧!"

张久久他们也在下面看。"看样子他也真是没拿到钱。"他们由此得出结论。那之后,他们开始担心他。既担心他真跳,让他们拿不到钱,也担心他不跳,还是拿不到钱。他们正纠结的时候,等开发出头了,他说,必须有人真跳,工头才拿得到钱。又说,真跳的又不能是工头,他们才拿得到钱。说着说着,他就往楼上爬。张久久想拉他回来,走几步就改了主意,跟着等开发一起往上爬。他想,跳楼的阵容大一点,带来的效果肯定就不一样了。李小敢也跟在身后,李小敢问他们:"你们真跳吗?"张久久说:"哪个敢真跳啊?吓吓吧。"他也相信等开发跟他想的是一样的,他还问等开发:"你腿软不啊?我一想到要跳楼腿就软。"等开发说:"不光软,还想抽筋儿。"李小敢哈哈干笑两声,说我也是。

他们就这么心惊肉跳地爬到了十八楼,到了工头的跟前。等开发说:"我们来推你下去。"又说,"你假跳不行的,得真跳。"

他们各自选了一个窗洞,或坐或蹲。工头说:"我们要是把钱要来了,今天的我给你们双份儿工资,算加班。"

等开发左边是工头,右边是张久久。工头在左边笑完,等开发便扭头对张久久说:"拿到钱后,你把我那份工钱带给我妈。"又说,"活着挣钱难,死了挣钱就容易多了。"

旁边的人全给他说得汗毛竖起,说你别说疯话啊,我们今天就是吓吓人而已啊。

等开发就笑起来,是真笑,但很难说那是因为开心。他说:"我说的是真的,人死后,每年过年过节领的不都是大票吗?一张阴票子就是几万几亿,一年要领多少啊。别说我们这年轻的,到了阴间自己还能挣,就是那些年老不能挣的,一年领的也是一辈子都花不完啊。"

工头被说恍惚了,他说他真想跳了。只可惜他要是跳了,张久久等开发他们的工资也泡汤了。那时候,等开发就说:"要不,我帮你跳,你赔我三十万?"工头说:"三十万多了点儿。"他当是玩笑了。等开发扭头对张久久说:"你把二十七万交给我妈,三万给李子。"张久久这才感觉到不对,还没来得及阻拦,等开发就跳了。

195

结果也果然如他所料,他认真了,也就有人认真了。吓不出来的人,这下算是来了。追究事件原因,责任在工头身上。工头说责任在上头不给钱,于是他得到了会给他钱的答复,但死人还得他自己处理。工头去上头拿钱,人家说得按正规程序,不是说拿就能拿到。工头一听这话眼前就黑云乱飘,他在那里哭了一场,便想一跑了事,就被张久久他们捆了。

27

由李小敢和李小飞送等开发回家,张久久他们留下继续看守工头。他们回到花河那天,晴着太阳,但事实上那太阳是为了化高山上的雪才晴的,所以那阳光倒让人觉得更冷。

他们从班车上下来的时候,我们都不约而同地看到了李子怀里抱着的那只骨灰盒。那是在我们花河出现的第一个骨灰盒,等开发是我们花河第一个以这种形式走向阴间的人。因此吉利大娘看到那只盒子的时候,呆得像块木头。李子进城去之前,她一直相信儿子不过是受了点儿伤。现在她明白儿子全都被粉碎被压缩在那个小木头盒子里了。

等开发是在外面死的,按风俗他不能进家门,就只能在院子里设灵。由于他还太年轻,还没有准备棺材,就得用吉利大娘的棺材。他虽说已经变成了一把灰,被装在一个小木盒子里了,但米二娘还是自作主张为他缝了三件老衣,两件薄的,一件厚的。李子说,要有一件红布的,她就缝了一件红布的。

骨灰盒穿上寿衣被装进棺材，米二娘就对李子说："女儿，你得撕一块寿衣布留着。"花村有个老习俗，如果第一个男人死在自己前头，女人就得撕下他一块寿衣布留着。意思是这一世做夫妻没白头偕老，下一世继续。那块布相当于他们下一世的结婚证，女人死后带着它到阴间就能找到男人，并继续结姻缘。撕完这块布，女人随便改嫁，也没人担心她跟前夫的缘分被斩断。

可李子认为她不适合撕这块寿衣布，因为很显然等开发已经不会再要她了。他要是还想要她，他就不会跳楼了。但李子不能明说，李子只能拿等开发是她的第二个男人来做理由。可这个理由无用，因为这只是花村的风俗，然而在花村，等开发是她的第一个男人。李子就为难了。如果等开发宁死也不愿再要她了，那她撕这块布不是逼他再死一回吗？好在吉利大娘也是这么认为的，吉利大娘说算了吧算了吧，就别让她撕了。说你们难道想让等开发到了阴间还去跳楼啊？！

就没撕。婆媳俩守在棺材边儿哭丧，可看上去却更像是吵架。吉利大娘哭道："工钱得不到有啥大不了的啊，大家都没得哩，挨欺负的也不是你一个人哩，我就晓得你想不通的不是工钱，是你那烂娼妇的事哩，都是你娶的那烂娼妇害了你哩，我就晓得你要脸啊我的儿哩，你要脸她不要脸哩，是她要了你的命啊我的儿啊……"

李子哭说："我是不好哩，你早就晓得我不好哩，早就晓得我受够了活寡才找你哩，可你硬是要进城啊，硬是要让我继续活守寡啊，我对不住你呀，我亏欠了你呀，我让你在人前抬不起头了啊，可妈不该把这些事儿告诉你哩，告诉你了我就担心哩，担心你想不开做傻事儿呢，哪想到你还是做了呀……"

等开发的道场是三天,三天后,他在他家的责任地里有了一个自己的坟墓,李子的心头也从此有了一座坟墓。

李小飞为等开发守了三天三夜的灵,回家睡了整整一个下午连着整整一个晚上,第二天起来就又要进城了。这一回还不是一个人进,还要带上大波小波。我们这时候才知道,他半年前就没有在工地上干了。自从工地拖欠工钱,他在城里好上的那个女人就不让他去工地了。她开着个小百货店,反正也缺人手,就干脆让他管店去了。她老早就有了培养李小飞的心思。李小飞老实却又不失聪慧,李小飞还勤劳,还真实地对她好。李小飞比那种油头滑脑的城里男人强多了,也比他们好把握。更何况,李小飞还年轻还帅气,还总能唤起她的冲动总能勾起她的欲望。手把手教了半个月,李小飞就能独当一面了。那之后,她便只做老板,别的都由李小飞担当。那之后,她甚至打算跟他相守终生了,甚至遗憾上自己没有生育能力了。她被前夫抛弃,主要原因就是这个。当时她也一样遗憾,一样愧疚。但前夫需要的不是这些,他是一个非常现实的人。既然她给不了他现实的一面,他就把她抛弃了,就寻找能给他生孩子的女人去了。他们还没离婚,前夫就让另外的女人弥补了她的遗憾。这一点一直是她心里的一块伤疤,随时碰上随时都会痛。她希望李小飞不要学她的前夫,她希望他们共同面对这种遗憾。李小飞却觉得这一点算不得什么,他甚至表示那根本就算不上什么遗憾,还没有到遗憾的程度。他先试着让她相信他其实更看重两人世界,后来又试着让她相信抱养个孩子也能弥补她的那个遗憾。

现在,他把两个宝贝儿子接进城去。如果能让她相信大波小波是他从老家捡来的一对双胞胎孤儿,他就成功了。他成功地住进了城市,也成功地让孩子们住进了城市。

我们都主张大波小波穿得新一点,毕竟是进城嘛。但李小飞却相信他们穿得越差越好。他们穿得越差,就越能说明是孤儿。大波小波长得很乖,属于那种人见人爱的孩子,所以他很有信心。

只是李四爷怎么办,他却暂时还没有一个成熟的打算。他说:"到时候再说。"

他走的时候,李小敢也要一起走。李小敢也还要进城去,因为花村的男人们都还在那里,他们的工钱也还在那里。李小敢说的是:况且等开发还有一大笔抚恤金在那里。我们虽然并不相信多他一个人就能多出多大把握来,但我们还是觉得好感动。他们出发的时候,我们全都自发地送行。我们送的不是李小飞,是他李小敢。我们突然之间发现他其实也很高大,内心的高大。连部落也送了。连小孩子们也送了。

"能要回来当然好,要不回来也别放在心上。"

"要得到要不到都回来过年。"

"没路费就打电话回来家里想办法寄。"

"要是要不回来,钱已经吃亏了,就别再让人吃亏。"

"千万别学等开发。"

我们叮嘱了半天,他进城后还是挨了打。张久久和李小勇不是一直盯着工头吗?他们从等开发出事以后就不再干活了,专门盯着工头,他走哪儿他们跟哪儿,就连厕所也不放过,就连发廊也不放过。于是那天李小勇刚跟进发廊就劈头挨了一顿乱棍。棍子不是普通棍子,是钢管儿,打他的不是一个人两个人,是一群。自然也不是为了扇他一耳光或者擂他一两拳,是暴打是毒打,是往死里打。他们是工头请来的,工头请他们嫖娼,他们帮他收拾这个难缠的农民工。

他被打断了胳膊打断了腿还打断了肋骨,就被拖出了发廊。这件事情就发生在李小敢回到工地的当天,他刚扔下包袱就听说他哥挨了打。来报信的也是花村的男人,他目睹了李小勇被拖出发廊扔上大马路的过程,只因他没有勇气为李小勇做点儿什么就慌慌张张跑来报信了。李小敢就跟张久久一起跑向了发廊。那时候工头已经不见了,他费那么大的劲就是为了脱逃,他早已经没了影儿。但那帮打人的家伙还没逃,工头为他们花了钱,他们还没嫖完。李小敢去找他们算账。他也是气昏了头,拦都拦不住,这样他就只能落了他哥那样的下场。他们只去了三个,对方是一群。张久久和那一个也挨了打,只是他们没他那么死心眼,便比他少吃了些亏。仇没报成,反而白白送上一顿人肉,他也断了胳膊断了腿断了肋骨。

工头已经跑得没了影儿,工钱和抚恤金落了空不说,工棚里那一日三顿白菜馒头也没有了。做饭的师傅拍拍手心手背,卷围裙走了人,他们就连吃饭都得自己解决。更何况,打断了的骨头得接,李小勇和李小敢得及时住进医院。

那时候张久久真想像等开发那样跳楼了事啊。他一直在充当花村男人的领袖,可他这个领袖当得多失败呀!那是真想跳啊!

花村那帮男人回来的时候已经彻底认了输,彻底成了败兵。即使是张久久,也像是被折断了翅膀的蛾子。除了李小勇李小敢两兄弟痛得忍不住的时候会哼哼两声以外,别的人一律都沉默着。

尽管如此,花村还是在他们回来的那天开始杀年猪。猪的惨叫声起来,花村的女人们就开始大声说话。是故意的,为的是让男人们感觉到她们无所谓,他们挣没挣到钱都无所谓。她们更在意的是他们回来了,他们回来了她们就高兴。没挣到钱,她们也要狂欢,男人才是她们的关键,男人才是她们的节日。那天晚上跟每年男人们回来的那些个晚上一样,她们照样早早地就熄了灯。不同的只是,往回,是男人们猴急急地上床,这一回,变成她们猴急急了。

28

那天晚上,栀子也早早地洗了身子,换了铺盖香气四溢地等着张久久。张久久终于回来了,就连张大河和张哥儿都为栀子松了一口气。那顿夜饭张大河都没好好地喝酒,他匆匆吃完饭就叫上张哥儿出门去了。他邀请张哥儿跟他一起去部落家看影碟,那会儿部落又从街上租了新的影碟回来,武功片。实际上那天晚上好些个公公都早早地带着他们的孙子到了部落那里,他们一直在那儿看武功片看到深夜才回。

栀子要求张久久也洗洗。栀子爱干净,爱得有点儿洁癖。水是她早打好的,澡盆就放在床前。张久久说那你等着啊你别急。她就不急她就等着。她想我三年都等过来了还急这一会儿吗?

张久久脱了衣服,又脱了裤子,把自己泡进了热水。他在里头"呵啊呵啊"喊,稀里哗啦撩着水,可突然就不撩了。看上去就像他突然给扭着哪儿了,不敢动了,一动就要出大问题了。他看着自己的胯。栀子就以为是他那个地方给扭着了,栀子也起来看。但他的胯泡在水里,只隐隐地看得见一点肉光。栀子想伸手去摸,张久久把她挡住了。"别摸。"他说。他吸着冷气。他脸色全变了,他像看到了鬼。栀子就急了,问他到底哪儿出了问题。张久久犹豫着看了她一眼,又看了她一眼,终于自认倒霉地从水里站了起来。真相也就终于在那会儿浮出了水面:他病了。这两年不回家不光是因为花村的男人们需要他,还因为他病了。他一直在治。他认为他都治好了。可刚才却发现又复发了,那恶魔又杀回马枪了。他并不想让栀子知道,他想的是神不知鬼不觉就把它治好算了。可是现在看来,那恶魔显然不想让他的阴谋得逞。它选择了这样一个时候,一个张久久正准备庆祝自己的胜利的时候,一个张久久再也无法躲避的时候,狰狞地冷笑着出现在他面前,更关键的是出现在栀子的面前。栀子一时还认不清它是谁,但张久久却不得不告诉她,它是梅毒。

栀子就成了木鸡。

张久久说:"对不起。"他说,"真的对不起。"他说,"这东西很凶险,我不能碰你,我要对你负责。"他说,"我本来都以为好了,哪想到它又犯了呢?"

他一脸的倒霉,一脸的无辜。而他的跟前是白花花的栀子,是刚刚泡过栀子花浴浑身散发着栀子花香的栀子,是失望得脸色惨白绝望得浑身打冷战的栀子。他一心只想到今晚要辜负栀子了,他惭愧得慌。他或许要明天,至少也要过好一会儿才能意识到他辜负栀子的不仅是这一晚,而是三年。而三年对于一个女人来说意味着什么,他心里也很清楚。更关键的,还不仅仅是辜负了她的等,而且还辜负了她的心。栀子一直是把他当成自己心疼的那个人的,也一直都是把自己当成他心疼的那个人的。但是现在,他证明他已经不心疼栀子了。

栀子呆若木鸡,面如冰霜。张久久这才后悔得更久远。他说这几年,太难熬了。栀子说,难熬你不会数钱？他说没用,想着钱,想着被拖欠的工资,更难熬。栀子说,你就不会想我？他说不想你还好些,想你更难熬。这时候,栀子就指着他的那东西冷冰冰地说:"它难过,你就听它的了？"

张久久低头说:"它难过,心就难过。"

看栀子沉默不语,张久久被愧疚压迫的心开始挣扎,他说他并不像栀子所想的那样,他说他的心并没有背叛栀子。因为他心里想的都是栀子:在工地累死累活,想的是栀子;去发廊发泄,想的还是栀子!

栀子还是不声不响,但她的内心已经崩溃。这个她一直心疼的男人,居然说他怀里搂着娼妇,心想着她。居然那么恬不知耻。张久久的梅毒不止在他裤裆里,更在他心头。

栀子想哭,没哭出来,想呕吐,没吐出来。如果她哭她吐,张久久会心疼她,会用最深刻的检讨去安慰她,甚至会打自己的耳光,甚至可以下跪。但没表现出伤心欲绝,没表现出自己的可怜,就没给张久久机会。她的沉默让张久久感受到压迫,沉默越久,压迫越重,终于激起他更激烈的挣扎。

"我在城里难过,你在家就不难过？你难过数罐头瓶的钱就管用？数钱不管用你就不想别的不干别的？"

那时候,栀子还是没哭,但她吐了,吐得昏天黑地。那时候,张久久才感觉到对栀子的伤害比自己以为的要重十倍百倍。尽管他还不明白其中的道理。

第二天,闺蜜们往往都要凑一起说说心得的,不说不快。她们尤其关心栀子,毕竟荒了三年了,熟地都变成生地了,这一夜,该是什么景象?她们看栀子的脸色蜡黄蜡黄,生着黑眼圈儿,知道她一夜辛苦,就替她高兴。栀子也装出一夜放荡的得意或者羞涩。当她们问她细节的时候,她甚至说照样猛。只有李子看出了问题,只有她能分辨出一夜美好的黑眼圈和一夜凄惨的黑眼圈儿的不同。李子说:"装吧。一开始我也装,到后来,你就晓得装也是枉然了。"

第二晚,张久久想跟栀子好好谈谈。他亏欠栀子太多已经成了既成事实,他不能继续亏欠下去。他想到了离婚。他对栀子说如果你想离婚的话我们就离婚。他能想到的最大惩罚就是被栀子抛弃。但栀子没有答应。栀子想到的是偏方。

在栀子的概念里,梅毒也不过就是烂疮毒疮,花河有的是治烂疮毒疮的偏方。她选择去老龙洞,那里是花河的源头,离三会场很远,可以防止她的行踪不暴露给熟人。最要紧的是,那里还有一个号称神医的老汉掌握着治烂疮毒疮的最佳偏方。

神医的药都是毒蛇和毒虫,五步蛇、青竹标蛇、蜈蚣、蝎子,凡是有着剧毒的大虫都是他的药。他是以大克小,用大毒虫治小毒虫。来求药的肯定是生了毒疮,这不用问,但他一定要问毒疮生在哪里,多大面积,溃烂程度,是怎么引起的。栀子也没遮掩,直接就说是梅毒,长在胯里。神医意味深长地盯了她一眼,她也没解释得梅毒的不是自己,更没有眼泪汪汪借机倾诉被男人辜负的不幸。栀子那么淡定,就像说她昨天出门淋了点雨,所以就流鼻涕了就咳嗽了一样。这一点,就连"神医"也露出了凡人才有的意外。

因为是梅毒,他的药下得很重。他捣了十条最大的蜈蚣,十只最大的蝎子,搅进一堆由各种毒草研成的药粉里,又从一个泡着各种毒蛇的玻璃罐子里倒了一斤药酒。交代先用药酒洗疮,再敷上药膏。

回来后栀子就要张久久照办。到这份儿上,她才对张久久说:"离婚不是不可以,但你我都过十几年了,好歹这之前你也是疼过我的。"她的意思是他曾经好过,她就还对他抱有信心抱着希望。她说:"你都盖了两三年了,接着把它盖好就是了。"她在替他们的尊严着想。

但是,那个春节并不见得别人就比张久久强。那个年,花村没人串门儿,没人划拳,没人打牌。春晚倒是一定要看的,但电视机的声音也开得很小。男人们也只剩下看电视了,只有看电视才能让自己自如一点了。眼睛盯着电视机,就不用去盯人,不用盯婆娘不用盯孩子,也就不用时时都愧疚不安。后来他们甚至选择了睡大觉,从初一就开始睡,一齐睡,仿佛谁给他们统一下了命令似的。这种睡,又不同于以往几个春节的睡。他们这一回的贪床不是为了多给女人一点儿啥或者多从女人那里得到点儿啥。这个春节他们大多数都得了一个毛病,一个不思女人的毛病,一个给不了女人多少好的毛病。他们是真睡,是一睡解千愁的意思。

连着睡了两天,就有女人的骂声起来了。她不想装不想忍了,她先打孩子出气,然后就骂男人,是猪啊?睡着过日子啊?挣不来钱还不算,还想躺着享清福啊?有人听不惯,站出来打抱不平,说大过年的不兴骂人啊!说人家在城里一年忙到头,回家来睡个觉还不准啊?说你嘴上也留点儿德,不要人家挣了钱就翕着嘴高兴,没挣钱就张着嘴骂人。

女人就叫起了屈,她说天大的冤枉,说她想的不是钱是人。说钱不顶用不要紧,人不顶用气死人。

明白了人不顶用的意思,就没人好意思抱不平了。骂人的婆娘就多了起来,挨冤枉打的孩子也多了起来。但男人们依然打不起精神,连吵架的心思都没有。他们逆来顺受,不言不语。连哪天进城也不说。看上去像就打算这么沉默委靡到死了。

初五那天,吉利大娘去找张大河了。她说:"我想修个庙,你支持一下?"

等开发出事以后,吉利大娘就信了那个尼姑的话。这一阵儿,她一直在外面化缘。她在花河上游下游走了个遍,化了五千多块。她看准了三会场老街龙华寺的旧址。但五千块肯定修不起一座庙,她想的是暂时修个简易的,塑几尊像先拜着。

张大河没有问她怎么想起来要修庙,却来了精神,就觉得这个想法深入人心,就觉得早该这么做了,就觉得这真是一件十分值得努力的功德。他当即就表示支持,就一家一户进门吆喝男人们起床,就对他们说:"走,跟我一起帮吉利大娘修庙去。"男人们就纷纷下床,揉着睡肿了的眼睛跟着他去了龙华寺。

龙华寺在解放前是一座三进三层的大庙,解放后,做了区政府。后来区政府搬新街了,庙就被拆得只剩下地基。能够剩下地基,也是因为那些巨大的石头太沉搬不动。

吉利大娘委托张大河承头,五千块善款全交给他,由他来操作。张大河安排张久久带几个人去买砖买瓦,五天后,这一群在城里修了几年房子的男人,就在龙华寺的地基上修起了一个二十多平方米的简易的水泥砖庙堂。虽说很小,但他们极力朝着"庙堂"的样子修。不能雕梁画栋,他们就用灰浆和砖头造型。吉利大娘对他们的手艺非常满意。雕塑佛菩萨像的人是吉利大娘自己找的,钱少,没敢请高级的雕匠,那人的作品非常勉强。得吉利大娘说它们是谁,别人才能认出它们来。庙小,塑像也没敢往大里塑,全不过两尺高。把塑像请进来安放好后,吉利大娘就把花河下游高山寺的住持慧净请来开光。

吉利大娘自己买了两挂鞭炮、几把香、几支烛。心想佛菩萨要是真灵的话就会体谅她的。正月十六那天,尼姑慧净着一身炫目的袈裟从三会场街上走过之后,张家的火炮铺便被抢购一空。在张大河的带领下,花村每一户都准备了一挂鞭炮。早在开光时辰到来之前,这些鞭炮就被男人们拆开来拿在手,做好了点火的准备。他们在庙门口站成两纵队,每人手上都抽着一支烟,只等时机一到,就把烟头伸向引线。吉利大娘的鞭炮由部落来放,他被安排站在庙门口站着,手上也拿着一支点燃的烟。

吉利大娘自觉都操办得太简陋,把慧净引至小庙跟前的时候一脸惭愧。慧净却说,阿弥陀佛,心诚则灵。佛菩萨像都被红布盖着,庙堂太小一览无余,慧净就觉得没有先进去看看的必要了。那会儿正好太阳扫开了身边的云层,圆圆满满地露了出来,慧净就搭起手棚去看日头。吉利大娘说:"还差一会儿。"男人中有手表的就更详细地汇报:"还差十二分。"

慧净拿了一把香点上,往小庙的周围插了一圈儿,回来后就站在门口竖掌念经。开始睁着眼念,声音也听得见,后来就闭目默念了,只见嘴动,不见声音。由于她的肃穆,小庙就有了庙的神态了。

十二分钟早过了,她还念着没完,男人们全盯着吉利大娘,担心吉辰过去了会坏事。吉利大娘也急,但她不知道是不是应该把慧净叫醒。俗人们正焦虑呢,慧净又睁开了眼,声音也出来了。她说:"别着急,时辰在我这里。我这里的才是最好的时辰。"她神情严肃,可没跟人开玩笑。

那之后她吩咐吉利大娘在每一个塑像前点上香烛,摆上供品。她念着经依次揭开佛像和菩萨像头上的红布,又虔诚跪拜一通,便起身对门外的男人们说:"放鞭炮吧。"

只说几挂鞭炮放完就了事,没想到这里炮声一起,源源不断地人就来了,源源不断地鞭炮也响起来了。从哪里来的不用知道,来了就让场面热闹,就让大家激动。小庙出人预料地轰轰烈烈了半个小时,之后庙里庙外的人全在一种耳聋的状态下默默地点香烧烛磕头祈祷。看热闹的孩子们被硝烟和香火气熏得直淌泪,喷嚏连续不断,可谁也听不见喷嚏声。香火气缭绕到下午,小庙就正儿八经有了庙的神圣,吉利大娘也在慧净的点化下皈依成了居士。

那之后,初一十五她便吃素,并同时到小庙上烧香诵经。她相信慧净所说:她这辈子的不幸,全都是前世的因缘显现,是前世的因造成了今生的果。慧净告诉她这是件好事情,因果显现了,就等于庄稼地里的野草长出来了,你把它拔了,庄稼地就干净了。她希望吉利大娘能虔诚向佛,好好修行。野草拔了,庄稼的地儿就腾出来了,修行,便是往那空地上种庄稼,种善果。种好了善果,吉利大娘的下一世就好了。

29

修完庙,男人们被修庙鼓动起来的精神没有瘪回去,他们再不睡大觉了。一些个已经开始下地,或独自,或跟婆娘一起。那没下地的,也都找着些事儿消磨着时间。女人们也变得安静起来,她们看上去已经习惯了没有激情的日子。没有激情的日子的确很平淡,但男人在家里,好歹家里不那么空,再不顶用,床上也充实了。当别的你不敢奢求的时候,这些就是最好的了。女人们表现出一种安于现状的乐观,她们已经打算平平淡淡地过今后的日子,她们以为男人们再不会闹着进城了。

有男人就在这种时候好奇上了甜蜜之家。这当然并不代表他们不知道甜蜜之家是做什么的,他们的好奇建立在他们很了解它的基础上。有人选择了一个自认为安全的夜晚摸了进去。他当然没去吃饭,也没去唱歌,他直接要了个小姐上床。还没下床,婆娘就找来了。婆娘没亲眼看见他进去,但有人亲眼看见。婆娘很清楚他不会绕那么多弯路,所以她也直奔终点。她自恃是本地人,不容分说乱翻乱找,就把男人找出来了。她本来准备大闹天宫,却被男人抓住双手,没法动弹。男人说:"回去再说。"男人一点儿都不像刚做错了事的人,更不像正在丢脸的人,倒像是刚刚被赋予了执法权。本来是婆娘捉他,看上去倒更像是他捉了婆娘。要不是婆娘一路都在喊,别人还以为是他婆娘偷偷去了那种地方。

回去再说。他回去以后说的是什么呢?他说进甜蜜之家不是为了去嫖娼,实在是因为这一阵状态太差,想给自己来一次诊断。现在他掌握着最有说服力的诊断结果:他不是没用了,不过是他在自家女人跟前不够理直气壮。

他对婆娘说:"我给了小姐钱,我就行了。"

他把对婆娘说过的话又拿去对别的男人们说,男人们就豁然开朗了。他们凑在一起抽着烟讨论了一个晚上,最后得出结论:能拯救他们的唯一办法还是进城。虽说进城已经成了令他们害怕揪心的词汇。虽说将他们的抱负再寄予进城已经显得很可笑很愚蠢了,但你难道要让他们一群年轻轻的大男人守着家里一亩三分地混日子吗?你难道想让他们从此委靡到死吗?

更何况,是男人就更应该在哪里摔倒就在哪里爬起!

更何况,他们真的已经喜欢上城市了。尽管它看上去很凶险。

那天晚上,男人们狠狠地砸着烟头,有人甚至用鞋底把烟头踩蹦成了灰。他们已经商量好第二天进城了,现在他们就回去收拾行李。回去之前,他们要去看看李小勇和李小敢。他们的伤还没好全,跟大家一起进城是不可能的,由此一次隆重的告别必不可少。

说他们有心灵感应一点儿都不夸张,他们朝着李小勇两兄弟去的时候,那两兄弟就已经感觉到了。李小勇拄着拐杖过隔壁去找李小敢,想告诉他,他感觉到花村的男人们已经坐不住了。不承想他刚进门,李小敢就对他说:"我感觉他们已经坐不住了。"

兄弟俩坐在一起抽上烟,决定第二天动身的男人们就齐刷刷来了。

"我就晓得你们坐不住了。"李小勇说。

"我还晓得,你们决定明天走吧?"李小敢说。

全都露出歉意来,就这么丢下他们,让他们感到惭愧。

"走吧走吧,我要是好脚好手,也早坐不住了。"李小勇说。

"去吧去吧,我们好了也就来了。"李小敢也说。

得回去收拾行李了。临走时他们都从口袋里掏出整包或者半包烟扔给李小勇两兄弟。什么话都不用说。他们没说,李家两兄弟也没说。他们走光以后,两兄弟从那些烟盒里拿了一支烟叼上,冲着天花板长长地吐着烟雾。

半个小时后,花村的夜空中响起了孩子的号哭声,那是一位心怀不满的女人正好遇上孩子尿了床,便拿孩子出气。男人又要进城了。在城里吃了那么多亏还要进城,女人想不通。却不料男人会说出一番豪言壮语,让她更想不通。男人说,这次挣到钱,就不回来了,就把老婆孩子接进城去,过城里人的日子!

那个夜晚,花村那帮男人全都这么说,这是他们重整旗鼓的动力!

那个夜晚,花村没有一个女人相信男人的豪言壮语。她们能够相信的是,那个该死的城市,像个花枝招展的婊子,把她们的男人勾魂了。

那个夜晚,花村没有一个女人用寻死觅活挽留她们的男人,她们知道没用,她们知道和城市相比,她们不堪一击。

张久久当然也是要走的。他依然被他们当作主心骨。但他又不比他们,他这个春节什么也没给栀子,还反倒给她添了许多苦闷。他们仅仅是给得少了,他却是欠得太多了。因此,当别人都兴冲冲奋不顾身的时候,他就少了许多义无反顾的底气。这些天他一直在用栀子为他求来的偏方,虽然他很清楚那不可能有用,但他必须让栀子看见他的态度。事实上那东西带给他的反而是痛苦,涂上去以后,裆里反而像着了火一样。花村最坐不住的应该是他,他已经决定进城以后再不上小广告的当,坚决去正规医院。但是他却不忍对栀子说,即使这个理由合情合理,他也不忍心说。

这些天,栀子并没有和他分床睡。即使他们家根本没法分床,即使栀子说是为了不让父亲和儿子看出破绽,但他还是宁可相信这都是因为感情。虽然他已经亵渎了这个词汇,他还是相信它好好地存在于栀子那里。他相信,是感情让栀子具备了那种无人能及的忍耐和宽容。他必须小心翼翼呵护它。所以,跟栀子说进城的时候,他就不能像别人那么理直气壮。

他就不知道该怎么说。

那时候别的男人们应该把话说完了,应该在收拾行李了。那时候张久久和栀子睡成一个"北"字。栀子睡里边,他睡外边,背向着背,中间有着一拳头宽的距离。这个春节他们一直是这样睡。栀子好像睡着了,但张久久却睁着眼睛。他一直在想应该怎么开口,一直在想到天亮都还不知道怎么开口又怎么办。栀子突然就说话了。栀子是冲着墙壁说的,这个春节她跟他说话的时候眼睛都是看着别处。她说:"明天走是吧?"张久久的困境一下就解决了,他诚惶诚恐地转过身向着栀子的背说:"大伙商量的是明天。"栀子说:"那你还不收拾行李?"张久久就急忙起身去收拾行李。他慌里慌张的,就在衣柜里碰响了那罐硬币,于是他像给点穴一样停了下来。他还有话没说完,他应该把那些话说完了再收拾行李。

他说:"大伙这回想的是进城好好干,过些时候把婆娘孩子都接进城去。"

他说:"我们还得继续找那包工头,找不到包工头,我们就得凑齐等开发那二十七万抚恤金,我们得负责。"

第二天,花村的男人们又向城里进发了。李小勇和李小敢两兄弟挂着拐杖站在自家门口送行,女人们也都纷纷站到家门口目送。她们已经不再拥有送新兵入伍般的激情,她们仅仅为了表达她们的不满和担忧。当男人们的身影远去,她们便迅速凑到一起,议论男人的豪言壮语。不出所料,所有人都和她一样嗤之以鼻。于是,不满和担忧就像天空的阴云,更浓更重地笼罩了花村。这时候,她们竟然想到了李子,想起她会先知先觉。李子是唯一没站出门来的年轻女人,她没男人送。她们就上门去找她。但这时候的李子却不愿意先知先觉了。等开发的死成了一块界碑,挡在了她的前面,让她迷路了。等开发没有成为王果,她的所谓先知先觉就失灵了。

　　李子不再是一个预言家。但李子看眼前还是比别人清楚。她看清了栀子跟别的女人的那点儿不一样,看清了栀子跟自己的那点儿一样。男人们离去的那天,她对栀子说起了王果。她说:"你哥进城的第二年就得了梅毒。"她说,"我们一直隐瞒着,谁也不晓得。"她说,"当时我觉得我的天塌下来了。但是,就是塌下来了我也咬牙顶着。"她说,"我把那段时间都顶过去了,后来却没顶住。"

　　栀子什么都没说。她不相信李子一眼就能看出他们家的"梅毒"。她宁可相信只是巧合,只是碰巧李子想跟她说一说王果。

　　烤烟的遭遇使乡里无语了一段时间以后,花河又开始发展茶叶。五辆卡车往花河跑了整整五天,茶苗堆在政府门口,有政府大楼高。不管如何,女人们的生活又将有那么一点儿新鲜感,忙起来就好些了。留守的人们对那楼高的茶苗热情高涨,在政府大楼前拥挤了五天,又到自家地里忙活了个把星期,花河大地上就全是茶苗了。

　　兴奋劲儿没到五天就过去了。我们突然意识到一个问题:茶树长得太慢。它可不像包谷或者烤烟,一岁一枯荣。凭我们对它的了解,一年到头,它不过长两寸,了不起也就五寸。就是说,短期内你是看不见经济效益的。等它们都长成茶树可以采茶的时候,谁又敢保证茶叶还能卖得出钱?你有耐心等它长大,茶叶厂可不一定有那个耐心。

所以,我们采用最保险的办法:在茶苗的旁边种上包谷、黄豆,茶叶在慢慢长大的同时,也不耽误我们收点儿庄稼。

30

不管如何,春耕的那个忙那份辛苦总是绕不过去的。头年大旱,一颗稻米都没收着。今年是不是还会大旱,谁也不知道。但谁也不会因为不知道就不种稻了。那就还得打水田,还得插秧。女人们并没有忘记去年的钩体病,被它整死的几个女人的坟堆还没长上几根草。但她们不害怕了,一点儿都不害怕了。她们说怕啥呢?要是真那么倒霉,死就死吧。很显然,她们都很灰心。她们的意思很明白,要是前头没有什么盼头的话,死又有怕啥呢?要是活着没有人在乎你的话,死又怕啥呢?出于自己对自己的那点儿怜悯和责任,她们穿上了那种经典的过膝长靴。她们在青石街上走得很响,一点儿也不亚于牛蹄闹出的动静。她们在地里大声吆喝着牛,把鞭子抽得"呜哇呜哇"叫,搞得牛以为她们疯了,把眼睛瞪得血红。她们吃饭吧唧嘴了,喝水像牛饮了,坐凳凳子响了,上床床叫唤了。她们做任何事情都很用力,都铆着劲。

这样一来,劲儿很快就使完了。灰心让她们使上了性子,使完性子灰心还在,就没劲儿了,没激情了。就还得请人帮活。

张大河帮人犁了一天的田,晚饭的时候他面前就有了一瓶"芙蓉江"。那酒瓶打开后,满屋子都是酒香。张大河说:"喝可惜了。"可那媳妇却说:"给别人喝可惜,给你喝就不可惜。"就连她自己想喝,也怕喝可惜了,只要求拿他的杯子浅抿一口。喝完酒吃完饭,孩子就被撵去睡了。张大河抹抹嘴要走,就被叫住了。"忙啥呢?"那媳妇问他,"你着急回家干吗呢?谁在家等你呢?是栀子吗?"

他突然就翻脸了,说你可不要乱说话。他少见的一脸严肃,让那媳妇明白了什么是禁区,就不再说栀子。她只说自己还需要他帮忙,说他有责任有能力帮忙到底。说着说着,她就敞开了身体,说这片荒地,比白天那块田,更需要他犁。

她分明感觉到了张大河犁地的激情和劲头,却听见他猛咳了两嗓子。两嗓子之后,他的激情和劲头奇迹般消失了。他说,他得赶紧回去,栀子和张哥儿还在等他吃饭。

回到家,栀子还没吃饭。张哥儿上晚自习还没回来,张大河帮人也还没回来,所以栀子把饭菜都热在灶台上,看着电视在等。看他回来了,栀子就开始摆菜。摆上后,张大河才说:"我已经吃过了。"栀子没吱声。她拿了酒瓶和酒杯,替他满上酒,才说:"吃过了就少吃点吧。"她想的是吃过了饭,他还可以喝杯酒。而且张大河也看清桌上有他最爱吃的麻婆豆腐了。

那之后,张大河连着两天帮人,连着两天都被留下来喝酒吃饭。但每天晚上,栀子都照样在等他,照样为他准备了他爱吃的下酒菜。搞得张大河在别人家吃饭时很纠结。他也不能在出门帮人时就告诉栀子,他不回来吃饭。因为他即便确定被帮的媳妇一定会留他吃饭,也不确定自己一定会留下吃饭。只有到了完工以后,他才知道自己一定会留下吃饭,因为他还想知道吃饭以后,那媳妇还会不会继续留他。

那些天晚上睡下后,张大河一直在琢磨花村出了什么问题。琢磨到第三个晚上,他才琢磨出了一个苗头:男人们这次进城后,就把一块隔膜留在了他们跟婆娘的中间。他们之间不再只有乡村和城市的距离了。由于这层隔膜的遮蔽,女人们看不到她们的支撑,感觉到了无望,于是她们灰心,她们无措,她们开始瞎摸,开始自己寻找支撑寻找能使自己站稳的支柱。张大河在心生同情的同时,也生出忧虑了。

他想到了挽救。他不能让花村失陷于方寸大乱。他把家里的辛苦全交给栀子,自己则主动到那些被他看成危险人物的媳妇家帮活。事实也证明了他的正确和明智,他天天晚上都遇上了同样的试探。媳妇们确实都慌张了,都伸出双手开始在昏暗中瞎摸了。他可以抵挡住这种瞎摸这种试探,别人可不一定抵挡得住。李柴火抵挡得住吗?李四爷抵挡得住吗?部落呢?没过两天李柴火的婆娘又骂起了街,原因是李柴火帮活帮到深夜都没回,她担心他喝醉了摔倒了起不来了,一路找过去,直找到那媳妇家里。很显然,他就没抵挡得住。

在别人抵挡不住的那些夜晚,张大河其实也抵挡不住。只不过他的溃败不是在那些媳妇的家里,而是在自己的床上,在自己床的呻吟声中。

包谷苗浇上肥就得及时围土,要不然夜里下雨就把肥冲走了。栀子傍晚时浇了一块地,还没来得及围土。做好夜饭等一会儿帮活的公公不见回来,就草草地吃了一碗又去了地里。那晚是十六,一个月中月亮最大的一晚,她想的是去把那点儿要紧活补完。临走时,她把饭菜全摆上桌,还摆了酒。她想的是公公回来了,有现成的可吃。可她进到地里,却发现公公也在那里。张大河没在帮活那家吃夜饭,他也看准了这趟要紧活。

"爸。"栀子意外地说。

张大河说:"你累了一天回去歇着吧,我弄完了就回来。"

栀子说:"你也同样累了一天了。"

张大河说:"我明天不去了。"他一边埋头围土,一边说,"我不去帮人了,累死了自家人不划算。"

栀子说:"我年轻轻的,哪就累得死我呢。"

但第二天张大河还真就没去。别人来请他,他就说:"我家的活也干不完哩,栀子也需要帮哩。"

那之后,他就真的一头扎进自家地里了。他替下了栀子的肩头,挑起了粪担子。栀子只管扛把锄头到地里围土。没过两天,他们发现周围全是眼睛。那些得不到帮的,和根本就不需要他帮的,一律都盯着他们。那得不到帮的还情有可原,好歹不过是个忌妒。但那些根本就不需要他帮的人又盯个啥呢?或许怕他们不明白,闲话很快就起来了。说张大河不帮人是为啥呀?为了帮栀子哩。说张大河假充正经是为啥呀?因为他有栀子哩。说你看他们哪像公媳呀,倒像两口子哩。说他们哪像是偷人啦,光明正大得很啦!

那天,百合就把栀子堵在了路上。百合说:"我问你,是真的还是假的?"

栀子反问:"你信吗?"

百合说:"我信。因为他心疼你你也心疼他。"

栀子说:"信了你还来问。"

这样百合又怀疑上了,又问:"真的?"

栀子说:"我跟你说啥也没有,你信吗?"

百合说:"可是你为啥不站出来咳嗽一声呢?别人乱咬你为啥不冒火呢?"

栀子说:"我要没偷,别人怎么咬我还是没偷。我要是偷了,那就是我心里想偷,就不怕别人咬。我站出来咳嗽个啥?"

话是这么说,沉不住气的还是她。目光和闲话倒在其次,关键是它们带来的尴尬让她受不了。那东西本无形,但那些天它却让栀子看到了它类似于气球的面目。开始她和公公似乎都能若无其事,持续没两天,他们就慌慌张张把坦荡弄丢了,就不敢关心对方了,那些代表了体贴代表了心疼的话就说不出口了,必须说话的时候他们甚至也不敢对视了。就好像他们中间真出了事情,就好像他们真如别人说的那样了。按照栀子的性子,要真有那么回事也就坦荡了。可又没那么回事。原来没那回事的时候,他们互相体贴互相关心都显得很正常,现在同样没那回事,还要互相体贴互相关心就显得不正常了。栀子再说爸你歇会儿爸你洗洗吃饭吧,张大河再说女儿你也歇会儿女儿你也吃饭,就好像是为了证实别人的传言了。于是,他们不知不觉开始省略原先那种亲昵的称谓,甚至省略了一些在平时显得非常必要在现在看来却非常多余的话。他们甚至都不敢叫张哥儿替对方捶腰了。有一天,栀子终于觉得那只气球把她挤压得受不了了,便对张大河说:"你还是去帮别人吧。"这一回,她是看着他的眼睛说的。做出了这个决定以后,她又心底坦荡了。

由于整个花村都知道部落是个男人了,就有那么些个媳妇心怀窃喜来请部落去帮活。部落不光帮别人下地,还帮别人上床的事情就是那段时间闹出来的。事实上李子不光让部落变成了男人,还变成了一个最好的帮活选手。在家里头依然懒惰是另一回事,但他替别人帮活的时候却非常勤快。他似乎突然之间灵光一现,就看到了他的使命:他是留在花村最年轻力壮的男人了,最应该为媳妇们提供帮助的就是他了。但别人看到的,还有他是个傻子。他不会考虑要不要抵挡,他根本就不可能抵挡来自任何一个方向任何大小的试探。他还有一个好处:他是个光棍儿。所以部落成了抢手货。有争抢就有矛盾。媳妇们开始为部落吵架。婆婆们先惊慌上了,就觉得她们的媳妇看部落的眼神有问题了。她们跑去找吉利大娘,说你最好还是管管你那傻儿子。吉利大娘却对她们说:"阿弥陀佛。"

所有人都没想到栀子可以去管管部落,是栀子自己想到了。栀子去找部落的时候,部落正在看碟片。她一进屋还没看清是不是黄片,就替他把电视机关了。部落不知道她发的是哪门子火,但他很清楚她发火了。他乖乖地看着她,等她发落。于是栀子心又软了。部落那样子由不得她不心软。这样,原本那些带着火气的话就变得很温和了。

她说:"你已经是大男人了。"她把重音放在"是"字上。她在这句话后面做了很久的停顿,她希望这个时间能让部落想明白:他已经过了那一关了,没必要再做多余的事情了。

部落果然花了好长时间才明白了她的意思,他说:"我没帮她们上床,我只帮她们下地了。"他是看着栀子的眼睛说的,所以栀子认为他没有撒谎。栀子松了一口气,"这就对了。大男人就要有个大男人的样子,"她说,"大男人就应该晓得是非。"

部落说:"那还帮她们下地不呢?"

栀子说:"帮她们下地是对的,但不能帮她们上床。"部落起码不太聪明,她必须把什么是是非说清楚一点。

那之后,部落照样热心帮活,遇上试探就果断拒绝。他变成了花村心眼儿最好心地最纯洁的男人了。

那些唯恐天下大乱的婆婆们终于松了一口气,她们看栀子的眼神就带着那么点儿看功臣的意思。但媳妇们则相反,她们认为栀子其实是出于自私,出于吃醋。她们认为栀子不过是想把部落占为己有。就连百合和映山红也这么认为,只是她俩和别人立场不同。她们对栀子说:"干得好,要不然,你这些年不白对他那么好了?"

张哥儿上初三了,这会儿天天到学校上晚自习。可他并不打算好好自习,他去翻女生宿舍的窗户,看人家女生洗澡。花河中学至今都没有一个正经的女生浴室,走读的女生可以在家里洗,住读的女生就只能打水在宿舍里洗。张哥儿的劣迹被学校视为重大安全隐患,理所当然被开除了。

学校集合全校师生开了他的批判会。栀子作为家长被叫到学校,那时候也被迫站在全校师生的面前承受羞耻。栀子何以养出了这么个儿子,成了很多人热心探究的话题。栀子被揭掉了几层脸皮,回来的路上,还觉得脸皮一层一层往下掉,肉都快掉光了,快看见骨头了。回到家,她终于没忍住抹起了泪。这样,张大河就得管管孙子了。他把张哥儿拉来揍了一顿。

那晚张哥儿拒绝吃夜饭,他像是比谁都更受打击,没心情吃饭。栀子当然没有去叫他,是张大河去叫的。张大河刚才打了他,现在又去下吃饭的命令。刚才挨揍的时候张哥儿一声没吭,接到"吃饭"的命令照样一声不吭。总不能再揍他一顿吧,张大河就放弃了。

实际上栀子也吃不下,于是张大河就劝栀子不如喝点酒。栀子就喝,喝着喝着眼眶又潮湿了,张大河就说:"正常的。"他说像张哥儿这样的年纪做出这种事,是正常的。他还说,就像张久久他们这个年纪在城里有可能会做出些混账事一样,也都属正常。他也不知道自己为什么要补后面那一句,但现实是话已经说出口了。栀子的眼泪哗地就下来了,有句话呼之欲出,但因为她是栀子,就只能在心里说在心里喊:"他们都属正常,那我呢?"

她也没心情喝什么酒了,她掉头进了房间。在那里她总还可以好好地哭。

可是张哥儿似乎一点也不明白母亲的心,他决定进城了。出了那事儿,他在花村也待不下了,他已经知道了脸面的重要。他不吃饭似乎就是为了好好思考一下进城的问题。虽然进城对于他是迟早的事儿,那念头早已经在他心头发过芽开过花结过果了,但他还是想了一个晚上。

第二天早上起来,他便跟着张大河去了地里。他到地里不是为了干活,是为了跟他爷爷来一场严肃的谈话。

"我要进城了,"他说,"我必须进城去了。我们这个家必须要有我和我爸联手挣钱才能有所改变。我知道我妈希望我们这个家有所改变,但指望我爸一个人是改变不了的。你又老了,我妈又是个女人,所以是该我出头的时候了。"

他说:"我走了以后,你别光顾着去帮别人,你也得多想想我妈。"他说,"我走以后妈累了想捶个背啥的就得靠你了。"他说,"你帮外人又要帮家里也累,你累的时候我也没法为你捶背了你就让妈帮你捶吧。"他说,"你是村长但我走以后你就是这个家里唯一的男人。"他说,"我们张家四口人中有三口是男人,但最累最苦的却是我妈,这是不应该的。"他说,"我们要心疼她一点。我和我爸都不在家,心疼她的人就得是你了。"他说,"你就别总去外人家串门,我妈说个话的人都找不到,你多跟我妈说说话,也好让她不觉得家里像个坟地那么冷清。"

张哥儿是和李小勇李小敢一起进城去的,两兄弟的胳膊和腿终于好利索了。虽然已经离年底不远了,但你要他们在家里等到过年以后再进城,无疑是折磨他们。男人们已经依恋上城市了,和花村相比,城市的魅力太大了。不管他们是不是能在那里挣到钱,不管他们是不是想在那里挣到钱,也不管他们进城挣钱的目的是什么,城市都像块磁铁一样吸引着他们。这对百合和映山红就残酷了一点儿,毕竟她们刚刚才把李家两兄弟侍候硬朗了。就连直肠子的映山红都想不通了。侍候了你大半年,你好了好歹在家多待几天,你不想干活留在家里多说几天话也算是报答呀。显然他们根本就没生报答之心。显然他们认为她们的辛苦都是应该的,她们就是他们的丫鬟,就是他们的长工。映山红想不通,就把李小敢的头薅进自己那对大乳间闷了足足五分钟。李小敢做垂死挣扎,她才把他放开了。谁也不明白她是什么意思,就连李小敢也不明白。那之后她问李小敢:"还是要进城?"李小敢点头。她又问:"还是现在就进? 不等过完年,不等到明年开春?"李小敢还是点头。她就再不说话了。

百合倒是吵得比较凶,但吵到最后都是她一个人在吵,最终也觉得很没趣。李小勇不跟他吵,李小勇只讲道理。李小勇讲的道理是男人们都在城里活人,他们留在家里就是丢人。李小勇还讲大家都寻思怎么才能在城里扎下根安下身,他们要还坐得住就要遭人笑话了。百合算是明白了,原来男人们早都想在城里扎根了,早都没想回家来安身了。他们早做好抛弃乡村抛弃婆娘孩子的打算了。李小勇还想做解释,还想告诉她不是她想的那样,他们就是抛弃乡村也不会抛弃婆娘儿子,但百合不让他说了。百合冲他说了一声"滚",他就明白她不想听他说话了,他该"滚"了。

他们走的时候,那两妯娌都没出门送。假装就像他们不过是下地,到该吃饭的时候就回来了。她们在屋里该忙啥忙啥,要不然,她们真不知道该如何是好。他们在外面叫张哥儿,就听张哥儿答应着出来了。栀子是要送张哥儿的,不光要送出门,还要送到班车跟前看着他坐上车离去。

栀子从门里看进去,去找百合和映山红的眼睛,她想知道她们去不去送。映山红的回答是瘪了一下嘴,而百合是猛扭过头,不再跟她对视。栀子就一个人送张哥儿去了。

那之后两妯娌又凑到了一块儿,其实她们哪有心思做什么家务啊。百合把手上的抹布砸到了灶台上,映山红也团吧团吧围裙扔到了一边。

"走就走吧。"映山红说。

"走了倒清净。"百合说。

31

木子回来是那一年的七月一号,许多中国人都绷紧了神经等待着主席宣布香港回归的那一刻。花河也有许多人吃完夜饭就盯着电视不眨眼,三会场街上还有好些人家准备了鞭炮,只等那个激动人心的时刻到来就点炮庆祝。木子到达花河的时间也十分接近那个具有里程碑意义的零点。她是乘一辆面包车回来的,面包车是她花钱租的。同她一起回来的还有她的男友冯曲,由于冯曲只能躺着乘车,又不能经受上下车折腾,她便租了这辆车。冯曲受了严重的内伤,被医生判了死刑。工友们主张趁他还没断气,把他送回家去,这样他还可以赚得一具完尸。但冯曲是个孤儿,没有父母也没有兄弟姐妹,于是,木子便把他带回了花河。面包车在路上跑了两天三夜,这期间冯曲大多数时间都在惨叫。到了花河,他才安静了。那时候夜已经很深,花河给他的印象也不过是几盏普通得不能再普通的电灯和几张平常的脸庞而已。可他竟然在这样一次平庸的相遇中安静了下来,就像回到了他心中的故乡一样,就像回到了他母亲身边一样。

面包车只能开到小桥头,百合他们早等在那里了。木子回家前打过电话回来,她在电话里要求母亲来接她时叫上部落。她没有说叫上部落是为了什么,当车门打开以后,这个问题已经不用解释了。冯曲不能自己行走,得部落把他背回去。

木子既没告诉过母亲她有了男友,也没有告诉过母亲她这一次是要带男友回来,更没有告诉过母亲,她带他回来是为了给他争取一次好死。

所以见面的第一时间，许多的疑问就挤在一块儿，倒让百合不知从哪里问起好。

知母莫如女，木子知道她心头那些疑问，她排着队一个一个替她解答。他叫冯曲。我们耍朋友很久了。他受了重伤。他活不成了。她的口吻和表情里都有一种不可理喻的坚硬，说话不像在说话，倒像在吐水泥坨子。百合不知道她的仇恨从何而来，又要冲谁而去，她在这块自家身上掉下的肉面前迷茫了半天，一个关键的问题才浮到大脑表面："他活不成了你为啥还往我们家里带？"木子还是那副仇恨满腔的样子说："他是个孤儿，我不带他回我家还能去哪里？"

那之后，她才把百合介绍给冯曲："这是我妈。"冯曲就是在那会儿彻底安静下来的，像胎儿在母亲的子宫里那般安静。他最后留在人间的那片安静的目光一直没离开过百合的脸。尽管回到家以后，还有其他来表示关心的邻居们闯进过他的视线，尽管百合并没有一直站在他的视线之内，他也无法始终追随着她。但他确信自己的目光一直没离开过百合那张圆融的脸庞，那张脸庞一直占据着他的视线，别的影像无法替代。他就在这样一种安静祥和中开始七窍流血，最后平静地咽了气。

我们花河死了人，要用鞭炮放信，告诉别人又有一个人去阴间了。冯曲的放信鞭炮响起以后，三会场那些为庆祝香港回归的鞭炮紧接着就响了起来。因为冯曲的事儿耽误了看电视的邻居们这才突然想起还有一件国际大事，有的人就回去了，很可惜自己没能看见主席宣布这一伟大时刻的镜头，想回去找些弥补。

冯曲仅仅是木子的男友，他们并没有成为法定的夫妻，他可以在这里闭眼,但可不可以在这个家里设灵堂呢?要是不能在这里设灵堂,又应该在哪里设呢?我们花河人在意的东西很多,这个问题肯定是要仔细斟酌一番。幸好,还有道士先生巫家兄弟。巫毛牛先到场设坛,三言两语就给出了答案。

巫毛牛说:"只要家里人心里认下他这个女婿了,那张纸就不重要了。"他又说,"能不能在家设灵堂,要看主人家愿不愿意,主人家要愿意,谁都可以在他家设灵堂。"他强调说,"你心里把他当家里人了,他就是家里人了。"他补充说,"这就跟姑娘出嫁起身是一回事,那没爹没娘的孤儿出嫁的时候,也是可以在亲戚家起身的。"

巫毛牛把一件看起来非常复杂的事情说得这么简单,我们就全都定睛看着百合,就看她愿不愿意了。这时候,百合才想起了李小勇。这可不能怪她,只怪事发突然,只怪李小勇游离出她的生活太远了。她急忙跑去跟李小勇打电话,她要李小勇拿主意,她准备好一切都听他的,他说愿意就愿意,他说不愿意就不愿意。可李小勇在那边犹豫了好久,最后还是对她说:"你问问大河爷吧,他要说可以就可以。"百合彻底无语,没打招呼就把电话撂下了。回来后对大家冷笑了两声才说:"李小勇叫我问大河爷拿主意哩。"张大河就提了口气,义不容辞地把这个责任担当了起来。他说:"既然先生都说没啥,事情又都成这样了,就把这孩子当自家孩子吧?"他用的是商量的口吻,最后还是需要百合点头的。但百合还沉浸在对李小勇的不满之中,还被李小勇带给她的灰心拖着后腿。她的反应比较迟钝。张大河以为她在犹豫,就补了这样一句:"你要是不愿意,就设我家吧,我不忌讳,我就当是认了个干儿子。"百合就风凉上了。她说:"大河爷你可真有担当啊。"她还说,"你啥都可以包揽吗?"最后她还隆重地补了一句,"啥都可以包揽?"

张大河窘上了,他很少这样被人风凉。

百合自己解了他的围。她说:"我认!"

她说:"木子认他,他就是我们家孩子了,有啥不愿意的呢?"她果断地把李小勇抛到脑后,重新振作了起来。她想起了冯曲看她的眼神,她说:"那孩子看我的时候,就像看着他自己的妈呢。他看得我的心都快化了。"都以为她要动情了,可她却表现出少有的坚硬。她当然不能完全忽略李小勇于不计,她虽已把他抛到脑后,但他毕竟还在她脑后,她无法回避后脑的感觉,第六感觉。

接下来又遇到了一个问题:木子要不要撕寿衣布呢?

几乎百分之八十的人都表示,他们并没有结婚,还不是正式夫妻,不用撕。但那百分之二十的人又认为,冯曲都死了,再不可能有阳间的夫妻姻缘了,要是木子不撕下那块布,他的遗憾就大了。但不管是百分之八十还是百分之二十,到最后都不得不承认得由木子说了算。原本,这个风俗就是用来解决这种生死诀别的。生离死别啊,那块布就是个承诺,死去的人向活着的人承诺他在那一边也会一直等着她,活着的人向死去的人承诺她死后一定会去找他。他们不仅要做一生一世的夫妻,还要做永生永世的夫妻。有了这块布,生离死别就不再那么撕心裂肺,就不过是一次小别而已。这种情况很像面包虫被切断以后,虫子的两头会自己合拢并且重新活成一条完整的虫子,于是,被切断后两头都不会惊慌失措更不会伤心欲绝。在这种胸有成竹的等待中,活着的人再嫁是为了更好地等待那一次特殊的再见,死去的人也不会因此而淡了等待的心。就是说,撕下那块布,一点也不影响木子正常的人间生活,同时还能解决他们的感情问题。

但他们没有正式结婚,甚至都没有一张结婚证。这是不是具备撕寿衣布的资格呢?

木子认为她有,我们就没话说了。木子说他们虽然没有办证,但他们已经打算去办证了。他们只是还没来得及而已。她对她母亲说:"我们打算的是过年的时候回来办证。"我们看见她板着的脸抽了几下,我们想她或许是替冯曲委屈,眼看就要过年了,冯曲却没有等得到他们的结婚手续。她的表情的摇晃暴露了她软弱。就像你听见一座看上去端正牢实的房子在风中吱呀着响,终于发现它其实是靠背后的一根圆木撑着一样。我们看到了她的艰难,于是酸了眼眶。

百合说:"你说可以就撕吧。"

她心疼这块强作平静的心头肉,她心疼这块肉的那片痴情。她想女人真是没办法呀,女人真是痴情呀。她真希望木子将来能得到好报,她想得泪水湿透了脸。她终于坚硬不起来了。冯曲的寿衣角被她剪了一刀,木子就从上头撕下一块布来。跟着,她的鼻子一酸,眼泪夺眶而出,一路奔涌而下,哭声也终于破茧而出。她终于哭出来了!院子里吐气声此起彼伏,我们为这个不幸的姑娘真正松了一口气:哭出来了就好,哭出来了就好。

道场之后,木子又要进城了。她说她要替冯曲打官司去。到这时候,我们才得知,冯曲是被人打成那样的。李小勇和李小敢也是挨人打的,但冯曲挨的打又不同。冯曲是开推土机的。城市建设要长足发展,于是就诞生了强拆队。冯曲看好强拆队端政府的饭碗,就离开了打工的工厂。他抱着一颗内疚的心开着推土机在拆迁区域内纵横到第三天,就被拆迁户打了。强拆队是拆迁办临时成立的,里头的人全是从社会上临时招来的,按理说他们不应该成为对方的仇人,但拆房子的是他们,开发商雇用强拆队,拆迁户就组织打狗队。强拆队的目标是房子,打狗队的目标是人;强拆队只是急于干活赚工钱的农民工,打狗队却是专业的江湖人士。结果可想而知。一阵硝烟滚滚过后,他们全军覆没,冯曲就落了个后来的下场。

出了这么大的事儿,竟找不到人负责。木子他们抬着冯曲去堵拆迁办的大门,足足三天,连个人影儿都没堵着。怕冯曲死在异乡,才放弃了堵门。冯曲的后事已经料理完了,该是木子回去打官司的时候了。

她咬着牙说:"不找他们算账,冯曲不白死了?"

木子走了以后,我们才开始认真谈论香港回归。我们原本是想表现一下自己"天下兴亡,匹夫有责"的激情,是想表现一下自己胸怀世界的豪情和宽广,但临到头了,我们才不得不承认那份激情空泛。只有说起耕种,我们的声音才像有了根。

上头一直很关注他们发展的茶叶,鲁大千的鞋都走烂两双了。他好像不清楚茶叶长得慢,对于茶叶慢吞吞的境况很是不满。而且,他都归咎于农民们在茶苗地里种了包谷,说是包谷把茶苗吓住了。他又到处忙着开村民会,扬言说要不认真种茶就把奖配的肥料收回去。有人跟他开玩笑说:"你早在干啥呢?我们种包谷的时候你在干啥呢?"他鼓起眼睛说:"我在干啥?今年不是香港回归吗?"听的人吓了一跳,吓完之后就大笑起来,心想:香港回归有主席哩,哪轮到你忙!

不管如何,鲁大千下了命令:抓紧把包谷收了,把禾秆砍了,把茶苗亮出来。茶叶喜欢阳光,鲁大千的意思得抓紧让它们在秋季补钙。

32

张哥儿进城后,栀子就感觉自己被掏成了空壳。她想到冬天那些挂在橙子树上的知了壳,那些已经没有了生命的细腿紧紧抓住一片树叶,在风中瑟缩。这种空落感持续到夏末,风渐凉时,她大病了一场。先是觉得头脑里装了半罐子汤,走路时汤就在脑子里荡漾,整个脑袋就在这种荡漾中疼痛欲裂。有时候她真害怕脑袋会像受不住水压的堤坝一样突然崩裂,浇她一身的汤。她头重脚轻地去了一趟医院,从那里拿回一瓶感冒灵片。吞了两天,不仅脑袋依然晃荡依然疼痛欲裂,而且四肢也变得火烧火燎酥软疼痛。白天动起来,那些关节还只酸酸地痛,晚上躺上床,就感觉四肢脱离了身体七零八落散成一片。她没法把它们捡起来,没法让它们回归到自己的身体,只好任它们在烈火中煎熬。

她给烧得神志不清,喊着胡话,张大河就起了床。张大河早注意到栀子难过,他提议过去医院好好看看,要是吃药不管用就输液。但栀子没听他的。栀子看上去像在赌气,不仅不好好看医生,还硬撑着身子下地,完全把身体当成了赌注。今天晚饭的时候栀子几乎没怎么吃,张大河就细了心,晚上睡觉时没关房间门。如果他是这个家里任何一个别的角色,他都可以更细致地给栀子一些关怀,但很无奈的是,他是她公公。听到栀子喊胡话,他也只能起床到栀子的房间门口站着喊她。想的是把她喊醒过来,问她些话,凭经验判断一下她的病情,然后再拿别的主意。但栀子没被他喊醒,栀子只顾一个劲儿地喊着胡话。他把耳朵像吸盘一样吸到门板上,想听清她在喊些什么,可他什么也没听清。他试着推门,门是闩着的。着了急,他跑到对面去拍映山红家的门,映山红还没起来,金钱草给吓哭起来了。他突然又觉得更应该找百合,百合没娃儿拖着。就去拍百合的门。百合开了门,映山红也抱着金钱草开门出来了,映山红的身后还站着米二娘。他说你们去帮我看看栀子,她好像病得不轻。映山红转身把怀里的金钱草揣给婆婆,就和百合一起过来了。

"她喊胡话哩。"张大河说。

她们把耳朵堵到门上听,却没听到什么声音。"没有啊!"她们说。

张大河就奇怪了,也把耳朵堵上去听,果真里头安静得出奇。三个人面面相觑之后,一种不祥扑面而来,张大河喊了一声"糟了",就不管不顾地拍起了门。百合和映山红也拍,同时还扯着嗓门儿喊"栀子"。他们那动静,只怕是死人也能喊活回来了。可是栀子却一点儿动静都没有,就像她根本就没在房间里头一样。张大河急出了一头汗,转身就去找斧头。百合跟映山红在一边直跺脚,埋怨栀子睡个觉把门闩这么紧。张大河找来斧头,将斧头刃插进门缝门闩的地方一下一下撬,门才被打开了。

原来栀子给烧得不省人事了。

百合和映山红又是掐又是喊,没用。张大河扯开她们,自己去掐栀子的人中,还是没用。栀子烫得像块火炭,证明她还活着。张大河抓起栀子反身背上就跑。他吩咐百合和映山红拿电筒打亮。百合顺手从栀子的床边抓了一支电筒,张大河又叫映山红去他的房间拿他的。"在枕头边儿上。"他说。他背着栀子跑起来,百合就打着电筒跟着跑,映山红也找到了电筒追上来。两人左右一支电筒照着张大河前面的路,张大河一路狂奔,把栀子送到了医院。

栀子在医院里醒来之后,张大河才让自己站了起来。把栀子交到医生手上,他就瘫在医院大厅那张条椅上再也起不来了。映山红和百合都顾不上他,她们只顾栀子了。栀子醒过来后,她们才想起了他。她们跑过去找他,告诉他栀子醒来了。她们一边一个把他从条椅上拉起来,说你去看看吧,栀子醒了。他长长地把一口淤积在喉咙口的黑气吐掉,身体就轻松了。他说:"醒了就好醒了就好。"他没去看栀子,而是去找医生打听栀子的情况。栀子需要住院治疗。这是医生的建议。张大河说:"那就住院那就住院。"

他让百合和映山红回去。映山红有小孩子要照顾,回了。百合留下了。百合说,他一个人留在这里也不一定有用,有时候他并不那么方便。事实上也是,那晚他留在医院也只能是在医院的大厅里没完没了地抽烟,守在病床边儿的只能是百合。

第二天早上,张大河才到亲家家里走了一趟。老红杏到医院代替了百合,他们就回了。

到了街上,百合突然提议张大河打杯酒喝。"你得喝杯酒暖暖身子,昨晚你冷坐了一夜。"她说。张大河心里一暖,就在旁边一杂货店打了一提酒喝了下去。百合没有说她因昨晚的情景想到了李四爷,李四爷也像他一样心急火燎地背过她去医院。那之后她为李四爷打过两三回酒,但后来她竟把这件事情荒废了。或许是她的感激之心淡下去了,或许是李小勇回家养伤这一个年头耽误了。但不管出于什么理由,她现在都免不了负疚。她跟店家找了个酒瓶,打了一瓶带上。张大河没问她给谁打的,她主动告诉他:"我给四叔打的。"

上了通往花村的小土路,百合就走在后面。看着张大河那属于一个男人的宽厚的后背,百合内心一大片地方变得酥软起来。她有点想哭,"小孩子见到娘,无事也要哭一场"的那种。

所以她突然说:"我们这些媳妇靠不了自家男人,全靠你们这些当老人公的了。"

这话说得心酸,张大河扭头看了她一眼。但他什么也没说,他不知道该说什么。

百合说:"昨晚要不是你,栀子可能就没命了。"她说,"医生说,晚一点栀子就给烧坏了。"她说,"医生说,她的肺都烧坏了。"

张大河干咳了一声,他实在不知道说什么才好,他只知道干咳比说什么都好。

"这日子没意思得很了,"她说,"我们都觉得没意思了。"

她说"我们",张大河就想起了花村那些媳妇,还有她们的婆婆。他突然就有话说了。他说:"你们可以跟吉利大娘一起去庙上。"百合问他:"去庙上有啥用?吉利大娘说佛能度心。你信吗?"接着,她又问,"你要是觉得没意思了,会不会也学吉利大娘,皈依佛门?"

张大河不知道怎么回答,连干咳也忘了。

回到花村,百合径直去了李四爷家。那会儿李四爷正煮饭,柴火不够干,整个屋子烟雾滚滚。百合一进门就给熏得眼泪直淌,她把酒递上去,说:"四叔,我给你打的。"

李四爷说:"又打。"

百合说:"好久没打了。"

她说你那侄子我依靠不了了,刚把他侍候好了他就进城了,还说想在城里生根哩,这往后我恐怕就得依靠你了。她说往后,活路上你帮着我点儿,我打酒给你喝。她说得眼泪汪汪,不知是因为伤感还是被烟熏的。

33

栀子在医院住了五天,回来了。娘家要留她住三会场继续休养,她不,老红杏就跟着她来了花村。栀子回到家就觉得清爽了好多,大概跟狗回自己窝一样,自己的地盘自己的气味让人心安。这些天她不在家,家里显得有点儿乱,尤其是灶房那一摊子她根本看不下去。一进门就要打扫。老红杏就赶紧撵她,要她去歇着,由她来打扫。医生嘱咐她不能再受凉。但栀子认为自己没那么娇气,她撵母亲回去,家里的小店还要守,父亲还要吃饭。母女俩争执起来,栀子的态度就有些过分了,她不知好歹的那一面就很明显了。感觉上她很讨厌母亲在这儿碍手碍脚,她希望母亲知趣离开,还她一个清净。

这会儿张大河从外面回来了。看她们在灶房,赶紧进来撵她们,说你们快去歇着,我来弄。他把亲家母拉出灶房,又挥着手撵栀子:"出去吧出去吧,才刚好一点,这里没你的事儿。"他动作很大,稀里哗啦。他说:"这些天我都是吃一天洗一顿,反正一个人,好办。"栀子没吭声,也没听他话出去。不过有些奇特的是她也没叫公公走开或者去歇着,她忙她的,也由着他忙。她竟心安理得地接受了公公的帮忙,而且在这么小的一间灶房里。

老红杏在外面站着,看出自己的多余。于是试探性地问道:"那我回去了?"

灶房的公公和儿媳都在第一时间回答了她,栀子说的是"你回去吧回去吧",公公说的是"你歇会儿吃了饭再回"。老红杏真要走,张大河就撵栀子:"去,去陪你妈说话。"栀子:"她也该回去做饭了。"做母亲的在外面听了,难免心凉,但她还是多嘴叮嘱说:"这几天最好别摸凉水,先把身子养好了再说。"她这话不光是说给栀子听的,也是说给张大河听的。他们在灶间弄出"一家人"的光景,她觉得有必要提醒他们别太得意忘形。

老红杏当真要走了,张大河就撵出来送。说这些天给亲家母添了好多麻烦。老红杏说:"我的姑娘,我照顾也是应该的嘛。"张大河说:"话是这么说,可栀子也是张家人哩。"老红杏笑笑,走了。

回头进屋,张大河继续撵栀子去歇着。他说:"你去歇着,想吃个啥我做就是了。"

栀子觉得自己笑了。她想起了原本存在于他们之间的那些亲昵的称呼,那些"爸"那些"女儿"。它们在春天的时候被他们丢了就再也没被捡起来。省掉它们以后,气氛就真的有了别样味道了。她不再在灶台上抢活,而是退到灶间专心烧火。张大河就淘了米煮上,又风风火火跑菜园子里割回三棵白菜来洗。洗着菜,他问栀子想肉不。栀子说那就炒点儿腊肉,他就赶紧去割腊肉。

有一种不该有的幸福感像真菌一样在栀子心头悄然产生,更不该的是,栀子竟然没有发现它的不妥,竟然糊里糊涂地其乐融融地沉醉于一种恍惚感之中。而且那之后好些天,在她身子完全恢复之前都是如此。因为那一阵张大河一直积极参与家务,切实地给予了栀子最大的体贴。栀子就不得不想张久久,张久久要是能有他父亲这么好就好了。

这一年，花村的男人们没说他们被拖欠了工钱，但他们都不打算回来过年了。原因也不再那么单一，有的是看上了过年期间加倍的工钱，有的是要赶工期，有的是想趁过年期间跳槽，等等。还有一个变化不知不觉就习惯了：他们不在一起了，他们不再像一个人一样抱成一团儿了，他们对城市已经足够熟悉了，他们开始按照自己的喜好自己的意愿自己的目的寻找各自的挣钱路子，有的还留在建筑工地，有的去送报送奶，有的去贴小广告，有的去卖假发票。继续留下来修房子的，也不一定都在一个工地了。

花村只回来两个男人，一个是因为春节嫁女，一个是因为老父亲过完年就是八十大寿。女人们个个都试图从这两个男人那里打听她们的男人，但他们能提供的信息真的很少。他们确实不很清楚，又确实不那么热心。他们只叫她们不要那么看重男人回家过年，他们说这两年农民工工资普遍下降，他们的收益也不大。如果女人们声辩她们贪图的不是钱，他们也只是笑笑，连驳斥或赞同的热情也没有。的确，他们太没热情了。对家里的什么事没有热情了，对花村的什么事也都没热情了。不过他们也并没有表现出太低落，他们该笑照笑，该喝照喝，只是他们再不会热汗直淌，脸颊潮红，不会拍着肚子大笑，不会把牌摔得啪啪响，不会有事没事在村街小跑并大呼小叫，不会醉得东倒西歪，喷着酒气狂笑，甚至不会随便打孩子的屁股了。他们看婆娘的眼神儿也完全是左眼看右眼。在他们的眼里，一切都很平淡了。

这两个男人带回了三万块钱，是大家为等开发凑的一部分抚恤金。虽说他们不在一起了，但到年底的时候，大伙依然还牢记着这事儿。既然他们要回来办事儿，钱就由他们带了回来。腊月二十八这天，他们把钱交给了吉利大娘。吉利大娘认为自己不该收这个钱，他们就说"该"。虽说欠等开发的是包工头，但他们把包工头看丢了，就应该承担起全部责任。他们告诉吉利大娘，不光这三万，余下的二十四万也由他们来凑。他们不光说服吉利大娘收了钱，还让吉利大娘抱着钱哭了一场。

吉利大娘不知道自己拿着那钱合适不，因为李子是等开发的婆娘，她也有拿那钱的权利。但绝大多数人都认为她没必要考虑李子，第一李子还年轻生活自理能力还强。第二，如果她改嫁，就不是等家的人了，不是等家的人还有资格拿等开发的抚恤金吗？更关键的是其三：都认为等开发十有八九是被李子气绝望了才跳楼的。

那两个带钱回来的代表也表明他们是在落实等开发的遗嘱，等开发的遗嘱是给李子三万，其余的二十七万给他母亲。而李子的三万，当初她进城接等开发的时候已经给了，虽然那钱全都花在了等开发身上。

吉利大娘还是决定听听李子的意思。她拿着那三万块钱到李子屋里，放到她的面前。李子想都不想就说："那你就留着吧。"她问她："你不要？"李子说："我没资格要。"李子说得很平静。李子现在比任何时候都平静。李子把等开发的死看成了抛弃，等开发恶心她了，就用死来抛弃她。她得到了应有的惩罚，最严厉的惩罚。她遭到了报应。是这份释然让她平静。这种平静意味着她不再是以前的那个李子，她不再无所谓，她变得小心了变得有所畏惧了。她正在考虑是不是也该初一十五吃素，那两个日子她一定会去龙华寺那小庙烧香。半年前她就那么做了，婆婆去的时候，她就跟她一起去。

她是花村第一个信了佛菩萨的媳妇。

信着佛菩萨的人,总能把现实的代价转化成精神上的安慰,等开发用死换来的李子的改变,被吉利大娘看成是她烧香拜佛得来的福报,她就越加敬畏菩萨。小庙建成以后,来烧香磕头的远不止吉利大娘和她邀约的花村老太婆。老街的、新街的,甚至更远些的也有。遗憾的是,有人会在小庙旁边甚至门口拉屎。有一次,吉利大娘打扫的时候竟然发现观音菩萨挂了一头一脸的干屎壳。这令她痛心,也令她惶恐。她寻思在旁边搭个窝棚,她晚上就过来这里住。

34

那时候部落正专心雕刻着一块木头。他的身边散乱地摆放着他从屋角搜找来的曾经属于他父亲的各种雕刻用具。那些用具一直被吉利大娘珍藏着,因为部落从来都不务正业,又加上雕刻面具并不是一门营生,吉利大娘从来没想过要让部落去碰它们。但现在,它们却被部落找出来了,而且他正在把它们派上用场。

部落的父亲是一个面具雕匠,从来没拜过师傅,据说仅仅因为小时候喜欢道士的面具,弄块木头来琢磨,便会了。花河有演傩赏傩的传统,解放前几乎每个保都有一个傩坛,但那会儿他没赶上。后来他成了一个非常优秀的面具雕匠后,我们不无遗憾地感叹,要是他赶上那时候,他应该拥有一门好营生。他可不是一般的雕匠,面具在别人手上出来,无非就是个死家伙,从他手上出来是活的。眼睛能眨巴,嘴巴也能张合。傩戏从新社会淡出以后,这样的面具也就只能是个玩意儿了。他做出面具来,有那怀念傩的道士,会拿烟或者酒跟他换。他也纯粹是业余爱好,从来没拿它认真挣过钱。他死后,为他做道场的巫毛牛提议把他那几个成品和半成品的面具全放棺材里,说他到了那边也好有个玩的。铁不能放在棺材中,巫毛牛就替他用木头削了些雕刀啥的。他自然是到死也没想到,他的傻子儿子会遗传他的这种天赋,有一天会拿起他的雕刀,继续他的雕琢事业。

第一个发现的是栀子。张久久没回来过年,张哥儿也没回来过年,她心里空得慌。就想到了部落。就碰上了。她为部落买了一条裤子。她以前为部落买过鞋,她没想过她为什么现在要为部落买一条裤子,也没想过部落都那么大了都成大男人了她为什么还要为他买裤子。但她很明白她需要这么做,这么做能给她带来一点充实感。部落现在已经不像早先那样经常去她家了,那就得是她去找部落。她送裤子过去,就看见部落在雕木头。

"你在雕个啥呢?"她问部落。

部落说我在雕脸壳哩。他说这些都是我爸的工具,我妈把它们藏在楼梯脚下了。栀子对脸壳不感兴趣,她想跟部落说话。她问部落为什么又不看影碟了,部落以为她想看,就要放给她看,她又不想看。部落说那你就看我雕脸壳吧。他雕得有招有式的,看上去像个内行。那块木头已经有了一张脸的轮廓,蛋形,鼻子的地方鼓着。但栀子哪能坐在那里看他雕什么脸壳啊,她的心空得慌。感觉上,五脏六腑都被掏走了,都不存在了。栀子要他先试裤子。部落就进房间换裤子去了,她站在外屋等,心却在往里头张望,就想象张哥儿以前穿衣服。部落穿上新裤子出来了,正好合适。怎么能买得那么准呢?部落说你真有眼光。部落很高兴,很喜欢新裤子。于是栀子也就高兴了，就觉得心里好受些了。

从部落那里回来，正好撞见公公在替她那丛栀子树松土。冬天的时候，他们家院子里只有这一丛栀子树才是绿的，才显着生机。立春以后，它就开始发新芽，也是他们家第一个报春使者。每年的这个时候，张大河都要替院子里的树们松松土，好让它们来年长得更好些。那棵属于他那已故的婆娘的桃树除了松土以外，还需要放水。用刀在树干上砍出些口子，那些口子会迅速流出亮晶晶的汁液，形成一颗颗干泪似的东西挂着。来年春天，它就能开出一树好花。可是这个时候，它站在那丛栀子树跟前，却显得那么苍老。

木子就是这天回来的。木子的官司完全没有什么进展，她在城里耗了几个月，还和另外几个在同一次事件中挨打的人结成了一个不小的联盟，但事实上再大的联盟都没用。首先，原来的那个拆迁办已经不存在，据说因为出了那件大事，拆迁办的人全部挨了处分。就是说，人家都挨过处分了，负过责了，再找他们算账就没有道理了。其次，打人的又不是他们，是那些拆迁户。打死也好，打伤也罢，都是拆迁户的责任，他们应该去找拆迁户。木子他们到新的拆迁办坐过几天，他们给他们倒水，管他们的快餐面，还专门为他们提供那些参与殴打事件拆迁户的信息，还很富同情心地劝他们去告这些拆迁户，说告倒他们还有让他们拿人抵命的盼头。可是木子很清楚这条路行不通，打人的确实是拆迁户，但拆迁户打的是拆迁办的人，冯曲是为拆迁办卖的命，责任自然是拆迁办的。

他们的所谓官司，其实不过是找拆迁办要个说法而已，根本就没到官司层面上去。他们早先试过上告，但强拆队是一个临时性的队伍,里头的每一个人都没跟拆迁办签正式的劳动合同,更没签过什么生死协议,他们甚至都没有被拆迁办认真登记过名字。曾经有过一个临时的名单,上头记录着谁开扫地机谁开挖掘机,因为强拆队得有一个临时的培训,那之后,又存在一个对机器的责任问题。所幸那个名单还没被丢掉,要不然,拆迁办矢口否认根本就不认识你们几个,你也不能搬起石头打天。

那个拆迁办也觉得冤,如果他们稍微认真些,让强拆队先成立拆迁公司,拆迁办和拆迁公司签订拆迁合同,他们就撇清了。出了天大的事,责任到拆迁公司就打住了。就像后来的拆迁办通常操作的那样。

事情成了一锅糨糊,木子深陷其中无法前进也无法后退。李小勇进城后找到了木子,但那也仅仅是让他们的联盟里多了一个无用之人而已。随后李小勇就去了工地,木子也去了工厂。不管官司还要不要打,都得首先保证自己活着。而这个时候,木子却发现自己怀孕了。她在孩子是去是留的问题上整整徘徊了两个月,最后还是决定留下。她习惯了自作主张,这件事情她一点儿都没跟父母透露过,就更别说商量了。所以当她挺着个已经显怀的肚子回到家,百合第一时间表露出的是天塌下来一般的恐慌。尽管已经是新时代了,尽管姑娘未婚先孕已经不那么稀罕了,但传统并没有远离我们。我们依然会为这种事情难为情,依然会把它当成丢人。之所以父母能勇敢地承受这种丢人,完全是因为他们不得不承受而已。木子跟别人的区别在于她似乎深懂这一点,所以当她看到母亲一脸惊恐的时候,她由衷地说了一声"对不起"。

那时候她家院子里没有别人。百合救火似的把木子往屋里拖,想的是还来得及把大肚子藏住。木子由着她拖进屋里,才甩掉她的手。木子说:"来不及了,我一路走回来,早有人看见了。"木子用了一种非常平静的口吻说着一件对于百合来说十分残酷的事情,这对于百合是不公平的。所以木子又说了一声"对不起"。她还说:"你往门外看看,肯定有人朝这里看。"百合就真往门外看,还真有人把狐疑的目光长长地伸向她们家这边。

"冯曲的?"百合做了一个两眼发黑的表情,接着问了一个让木子很无语的问题。木子本来不想回答她的,但想了想还是说:"你把我看成啥人了?不是冯曲的还能是哪个的?"

百合说:"既然是冯曲的,那你还包着干啥?"百合差那么一点儿就要跺脚了。

木子说:"冯曲的为啥就不能包回来?我要把孩子生下来。"

百合压着嗓门儿喊起来:"可冯曲都没了,你生下来谁养活?"

木子深深地叹了一口气,说:"肯定是我养活,还能是哪个呢?"木子终于放下包袱并坐了下来。她很累,还很渴。她请求母亲给她倒杯水,又随时做好自己去倒的准备。百合为她倒了水,等她喝完了,她便夺了她手上的杯子。做母亲的用了这么一个动作来表示她的愤怒而不是给她一耳光,所以木子很知足地报之一温情的微笑。百合说:"你任性惯了,但这件事儿是大事儿,你得听我的。"木子没吭声,她一脸温和地等待母亲拿出她的决定。百合说:"去流产。你一个姑娘家养个孩子,以后哪个还会要你?"木子开玩笑说:"你错了,那叫买一送一,反而抢手。"看母亲没心情跟她开玩笑,又正经下来,说:"我说的是真的哩,计划生育嘛,别人娶我们过去,不是多赚一个娃儿?"

这么说着,米二娘跟映山红也过来了。她们在隔壁听到了这边的动静,看果然是木子回来了,就欢喜起来。可同时又看到百合一脸的焦愁,就又把欢喜收敛起来。木子那会儿坐着,肚子的光景并不明显。婆媳俩就只有跟她们打听出了什么情况。本来一肚子气疙瘩想一吐为快,可百合偏又不想吐了。她说:"你们问她吧。"

木子看上去也懒得说话,她叹口气,站起来让她们看她的肚子。这就使屋里平添了两张焦愁的脸。木子不想等她们慢慢提问,她干脆一股脑儿把答案全摊了牌。她说:"冯曲的。我决定生下来。"这件事情在她这里其实就这么简单,大人们总是把它复杂化。

"你想清楚没?"映山红问。

"我想了两个月。"木子说。

"你生不了的。"米二娘说,"计生站的会来拉你去引产的。"她说。作为祖母,她看上去更替木子担心。

"我想好了,请部落和我一起去办个结婚证,就摆平了。"木子说。

这话无疑是她扔出的第二块石头,先前她打浑的水还没澄清哩,这一块下去,泥浆又翻起来了,还溅了她母亲她婶婶她奶奶一脸的泥水。

"你疯了!"这是气急败坏的母亲下的结论。

"部落是个傻子哩。"婶婶觉得有必要提醒她。她其实还想提醒她部落在花村名声不好,但她没说。

木子说:"就办个结婚证,我又不跟他真结婚,你们吓成这样干啥?"

"你以为是过家家呀!"婶婶说。

"我怕的不是部落跟你结婚,倒怕部落嫌弃你怀着别个的孩子,不跟你去办证,那才丢人丢大了呢。"百合终于跺脚了。她其实也想说部落在花村都成了媳妇们的玩意儿了。

看都急了,木子去看奶奶。米二娘实在不知道说什么好。平心而论,她肯定是站在百合一边的。但同样是平心而论,她又是宠着孙女的。木子对她说:"婆你去跟吉利大娘说,只要吉利大娘同意,部落肯定没问题。"百合又喊起来:"他们当然同意哩,白捡了你,要不然,你以为部落能娶到媳妇吗?"木子说:"你刚才不是说怕人家不干吗?"百合两眼一闭,往后仰了一下,但最后她依然稳稳地站着。不过她很明显给气坏了,她再不想跟木子理论了,她黑着脸去了房间,她在那里冲着昏暗的屋顶问天。然后,她一个人在房间里偷偷哭。

李小勇没回家过年,她一个人面对这么大的事情明显的力不从心。但是她又不想去给李小勇打电话了,她怕再听他说"问问大河爷吧,让他拿个主意"。她赌气决定不再干涉木子的事儿。她爱怎么办怎么办。她在心里冲着李小勇冷笑,她说你就等着你妈去跟吉利大娘求情,求她让她那傻儿子跟你姑娘办一张结婚证吧,你就等着别人翻着白眼儿笑掉大牙吧!

但这些都不重要,重要的是今后木子养着个孩子,嫁人就成了大问题。我们习惯把带着个孩子的寡妇比喻成拖斗车,就是那种在车厢后面又挂了一个车厢的卡车。后来那种车在花河绝迹了,但我们却一直保留着那种比方。木子要是把孩子生下来养着,那今后她就成了我们口中的"带拖斗"的了。她要是想嫁人,就得等男人们把别的女人都选完了,只剩下她了,才有戏。男人们总是宁可选长得差一点儿,性格也不那么好的,也不愿意选"带拖斗"的。带着拖斗,车头就累,这是其一。其二,男人们都以替别人养孩子为耻为委屈。这是花河的现实,木子那套买一送一的现代观念根本不适用。姑娘任性,做母亲的再任性是没有道理的。百合哭完了赌气完了,还得顾全大局。

李小勇和李小敢都不在家,李小飞也没回,李四爷就是李家最高级别的顶梁男人了。木子叫李四爷"四公",百合希望这个级别能产生压制木子的权威。李四爷平素不爱说话,更不习惯耍什么权威,所以百合一开始就抱的是扯虎皮做大旗的打算,一找到他就先教他如何劝木子,如何动之以情,如何晓之以理,如何告之以厉害。李四爷被她拉到她家,就像是一把尚方宝剑被她举在手上。李四爷被拖到木子跟前的时候,却没有一把尚方宝剑的肃杀气质。他挤着一把乱眉,摸着胡茬子,把百合交代的那些话全都忘在了脑后,只记得他自己脑子里最先产生的疑问:冯曲都没了,你为啥一定要生下这个孩子呢?木子回答他说:"冯曲不能白死,我要讨不到说法,得由孩子接着讨。"

木子的回答太决绝了,一句话就切断了他们思考的前途。关键时候,他们就想到了张大河。这一阵,有事就找张大河已经成为花村的风俗了,不光大事要找张大河拿主意,小事也找。比如猪掉进粪池了,孩子发烧了,再比如婆媳俩吵架了,都找。张大河也从来都不负这份厚爱,有求必应,甚至以人为乐。事实上这件事情已经没有悬念了,如果木子把话都说到这一步了,你还打算改变她的主意那就不仅不近人情了,还就等于是把她逼向绝路。就是说,即使找张大河来,也无可救药了。但花村已经习惯了,习惯在自己没办法的时候就去找张大河了。事实上,很多情况都是这样的,一家子商量得差不多了,意见都成形了,张大河来了以后,无非就是再肯定一遍,然后画上句号。有点儿像大家把死人都放进棺材了,一切都准备停当了,由他来盖棺材板。也有点儿像大家开会把意见形成了,最后由领导签字盖章。

所以,张大河说的是:"依木子的吧。"

35

事情终于敲定以后,米二娘就显得非同一般的积极。你会突然发现她其实从来就没站在百合那一边过。她站在百合的队伍里不过是因为百合把她拉了过去,她又不想得罪百合。现在,事情有了定论,木子赢了,百合自己输了,她就不存在得罪谁了。

她第一时间去找吉利大娘了。她说木子要生冯曲的孩子,得有结婚证,想让部落帮个忙。她说结婚证是真的,结婚是假的。她说部落是你儿子,先得你同意。她最后说,你就当积德行善,初一我跟你一起去烧香。

她喜滋滋回到家对木子说:"成了。部落的妈已经同意了,部落那里就看你的了。"

她们又跟着木子去找部落。一进门正撞上吉利大娘发着呆,看见是木子,她醒过神来说:"你们是看我家部落是个傻子啊?"木子说:"部落哪里傻呀!他从小跟我好,他会帮我的忙。"吉利大娘涩巴巴地笑了,她显然不敢完全相信木子的说法。她说:"今后部落就没法真娶媳妇了。"木子说:"我不就是部落的媳妇吗?"

部落那会儿在看电视,刚刚雕了个大概模样的面具已经被他忘却在一边,木子进去以后便捡起那块木头端详。正犹豫怎么开口,部落先开口了。"要我假装跟你办结婚证吗?"部落问。显然,吉利大娘已经告诉他了。于是,木子也就不废话,直接问他:"你答应吗?"

"我答应。"部落说。

那时候,米大娘她们都替木子高兴,木子却傻了,没表现出惊喜,也没表达感谢,就那么呆呆地站着。她们觉得意外,顺着部落的目光看木子的脸,才知道木子不声不响已经泪流满面。百合心疼木子,要上前替她揩泪,木子自己一把将泪水抹了,露出一脸湿漉漉的笑容。

木子说话了,她还是没说谢谢,她和部落是一起玩大的,在部落面前,她从来就不会说谢谢。现在她也似乎回到了青梅竹马的年月,她笑着说:"我就知道你会答应我。"

部落的表情,也像早年那样委屈,说:"当然,你知道我傻。"

木子急了,说:"我从来就没觉得你傻。"

部落摇头说:"只有栀子才不当我是傻子。"

话是这么说,部落也还是十分乐意跟木子去办一个结婚证。两个人拿着红本本回到花村,部落便获得了一片赞扬声。都说部落仗义,都说这忙帮得好。我们纷纷去拍部落的肩膀,哪个说你没用了?哪个说你是傻子了?关键时候,你比谁都顶用。这些话出自肺腑,没半点儿虚假,但吉利大娘听来却很像是在奚落在嘲讽。部落已经被花村当玩意儿了,现在虽说是实实在在的帮忙,但你要是把它当玩意儿看,它还不就是个玩意儿吗?即便百合,听着也别扭。有人说部落,帮人帮成了老公。或许只是笑话,百合听了就会脸红,就会想起部落在花村帮人,想起栀子以外的那些媳妇。就觉得木子像那只蒙在鼓里的老鼠,瞎着眼自投罗网,一跟斗就栽进了那只肮脏的口袋,从此成为笑柄上的一个人物了。况且她还担心结婚证好办,离婚证难办,部落要是不乐意办离婚证,那事情又怎么了结呢?

两个年轻人跟什么事儿都没有似的,两个做母亲的却别扭上了。虽说是假亲家,但毕竟有了那么档事儿,那花村又那么小,难免鼻子碰眼睛,遇着了,两人都不自然。木子专心怀她的孩子,每天没命地吃,恨不能两天就把胎儿吃胖了生出来了事。部落却致志于他的脸壳,除此之外,啥也不干。

吉利大娘正月初五出门化缘,为了在小庙旁边建个窝棚,便于照看小庙。她让张大河替她去买砖买水泥,还让部落跟着搭个手。初十回来看部落还拿着块木头摆弄,忍不住生气,就上前夺了扔进了灶孔。部落从灶孔里救出木头,但已经煳了。部落只好去帮张大河。那天,一老一少两花村男人坐上拖拉机,没事儿就闲话起来。

张大河问:"部落你没想过找个正经媳妇?"

部落说:"我是傻子,没人愿嫁我的。"

张大河说:"木子不是跟你办了个结婚证吗?你好好表现,到时候木子就真嫁你了。"

部落说:"怎么表现呢?"

张大河说:"不要去那些个媳妇家了。"

部落说:"你不也去吗?"

张大河给噎了一下,但他没被噎得哑口无言。他说:"我是村长,我得帮她们。我只帮她们干活。"

部落说:"我也只帮她们干活。"

砖头水泥买回来后,张大河就邀上李四爷和李柴火去修窝棚。

吉利大娘在家煮饭,煮好了送到庙上给他们吃。部落不会垒墙,就帮他们打下手,和个灰浆递个砖头啥的。两天后,窝棚成了。吉利大娘晚上要住进去,张大河却觉得应该有人跟她一起分担。他在花村走了一趟,说:"信佛菩萨的,跟吉利大娘轮个班儿,偶尔也去照看个把晚上吧。"

可大家信佛菩萨还没信到愿意去照看小庙的地步。

谁也没想到李子会站出来,更没想到李子愿意跟婆婆轮班。那天晚上夜饭后,她还真收拾了铺盖去了小庙。她甚至往窝棚里添加了一只煤球炉,一些锅碗瓢盆,干脆在那里烧火做饭。就是说,她不光晚上住,白天也住上了。

木子有时候会去找部落说说话,这就容易撞上他正看影碟。自从母亲把他的木头扔进灶孔烧坏以后,他似乎真就把雕面具的事儿给忘记干净了。除了有时候被吉利大娘逼着下地干点活,其余时间他就沉迷于影碟。VCD已经被淘汰了,别人已经看DVD了,但他还看他的VCD。三会场那家四川人开的影碟小说出租店非常喜欢他,他每次去,他们都为他推荐最好看的片子。他们认为最好看的片子,当然包括黄片。以前的黄片还三级,现在都一级了。木子撞上这种片子的时候都会走开,她还没老练到敢跟另一个人一起看黄片的地步。最近她一直在寻思如何回报部落,部落帮了个大忙,不是随便一个什么表示就能回报得了。她想知道,假如他们来真的,部落会不会答应。部落回答她:"本来就是假的,怎么会变成真的呢?"木子说:"我说的是假如。"部落说:"假如就是假的。"

当然,木子还要寻思下一个问题,假如她真嫁了部落,部落会不会变得勤快些,成为一个好男人好父亲。

　　木子在三月生下她的孩子。这个被她寄予厚望的孩子离开她的子宫后就变得弱不禁风,必须在一个氧气罩里生活。那时节杏花正在凋谢,桃花正在开放,一到夜深人静,花村便满世界花开花谢的声响。那天晚上,木子的脑子一直被那种声响激动着,一直都不睡。脑子里总反复呈现一种情景:一朵花开放然后又凋谢再然后结上果子,再然后果子成熟落地。有一次果子落地的声音响起后,她的肚子突然就痛起来了。

　　她喊"妈",百合就赶紧过来了。母亲有经验,叫她别慌,是孩子要生了。但她还是慌,她说:"我要去医院生,我得保证孩子不出事儿。"百合便把映山红和米二娘都叫起来。婆媳三人商量了一下,觉得去医院还不如去计生站,计生站毕竟更专业。于是,张大河李四爷和部落就都被叫醒了,百合请他们帮忙把木子送到计生站去。李四爷提供了他的凉椅,凉椅两边绑上杠子,百合往上垫了被子,把木子扶上去,就抬着去了。

　　孙一刀被叫起来的时候,两眼角还挂着眼屎。等他把眼睛揉干净了,才明白是有人要生孩子了。后来的五分钟检查过程中,他一直在打哈欠。检查结束后,他说了一句"还早"。一开始都以为他是说木子离生孩子还早,但后来又都认为他的意思是离他的上班时间还早,因为他说完以后,竟然又回去睡觉了。留下木子在那里无助地惨叫。

　　天亮时分,百合去叫醒孙一刀,带过来一双没睡醒的眼睛。打开木子的被子的时候,孙一刀的眼睛才同时被完全打开。木子下身的一片夺目使它聚光,它才开始认真工作。天光还没亮到头,电灯光也太散,孙一刀的眼睛也还不是太好,他又得回去找手电筒。两分钟后,他才拿着手电筒不慌不忙来了。于是,木子下面的光景清楚地得到了展现。他平静地说:"是快生了。"而后他用昂扬的语气鼓励木子:"用力,姑娘!"

木子用力。她脑子里演示着一个画面:痛苦得变形的她咬着牙,抓着床沿,啊啊长号,然后,身子一挺,孩子的哭声响起……

可是这一幕并没有变成现实,她被宣布难产。据说那孩子很犟,脚伸出来以后,孙一刀给他推回去,他又把手伸了出来。这一回,不光是木子泡在汗水里,孙一刀也给湿透了。可是汗水并不能帮他们的忙,在花河,计生站最好的妇产科医生就他了。只可惜"孙一刀"只得名于绝育手术的精湛,而剖腹产他却并不拿手。所以他一直希望孩子能理解他,听他的话,学会用头拱着出来。这么折腾来折腾去,木子干脆休息了。她实在是累坏了。她一昏迷,胎压也停止了。

抢救工作显得紧张忙乱,孙一刀一扫之前的从容,脸色煞白地叫来了助手。木子醒来的时候,孙一刀的意志已经彻底给摧垮了。"马上送县医院!"这是他的最后通牒,也是他的请求。

木子一直很怕听到救护车的警报声,正是因为害怕那个声音有一天跟自己有关。不过现在怕也没用,它依然是阎王殿新闻频道的声音,播音员正在得意洋洋地播报,阴间的人口增长率有望达到多少个百分点。她想起了那块布。她没想到这么快就要去见冯曲,她以为自己还可以为他讨回公道,还可以为他养大孩子,还可以从容地答谢部落的帮助,还可以有一段更长的人生……可惜天不怜人,逼她追着冯曲往前走。但是她没带上那块布。她的母亲知道那块布在哪里,母亲会追上来塞给她。她想最好不要塞在她的手里,她有个毛病,手上拿不住东西,时间稍长,她就会在恍惚中丢掉。她最好是放进她的贴身口袋里……

中午时分,木子在县医院完成了剖腹产。孩子脑缺氧,从她体内抱出来就直接进了氧气罩,她也被从死亡边上拉了回来。等她恢复过来,医生才告诉她,孩子是个脑瘫儿。就是说,他无论如何已经不能承担她的任何厚望,他将成为她这辈子名副其实的拖斗。医生委婉而小心地为她提供了另一种选择:放弃孩子。孩子当时的状况是离开氧气罩就活不了,医生的意思是,一旦她决定放弃,他们就停止供氧。为了说服她做出这个在他们看来是明智的选择,医生告诉她孩子每天待在氧气罩里要花多少钱,而且估计今后很长时间里他都得待在氧气罩里。如果想让他离开氧气罩,就得到相当大的医院去医治,但那就得花更多的钱。花钱倒也罢了,关键是花完钱他还是一个残疾孩子,可能一辈子瘫在轮椅上,生活不能自理,还不会叫爸爸妈妈……

医生想让木子看到的是这个孩子未来的惨景,但木子看到的却是巨大的负疚。它像一个巨大的被泡透了水的蜂巢,每一个蜂窝里都装满了水,它不堪重负,正摇摇欲坠。

木子哭了,是那种大哭,深哭。哭声从脚底抽起来,每一下都需要巨大的力量。木子从来没这样哭过,有生以来从没有过。木子从来就能把事情看淡看开,即使看不开看不淡她也不哭。木子这一回哭了。木子被那种巨大的负疚感吓住了,她对不起孩子,对不起冯曲,她此生将背负着那个被浸泡得沉重无比的"蜂巢"不安而艰难地度过了。

"你还是个孩子哩。"这是母亲试图安慰她的话。母亲虽是母亲,也没能看到木子悲伤的真正原因。她以为木子是舍不得放弃孩子,她以为她看到了一个母亲对一个孩子的不舍,所以她提醒她来日方长,她有的是机会生孩子。她说:"确实不忍心,但他都成那样儿了。"她还说,"有些孩子是为讨债来到这个人世的,他就是个讨债鬼,你就当他是个讨债鬼吧。你前世就欠了这个债哩,这一还,你就清净了。"

木子突然问:"怎么还?"

百合给问住了。她原本是想劝木子放弃的,但这时候她却没法把"放弃"这个词汇说出口了。

好在木子这么问的时候已经拿定了主意,她不会放弃。把他生成那个样子,她已经背上了沉重的负疚感,放弃他,无异于再往她心上加包袱。况且,善待他,背着他苦行,才是她抵消负疚感的最好出路。是母亲的"还债"之说启发了她,她唯一的还债方式就是抚养他长大,给他活着的权利。

几乎所有人都反对她的这个决定,但所有人都不会说出来。所有人!包括张大河!我们只小心地用沉默来表示自己意见的不同,也用这种方式默认了木子的决定。到这时候,一贯大嗓门儿的百合甚至都压着嗓门说话。木子要带孩子去重庆医治,需要不小的一笔钱。百合又急又怨得牙根发痒,但也没丝毫埋怨。事情大到这种地步,她终于还是给李小勇打了个电话,从头到尾把木子的遭遇告诉了他,并要他赶紧寄钱回来。可李小勇只寄了两千块钱回来,还说那已经是他的全部了。他又要百合去找张大河想办法。关键人物在关键时候依靠不了了,百合只好自己去借。她不是不想去找张大河,她只是想先自己努力努力。这两年大家手上都紧巴。在城里的没挣到

253

钱,在家里的地也没生出钱来,大家都在勒紧裤腰带过日子。百合跑了一趟娘家回来,收效甚微。

栀子到娘家跑了一趟。虽说自王果开了那玩意儿后,栀子就尽量疏远着他,但这回还是硬着头皮去找了他。但王果说资金投到生意里了,没钱借,只从口袋里掏出他的零花钱分了些给她。父母替她凑了凑,总算是凑了一小笔。这一回张大河没等百合来找他就先出马了,他在花村为她筹了一些。几笔凑起来也不到五千块钱。百合由于连连受挫,便想借这一点做个借口,让木子重新考虑。"要不我们就别去治了好吧?"她差不多用了哀求的口吻,她说,"你也看到了,我们没有那个钱。"她还说,"我们不是没操心,我们为他操过心了,我们想救他,我们尽到责任了。"

木子一个晚上没吭气,第二天早上起来,对母亲说:"我们去县医院吧。"

百合就跟木子一起去了县医院。途中她一直没吱声,木子也一直都保持着沉默。木子是没有说话的欲望,母亲是本能的小心。她看不出木子内心的决定,不敢轻易开口。如果木子听她的决定放弃,那她现在就已经生出隐隐的负罪感了。所以一路上她都在小心地挣扎。

见到了孩子,木子让医生把他抱出来,直接送进了百合的怀里。木子说:"你抱抱吧。"百合机械地抱在怀里,不明白木子这是要干什么。木子又说:"你看看他吧。他是你外孙。"她又说,"我是你身上掉下的肉,他是我身上掉下的肉。"百合听得打了个冷噤,而后就有一种毛茸茸的感觉从她的手心直渗到胸口,在那里轰然一下潮热起来……她哭了,泪珠子直接砸到了孩子的小脸上。他抽动了两下,做了一个要哭的表情,但没有哭出来。他目前还没有这个能力。

百合说:"我们回去借钱。"

她把孩子还给了医生。她涕泪纵横地对医生说:"我们回去借钱。"

回到花村,木子说:"你已经尽力了,我去借吧。"

木子想到了男人们筹集给吉利大娘的那三万块抚恤金。她一进门就给吉利大娘跪下了。在吉利大娘还没反应过来之前,她已经磕了一额头的灰。吉利大娘于慌乱中想把她拉起来,但她说你让我把话说完了再起来。

她说:"我晓得让你老人家动那笔钱就等于拿针扎你的心,但眼下我们没有别的办法了。"

她说:"你把这三万块借给我去治孩子,回头我还你四万,我卖血卖肉都会还你。"

她说:"要是你不嫌弃,部落不嫌弃,我今后就做你的儿媳,我替等家传宗接代。"

她说完了,但她没有站起来。她眼巴巴看着吉利大娘,全部期待都在眼睛里了。吉利大娘愣愣地看着她额头上的那块灰疤,神情恍惚地问她:"你刚才说的啥?"她正想把刚才的话重复说一遍,但吉利大娘又提醒她说:"最后那句?"木子就用坚决的语气把最后那句又重复了一遍。吉利大娘便去看部落,那会儿部落也正好被木子闹下的动静吸引过来,正好站在旁边。她问他:"你听见了?"部落说:"听见了。"吉利大娘说:"那你嫌弃不?"部落不好意思地笑笑,不说话。

那时候,部落的目光游离,似乎在寻找谁。我们不知道要是栀子就在旁边,他的目光会不会游离到栀子脸上。我们只惊诧最该他说话的时候他不说了。傻子不说傻话,就比聪明人还显得深沉。我们就猜不透他是嫌弃木子还是怕木子嫌弃他,或者他根本就没当真?或者他还傻乎乎的另有所想?

猜不透就不猜,吉利大娘把目光从部落脸上收回来,重新放到木子的脸上。

她说:"起来吧姑娘,我们不谈那个。"

她说:"我们不做乘人之危的事儿。"

她说:"钱的事儿,没问题,我这就去给你拿。"

第二天,木子和百合便去县里接孩子上重庆了。

36

这样就又到了农忙季节。打田插秧栽包谷,施田里的肥施地里的肥,第一道肥第二道肥等等等等。年年都一样,年年都是那么忙,年年都是那么累那么辛苦。日子永远都是那个样子,季节永远都是那个样子,只有人不是。人会衰老。肌肉会松弛会失去韧性,皮肤会起皱会失去弹性,骨头会缺钙会失去硬度,关节会增生会打不过弯。最关键的,人的心也会变冷。人心变冷了,身子骨再好也没劲。媳妇们还没变老,单从人生的长度来说,她们离老还有着一段你没法忽视的距离。她们只是正在变老,她们只是知道最终会变老,但她们还知道如果照这样下去的话,她们很快就会变老。她们想提醒她们的男人,想让他们也明白这一点。她们跑去跟男人们打电话,说你们不是说好的要让婆娘儿子也住进城里去吗?说我们啥时候进城来呢?可那边却说,现在还不是时候。他们有的住工棚,有的住宿舍,接婆娘孩子过去住哪儿呢?他们还没攒够租房子的钱。所以他们说还不是时候。那要啥时候才是时候呢?他们又回答不了。媳妇们就不得不怀疑他们是在搪塞了,是想诳她们哩,想诳她们在家不要闹,好好的,乖乖的,由着他们在外头自由自在哩。啥时候才是时候啊?等你们老了,干不动活了才是时候,因为那时候留你们在家已经不管用了,因为那时候你们即使进不了城也不会闹多大意见了,闹不动了。她们感觉被男人们抛在了这一边。他们中间有条河,一条比花河宽得多的河,男人们蹚过去了,却把她们抛在这一边不管了。

　　她们的心就冷了,就没精神了,就不爱干活了。那个春季就有人荒上了地,不种包谷了,只请人帮着打个水田,插上秧就算了。想的是人有口粮就行了,不种包谷了,当然也不养猪了。

　　也有那虽心冷却不忍心荒废庄稼的,就还咬着牙在干。映山红在那个春季霸占了李四爷。因为大波小波进城去了,李四爷也没什么负担,她就干脆让李四爷猪别喂了鸡也别喂了。干脆来她家吃,帮她家干活,只晚上才住回去。米二娘觉得这样不妥,映山红说没什么不妥,只要有人帮着干活就妥。她不看婆婆的脸色不把她的话往心里去就等于她什么都没说。米二娘在家看金钱草做饭,映山红起早贪黑地跟着李四爷下地。米二娘怕的就是这种起早贪黑,她不担心白天,她担心白天的两个黑头,一个黎明一个擦黑。除了这个,她还担心李四爷总在她家吃饭,总在她家帮活。

　　她得想办法。

　　她想的办法是让映山红在家看孩子做饭,她和李四爷下地干活。她说映山红这些日子够辛苦了,她想替她一下。可映山红哪能相信婆婆能替得了她的活呢？婆婆要是能干,还用得着请李四爷吗？映山红希望她不要添乱,但她还是要添乱。她用百合来添乱。李四爷回来挑粪,她就对李四爷说:"百合一走,她那田还荒着哩。"李四爷回去就对映山红说:"要不我先帮百合把田打上吧。"李四爷进了百合的田,米二娘就背着金钱草下了地。映山红挑粪,她就背着金钱草浇地,映山红下田插秧,她就背着金钱草给她扔秧把子。李四爷打完了百合的田,她又让李四爷为百合插秧。李四爷来不了映山红这边,她就得继续帮映山红。任由映山红怎么说,她还是要帮。她要向映山红表明,没有李四爷也行,她不比李四爷差。映山红恨不得求她了,说要累死了你儿子会要我的命的。可她心里却想把儿子亏欠的补上,媳妇就不会去找别人填空。

　　她终于还是累倒了。她背着金钱草一起栽进了秧田,自己没能爬起来,差一点儿把金钱草淹死在田里。那时候秧已经插完了,应该给秧苗追第一次肥。由于缺少劳力,这两年给秧子追肥用的都是化肥。她认为自己往田里撒化肥是没问题的。映山红要一边挑粪浇包谷苗一边薅草,自然不能背着金钱草。她就背着金钱草承担起来。结果只撒到一半儿,两眼一黑就栽到田里了。凉凉的田水呛醒了她,但她爬不起来,她是真累倒了,就像躺下去睡上一觉,再不醒来。幸好旁边也有人在田里撒肥,才不至于让婆孙俩给淹死。金钱草被救起来后吐了好多泥水,吐得小脸泛青,也吓得米二娘脸上泛青。

　　映山红就再不让她下地了。

　　那时候百合的秧也插上了,映山红又把李四爷请了过来。米二娘只有干瞪眼。瞪了一天眼,她又想出了一个办法,一个被她看成绝招的办法。她想用自己填饱李四爷。晚上李四爷回家,她跟了过去,先把门关上。她对他说我知道打光棍不容易我知道你饿,她说我知道饿的人看到好吃的就想吃是一件很正常的事情,但也不是吃什么都正常,比如老人公吃儿媳就不正常。她说你是映山红她们的四叔,相当于老人公,所以你不能吃映山红。她说你要是想解个馋,我可以让你吃。她说你吃我好歹就是个兄弟爱嫂,俗话说哪条田坎不长草,那个兄弟不爱嫂呢。她说你哥也没了他婶也没了,叔嫂好也不伤风不败俗。她说我虽然不年轻了,但我也是年轻过的……

她成功地唤醒了李四爷年轻的记忆:她嫁过来的时候,她还叫桃花的时候,她有一对如蜜桃一样坚挺可人的乳房的时候。那时候李四爷才十多岁,正是长男人身体、长男人心眼儿的时候。那时候,这位二嫂是他眼里最美丽最动人的女人,是他巴望快快长成男人的动力。作为小叔子,他无法避免看见二嫂喂奶,无法避免听到二哥和二嫂在床上的动静。他第一次梦遗是因为她,第一次"打手冲"也是因为她。时常为他们家院子里那棵属于二嫂的桃树浇水的,也是他。后来,他长大了,娶了媳妇分了家,二嫂也被她的两个儿子吸干了,被人唤作"米二嫂"了。

现在,她已经被唤作米二娘了。她已经好些年没摘下桃花往自己身上蹭了,更没有煮过桃花水泡过身子了。她差不多都把那种爱好丢干净。可这一天,她又把它捡起来了。桃花已经谢得不多了,她那棵老桃树上只剩下少数几朵还开在枝头上。她把它们全打下来,捡在手心里揉,揉出花汁来抹上脖子抹上胸,最后还把它们夹进贴身衣服里。这样她又香气四溢了。她虽然年老但她香气四溢了。

现在,她在小叔子面前解衣服。年轻的时候她没为他解过衣服,老得不成样子了,却要为他解开她的衣服。她悲壮地露出了她那已经无可救药下垂、无可救药干瘪的奶子。她希望那几朵桃花能弥补她身体的沮丧,能唤起它胸脯的信心。她用力鼓,努力扩胸,努力往前挺。她用鞭子抽它们,她大声呼喊它们,希望它们马上醒来,马上振作起来迎接李四爷的目光。

她说:"它们确实没年轻时候的样子了,但它们曾经年轻过。你想想它们年轻时候的样子吧,心里想着它们年轻时候的样子,你就不讨厌它们了。"她在努力唤起李四爷的感情,对她的身体的感情。她把它们捧了起来,把它们捧成了很端庄很精神的样子,捧成了年轻态的样子。她说:"你摸摸吧,摸摸就晓得它们没你想象的那么讨厌了。"她说:……

那个时节,我们花河的温差还比较大,早晚是当冬天过的。米二娘在那个气温只有四度的夜晚那么敞开着胸,便冷得直哆嗦。

李四爷真就伸出了手。

似乎他的手带起一股狂风,米二娘就抖得更厉害。抖得像是一个人要活过来前的抽搐。李四爷的手伸向了她的胸,伸向了她那对硬着头皮的奶子。但他没有碰它们,他是为了替她拢上衣服。他说了一个字,没说出声。米二娘却听明白了,那是"冷"。

可米二娘却没被感动,她更在意他没有碰它们。这说明他已经看不上它们了,说明她的苦心就要泡汤了。他把它们掩上,她就帮它们打开。她得做最后的努力。她说它们虽然比不上年轻媳妇,但年轻媳妇你得偷着摸,我的你可以随便摸,光明正大摸,怎么摸都不犯错,摸到天亮都不心虚……

李四爷就再一次替她拢上衣服。这一次他没拿开手,他一直拉着她的衣襟,不准它们再打开了。他的脸上挂着两行热泪。

米二娘看见他哭了。米二娘说你哭个啥呢？李四爷吸溜一下鼻子,说:"二嫂你也哭了。"

米二娘伸手到脸上一抹,就抹下一把湿来。

我们不知道要是那天晚上甜蜜之家没挨上那场大火的话,米二娘和李四爷该怎样收场。大火起来后,半边天都红了。花村正好在三会场的河对面,一眼就看见那大火了,就着急了就喊起来了。于是,李四爷和米二娘就被门外的热闹吸引了,就跟着撵出门看那火去了。

那时候甜蜜之家正玩得兴起哩。房子是供销社的老房子,木头多,又是多年的干柴火了,烧起来太容易了。再加上甜蜜之家玩得正酣,玩得正忘形,窗户都关得尽量紧,门也关得尽量严。大火烧起的时候,里头的人只说里头好热哩,根本想不到外面燃着大火。因为里头还唱着歌,还叫着床,还在撒娇还在淫笑,外面的喊声里头也听不见。等听得见了又晚了。里头十二个小姐,烧煳了五个,烧死了没煳的三个,烧伤两个,只有两个跳楼逃了出来,还崴了脚。十个嫖客烧死俩,还都是三会场街上的男人,一个是张大布的孙子张大震,一个是黄狗娃的孙子黄丛林。花河别的兔子都不吃窝边草,就他们吃,就吃出这种结果来了。楼下三间店铺被烧个精光,其中有他们两家各一间。

遭遇了这场大火,王果又"一夜回到解放前"了。

警察查了整整三个月,没查出是谁放的火。据说张大震和黄丛林两个的婆娘很有嫌疑。由于张大震和黄丛林爱到楼上鬼混,她们一直都有意见。骂过吵过还打过,街上楼上都骂过吵过还打过。都拦不住男人视死如归。据说他们甚至都懒得上楼,直接把小姐叫到家里,甚至当着婆娘的面。据说那会儿,那两婆娘就都喊出过那样的话:"惹毛了老娘一把火把这楼给烧了!"

但是警察没有证据,怎么问也问不出结果,她们总是幸灾乐祸,咬定是报应,是神放的火。她们两个都信着神。据说是南川过来的信众所传,到底是什么神我们原来也没认真打听过。警察倒是认真打听了,她们自己也糊里糊涂说不清,只说是神,是无所不能的神。什么叫无所不能?就是想谁死谁就得死;想谁活,谁就得活;想甜蜜之家着火,甜蜜之家就着火了。

这两女人生得天差地别,一个胖一个瘦,一个白一个黑,但她们的表情和口吻却惊人地相似。听她们说着那些话做着那些神态,警察们就联想到精神病院的那些疯子。神经病放火的可能性更大,但要放火者真是神经病,你又不能把他怎么样。更何况,这一切都只能是猜测,神经病也好,放火也罢,都没有证据。仅仅因为她们有愤怒,仅仅因为她们喊过要放火是不够的。

不管如何,甜蜜之家在花河消失了。王果是不是破了产我们毫不关心,甚至栀子都不关心。栀子为木子借钱时王果的无情让栀子很瞧不上她这个哥。甜蜜之家的消失却让我们大大地松了一口气。那一会儿,你看到花河人的微笑才是真正放松的微笑,你听到的笑声才是解放了捆绑后的舒畅的笑声。

37

百合是一个人从重庆回来的。她回来的那天,她家院子里那丛百合刚打开第一个花朵。那是一丛野百合,花朵是紫红色,花香很浓。当初李小勇从山里把它挖回来,正是看中了它颜色与众不同和花香浓烈。那时候李子树上的李子已经长到蚕豆大,一些不被看好而被迫淘汰的果子掉了满地。百合回到家的第一件事,便是把满地夭折的果子扫起来,再埋进李子树树根下。这样,即使它们已经死了,也依然在母亲的怀抱里。那之后,她才认真去看百合花。往年,她会认真数一下有多少个花苞,那一年能开多少个花朵。她记得有一年竟然有五百多个花苞哩。但今年她没心情数了。孩子出院后,木子抱着去了广东,说要继续替冯曲讨公道去。孩子的治疗效果并不明显,看得见的效果是干净地花掉了三万块。出院仅仅代表他可以离开氧气罩了,他的呼吸依然无力,脖子也依然无力,监护人随时都得小心他憋死。如果不是没治疗费了,医生是主张她们继续治的。木子对医生说:"我们先去找治疗费,找到了钱再来治。"百合对这个孩子的前景非常悲观,她问木子:"你去哪找那么多的治疗费啊?"木子说:"我去讨冯曲的抚恤金,用他的抚恤金来治疗他的孩子。"木子到底还是个孩子,思考起问题来总是那么天真。百合想把孩子带回花村,木子说替冯曲讨抚恤金没他不行。木子向来任性,百合拿她没办法,就独自回来了。

　　回来后,她一直都打不起精神,整日蔫瘪瘪的。米二娘顿顿为她烧醪糟油茶喝,她也提不起神来。栀子和映山红见了,都劝她呢,说木子都那么大了,孩子又是她自己的,她肯定照顾得了的。说木子向来都有主见,她拿定主意了,就说明她是有把握的。这样,百合就说出了她的另一个心病:摊上这样一个孩子,木子这辈子怎么办啊?这应该才是她最大的心病,是她打不起精神的最大原因。这又确实是一个不好开解的问题,说互相帮衬帮衬,那是不现实的,那毕竟是长长的一辈子啊。栀子和映山红觉得她可能需要吉利大娘,就去对吉利大娘说:"百合不能老那样子下去呢,你老人家开解开解她吧。"可吉利大娘那会儿并不像我们想象的那样已经得了道。她虽说修了小庙,初一十五也吃斋也敬香也磕头也念几句简单的经,但她的信仰也不过是建立在一个认命的基础上,她信佛菩萨仅仅表现在她认了命。所以她又能说什么呢?她也无非是说:"信命吧。信命,认命,就不会有什么想不通的了。"

但没想到这最简单的两句话,倒起了最大的作用。当你觉得无能为力的时候,就把责任推给命运。当命运为你承担了一切责任的时候,你自然就轻松了。既然是命,想那么多又有什么用呢?百合就不想了,连着睡了两晚好觉,她又活回来了。

百合的认命方式是顺其自然,完全听任心的意思。比如她晚上会整夜整夜地去想今后木子怎么办,她就由着自己想。她还会整夜整夜地去想李小勇,想她的寂寞,想她的需要,她也由着自己想。她回来以后就知道李四爷为她打上了田插上了秧,她就无比感动,就觉得李四爷亲,就想感谢他,她也由着自己想各种感谢方法。李四爷借酒放纵那会儿、李四爷背她去医院那会儿留下的感觉趁机活跃起来,她也由着它们。

李四爷现在也和张大河一样,每天晚上都要小酌一杯了。百合过去的时候,李四爷正在小酌。电视机开着,他喝着。他和它互不干涉,互不关注,都孤独地做着自己的事儿。李四爷的酒量不大,他喝酒就很斯文。今晚百合也要喝。百合说:"四叔,也给我喝一杯吧。"李四爷每晚喝上一杯小酒的习惯还是百合培养的哩,他当然不会吝啬一杯酒。就起身去碗柜里拿来一只杯子,为她倒了一杯。百合端起就喝下了。她也哈气,说:"喝了好睡觉。"她已经给自己又倒上了一杯,她喝得很猛,李四爷就劝她:"慢慢喝。"可百合不光自己猛喝,还猛为李四爷添。她说:"四叔你放心喝,喝完了我替你打。我要感谢你,你为我打上了田还插上了秧,我的庄稼一样没耽误。"她说要感谢他,自己却一个劲儿地喝,似乎她表现得足够猛,足够豪爽,就可以达成感谢了。接连几杯猛酒下去,她便两颊绯红,目光迷离起来。李四爷说:"你喝醉了。"李四爷从来不呼女性晚辈"女儿",这一点有可能是他那性格使然,他太腼腆,那种太亲昵的称呼他叫不出口。但也有人认为是因为内心不磊落。因为我们这些自认为内心磊落的人,从来都不会觉得那个称呼有什么不好有什么难为情的。你在花河上下走走,到处都是叫"女儿"的,那个亲昵的称谓满天飞。所以,李四爷这样的,被看作内心不磊落,内心有暧昧就很自然了。事实上,他这么"你"来"你"去的,也容易让百合产生误解。又正好是在喝酒,"你喝醉了"这样的话暗示性就很强。

百合也回答了句暗示性很强的话:"我想醉。醉了好。"她甚至站起来关上了门,她说我今天就是想跟你醉上一回。她的话已经走到明处来了,已经不再遮遮掩掩,不再费劲地去暗示了。关上门掉转身她的眼睛已经吊了起来,身子已经斜了起来。

她说:"四叔,你把衣服脱了。"

李四爷没动。李四爷其实只穿着件汗褂子,要仅仅是考虑他热的话,脱不脱就没什么两样。但百合不是怕他热着了,她是让他露出胸膛。她说:"你让我看看你的奶子。我想看看你的奶子。"看李四爷像木桩,她就自己伸手把他的褂子撸起来,撸过了他的头顶。就让自己看到他的奶子了。那件套头的汗褂子停留在李四爷的头上,像顶帽子,却又远比一顶正经的帽子看上去滑稽,百合就看笑起来了。笑完了她也不管它了,她伸手去摸李四爷的奶子,她浪声大笑了,她又不免心酸了。"就你这奶子,还奶孩子,真可怜了大波小波,叼着它们还很享受。"

她猛地解开自己的衣服,那股藏在衣服底下的强烈的百合花香喷涌而出,使李四爷的屋子花香四溢了。她让他看自己的。她说:"四叔你看看我的。四叔你摸摸它们,这才是真奶子!这才是奶孩子的奶!"她还说,"当初看见你奶大波小波我就难过,我就想替你的。你看我这对大奶,天生就是奶人的,奶孩子,奶男人。不奶人,让它荒废,天理都不容。"

她捧着自己的大奶向李四爷炫耀,她放荡她骄傲。她说:"你装啥呢四叔?你喝醉了酒摔到坡下那次你摸过的。酒醉心明白,我晓得你不是醉糊涂了才摸的,而是你想摸。像我这样的奶,没有哪个男人见着了不想摸的。"

她很自信。她相信李四爷的呆傻不过是因为太高兴,他只是高兴傻了。她不知道她的四叔几天前刚看过另一对奶子,更不知道那是她婆婆的奶子。她不知道那一对奶子现在就在他眼前挺着,虽然下垂干瘪,却会说话,会哭泣,会悲伤。

她疑惑了,她傻了。面对李四爷的恍惚,她捧着自己丰满的大奶,不知所措。

她的骄傲,她的信心渐渐在消退。她甚至感觉自己的大奶在萎缩,在老去。她慌张了,她想抓住它们,不让它们向后退缩。也心酸了,一阵伤感开始潮涌。她说:"四叔,你心头不要打搅,你不要想那些闲言碎语,你想你是在做好事,是在帮我。"她说,"你一直都在帮我,没有你帮我,我早就撑不住,早就垮了。没有你帮我下田,田就荒了,心也荒了。"她说,"没有你背我去医院,我早就死了。"她说,"你背着我,搂着我的屁股,我这对奶子就顶在你背上。那时候,我就想不管是活了还是死了,我都要谢你。不管你是不是老人公,不管你是不是四叔,我都要谢你。"

她把自己说哭了,也把自己说坚定了。

她的大奶不再骄傲,不再放荡,但它们却多出了一份理直气壮,多出了一份赴汤蹈火的坚定。

她抓过他的手,果断地放到了她的大奶上。她强迫它们留在那里,她不准它们离开。她不容分说。

李四爷眼前一下就亮开了。米二娘那对干瘪的奶子和她那身无力的桃花香悲伤地离他而去,他无声地呻吟了一声,就感觉到自己七零八落地塌陷了,就被她身上那更加夺人心魄的百合花香醉倒了。

米二娘的良苦用心就成了泡影了。

出乎意料,这个做了多年鳏夫的男人看上去却不如百合想象,他似乎是一个饿过了劲的人,在八大碗宴席前动不了筷子。百合看出他心结,她安慰他鼓励他。对他说:"四叔你别想别的。四叔你不是四叔,你就是一个好人,一个好男人。四叔你没犯错误。我也没犯错误。我不是在偷人,我这是在谢你,花村的女人,也只有这么谢你了。"她看他有了起色,继续给他以鼓励,"你是在帮我,帮我活过来,帮我活下去。你是好人,你是男人,你行的。"

他终于行了。这是一个惊喜。对他说是,对她来说也是。但他却突然像个新手,他慌里慌张,他手忙脚乱不得要领。

这样百合就忍不住笑了。

刚才展示大奶的时候,她笑得像荡妇。现在,她笑得像一个妈。当然,她不是妈,她只是一个花村女人,一个正在偷男人的女人,一个正在偷叔公的侄媳妇。但这时的她,已经没有了偷的感觉,没了偷的心虚,没了偷的负疚。她已经不需要像刚才鼓励李四爷那样鼓励自己,她的身体她的肉她的心,都像花季里的百合,开得鲜艳而坦荡且安详。

她的声音也坦荡也安详。

她说:"不急不急,我们有的是时间,花村女人有的是时间。"

她说:"我们都荒那么久了,不着急这一时半会儿。我们慢慢来。"

她说:"我在,我一直都在,我不会跑。我们不偷不抢,我们不慌。"

她说:"你慢点,轻点……"

突然,她的声音走调了,好像哪根弦出了问题了。她说:"我想喊啊!"

她不知道自己想喊啥,是像一个荡妇那样喊自己的快感?还是像一个产妇分娩时喊自己的痛?但是,不管她想喊啥,她都喊不出来了:在那个最疯狂的时刻,她居然去看电视。鬼使神差的,她居然看见了电视!

画面上竟然是木子!木子抱着孩子站在楼顶!她现在是一条新闻的主角,正被打着特写。男播音正在解说她是一个农民工,因为丈夫在拆迁工作中遇难,讨抚恤金不成,所以用跳楼维权。播音员字正腔圆的话语里隐含有疑问,农民工们的跳楼已经成为一种伎俩了?他们是不是真的绝望到想跳楼了?

百合和李四爷都被吓醒了。一盆雪水劈头浇来,他们滚烫的身体就被雪水烫坏了,烫出了一身燎泡。

"妈呀!"百合终于声嘶力竭地喊了出来。

她早先做出的那些想喊的准备似乎就为了喊这一嗓子!

自那一声喊过,百合就再也喊不出声。她的声音似乎遭到了武断的屏蔽,她尽管使劲也只能发出那种耳语般的气声。

那天晚上花村很多人都看到了那条新闻,好多人都怕百合错过了,一发现就跑来找她,好不容易找到她的时候,她正哑哑地冲着李四爷的电视机叫着木子,一遍一遍没完没了地叫着木子。那条新闻到时间就过去了,他们就看不见木子了。百合就是那时候决定进城,她一定要进城去阻止木子做傻事。她那决然的样子,似乎木子就在花村的那一头,或者顶多就在三会场的哪座楼顶上,她只要立即赶过去,就一定能救下她。

我们一眼就看明白李四爷家当晚发生了什么,因为情急之下他们都没能好好收拾自己,更何况那时候还满屋子酒气。但那时候这都不重要了,谁要是还在那个时候去计较那个,遭到唾骂的就不是百合和李四爷,而是他了。

眼下对我们最要紧的是木子,是百合要进城。我们提议她赶紧打个电话给李小勇,他去找木子更快捷。百合采纳了我们的意见,当即就赶到三会场给李小勇打电话。可李小勇竟然不在原来那个工地了,他去了哪里,没人知道。或许有那么一两个知道的人,但你去哪里找他们呢?百合急得两眼一黑,就吐了一口鲜血。我们赶紧劝慰,我们表示举双手赞成她进城去救木子。栀子那时候就看张大河,张大河就在这当口站到她跟前说,你先别急我陪你进城。

他们十分钟后就动了身。耽误那十分钟也是因为要找一辆摩托车,那会儿已经没有班车了。我们送了他们一程,希望他们到县城以后能赶上去市里的末班车。

几天后,张大河和百合把木子母子接回来了。母子俩完好无损,我们全都松了口气。百合一脸经历过磨炼后的坚定和沉静,在回应我们招呼的时候力求简单干净。她让你感觉到她已经不是之前的百合了,今后的百合,将永远拥有着这份坚定和沉静。即使在我们想起她某件丢人事情的时候。

倒是木子还跟以前一样,像什么事情都没发生过,像她并没有到鬼门关去徘徊过一样。我们说:"天啦,木子你吓死我们了。"她笑(我们真没想到她还笑得出来)着说:"我们不是好好的吗?"

像送百合进城的时候那样,我们一直簇拥着把她们祖孙三人送进家门。我们一直在感叹,说没事就好没事就好,说没做傻事儿就好没做傻事儿就好。到了屋门跟前,百合回头问我们:"进来不?"但我们一眼就能看明白她并不想我们进去,她想清净。所以我们迅速摇头说不了不了,你们歇歇。

她们认真歇下,映山红就过来了。映山红跟米二娘一样,不知道说什么好。她们在家做的都是出事儿的思想准备,看木子母子完好无损地来到跟前,她们便莫名其妙地惶恐起来。木子开玩笑说:"看样子,你们以为我是鬼?"这话逗笑了做奶奶和做婶婶的,她们才松口气自然起来。映山红说:"你不晓得,你吓死我们了。"米二娘擦拭着潮红的眼眶庆幸地说:"幸好你没做傻事儿。"木子说:"我这不是好好的吗?"

她说："我好好的,儿子也好好的。"

她说："我们还讨来了抚恤金。"

正说着,栀子也进来了。栀子上前就抓住木子摇,她也是不知道说什么好。木子开玩笑说："你当我是树啊。"栀子说："你吓死人了。"木子说："对不起,看来真把你们吓着了。可我哪料得到你们会从电视里看到我呢？"

栀子说："你真傻,那也能开玩笑啊？"

她说："我可没开玩笑。给我抚恤金,我就当是开一回玩笑；不给,我就真跳。讨不来抚恤金,跳下去就一了百了。"她那张稚气未退的脸,生硬地贴着面具一样的沧桑。

木子认真下来以后,看上去就有那么点儿成熟女人的模样了。她明显红了眼眶明显地伤感起来,但她没让自己哭。倒是听着的那几个没能忍住,都不同程度地流起了眼泪。

"这日子咋过成这样了呢？"栀子说。她突然想到了张哥儿,她真担心那个狗日的城市,会不会把她的宝贝儿子也吞掉。

正好那天是三会场赶集,李四爷赶在午饭前送了一块肉和一块豆腐过来。那会儿百合家屋里只剩下百合和木子了,但他没进屋,他在门口叫木子出来拿。他也不太会说话,只说他正好也想吃肉了,就多割了一块。木子回头叫妈,百合就过来了。不看李四爷,看着木子手上的肉和豆腐,说四叔你自己吃吧。李四爷没做声,他想说我那里还有哩,但事实上他那里并没有。况且他的舌头这个时候也不太听使唤。木子说："四公你干脆就在我家一起吃吧,免得你做饭。"说着她就忙着要拉李四爷进屋。百合连忙挡,她说四叔还有他的事儿要忙哩你就别耽误他了。正好那会儿米二娘也从隔壁过来了,李四爷再不逗留,头也不回走了。

午饭后,木子去了部落家。部落在雕他的脸壳,看木子进来了,他抬起头问:"回来了?"木子说:"回来了。"他继续雕他的脸壳。"都以为你会摔死才回来。"他说。木子说:"差一点儿。"部落说:"他们也说你傻。"木子说:"有点儿。"部落说:"那不跟我一样?"木子笑。她说:"都为我担心呢,你担过心吗?"部落抬了一下头,说:"担心。"木子又笑,说:"多承你担心我了。"部落也笑了一下。木子问:"你嫌弃我那脑瘫儿吗?"部落说:"不嫌弃。"木子问:"为啥?"部落说:"我们都是傻子。"木子说:"你不傻。"部落没说啥,埋头雕。木子说:"那你嫌弃我吗?我带着个拖累呢。"部落头也不抬地说:"不嫌弃。"

木子从部落这里走开,就找吉利大娘去了。吉利大娘在灶房忙,看她过来,便擦着手出来了。木子带来四万块钱,双手送到她面前,说:"大娘我还你的钱来了。"吉利大娘事先没料到是这一出,一时间竟有些慌乱。说忙啥呢忙啥呢,我也没催你还啊。木子说:"有了就还,要是没讨到抚恤金,我着急还也还不了你。"吉利大娘说不是抚恤金吗你就留着给孩子花在治病上吧。"抚恤金"让她感觉到了这钱的沉重。但木子说我借的不也是你的抚恤金吗?吉利大娘这才接了钱。接过去才发现是四万,又赶忙要把钱往回送,说:"哪是这么多呢?你不就借了三万吗,我可没老糊涂。"木子把她推过来的钱又推回去,说:"我说过的,借你三万还你四万,我说话得算话。"吉利大娘就黑了脸,拿了三万放一边,另一万被她硬揣进了木子怀里。她明显地生了气,她说木子你这是要让你大娘今后埋着头过日子啊。她说:"我要收下你这钱,我还有脸在花村活人吗?"她说,"你不是还要治娃儿的病吗?这钱得派上正经用场啊。"她说,"这三万我先收着,你要是缺了,再来大娘这里借。"

在家没待上几天,木子又带孩子到重庆治病去了。这一回,百合没一起去,木子说她一个人行,不用耽误两个人。

孩子做了一个很复杂的手术,花完了他父亲的抚恤金。据说作为一个脑瘫儿活着的风险已经不存在了,今后只要监护他的人足够细心,足够耐心,他就可以拥有一个有着正常长度的人生。还在医院的时候,木子就为他起了个名叫冯直。他父亲叫冯曲所以命不好,她希望冯直这个名字能给他带来一段顺直的命运。最起码,作为脑瘫儿来说是。

不管如何这件大事算是告一段落,木子接下来要了结的便是跟部落的事情。他们之间那个结婚证原本不过是冯直来到这个世界的通行证,但自从木子跟吉利大娘说过"只要你不嫌弃今后我便是等家的媳妇"以后,木子就真打算将它作为正经的婚姻手续了。不过,这暂时还不能着急,她还得进城挣钱,毕竟部落还没变成那个可以依靠的男人。

38

那个春节花村的男人们依然要在城里挣双倍工钱。这一回女人们没有表现出有多不满或者有多质疑,她们要么是习惯了要么就是不屑了要么就是假装不在乎了。她们不说他们不提他们。她们爱说的是公公。公公们在那个春节变得分外得宠,他们除了能得到应有的那份孝敬,还能得到不应有的孝敬。公公们也能够体会那种需要,他们也像年轻男人们那样聚众喝酒划拳。不会划划不好都没关系,大嗓门吼喊,大动作挥手。然后他们也通宵打牌,也把牌甩得很响。他们和媳妇们齐心合力,就把年过得像个年的样子了。

整个花村只有李四爷显得落寞,他本来就不属于那种存在感很强的人,出了那件事儿后,他也高兴不起来。米二娘当然恨上他了,不跟他说话也不正眼看他了。按理说,他是应该到她们那边过年的。男人们不回来,百合和映山红两家就兴合在一起过年了,李四爷一个人孤孤单单的,自然也应该叫到一起。但米二娘不提这回事儿。当然,最让李四爷伤感的还是米二娘的变化。米二娘一夜之间就变得更苍老了。她不振作了,不收拾了。以前她虽成了"米",但她干净振作,现在像"陈米"了,像被虫蚀过的米了。李四爷心里存着不安,映山红来跟他客气来叫他过去一起过年,他就没去。

那顿年夜饭上,张大河为自己拿酒的时候拿了两个杯子,给栀子也倒了一杯。他什么话都没说。栀子也一样。但她很乐意地把那杯酒喝了。往后每天夜饭的时候张大河都照着做,她也就照着喝。

这个春天,张大河主张花村的婆婆媳妇们全都去吉利大娘的小庙上赶香会。为了产生他想要的效果,他甚至敲着他的铁器在花村走了两圈儿。那时候正是桃花李花开得烂漫的时候,他敲着铁器走过的地方,红的白的花瓣就飘落一片。他走一遍就飘落一遍,两遍过后,花村的地面就成彩色的就无比的好看了,看了也让人无比的伤感了。媳妇们看着那一地的斑斓,就看到了自己的命运,就恨着他说:"敲啥敲啊,不就是赶个香会吗?"她们倒没让他失望,全去了。去了以后却不放过他,依然要恨着他问:"你让我们来赶香会是啥意思啊,是想让我们来受教育吗?那你倒是说个头头说个道道啊,这菩萨能为我们做啥事儿呢？她是能为我们犁田啦还是能为我们插秧啊？"好在她们这么为难张大河的时候，吉利大娘正好在旁边。而且，这一阵的吉利大娘已经不比以前那么蒙昧那么初级了，她多少已经得了一点儿道，最起码她已经清楚何为菩萨了。张大河的用意她很明白，也很支持，所以她很乐意配合张大河对这一帮蒙昧未开的媳妇来一场启蒙。

她说："菩萨不能为你们犁田，也不能为你们插秧。"

她说："菩萨是度你们出苦海的那个人。"

她说："菩萨之所以是菩萨，就是因为她已经到了对岸了还想到身后挣扎在苦海里的我们，还回头来度我们。"

她说："她往岸上再走一步，就成佛了。但度不尽苦海里的人，她就誓不成佛。"

她说："这就是菩萨。"

可她还是说得太抽象了。赶完香会后，媳妇们依然停留在蒙昧状态，依然认为菩萨对她们没有用，依然认为男人才管用。所以她们依然对张大河说："菩萨没用，你才管用。"

她们现在很像当初的李子了。像她那样无所谓，像她那样不在乎，像她那样看破世态炎凉了。她们在暗示他，光考虑村庄的形象是不行了，他还得考虑村庄的生态，他还得让花村活过来。

不管如何，农忙是春天亘古不变的节目，是菩萨也改变不了的节目，张大河就还得帮。他要是犹豫，人家就说："你是村长。"可村长也有自家的地要种要耕，也有自家的媳妇要疼。考虑到自己去帮人了，自家的活就得由栀子一个人顶，张大河便跟栀子提出"今年只种平地和水田"。田还是由他打，打上后，由栀子去插秧。花村的平地少，如果按张大河的意见办，栀子还算吃得消。但后来他发现栀子并没有放弃坡地，似乎她故意不放弃，故意要受那份累那份苦。一顿纠结过后，他便想到了部落。部落不是跟栀子亲不是很愿意帮栀子的忙吗？部落和栀子的那种亲不是很清白吗？出门的时候，就顺路去请了部落。

我们花河的天气不是那么稳定，有时候春天热起来会像夏天，那些天就是那样。在大热的天气里干了一天的活，栀子就迫不及待想洗洗身上。刚吃完她就撵部落，说你回去吧。部落说不忙。部落从饭桌上下去，就坐一边儿看上了电视。栀子还撵，说你早点回去洗洗睡吧。但部落只看了她一眼，没吭气。他看上去专心于电视，栀子就不好再撵了。她打了一大澡盆水，往里头放了一把干花瓣。男人们进城后，就把女人们的香季生生错过了，女人们也渐渐不在意香不香了。但栀子一直都在意，一直都让自己香着。

她要往房间里端，部落就赶上来了。部落要帮她端。她有些迟疑，还是让他端了。部落端着水在前，她跟在身后看着他的后背，部落穿着背心，因为胳膊用着劲，后背绷得鼓鼓的，有细细的汗水闪着光。部落蹲下，将木盆放在地上，起身来看着她，就不动了。栀子说："你还在这儿干啥，出去呀？"但是他出去的方向却堵着她，她并没有侧过身子为他让道。

部落盯着她的眼睛，部落的目光闪亮，没有丝毫呆傻的迹象。部落说："我帮你洗。"

栀子脑子里轰然一响，她咬牙切齿地说："你说啥傻话呢，快出去吧。"她伸手去推部落，却把自己送进了部落的怀抱。

部落把她搂紧了，不是一个傻子的搂，是一个男人的搂。搂得很紧,像要把她搂到他的身子里面,像要把两个人搂成一个人。栀子使劲挣扎,但部落感觉不到她的挣扎。因为她的确没有挣扎,她只是颤抖。她高声骂他,但部落却听不见。因为她根本就没骂出口,因为她根本就不知道该怎么骂。

部落执着而沉着。他亲她的嘴,亲她的脖子。他撕开了她的衣服,他还要亲她的乳房。他看过黄片,他和李子演习过。如果李子真的是为了让他在这一天派上用场,那他真没辜负了她。栀子僵硬的身子被他亲软了,栀子也能够发出声音来了。她无力地说着一些废话。说她身上全是汗。说她的花香还在水里,还没用上。说盆里水要弄洒了,地上就淹了……

部落把她抱上床,部落去脱她的裤子。栀子还是在挣扎,但部落看见的却是迎合。

那时候,栀子睁着眼,正好看着部落的脸,那张脸因为俯瞰在她上方,显得无比宽大。那一瞬间,栀子看见了十年前部落那张小脸,看见那个被人称着傻子的部落无辜的小脸。那时候,栀子已经被脱光了,她已经完全裸露在部落面前。部落正有条不紊地亲她,从上往下,一丝不苟。他的老练成熟和十年前那个流鼻涕的卑怯的小傻相比,有了天壤之别。那时候,栀子心中自然闪亮一个念头,不知是惊喜还是悲哀。她想:"天哪,他长这么大了!"

他终于要进入了,他就在那时候又认真看她的眼睛,似乎要确认那究竟是不是她需要的好。这多少使他恢复了一点十年前的傻气。栀子就在那时候找到了抵抗的武器。她的肉体已经没有了抵抗能力,她的嘴却还能说出话来,她用话语做最后的抵抗。

她说:"我是看着你长大的啊,部落!"

部落果然顿住了,他想了想,忽然笑了,他说出一句也傻也聪明的话,把栀子彻底打垮了。

部落说:"我是想着你长大的呀,栀子!"

以后的过程,栀子都没停下说话,她说的就那么一句:"我是看着你长大的呀,部落。"不停地重复,有时低声,有时高亢,连绵不绝。而部落也不停地重复那句话:"我是想着你长大的呀,栀子!"他把那句话当成他的口令他的冲锋号。

事后,栀子瘫在床上,回味自己的感受,才知道她那句话不是用着抵抗,而是用来呻吟,而是用来伴奏。和着部落那句话,就是一曲交响乐……干脆说通俗些,他们就是用它来叫床。

第二天她就不觉得好了。她去找百合,她对百合说:"我偷部落了。"她说得理直气壮,又不那么理直气壮。

百合第一时间是惊讶的,但很快就为她高兴了,高兴也伴着一份心酸。她说:"养了他一场,你终于得到他的好了。"可栀子却说:"不好。"百合问:"他不行?"栀子脸就红了,说部落行,很行。所以她的肉的感觉很好。只是她还是指着心窝说:"不好。"

百合很不解,问栀子有啥不好,你肉想心也想,你心疼他他也心疼你,还有啥不好呢?

栀子自己也不解,她说:"我只知道不好。"

百合宽慰她,要她别怕人嚼舌头,在花村,没有谁有资格嚼栀子舌头。但栀子摇头说,她不怕嚼舌头,只要她心里想,她不怕人说。她还是这句话:准自己偷,还不准人家说?"我是自己真心觉得不好。"她说。

她终于找到了"不好"的原因,所以又去找部落了。气候正常的情况下,花河春天夜晚是有些凉的,但栀子把自己裹得很厚,像是战士穿了一身盔甲。那晚吉利大娘去小庙了,部落一个人在屋里雕他的脸壳。自从得到了升级,又终于给了栀子好,他就再不看黄片了。那东西一夜之间就失去了吸引力。现在最吸引他的是栀子,他决心给栀子好,永远给她好。他看栀子进门来,心头是惊喜,说明栀子真心觉得好,说明栀子想念他给的好,说明栀子离不开他给的好。于是,他满心欢喜迎上去抱她。却被她推开了,虽然很轻,还是让他感觉到异样。再看她一身厚装,心中就有些忐忑了。

栀子就在那时候开始了她的训话。她说:"部落,你是个大男人了,做人做事,得像一个大男人!"

部落笑了,他刚才的忐忑消失了。原来栀子是这个意思,原来栀子是嫌他做得还不够好,原来栀子是要他更努力做得更好。部落就更坚决更勇猛。他用嘴堵住她的嘴,用舌头缠住她的舌头,他不给她训话的机会,他要让自己的行动,给她最好的好。

但是,栀子就是栀子,无论她的肉多么想,只要心有犹豫,她就不会自己脱衣。在部落动手撕开她最后防线的时候,她就有了说话的机会。尽管有气无力,她还是清楚地表明了自己态度。如果部落还是个男人,如果部落真的长大了,他就应该有一个态度,一个她的心期望的态度。

栀子说:"部落你已经结婚了,你是木子的男人了。"

果然,部落愣住了。但随即他就笑了,原来栀子没觉得不够好,原来栀子只是犯傻,把他和木子那场假戏看成真了。他很高兴,栀子居然会犯傻,居然也会有比他还傻的时候。于是,他刚才发愣的身体又生龙活虎起来。同时,他也回了栀子一句话,把栀子说得更傻了。

部落说:"木子还没当我是她男人,我不是木子的男人,我是栀子的男人!"

这以后,和上次一样,栀子和部落不停地重复他们自己的话。栀子不停地说你是木子的男人,部落不停地说我是栀子的男人。也和上次一样,这只是他们向着高潮进军的伴奏和冲锋号。

回家的路上,夜风的吹拂下,栀子感到了凉,感到了羞耻。原来自己裹得紧紧的,都只是掩耳盗铃,自己准备好的训话,都是自欺欺人。到最后自己还是听了肉的,听了裤裆的。唯一的不同,就是换了伴奏曲!

部落的碟片成为花村那帮老头子最主要的文化生活了。部落不看了,他们却离不开。每天都找部落放。部落给他们看功夫片,他们很喜欢,却又不满足。他们总是期待部落拿出压箱底的宝贝。他们不明白部落为什么吝啬起来,把那些黄片藏起来不给看。他们以为傻子也学聪明了,也知道吊人胃口了。于是,他们就真心夸部落聪明,以为夸高兴了,部落就奖赏他们了。

这个变化,花村那些婆婆并不知道,知道了也不相信,她们只相信老头子们喜欢的是黄片。一个西天挂着块金边乌云的傍晚,花村突然出现了一支由七个婆婆组成的婆婆战斗队。她们直奔吉利大娘家,进屋就照着电视机影碟机一阵乱砸,砸烂了还把破烂扔到了门外的青石街上。那会儿部落没在家,吉利大娘眼睁睁看着她们乱砸一气,只能念阿弥陀佛。

念过了阿弥陀佛,吉利大娘还要给婆婆们赔礼,还要说:"砸得好,我也早就想砸了,多谢帮我扫除了这个祸害。"

这当口部落回来了。看着家门口那满地的破烂,急得在原地打转。吉利大娘和婆婆战斗队员都提高了警惕,准备应付他的爆发。她们还想象不出一个傻子会用什么方式爆发,她们随时准备小跑。

她们怎么也想不到,部落会用脚猛踩那些残骸,同时拍手鼓掌,然后就着自己鼓掌的节拍不停说"好"。

婆婆们很同情地看吉利大娘,吉利大娘叹口气,心想,果然是傻子啊!

39

花村骂街的情况变得勤密了,那个星期里就发生了三次。第一次是两隔壁的两个年轻媳妇,因为抱错了鸡。本来,主人家是认识自己家的鸡的,不管它跟别人家的鸡长得多像,都不可能抱错。但这天她就是抱错了,而且抱去卖了。搁往常,这不算事儿,把自家那只相似的鸡抱过去不就行了?可这天不行,对方不要鸡了,要跟你骂仗,似乎骂仗带来的实惠远远超过那只鸡。骂就骂吧,谁怕谁呀。奇怪的是,她们骂仗的时候却不说鸡的事儿,说别的说男人说公公。说对方跟公公在包谷林里烧火,说得有鼻子有眼,仿佛她就在现场看得真真切切。话语间她带着强烈的情绪,不像是唾弃和不耻,更像是羡慕忌妒恨。好像跟对方苟合的不是对方的公公而是她的公公,是人家抢了她的好处占了她的便宜。

但事实上被抢了好处占了便宜的是对方的婆婆,最应该吃醋的是她。那一仗骂完后那婆婆便揪着媳妇盘问,当然免不了盘问公公。不知道如果媳妇和公公都承认烧火会是怎样一个结果,他们矢口否认,就把婆婆惹火了。婆婆火气起来,就发生了第二次骂街。她站到街坝子上,跺着脚骂他们做了丑事还不承认。好像她在意的不是他们做了那样的事儿,而是他们敢做不敢当。她跑到街门口痛骂,是为了向花村表明她跟他们不一样,表明她行得端做得正大义凛然。

媳妇挨了婆婆痛骂,自然就把怨气发泄到祸害她的隔壁女人头上。她严肃地告诉她,他们家的事儿她管不着,有那事儿没那事儿她都管不着,她最好把嘴巴管严一点,最好别像个疯母狗一样到处乱咬。除此之外,她还表现出一种难得的慷慨,说你要是痒了想找我公公,我一点意见都没有。她说你要是想了就跟我说,我把我公公借给你就是了。说隔壁邻居的,互相帮个忙也是应该的。说你不用像条饿狗那样看着人端着饭就"汪汪"乱咬……

这是第三次。

听着她们骂街,百合问栀子和映山红:"你们信吗?"不等回答,就说,"我信。"然后又补了一句,"花村完了。"

百合从城里回来以后就比她们多出了洞明世事的一面,她看到的不仅仅是一件丑闻,而是一种土崩。她看见的是一条裂缝,听到的是崩裂时的"吱吱呀呀"的声响。

那些婆婆和她一样身怀危机感。但是她们没有火眼金睛,更没有金箍棒和紧箍咒。如果花村后山裂了缝,要滑坡,她们能有什么办法?她们骂媳妇骂老公的语气就不像是骂,而像是求了。她们说,实在熬不住你们也别盯着窝里,别人家也有公公,别人家也有媳妇啊。她们退守到了自己的底线,只要不是公公儿媳烧火,她们都睁只眼闭只眼,认了。

六月十九那天,龙华寺迎来了它一年中的第二个香会。婆婆们看到了一片祥光。头天晚上就叫媳妇们做准备,明天她们要带她们去赶香会。她们希望佛菩萨能感化一下媳妇们,从而给她们带来一点儿安宁。为了表现得足够虔诚,她们要求她们那晚必须把自己洗干净。事实上大热的天,不用她们要求,媳妇们每晚都要洗的。但她们另有所指,"最好把你们洗得干干净净",其实并不仅仅指的是身体。媳妇们不去细心领会话里虔诚,倒完全体会到了话里的歧视。心里不高兴,一些媳妇就不听话了,不洗。还顶嘴说:"我不洗也很干净。"

吉利大娘天一亮就过去了。庙虽小,她也认认真真摆了香摊,认认真真在窝棚里支了一口大锅煮了粥。李子为她打下手,管着有关斋饭的一系列事情。香客们烧完香可以吃碗稀粥才走。在吉利大娘吩咐之外,李子还烧了一锅茶水供大家解渴。

来烧香的多是三会场附近的人,来之前都吃过饭了,来时也没走上几步路,并不饿。但他们都相信斋饭跟平素的饭食不一样,不属于凡间那仅仅为填肚子的货色。来了,就都勉强自己喝上一碗。早些时候,香客们都是自带香蜡来,自从吉利大娘正儿八经来这里摆上了香摊又煮起了斋饭,他们就只带钱来了。烧了香磕了头,有些人还会在佛菩萨像前摆上些零钱。那之后,吉利大娘就准备了一只木匣子,匣子顶端留个孔,想捐善款的就把钱往那孔里投进去。

吃过早饭,婆婆们就吆喝着要媳妇们跟她们去吉利大娘的小庙,但还是有几个没去。问为什么不去,她们说不想去,说去了也没意思,说去了反而没意思。婆婆去拉,她就突然崴了脚,或者突然就要拉肚子。

张大河帮婆婆们劝,她们就冲他拉脸,怪他站到了婆婆那一边。好像他们原本是一边的,原本是同盟,现在张大河做了叛徒。当然她们也知道张大河不是叛徒,他不过是想她们好。所以她们脸色一变,又晴天了。只是她们依然不会去庙上。"有啥意思呢?去给那几个木头疙瘩烧香,还不如给你烧炷香呢。"她们会挑衅地问他,"我们给你烧香,你会不会就变成活菩萨呢?"又说,"你要是装上颗菩萨心,不比那几个木头疙瘩强多了吗?"还说,"我们想你来度我们,而不是那几个木头疙瘩。"

但是栀子却去了。栀子没要她公公劝,她是自己要去的。从庙上回来,百合就过来了。

"你去给那些木头疙瘩烧香磕头了?"她问栀子。

"没有。"栀子说。

"没烧香磕头是没用的。"百合说。

"烧了磕了也没用。"栀子说。

百合看栀子的脸色,真是不好。虽然明显睡眠不足,却不是那种纵欲过度的疲惫,眉宇间是真的阴云密布。

百合说:"你这又是何苦呢?你从来就疼他,他也明显疼你,你们肉也想,心也想。是老天给你的善报,你为啥不开开心心享受,非要自己折磨自己?"看栀子脸色没有半点变化,叹口气,干脆说开了,"唉,我知道你是为啥。实话说吧,我并没有把部落当木子的男人,花村也没有第二个人把部落当木子的男人。他们之间不过有一张假结婚证而已。你偷部落,不说别人,不说我,就是木子,也不会数落你。"

栀子说:"我不怕别人数落,我就怕自己数落自己。"

栀子说:"我以前以为肉想心也想,就心安理得了,我以前以为只要相互心疼,就心安理得了。所以我能够拒绝鲁大千,所以我偷了部落。现在我知道错了,我知道即便你肉也想心也想你也未必就能心安理得。"

栀子说:"因为我相信,部落心里是有木子的,木子心里也是有部落的。"

百合沉默了。栀子最后这句话说到她心坎上去了,她劝栀子心安理得的时候,她自己其实心有牵挂,并不认为栀子就该心安理得。只是她心疼栀子的苦,抛弃了自己的牵挂。现在,看栀子是真的纠结,是真的折磨,她决定帮栀子了。她早就想帮栀子,早就知道该怎么帮,她有一把能斩断孽缘的快刀。她迟迟不贡献给栀子,只是还不确认栀子是不是真心想斩断她和部落的孽缘。

百合推开里屋门,示意栀子跟她进屋。里屋有个竹编的摇篮,里面躺着脑瘫儿冯直。百合让栀子到摇篮跟前来,栀子有些迟疑。百合说,你过来。栀子只好去到冯直身边。百合说,你看着他。栀子不看,栀子从来就不亲近冯直。她说她看着冯直的样子,想着他的未来就心疼。百合也从来不勉强她。但今天,百合说,你心疼也要看。栀子就咬牙去看,冯直仰面躺着,手舞足蹈,嘴里咿咿呀呀不知念叨啥。栀子就感到心酸,忍不住要掉眼泪。百合扶着她的肩膀说,其实冯直这样也好,他不知道忧,不知道愁,说不定比我们花村其他人幸福得多。

那时候,栀子就想起了部落,部落也是吉利大娘生他时耽误久了,脑子有些缺氧,留下一些后遗症,所以有些傻。夸张地说,部落就是一个聪明的冯直,冯直就是一个呆傻的部落。栀子忽然就明白了自己为什么一直不敢正眼看冯直。

就听百合说:"栀子,你抱抱冯直。"

栀子直往后退。百合就抱起冯直,送到栀子跟前。"栀子你抱抱他!"百合的声音有些严厉。栀子看一眼百合,百合眼睛里却闪着温柔的光。"当初,我是要木子放弃冯直的,你知道我为啥改了主意?"百合说,"在重庆医院,木子让我抱冯直,就一下,就抱了冯直一下,我就心软了。"

栀子小心翼翼接过百合手中的冯直,左臂弯托着冯直的后脑,右手搂着冯直的屁股,冯直心有灵犀,一侧身就往栀子怀里拱,好像栀子的怀抱就是他的家。刹那间,一股熟悉又陌生的感觉从冯直的身体向栀子的怀抱蔓延。栀子知道,那是多年前抱着张哥儿的感觉。栀子的眼眶就湿了,她忽然就明白了百合的用心。

也就那天下午,百合去了部落家,说栀子请他帮忙,至于帮啥忙,去了就知道了。部落就高高兴兴赶来了,还在路上,他就知道帮啥忙了。栀子家门半掩着,他轻轻推开进去,就看见栀子坐在堂屋中间。他很高兴栀子在等着他。她穿着小背心,半裸着肌肤,脸上身上都闪着光。她叫他关上门,光线立刻暗了下来,但他还是能感到她在看着他笑。一切都表明,她想他了,她渴望他给他好,她将要和他一起好。

部落甩掉上衣,裸露上身,张开双臂走向栀子。

部落停住了,他和栀子之间,突然多了一个摇篮。于是,他看见了摇篮里的冯直。他听见栀子说,部落你看看他,仔细看看他。部落只看了冯直一眼,目光就投向栀子。冯直哪有栀子好看。他绕开摇篮,朝栀子奔去。却见栀子弯下腰去抱冯直。他从身后抱住了栀子,他的双手抓住了栀子的双乳,他用力往他胸前搂。他感觉到栀子的战栗,也感觉到栀子的僵硬。他撩开她的背心,双手直接抓住她丰满鼓胀的乳房,他轻轻地搓揉,他知道栀子立刻就会转过身来缠绕他,像民歌里唱的藤缠树……

栀子果然转过身来,只是她的手里,已经抱着冯直,即使她身子发软,她终于还是抱起了冯直。

她把冯直横在他和她之间。

部落傻了,他不明白栀子的意思。栀子要他抱冯直,他不听,这是他很难得的一次不听栀子话,因为他实在不明白抱着冯直怎么给她好。但是栀子的表情很严厉,意思很明白,他必须抱。他就只好伸出胳膊。只是,他很紧张,他的双臂都在抖。因为他从来没抱过婴儿,没有一个母亲敢把自己的心头肉给一个傻子抱,哪怕这个傻子其实并不一定就真傻。

栀子突然说:"部落你喜欢小猫小狗,你抱过小猫小狗的。"

部落就有了一点勇气,他接过冯直。栀子用轻言细语和温柔的手势给他指导,调整他胳膊的弯曲度,让他手掌张开些,要他的胸含着点儿,身子和冯直的身子怎么贴近些……渐渐地,部落自在些了,放松多了。渐渐地,部落双手托着冯直能够收放自如了,他可以真像抱一只小猫小狗那样摇晃颠簸了。

于是,他内心充满了成就感,他很自豪地看栀子。那时候,栀子的小背心还没收拾好,大半个乳房还裸露在部落的眼前。但是,部落没感觉到诱惑,他似乎已经忘了自己此行的目的,忘了自己一门心思要给栀子好,也给自己好,忘了自己就是要让栀子和自己一起好,一起往天上好。那时候,他的心思都被怀里这个小东西填满了。

栀子说:"部落,你亲亲他。"他就真去亲他,像触电,那种感觉好奇怪,他忍不住笑了。

栀子又说:"部落,你跟他说话。"他就傻住了,他真想说,却不知道该说啥。他听别人说过,冯直是傻子。他问栀子是真的吗。栀子说是真的。部落又问冯直长大了是不是跟他一样傻。栀子说,比他更傻。栀子说这话的时候,眼圈就红了。她红着眼圈看部落,眼圈也红了。栀子知道时机成熟了。就告诉部落,他和木子现在是假夫妻,冯直就是他的假儿子,他就是冯直的假父亲。要是以后他和木子成了真夫妻,冯直就是他的真儿子,他就是冯直的真父亲。

部落愣了愣,想了想,红着眼圈笑了。他就抱着冯直走动起来,晃动起来,一边走,一边晃,一边说话。他说得很小声,像是悄悄话。

这时候,栀子已经穿好了衣服。她打开房门,屋子一下就亮堂多了,部落和冯直也亮堂多了。部落抱着冯直迈过门槛,走到屋外,黄昏的太阳光照射在他俩身上,有了橙红色的光泽。部落对冯直的讲话也大声起来。那时候,栀子跟在他身后,随时准备呵护冯直。于是,她听清了他对冯直说的话。

部落说:"冯直是小傻,部落是大傻。大傻是爸,小傻是娃。"

40

刚入秋的时候,鲁大千带着他的好消息来到了花村。这个所谓的好消息,是又要农民种烟了。烤烟对于农民来说,差不多就是咬过他们的那条蛇了。一说,他们就打寒噤。鲁大千所说的"好",是因为这一回性质变了,这一回是烟草公司求农民种烟了。他说:"前些年,是我们种了烟去求他们收购不是?所以他们充爷爷欺负人哩。妈的,这阵儿大家都不种烟了,他们急了,哈哈!"他实在忍不住幸灾乐祸,"妈的,他们以为我们农民好欺负哩,老子们不种,我看你儿爷子还拿暴利去!这回你们放心地种,烟草公司跟我政府有协议,到时候肯定不能欺负你们。这回他们是孙子了,他们为了求我们种烟,还提供烟肥提供技术,建烤烟房还有补贴,缺水的地方还要替你们修水窖,"他越说越得意,"哈哈哈,这回你们怕啥啊?他们要再压级压价,你们不卖给他们了。到时候我教你们怎么屯烟,急死他们……"

鲁大千看上去像是中了头彩似的,是真高兴。开完村民会,他还要留下来喝酒。整个下午都是他剃头担子一头热,一个人在高兴,他一定要让村民们也热起来。所以开完会以后,他就冲张大河说:"你让栀子弄几个菜,今晚我们好好喝一杯。"张大河说:"难得你为我们的事这么高兴,那就喝一杯吧。"他吩咐栀子去炒菜,又支使映山红家的李有种去打酒,鲁大千就坐下来跟他扯闲话。

"你这个村长当得不错,我听说蛮实惠的,"他说,"我感觉比我还实惠。"

张大河不动声色,由着他说。"你是真心为村民啊,这觉悟谁都比不上你呀。"他哧哧笑起来,眼神里全是流氓气息。不过他突然又非常正经了,唰地拉平了脸,突然冲张大河竖起了大拇指。"你是真英雄!你不光帮你的村民搞生产,还帮她们搞生活,"他说,"女人就像这地,不能白白荒废了。你不让她们荒废,你让她们茂盛地生长,你就是个活菩萨,你在度她们你知道吗?"他说得很认真,看上去,他对张大河的敬重一点儿也不掺假。

张大河不能再让他胡说了,便问他要不要找两个人来陪他喝酒。他说要啊要啊当然要啊。又说去吧去吧赶快去吧。

张大河刚起身往院外走,鲁大千就起身往屋里去了。他一进灶屋就从后面抱住了栀子。他是那种急性子,一抱住就开始脱她的裤子。栀子当时正在锅里捞米,一急就把瓢扔锅里了。米汤溅了一灶台,也溅了她一身。她护着裤腰带,想转过身对鲁大千说"不行"。可鲁大千不让她转身,他像对待罪犯一样押着她。一只手就扯断了栀子的裤腰带就把她的裤子抹下去了就把自己顶上去了。可他却劈头挨了一汤瓢。他恼了,那一汤瓢打得太狠了。他说你咋是这个样子呢?栀子说:"我就是这个样子。"这样他就想起自己是遭到过栀子拒绝的。并不是他忘性大,他只是不相信栀子真有那么傻。他想她不过是一时傻了点儿,过后肯定就不会再那么傻了。几年前男人刚进城,傻一点还能理解,几年过去了,怎么还傻呢。他望着栀子的脸,他看清了她脸上的潮红。他知道自己的判断没错,她的身体是荒着的,很渴望耕种浇灌。于是,他就再做了一次努力。

他说栀子你该懂得,我是心疼你。栀子说你这人不会心疼谁,你只心疼你的裤裆。鲁大千就被她说得笑起来,于是,他也说了一句好笑的话。他说政府这么心疼你们,你们也该心疼心疼政府。他把栀子也说笑了。栀子一笑,尴尬没了,机会又来了,他就摊开双手,做出拥抱的姿势说,花村的妇女同志,给政府一点鼓励吧。看栀子手中的汤瓢并没有在嬉笑中丢失,依然高高举着。就耸耸肩往后退,一边说,看来花村妇女同志还真不懂心疼政府,看来以后不仅要抓经济,思想工作也得抓。看来两手都要抓,两手都要硬……连说几个看来,人就退出去了。

张大河叫了李四爷和李柴火来,还叫了映山红来帮厨。映山红一来,鲁大千的精气神又恢复了。他一边和张大河他们说话,一边捎带着跟映山红打俏。他不觉得花村的男人在旁边有什么不妥,也不觉得栀子和她的汤瓢碍事。他以政府自居,脸皮就比普通男人要厚很多倍。厨房还没忙完,鲁大千就把映山红叫到桌上陪喝,让栀子独自忙。他还去厨房做了个鬼脸给栀子看,那意思是你不心疼政府,政府也不心疼你。回到桌上,就和映山红推杯换盏打情骂俏起来。

那晚都喝得很多。喝到最后映山红耳朵发了岔就听见金钱草在哭,就说她得过屋里去一趟,去诓好孩子再回来。说去诓孩子是真,内急也是真。当她走到院子里又听不见金钱草的哭声了,就不打算回家了,就折进了张大河家厕所。刚开始畅快淋漓哩,厕所门就给推开了。她吓了一大跳,却刹不住尿。那闯进来的人一头撞上她又赶紧掉转头逃,可刚掉转头他又掉回来了。"是你啊?"那鲁莽的家伙是鲁大千,黑灯瞎火的,他这时候才意识到蹲厕所里的是映山红。他说:"你不是回家去了吗?"映山红想笑。一般这种情况她都想笑,不好意思了就想笑。但她还没笑,鲁大千就像一块门板一样堵上来了。他说:"你不要走。"他一只手拉着她,另一只手解裤子。他说:"我也想屙泡尿。"映山红心想你想屙尿关我什么事呢,她怕人发现了这里的动静,急得胡乱抢胳膊。鲁大千就不让她抢,他一只手抓着她,一只手抓着自己,咬着她的嘴排水。好像他不过是根水管子,接到映山红这龙头上,下面就能出水。映山红看着他的样子,就觉得可笑,真就咯咯笑起来。人一笑,身子就软了,胳膊也忘抢了。排完水,鲁大千也不松水龙头,另一只手去映山红胸前摸。映山红压着嗓门儿喊要不得要不得要不得。鲁大千说你看你好肥实啊这奶子好肥实啊,他说这么肥实的地荒着多可惜啊,他说政府有义务让所有的土地都不荒。他说到政府,映山红又忍不住笑了。

映山红这一笑,鲁大千就知道他成了,这个花村妇女和那个花村妇女不一样。

以后的过程,映山红都处在一种奇怪的状态,她都清醒地注视着鲁大千的动作,比她没喝酒还清醒。她觉得这个政府真奇怪,就在这样的地方,就这样站着还这么起劲。她还觉得这个政府胆子真大,几步远的屋里还有栀子还有张大河李四爷李柴火,他就一点也不怯场,换了老百姓还真不行。她就这么奇怪着,还没进入状态,鲁大千就完了。于是,她又笑了,说你这个政府也不灵嘛。鲁大千骂了句:"都他妈的酒闹的!"为了消除自己的尴尬,离开时,他又补了一句,"从花河上游跑到下游,成天连轴转,政府也不是铁打的,也给累坏了。"

于是映山红又"咯咯"了两声,但她很清楚自己心里想哭,莫名其妙地想哭。

她再没回到酒桌上去。

41

木子回来过年了。一回家她就抱着冯直到部落家串门,她要部落抱抱孩子。她说:"你得学会抱他,他今后就叫你爸了。"她没想到部落很利索地就接过冯直,像模像样地抱起来,那么娴熟,那么自在。她还听见部落念他的傻傻的童谣,版本和最初栀子听见的略有改动。

"大傻抱小傻,大傻是爸,小傻是娃。"她看着听着,就眼泪汪汪了。

木子以为,她和部落就该完婚了。她希望母亲张罗完婚仪式。百合没有反对,但要她先听吉利大娘的。

木子没想到吉利大娘坚决反对。吉利大娘和部落一样,也会抱抱冯直。所以,她绝不是嫌弃木子这个拖斗。她说木子,你是个姑娘家,犯不着一定要像个汉子,要说一句就砸个坑啥的。她比以前更能体会佛菩萨的心肠,所以就比以前更坚决。她说无论木子心中怎么想,部落只要真娶了木子,她吉利大娘母子都是乘人之危,都是恕不净的罪过。

她的态度,更坚定了木子的决心。于是,木子就在黄昏去了部落家。她知道背后有吉利大娘的眼睛,还有百合的眼睛,还有很多花村的眼睛。她就在那很多眼睛的注视下,大大方方进门,大大方方关门。见了部落,她啥话不说,大大方方把自己脱光了,然后就等着部落上前抱她。见部落傻傻地看着她,像根木桩,她再上前,拿起部落的手往自己乳房上按。

她没想到部落会把手抽回去。她没想到她的毅然决然,会给部落压迫,会让部落自卑。部落在她面前,从来都是自卑的。小时候一起玩耍时,木子扮演的都是主子,部落充当的都是奴才,而且是一个傻傻的奴才。如今她这毅然决然的献身姿态,在部落看来,是他熟悉的居高临下,唤醒了他熟悉的自卑。

他在她发愣的时候,说了一句话,一句似乎很傻又似乎很不傻的话。部落说:"我是冯直的爸,不是木子的男人。"

木子虽然意外,却并不沮丧。她自己的心准备好了,身体其实还没准备好,所以她似乎还有如释重负的感觉。再说,她还有结婚证,只要不去办离婚,他们就是夫妻,也许再过一阵,她的身体准备好了,他也愿意当他男人了。

木子转身出门,她听见部落在身后补了一句实实在在的傻话:"部落不是木子的男人,部落是栀子的男人。"

就在这个时候,木子有了重回城市的决定,她给自己的理由是必须要多挣钱,多给冯直准备一些康复费用。

正月初四那天,龙华寺的小庙给一把火烧了。是张大震和黄丛林的婆娘明火执仗来烧的。这一年来,这两个女人越来越接近疯癫了。有人归罪于她们信的那个教;有人归罪于她们死得不光彩的男人;还有人归罪于她们的负罪感,他们怀疑她俩就是烧死男人的纵火者。

初四那天,她俩去了龙华寺,一人背了一背篓稻草把子。由于她们疯疯癫癫,她们背稻草把子去龙华寺的不正常就显得很正常了,就没人过问她们想干什么或者要干什么了。龙华寺小庙就在她们癫狂的笑声中被烧成了一堆烂砖残瓦。

火光冲天的时候,放火的两人没走,她们在欣赏自己的成就。她们对愤怒的李子说:"火是我们放的。我们把这些木头疙瘩烧了,免得你们执迷不悟。"

那天晚上,李子只好住回到花村来。女人们都来看她,都说烧了也好,倒省得你再去那里守着。她们早先是不认可她的,是唯恐靠近她的。现在不一样了,现在她们不得不承认李子是老师了。她们重新谈起了李子早已经不再谈论的话题,谈到了男人,谈到了城市,谈到了空村空床,谈到了她们的空心,谈到了她们惨淡的未来。她们承认了她的正确,她们完全信服她了,甘愿追随于她了。但李子已经不再是那个李子了,她不会再谈这些了。尽管信了佛,一到春节,李子还是难免会感到孤清。现在她身边围了这么多虚心投师的女人,但那种孤独感却更加强烈。她们还有男人可谈,还有城市可谈,还有未来可谈,她什么可谈的都没有。

她借口雨儿要睡觉,就把自己关进房间去了。

那晚木子去了吉利大娘家,小庙没了,她知道吉利大娘会难过。她现在更会心疼别人了。她想安慰吉利大娘,小庙烧了还可以重修。那些旅游景点的大庙,很多都是重修过很多次的。她没想到吉利大娘并不是那么沮丧,反倒趁此机会劝她信佛。"女儿,佛供在心头,是烧不了的。"她虽然不让木子和部落完婚,但却称她为女儿了,她说,"女儿,你也拜佛吧。"

木子摇头,然后木子就跟她提到了基督。她这一年在城里遇到过两基督徒,他们跟她讲到了耶稣,讲到了宝血和十字架。吉利大娘问她:"那个耶稣是不是就是那两个疯子说的那个神呢?"木子说有点儿像,但不是。吉利大娘就有些惊叹了:"原来这世间有那么多神啦。"

第二天一早,木子就进城了。

42

那一个春天都没下雨,花村那一村子花就都开得蔫瘪瘪的。桃花李花梨花油菜花萝卜花,所有花都缺少应有的鲜艳,也缺少应有的水灵。它们看上去更像干花。花村成了个干花村了。

鲁大千又到花村来了。他来查看水窖的情况,要张大河陪他去坡上。花村坡地不多,一个村总共只有三口水窖。这三口水窖从春天就开始修,到现在还没完工。修水窖是烟草公司的事儿,鲁大千管不着。看水窖老修不好,鲁大千只能干冒火。但修水窖的工人们认为他连冒火的资格都没有,他们心想这又不归你管,你发哪门子火呢?嘴上又说:"这天不下雨的话,水窖修完也没用。水窖是用来积天花水的,没天花水,水窖就是空的。再说了,这天干地旱的,烟苗早都发育不良了,再下雨也救不了了,你冒哪门子火呢?"那时候山坡上开满了映山红。虽说也跟别的花一样开得蔫瘪瘪的,但他们却很喜欢它的甜。他们懒散散地找个开着花的地方坐着,随手抓一枝在手上摘着吃,吃得嘴巴像咬了鸡。

鲁大千气鼓鼓下了坡,就遇上映山红在地里掏土蚕。映山红撅着的大屁股正好对着他,腰间露出一截白肉。他看上一眼就消气了。一消了气邪念就蹿上来了,就后悔自己带着张大河了。当然他很快就明白,大白天的就是没有张大河在旁边,也是不能想干啥就干啥的。也就释怀了,也就温和了,就跟映山红搭起了平常得不能再平常的讪:"多吧?"映山红说:"多。"她不看他,假装专心掏土蚕。这样鲁大千又心归正事了,又焦虑上大事了。他说哪能掏得干净,得用药。映山红不动声色地说:"药得钱买哩。"金钱草在旁边玩土蚕,这会儿便把那盘成纽扣样的土蚕捡了当子弹打鲁大千,嘴里还发出类似于子弹发出时的声音。鲁大千给她打恼了,又不好跟一个孩子计较,哭笑不得地走开了。那时候,映山红才抬起头来看鲁大千的背影。有一会儿鲁大千回了一下头,映山红急忙把目光躲开,等鲁大千回过头去了,她就小声怂恿金钱草:"对,打他狗日的。"后来鲁大千又回了一下头。鲁大千说:"早点回来帮忙炒菜,我今晚还想喝杯酒才回哩。"她骂了一句"不是人",但心里却别别扭扭地开了花,像这个春天里花村的那些没劲的花。没等到太阳落山,她就心急火燎地收工回家了。

那时候,鲁大千已经在张大河家院子里坐着了。今天没人有空来陪他喝酒,只有张大河一个人。两人各自抽着一支烟,有一句没一句地聊着。

映山红装着没看见他们。他们是真没看见她回来了。结果她都进了门,那边也没见有什么反应,她又把头伸出门来冲他们问:"还要不要我来帮忙啊?"鲁大千这才扭头说:"你说呢?鲁书记要喝酒呢,你就不想帮忙炒个菜?"映山红说:"今天有几个人陪你喝酒啊?"鲁大千说:"人不多,但下酒菜要保证嘛。"映山红匆匆洗了一把,换了件干净衣服,到院子时揪几朵花揣进衣服口袋,就牵着金钱草过去了。她相信那几朵映山红能让她闻上去香气撩人。

进灶房后她先查看栀子准备了些啥菜,就决定从自家那边补充点过来。她说她那里昨天刚剥了碗花生米,泡姜也刚刚好。出门后鲁大千问她:"咋又跑了?"她说:"我替你拿花生米来下酒哩。"鲁大千说:"好好好花生米好,用油炸。"映山红一语双关地说:"白吃当然好啦,你们政府的就晓得白吃,白吃惯了。"她有点儿管不住自己了。鲁大千嘿嘿笑,说吃你几颗花生还要遭你抢白,你以为我划算啦?他追着映山红要去帮忙拿花生,映山红说就几颗花生哪用得着书记劳累呢不用不用,但她还是由着他跟进屋来了。

映山红到灶房拿花生,鲁大千就把她堵住了。"米二娘呢?"他小声问她。"还跟百合一起在地里掏土蚕哩。"映山红的声音也自然变小了。"你那儿子呢?"鲁大千又问。映山红说:"上晚自习去了。"鲁大千就搂了她。映山红说:"还有金钱草哩,她过会儿肯定撵过来。"鲁大千说:"她懂个啥。"映山红说:"不行。"鲁大千说:"为啥?"映山红说:"你净吃白食。"这话让鲁大千心花怒放,一时间竟不管不顾了。映山红真心地挣扎,说这是灶房有灶王爷看着哩有大河爷在外面等哩栀子等我拿花生哩金钱草要过来了哩……她的话像面条一样长,还没说完鲁大千就已经把她撸到房间里去了。她再也不推了,却也没有主动表现。她看上去更像一个观众,像一个入了迷的观众,完全沉迷于看的那份心醉。她甚至都没觉察到事情那么快就完结了,是鲁大千说了一句"非常时期,速战速决",她才知道事情已经完结了。他说:"找个充裕的时间,今天时间太不对了。"映山红又忍不住想笑,她就说了句笑话:"政府工作忙,哪有充裕时间。"但她自己也并没笑出来。

  他拿了花生米往外走,映山红后面抓了几个鸡蛋拿上。鲁大千回头看她拿了鸡蛋,进张大河家的时候便打着哈哈说:"哎呀,想凑几个鸡蛋还得等她从母鸡屁股里抠。"张大河不动声色地往包里掏烟,他嘴上叼着那支已经燃完了。映山红飞了一眼张大河,她觉得他什么都明白。进了灶房,跟栀子对上眼,她又感觉栀子也像什么都明白。更何况她忘了拿泡姜了,她不小心把泡姜换成鸡蛋了。栀子问她:"你的泡姜呢?"她就知道完了。她就心虚起来,就禁不住耳热心跳了,就有了抬不起头的感觉了。

  但她竟然笑了两声。当然是讪笑。"我说拿泡姜哩,他偏说想吃炒鸡蛋。""只有五个鸡蛋哩,他偏说不够,至少也得六个。"她开始找路突围,想逃出无地自容的困境。但谁会相信这个话呢?他们耽误的哪只是多找一个鸡蛋的时间呢?就连她自己都不会相信。越慌越乱,这一趟她撞的是墙,更令她无地自容。

"人要不是人,你能拿他怎么办呢?"她终于决定从这个缺口解脱。这是个为了保全自己而不惜出卖战友的缺口,她将战友推出去挡枪,以他的暴露来掩护自己。她说:"我哪能晓得他是那种人呢?我又没请他去我屋里,就拿碗花生米,几个鸡蛋,我犯得着请他吗?"她说,"是他自己要撑过去的。一个大男人,又是政府干部,他想怎么样我能拿他怎么办呢?"她突然发现栀子很专注地看着她,似乎她在讲述一个很古老的故事。她谨慎地看着她的眼睛。"你晓得我不是那种人,我只是……"她说,"上回也是他在你家喝酒,要我过来帮你忙。他把我堵在了你家厕所……"她终于觉得不用再说了,她解脱了,她干净了,她死猪不怕滚水烫了。她破罐子破摔地干笑了两声。她盯着栀子,等待她对她做出评价。她甚至享受着那种解放后的快感,那种彻底蜕变的快感,那种堕落后的快感。"骂我吧泼我吧,我不管了!"她在心里打着哈哈说。

栀子却说:"该炸花生了,油在碗柜里。"

下一天,映山红整整一天都尽量不跟百合照面儿。实在躲不过的时候,她就假装眼睛不空,不看她。这样过了两天,百合就奇怪了。"你搞哪样?"她问。映山红也奇怪:"栀子没跟你说我?"百合问:"说啥?"映山红看她真的什么都不知道,又说:"没啥。"可百合反而相信有啥了,她缠着她一个劲儿追问,映山红就说了,就说她跟鲁大千有那事儿了,就说栀子也知道那事儿了。她这才发现自己其实很得意,其实很为发生了这样的事儿而自满。尽管政府的表现两次都仓促都火急火燎,她并没有享受到肉体的快乐,她的心还是很享受。她还发现多了一个知情的人,她就多了一份自满,而且多了一份堕落的快感。她才发现自己其实一直在巴望堕落。

"你们爱怎么看就怎么看吧。"她厚颜无耻地想。

那个夏天依然没下雨,各种果子都在刚挂上枝头的时候就被渴死了,掉了一地。我们重新对土地燃起的希望当然也泡了汤,烤烟苗还没来得及长大就枯死了。鲁大千又来了一趟花村,不过对于烤烟的事情他却说得轻描淡写。他只说了一句总结性的话。他说:"这丰不丰收的事儿,不是我们这些干部说了算,得老天说了算。"他看上去更像是来劝大家进城的。他在花村串了几个门儿,跟人聊的都是城里的情况。说拖欠农民工工资的情况已经受到了相当的重视,连总理都开始关心这个问题了。说你们不如也进城去吧。他串到映山红屋里也这么说,映山红就打趣说:"我们进城了谁来帮你完成烤烟任务啊?"他说:"我是正儿八经的哩,这地里不是靠不住吗,城里的形势不是好起来了吗?"映山红说:"我们进城了你就管不着我们了。"

那会儿映山红一个人在家。她一听说鲁大千来了花村就做好迎接他的准备了。她把金钱草支到别家找伙伴玩,又让米二娘到街上为她买盐去了。她为他准备了一个好时机,一段充裕的时间。但结果他们却什么也没做。因为鲁大千根本就没那个想法。他像在别人家串门儿那样,说了几句话就走了,而且那天他也没留下来叫栀子炒菜喝酒。

他这一走,映山红就失落得慌羞耻得慌了。情形有点儿相似于这样:你们两个在一起乘凉哩,你怂恿她说,把衣服脱光吧,那样会更凉快。她说脱光了丢人哩,你说不用怕哩,还脱给她看,让她看到你的无畏。她就真的跟着你脱了,就真的感觉到脱光衣服后那种惬意了,就真的为了那份惬意而不管丢不丢人了,就打算从此跟你做无畏的阿三了。可你就突然穿起衣服走了,只留下她一个人赤条条站在那里遭人笑话了。

再碰上栀子和百合的时候,她就觉得她们在看她的笑话。她尽量躲着她们。碰上张大河以后,她又觉得张大河也在看她的笑话。栀子百合她躲,但张大河她不打算躲了。

她问今天鲁书记咋不喝酒了。张大河说他忙。她问他那么忙那又来花村干啥呢。张大河说,估计就来走走吧,以后他可能就不大来了。她问为啥。张大河说,升到县里去了,做副县长去了。张大河其实没露什么声色,因为他啥意思也没有。但映山红却一定要冤枉他,觉得他在嘲笑她。所以她说:"做个副县长又有啥了不起的?"

43

夏末的时候,花河所有的山都成了铁锈色,灌木等不及到深秋就锈红了叶子,而那以四季常青著名的松柏也没耐得住太阳的炙烤,终于变了颜色。花村那一世界的果树就成了红的黄的紫的,花村就成斑驳的让人眼花的了,就像一张色盲测试纸了。

我们再没别的事可干了。每天第一件事,也是最重要的一件事,便是赶往老龙洞去取水。前往老龙洞的路上挤满了取水的人。那条路有史以来没那么热闹过。路也干透了,一踩就起尘,走的人多,所以整日浓烟滚滚。

凤儿就是这个时候回来的。她回来的时候李子到老龙洞取水去了,就一直坐在屋门口等。她不是没有门钥匙,是因为她背着王海的骨灰,怕母亲忌讳。她也得到过别人的邀请,请她进屋歇着等。她一样没进。她来花村是想把雨儿一起带回去,雨儿是王海唯一的孝子,王海的丧事需要她去磕头。李子背着水回来的时候已经是下午了,凤儿从她手上牵过雨儿,简单交代几句就带雨儿走了。

我们听说王海是吸白粉吸过量死的。

办完王海的丧事,凤儿才又回到了母亲这里。她又要进城了,临走前来看看母亲。她听说母亲在小庙上住了很久,就自以为把母亲看明白了。她来劝说母亲没必要那么苦自己,她甚至劝她跟他父亲复婚。甜蜜之家被一把火烧光后,王果又干起了房地产,依然是花河的牛人。有一个跟凤儿一样年轻的女人正在准备变成这位牛人的正室,只要母亲愿意复婚,凤儿就保证两肋插刀把那个女人摆平。但李子却摇头。

吉利大娘又在寻思去化缘,说不定小庙还会重建,到时候还会需要一个人看守,李子看好的是那个去处。但凤儿认为她又不是尼姑又不是和尚,住在庙里一点儿不合适。她就问凤儿:"那你认为我要怎样才合适呢?"凤儿却答不上来。

凤儿走的时候带着李有种。

李有种是在凤儿临走的三天前突然决定进城的。他要进城的原因好像是因为天气,他跟母亲提出自己决定进城的时候说的是"这种气候,我最好还是进城算了"。但事实上他说的"气候"是指花村当时的境况,指的是他的处境。或许是干啥也干不了,我们闲下来后就迷上了传闲话。而那个暑期又因为鲁大千升了,所以大家就选了他作为磨嘴的话题。涉及他的,又数那些有关作风的话题更令人感兴趣。因此一个暑期我们都在谈他"村村都有丈母娘"。关于丈母娘,我们也并不真知道多少,很大程度都是猜测,但我们又那么肯定自己的猜测。映山红开始不在我们猜测的范围内,因为我们还没捕捉到过他们的蛛丝马迹,而知情的那三个人也没透露过半点儿风声。是映山红自己不小心掉进去的。映山红听我们讲起鲁大千那些闲言碎语的时候,表现得比谁都积极。她看上去比任何人都关心鲁大千的作风问题,一开始是听,后来就变成了打听,甚至有点像调查。随着调查的数据往上升,我们也看到她的情绪在往上升。一开始她还保持着一份谨慎,到后来情绪升起来了,那份谨慎就所剩无几了,就被诸如妒火仇恨一类的东西挤瘪了。她开始大骂鲁大千,骂鲁大千"太不是人了",骂"那不要脸的",骂"那就是条狗,见母的就上",骂"还开口政府闭口政府呢"。她一点儿都不掩盖她对数据的耿耿于怀,也不掩饰她对鲁大千的耿耿于怀。她说我还以为他是个人哩,其实比条狗都不如。她说:"这样的人我们就该把他骗了,免得他祸害人。"她说,"早晓得他是这样的人,我就不该为他炒下酒菜,我就该把他那家伙割下来炒给他自己下酒去……"她说得太多了,言多必失,我们轻而易举就抓住了她话里的把柄。于是,她当之无愧地成了我们嚼舌头的新对象。在她激起的新的亢奋中,我们看她的眼神变了,我们甚至直接跟她挑明了我们的看法。我们说:"你肯定也跟他有一腿吧,要不你气愤个啥呢?"我们说,"你看上去比他婆娘还要吃醋啊。"我们说,"鲁大千那样的人上个女人就当撒泡尿哩,你还当真啦?"映山红就急跳起来了。她说你们才跟他有一腿哩你们才当真哩。她说哪个狗日的才跟他有一腿哩。但这会儿发誓已经没用了,我们还是更愿意相信自己的直觉。闲话嘛,又不是法庭上的证词,不必那么认真。但闲话也有严肃性,既然我们相信了,就会认真对待。我们不光到处传说映山红跟鲁大千也有一腿,还传说映山红有多在乎鲁大千跟别人有一腿。由于花村只有映山红一个人可以说,映山红就成了花村的明星,她走哪里就被舌头追到哪里。急了,她就跑去找栀子和百合,问是不是她们把她卖了。栀子和百合当然没卖她,她们不是那样的人。她们指出是她自己把自己卖了,百合说你看看你这些天都干了些啥吧,人家说他的闲话,你跟着跳上跳下的骂啥呢?栀子说我们替你脚指头都挖紧了,就晓得你要把自己卖了哩。映山红说那你们咋不提醒我呢?栀子说:"我们提醒过你,是你不听。"百合说:"我看你是真气他,真把他当回事了。"映山红自知一切都晚了,便抹起了眼泪。但她心里哭的真还不是悔,而是那份挥之不去的失意。她说:"他说过他是活菩萨哩,我还以为他真是。"

这种处境对于李有种相当不利,那些闲话砸向他母亲的同时也会落到他的头上。他只要一出现在人跟前,就有人取笑他,说李有种你攀上个好亲戚啊,好好读书,以后也做干部啊。说李有种你趁早认鲁县长做干爹呀,以后他提拔你当乡长啊。他要是不小心得罪了哪个孩子,那孩子立马就会说出"你妈跟鲁大千日尿"一样的话来。

所以,那天他对他母亲说:"这种气候,我看我还是进城算了。"

映山红傻乎乎以为他在说天气,她说你上学跟天干有啥关系?

李有种说:"我说的不是天干。"

映山红说:"那你说的啥?"

李有种不吭气,他希望她能有点自知之明。可映山红偏偏没有自知之明。李有种才把初二上完,秋天才进初三,她认为他不应该现在就产生进城的想法。她不答应,她说你最好给我好好读书。我们在教训孩子的时候总习惯说你给我怎样怎样,你给我好好吃饭,你给我小心点等等。而孩子们也就习惯于把他们该做的任何事情都看成是为父母做了,所以李有种回击母亲说:"你凭啥要我给你好好读书?你都干了些啥你以为我不晓得?"映山红说:"我干啥了?"李有种说:"你跟鲁大千!"映山红说:"放屁!"映山红狠狠地甩了李有种的耳光,让李有种的脸肿了整整一天。但一点儿用都没有,李有种决意要进城,他受不了别人的取笑,更受不了那件他虽然没有确凿证据但已经深信不疑的丑闻。他在家里哭了一天,又睡了一天。那天晚上他放出话来说,要是映山红再不给他路费,他就不靠她了。

他怎么能不靠她呢?他打算干什么呢?去偷去抢?还是去讨饭?映山红给他吓着了,想到了李小敢。可李小敢又换工地了,还没来得及告诉她他去了哪里、新的电话号码是多少。她找不到他。李有种在一边却等不及了,他收拾了一个像模像样的包袱背上就要走,映山红说:"你打算走着进城去?"他回答说:"有什么大不了的。"映山红说:"你真不打算留下了?"他说:"我留下来就只有跳花河里闷死,要不就把脸夹到裤裆里,那也还是闷死。"映山红就去找张大河,问他怎么办。张大河去做李有种的工作,李有种就把回答他母亲最狠的那句话又跟张大河说了一遍。张大河就对映山红说:"你让凤儿走的时候带上他吧。"

李有种还不够大,得有个人照顾着。凤儿二话没说就答应了,不光答应带他进城,还答应帮他进厂。于是映山红不放心也只能放心了。

44

在映山红的丑闻背后,却暗藏着更大的危机:眼睛盯着自家公公或者别人的公公的媳妇越来越多了,召唤部落的媳妇也越来越多了。对部落的召唤都充满了信心,木子又进城了,她没把部落当自己的男人。所以,当部落犹豫的时候,她们都会说一句致命的话,相信一次就能把部落俘获。她们说:"部落,你不是木子的男人。木子没把你当男人。"

她们没想到部落会回她们另外一句话,一句傻得坦荡的话:"栀子把我当男人,我是栀子的男人。"

一时间,她们的好奇心会占据上风,竟然忘了自己偷人的初衷。她们要部落再去找栀子,如果栀子答应他当男人,她们再不偷他。如果栀子不答应,她们就绝不放过他。她们偷部落失败,却落得个窃喜:如果栀子偷部落,她们就获得了解闷的闲话;如果栀子不偷,她们更将获得一个年轻男人。

部落就去了栀子家。他的内心,已经将冯直和木子分开来了。大傻当小傻的爸,和当谁的男人是两码事。栀子可以和他一样,把它们截然分开。他和栀子一起快活一起好,完全不影响他当小傻的爸。

但是,栀子拒绝了他,不仅是口头拒绝,不仅是心拒绝,连身体也一起拒绝。那时候,部落被伤了自尊,感到委屈,突然就冒了傻气用了傻劲,就用了强,就像鲁大千那样用了强。只是鲁大千没得手,部落得手了,因为栀子的身体没有反抗。虽然那身体因为极度的悲哀而僵硬,但也因为极度的绝望而放弃了抵抗。栀子就睁着眼睛看着部落用强。完事后,她一动不动,只是冷冷地说:"部落你不要再来了,我不想再看到你了,从今以后,我不会让你再当我的男人。你走!"

部落就走了,她的身体和她说话的口气和她脸上的表情都让他感觉到罪过,他知道自己真的再没资格当栀子的男人了。

那以后,关于部落帮人的传说就多了起来,而且有鼻子有眼。

传说到了栀子跟前,栀子因为灰心显得冷漠。她对百合说,他那么傻,不怕别人说。但是百合却无法不在意。经历了那么多磨难,百合也算有见识的人了。百合早就看清了部落和木子的未来,她早就认定他们终将在一起,成一家人。即使不为木子,她也不忍看着部落烂成一个烂人。她打心眼里认为部落这么善良的人,是应该上天堂的,不该下地狱。听着关于部落的闲话,她就心疼,对于部落,她已经有了妈的感情,她已经提前进入了丈母娘状态。

百合找栀子商量拯救部落。百合相信栀子比她更心疼部落,绝不会忍心看着部落烂下去。她再不忍心,也有心无力。栀子不同,她有心也有力。只要栀子愿意,她就能度他。栀子当然是愿意的,她还能不愿意吗?

栀子问百合,你愿意我再偷部落?百合说,那不叫偷,那叫度。别人偷他,他只落得个烂人。栀子偷他,他还能落一个有情有义。毕竟,栀子对他有那么多功德。

但是,栀子说,她的心已经不想了。她的心塞满了灰心绝望,她自己都度不了,自己都没有个人样了,哪能度人。百合又把冯直抱给她,唤起她对木子的疼和对冯直的疼。栀子抱着冯直亲了亲,叹口气,不再说话了。

栀子就在部落出门帮人前把部落堵在门里。

这次,她没有抱上冯直,她已经用不着了,冯直已经在她心里生了根。

她一进门,黑沉沉的阴云就跟她进了门,尽管天空依然万里无云。她看见部落,就想哭。她看见他一副整装待发的模样,就恨。她如果真的哭出来,哭倒在部落怀里,哭得死去活来,不用偷他,也能够阻挡他。无论如何,部落不忍心看她伤心。为了不让她伤心,他愿意做任何事,包括不去帮人。

只可惜栀子就是栀子,她不会像映山红那样承认自己的软弱,放纵自己的崩溃。在部落面前,她从来都是个强者,她的强大表现为慈爱和包容。即使部落在给她好的时候,感受到的也是她的慈爱和包容。

但是现在,她站在部落面前,忍住了自己的伤心绝望。她把它们都转化成愤怒,她训斥他不是一个真男人,一个真男人就应该有担当,就应该负责任。她说不管他怎么想,木子就是他的女人,冯直就是他的儿子,他就必须对他们负责,必须像个男人样儿,必须像个父亲样儿。她说一个真男人真父亲,为了自己的女人和孩子,就应该管住自己裤裆管住自己的肉,管住自己的鸡巴。是的,那时候,她用了"鸡巴"这个词。在别的花村女人嘴里,这是个常用词。但在以前,栀子都用肉和裤裆一类替代。现在,她口无遮拦,喷薄而出了。

那时候,她的愤怒,已经不仅冲着部落,还冲着那个赖在城市的张久久,那个在城市得了梅毒的张久久。

那时候,她的伤心终于汇聚成海潮,一浪高过一浪往上涌。如果她放纵它们,在部落面前奔涌出眼眶,让部落感受她的伤心无助,唤醒部落真正的男人胸怀,即使部落傻,他也会悬崖勒马。但她在眼泪奔涌而出的一瞬间转过了身,留给部落一个愤怒的背影。

而且,她还留给部落一句骂,一句她从来没有过的骂。她说:"部落你真是个傻子,一个大傻子,一个不可救药的大傻子!"

于是,部落只感觉到她的愤怒。那愤怒激起的只能是逆反。当然,部落还感受到她的绝望,只是那份绝望用训斥表达出来,也只能激发部落的绝望:连栀子对他都绝望了,他还有什么理由不绝望呢。连栀子都说他是烂人,他还有什么理由不烂下去呢?连栀子都骂他不可救药,都不愿意救他,谁还能救他呢?

栀子走后不久,部落就怀揣满腔的自暴自弃,出门帮人去了。

栀子回到家,独自一人痛哭了一场。晚上去了百合家,告诉百合,她无能为力了。

百合没有多说,只是问她有没有偷部落。她说没偷。百合再问:"真没偷?"她说她真没偷,因为她的心已经真不想了。

百合虽然失望,也没不满。百合已经习惯认命了,也许,这就是部落的命,就是木子的命。

那时候,映山红也在,映山红被鲁大千和李有种折磨的痛苦还在发酵,她需要百合分担。有了百合和栀子和部落的痛苦,她的痛苦或多或少就被转移了。她努力搞明白事情的来龙去脉前因后果,到最后,她也真的搞清了。起码她认为她搞清了。

于是,她安慰栀子说,让那个傻子去帮人也好,免得她们盯着张大河。

看栀子没跟她急,她就认为说到栀子心坎儿上去了,就有些得意。她说,百合和栀子自己都误会了。栀子偷部落的那份不安,其实不是冲着木子和冯直,而是冲着张大河。她认定栀子觉得对不住的不是木子,而是张大河。她说栀子和部落相互都疼对方,栀子肉也想心也想,本不该不安。偏偏栀子就不安了,只有一个理由,就是栀子心里还有更心疼也更疼她的人。在花村,那能是谁呢?

映山红越说越不吝,她开始数落张大河的优秀,从头到尾从身板到思想,数落个没完。她还说,花村哪个男人比得过张大河呢?花村哪个女人不想张大河呢?她说张大河就是花村女人的偶像,由着这样的男人荒废,那是花村女人的罪过。

百合听不下去了,她要映山红住嘴。映山红哪里停得下来,她反倒变本加厉。她说,栀子那么绷那么装,不就因为张大河是公公吗?她说一个女人嫁到男人家,图的是男人疼,肉疼心也疼。她说栀子嫁到张家,就图张家的男人疼。她问,张家的男人哪个好?哪个疼栀子?她说张久久那个东西比他爸一个指头都不如。

百合实在忍不住了,她就要跟映山红急,那样子像是要撕映山红的嘴巴。却被栀子按住了,栀子显出很奇怪的冷静。她说,让映山红说,她说她心里咋想,自己清楚。她说映山红不说,别人也会说,还不当她面说,你又怎么让人闭嘴呢?她的态度对映山红是鼓励。于是,她开始数落张久久的不是。

只是,映山红的情绪明显低落下来,她数落的张久久的不是,很多都不属于张久久,很多都属于她的男人李小敢,还属于百合的男人李小勇,还有很多属于花村男人,还有很多属于那个该死的城市。到最后,她把自己说哭了,也把百合说哭了。

当然,栀子也哭了。

李有种一走,映山红跌进了自责的深渊。她整夜整夜地睡不着觉,在百合家对着栀子和百合那一番发泄,也没能消去她心头的痛。终于有一天,她的怨恨落实到了张大河身上。她落到如此水深火热的地步,都是因为鲁大千要在张大河家喝酒,她被张大河叫过去帮厨。如果鲁大千跟她一起水深火热,她就认了。可现在是鲁大千一拍屁股上了岸,只留她一个人独自水深火热。她逮不着鲁大千,她还逮不着张大河?

花村取水的女人一般都三五个约成一帮,映山红只有百合约她。如果栀子也去的话,还有栀子,但他们家的水都是张大河去取。这天百合没约她,她家的水也还没喝完。下午看到张大河挑了两个塑料酒桶出门,映山红就跟去了。去的路上人多,映山红一直跟张大河保持着应有的距离。回来的时候天已经黑下来了,张大河就主动跟她走在一起。路程太远,女人们无法承受担子,她们都是用背篓搭上那种装化肥的厚厚塑料口袋背。而配套这套行囊的还有一个叫"稳子"的古老工具。此物有一个模仿牛角的头,在那些漫长的找不到地方可以搁背篓歇气的路途中,把那两只牛角顶到背篓底下便可以靠它支撑着歇一口气。它差不多已经被我们忘记二十多年了,这一阵要背水,女人们又才把它找出来派上了用场。

那种装化肥用的厚厚的塑料袋封口的时候比较困难,尤其当你用它来装水的时候。为了不让水给晃荡出来,一定得有两个人的力气才能把口扎紧。映山红没有请张大河帮忙,但张大河主动帮了她。自从映山红把怨恨落实到张大河身上,她就跟张大河赌着一口气,不跟他搭腔,不给他好脸色。但张大河都大度地不加计较。往回走的时候,张大河出于一个男人应有的天性,把她让到前面作为保护对象。但就这样映山红也没消气。她走几步又歇歇,像是故意要堵张大河的路。张大河也不急,她歇他就歇。只是那条路多是陡坡,映山红有"稳子",随处都能歇,他的挑子要挑平地才能歇,映山红挡了道,他就换个肩头,挑着挑子等她。

　　张大河真是好脾气,在换着肩等她的时候,还跟她聊天。映山红进过城,在城里待过一年。他想知道她那一年是怎么过的,为什么她宁可忍受花村的辛苦也不再次进城。这一问,又勾起映山红的愤怒。城里那年,她一直跟李小敢挤在一个二十个人的工棚里,他们在那个工棚里拥有一张挂着白布蚊帐的床。白布蚊帐是为了遮羞。她在那里生了整整五个月的痱子,还被人浑水摸鱼摸过咪儿捏过屁股。总之她受尽了委屈才得到了她的宝贝姑娘金钱草,总之她为了得到宝贝姑娘受尽委屈也值。现在她怎么会再去受那份委屈?除非李小敢有钱租房,他们在城里有自己的家。可像他们那样流血流汗卖苦力,哪里挣得够房钱。她说她宁愿李小敢回家来,一家人守着花村过日子。可是李小敢怎么舍得回家?他们怎么舍得那个该死的城市!

　　她最后的用词是他们,而不仅仅是李小敢,这就包括了李小勇,还包括了张久久。张大河叹了一声。

　　那已经是她第十次歇气了,天也终于黑下来了。回家的路才走了三分之一,好在他们终于走到一个平地,映山红可以不用"稳子",

她在张大河的帮助下放下了背篓,张大河也放下了挑子,松松肩,长长地喘了口气。

映山红歇脚不歇嘴,她的怨恨远没有发泄完毕,而且在蔓延在扩展,从李小敢和花村男人还有该死的城市扩展到该死的鲁大千,最终扩展到张大河。她说,要不是你张大河拉我帮厨,鲁大千那个政府怎么可能祸害我?我怎么会被人嚼烂舌根?李有种怎么会出走?她说我没得到半点好,只得到一个臭名,都怪你们这些男人。

她一句"你们这些男人",就把李小敢鲁大千张大河等等都一网打尽了。然后就再没法蔓延,就只剩下了伤心恸哭。

面对女人哭泣,张大河不知所措了。他在昏暗中一声接一声地干咳,想用这种办法来减轻尴尬。映山红就不哭了,就对他说:"大河爷你跟我来。"张大河跟着她,就到了一个悬崖边。那里长着一丛映山红,还有一株野百合。映山红只剩下焦黄的叶子了,百合正好到了开花的时节,却垂头丧气地举着几个永远也不可能开放的花苞。她问他:"你信不信我想从这里跳下去?"张大河说:"我信。"可映山红又说:"你凭什么信?我自己都不信。"她说,"我为什么要跳下去?我活得好好的,活得像一个烂人,一个荡妇。"

然后她问张大河:"你晓不晓得我苦?"

张大河说:"晓得,花村的媳妇都苦。"

她又问:"你晓不晓得我们哪里苦?"

他说:"晓得,哪里都苦。"

她说:"你撒谎,你不晓得,你们只晓得我们肉苦,不知道我们心苦。"

她说:"你让我们跟吉利大娘去小庙烧香供菩萨,你说菩萨能度人出苦海,可是我们只见着泥像,没见到活菩萨。我们只看见男人。男人不度我们,菩萨也不会度。男人和菩萨都不度我们,我们就只有自己度自己。"

她说:"我们烂,我们荡,但那能救我们。那就是一根稻草,救不了我们的命,度不了我们的苦,也总能让我们喘一口气,我们不甘心这么年轻就被苦水活活淹死!"

她说的是"我们",她就让张大河想起了更多的花村女人,包括那些媳妇,包括那些婆婆,包括栀子。她说完之后,不再哭泣,她站在崖边,沉默着看着前方的黑夜,不声不响。那时候,张大河的眼眶潮湿了,心也揪紧了。他不能再像一根木桩戳在地上了,他眼前这个花村媳妇,似乎随便一阵小风,就会将她吹下崖去,堕入苦海。

他情不自禁走过去,伸出手去,要把她从悬崖边拉回来。她就顺势扑进了他的怀抱。那里是宽厚的,那里是温暖的,那里还是安全的。所以她扑上去了,不管不顾。她在那里颤抖,在那里伤心,在那里后怕,在那里庆幸自己没真跳下去。她为什么要跳呢?她身边就有这么一个宽厚的胸膛,她为什么要跳呢?她不会跳了,她不用跳了,她又抓住救命稻草了,她得救了,她得度了,她成为一个幸运的人了,成为一个快活的人了,成为一个放荡但却比谁都心花怒放的人了。

她重生了。也安静了。

她轻声说:"大河爷,你才是活菩萨。你度我了。"

他们回到花村,就听说橘子的婆婆喝了农药,被送到医院去了。

橘子偷她公公,不是一天两天,我们早嚼过舌头了,为啥橘子婆婆现在才喝农药呢？这让我们不解。

　　橘子婆婆送到医院也没活成，倒落得个死在外面，尸体都进不了家门。她被抬回来的时候是半夜了，屋檐上拉个电灯，她躺在电灯底下，一团一团的扑灯蛾在她的上空狂飞。橘子趴在她身上哭得死去活来，哭声惊醒了花村，大家就全都赶过来了。倒吸一口凉气的自然是媳妇们，那些做婆婆的就伤心了，有人就哭喊起来："咋就死得这么快呀？""死了也好，两眼一闭，眼不见心不烦啊！""你死在外头，连门儿都进不了哩！""不进这门也好，不进倒干净哩！""我要喝了农药就不准送医院，我可不想给摆在门外的屋檐下。"……

　　张大河依然承担了总管的角色，谁去跟亲戚报信，谁去请道士，谁去买草纸鞭炮香烛，都由他来铺排。媳妇们也得回家去取米取菜取盆儿取碗，然后回到这里来帮忙。院子里搭起个土灶，生上火，丧事就开始了。婆婆们也留下来帮忙，自然全都是一副兔死狐悲的神情。

　　橘子哭起来就停不下，她的悔恨似乎变成了那永远也流不完的花河水。中间她昏死过两回，被人掐醒后又接着哭。她就一直哭到天亮，哭到第三次昏死。这一回被掐醒后，她还要再哭，就被媳妇们强行拖走并被强行制止了。她再不能昏死过去了，任何债务都是有数的，她用了三次昏死还债，也够了。婆婆们却觉得她还没哭够。债务在她们那里同样有数，而且一定比媳妇们那一个要大。一个人用死亡来放高利贷的时候，债务就是天文数字，就是要让人无法还清而终生受罚。

　　那时候，映山红是媳妇们的主力，她担负着劝醒橘子的责任。"多大的事啦？动不动就喝药，动不动就去死。"她对橘子说，"她自己拿命不当回事,你也不当回事？你哭起来就没个完,难道死一个还不成,还要死第二个?"她的劝法没错,你要想减轻活人的负罪感,增加死人的责任当然是个好办法。可惜这对死者有些残忍。而且,她天生大嗓门,不习惯遮拦。每次说话,都是低音开始,高音结束。所以,她那些话都被婆婆们听见了。婆婆们并不懂得映山红的心思。作为媳妇,映山红是看到了恐惧,她是用那些话消除自己的恐惧。就如同那些走夜路怕鬼牵的人扯着嗓子高声叫唤说他不怕鬼一样。

婆婆们看到的是映山红没良心,人都死了你还没完你是不是太张狂了？婆婆开始搜索映山红张狂的理由,有人怀疑她偷李四爷,有人怀疑她偷张大河,有人怀疑她偷鲁大千。对了,偷鲁大千那不是怀疑,那是铁板钉钉的。这就是她张狂的理由？能够偷干部偷政府偷村长偷县长就高人一等？就不是伤风败俗？就不是丢人现眼？

婆婆们的愤怒变成唾沫飞出去了,没淹着映山红,先把米二娘淹着了。米二娘被唾沫淹也不是第一次了。百合偷李四爷,映山红偷鲁大千,米二娘都被淹过。只是那些唾沫都分散,都不集中,还不够把米二娘淹死。今天这个场合,唾沫集中爆发,又是在死人跟前,米二娘脸皮再厚也撑不下去,何况她还是个脸皮薄的人。

米二娘就在唾沫星子中离开死人场,悄悄回了家。

这个夜晚,橘子婆婆的死给百合也带来了恐惧。百合和映山红不同,她不用喧哗抵抗恐惧,她用她的细心体会米二娘的感受,她默默跟踪米二娘。她知道她和映山红这个婆婆也有足够的理由喝农药。所以她能够及时救下米二娘。百合虽然夺过了农药瓶并摔碎了它,但她看上去才更像喝农药的人。那个时候,映山红也在婆婆们的唾沫中看到了她们的愤怒,才想起自家的婆婆,才替米二娘恐惧。看不见了婆婆,才飞奔着追回来。

那个夜晚,婆媳三人在满地农药瓶的碎玻璃片的堂屋里抱头坐地痛哭了一场。

那个夜晚,别人的眼神追着唾沫跟着映山红跑。映山红回家哭婆婆,橘子跟前就再没人有映山红先前的警惕,橘子就趁机喝了农药,追橘子婆婆而去。婆婆以死放债,她以死还债,她和婆婆就结清了。

45

吉利大娘在橘子婆媳的丧事中劝婆婆们跟她一起去化缘来重建小庙。她认为花村已经不能依靠张大河了,张大河已经降不住了,没有一个凡人能降得住了,必须得依靠佛菩萨了。事实上婆婆们都不需要劝,她们比她还要更早觉悟,她们只是缺一个承头的人。既然吉利大娘承了这个头,她们就踊跃响应。她们只是担心,再建一个又被疯子烧了咋办?吉利大娘不敢保证天下再没疯子,但她敢保证自己的决心。她说:"烧了就再建!"

于是,丧事结束后,婆婆们就分头化缘去了。米二娘也去了。

让我们意外的是,张大河也加入了化缘的行列。当然,他没有跟婆婆们一起走村串户。他去了三会场,他去找那些开着门店或者开着菜馆的生意人,必要时,他还想去县城找鲁大千,他希望更高层的人们也有婆婆们的觉悟,认识到一个寺庙对于花河的重要性。于是那天,映山红在他回花村的路上堵住了他。

"你准备当和尚去了?"映山红用讥讽的口吻问。张大河苦笑。映山红就说,没用的,你知道没用的,小庙没用菩萨也没用。她说你知道你自己才有用,你知道怎么才能够度人,你也知道谁需要你度。

然后,映山红问张大河,知不知道花村谁的心最苦,最需要人度。不用他回答,映山红就回答了。映山红说,你知道的,花村最苦的媳妇其实是栀子。她说我们偷人都闭着眼睛听裤裆的,栀子还要听心的,还要讲究相互心疼。她说再苦只要哭出声来喊出声来骂出声来就会好些。她说栀子苦就苦在她从不哭出声来喊出声来骂出声来,所以她的苦就只有最亲近最疼她的人才感觉得到。她说你就是花村最该知道栀子苦的人。

最后,她说:"你要想度人,就先度栀子。这比你修庙更积德。"

这些话就像钉子钉进张大河心里。回去以后,他就不能像平时那样自然了,或者说不能像平时那样假装自然了。

栀子照常在夜饭上满上两杯酒,他一杯,她一杯。最近以来,栀子都不正经看他了,必须跟他说话的时候也都低着眼皮,她已经变得不会平视了。但她依然需要酒,而且酒量大增。他们像往常那样默不作声喝酒默不作声吃饭,完了栀子默不作声收拾碗筷,再然后默不作声钻进自己的房间。

今晚喝酒的时候张大河干咳过一嗓子,喝完酒吃上饭以后他又干咳了一嗓子,等栀子收拾完碗筷他还干咳,栀子就为他打了一盆温水放到了洗脸架上。自从花河干断、我们必须到老龙洞去取水以后,水就成了奢侈品。想洗身子也只舍得用平时洗一张脸用的水。至于洗脸,就只能一盆水大家共洗了。

所以张大河说:"你先洗吧。"说完又觉得不妥,"我洗不洗都不要紧,反正老头子了。"

但还是觉得不妥。反正今晚他找不到妥当的话说了。他就钻进自己的房间想一睡了之。但他感觉到房间似乎变成了烤烟房,今晚的闷热程度似乎超过了他的承受限度。最后他又出来了。那时候栀子已经不在外屋了,那盆被他省下来的水也不在外屋了。他想她应该去了她的房间,这会儿应该用那盆水洗着身子。是的,他想到了"身子","栀子的身子",这样的词汇对他很不利。他嗓子就冒烟了。于是他出了门,在田间地头乱转。

回村以后,他去了映山红家。金钱草已经睡了,米二娘又化缘去了。映山红穿得很少,因为她已经准备睡了。她听见脚步声就猜到是他,她还没开门就知道他的难。所以她开门以后,没问他一句,就关上门,又关了灯。

她对他说:"今晚我来度你。"

婆婆们在外面走了七八天,回来的时候口袋却瘪瘪的。大旱之年,怪不得别人吝啬。那段时间里花村风平浪静,什么事都没发生,就像是专门等她们的结果呢。她们回来的当天花村就死了三头猪,第二天又死了五头。兽医说是猪瘟,是天干久了的原因。但吉利大娘心里把它看成是她们化缘无果的原因。她动员婆婆们走远一点,走出花河,走到那些没挨过天旱的地方去化。她提议这一回出门前先看个好日期。她去找了巫毛牛,巫毛牛为她们看了个黄道吉日,她们决定在那一天统一出门。

这个日子来临之前,张大河去找王果了。发财的人都看重修庙。所以张大河没多废话,只很短的几句:

"龙华寺该重修了。"

"花河不能没有个像样的庙了。"

"当初你要是早想到修庙,你的甜蜜之家就不会挨火烧了。"

于是,吉利大娘和婆婆们就不用出远门化缘了。王果请吉利大娘帮修庙的工人做饭。入秋以后,雨终于下来了,地面上开始长草。一些本来在春天开花的植物给闹昏了头,竟然在秋末开了花。花村有三棵梨树就是典型。它们的枝头上分明挂着成熟了的果子,却同时又热热闹闹开着花朵。蜜蜂那时候来光顾梨树已经不是为了采花,而是为了吃梨。它们在果子上找个地方把长嘴插进去,贪婪地吮吸。它们吮吸过的地方,梨就会瘪出一块硬疤,那只梨就不再丰满了。但谁都知道蜜蜂吃过的梨是最甜的,蜜蜂也正是因为知道梨汁儿一点儿也不逊色于蜜水才那么做。它们吃着梨,就知道季节还在秋天,离它们采梨花的时间还有两个季节。但那些天蜜蜂们迷惑了,因为树枝上同时还开满了雪白的梨花。

到第二年秋末的时候,新龙华寺竣工了。照样是三进三层,也是花河人记忆中的龙华寺的样子。有人说,简直就像原来的龙华寺还魂回来了。

开光的时日,是将要做住持的耀一和尚看的。那本来还不是我们花河下雪的季节,却飘了一个上午的雪花。开光时间是上午九点,因为是个大事件,县宗教局和镇里的干部们也来了。开光仪式由县宗教局的干部主持,镇党委书记还发表了讲话。龙华寺也在那一刻证明了它不光属于普通百姓。

那一天,那两个疯子也来了。上次烧掉龙华寺后,我们再没见过她们,都以为她们进去了。谁也不知道她们为什么还能冒出来。她们在龙华寺的开光仪式上往自己头上浇了一桶煤油。那时候所有人的注意力都集中在开光仪式上,都关心政府怎么说和尚的话,还关心和尚们的一招一式。她们把自己点燃了,才被发现,才有人喊了起来。但最终我们也只能眼睁睁看着她们被烧成焦炭。事实上那会儿所有人都傻了,就连政府和和尚也傻了。大火烧起来,谁也顾不上时辰了,仪式只能暂时中断。政府派来了警察,警察来了也只能看着她们燃烧。警察把我们和疯婆子隔离开来,似乎我们中间会飞蛾扑火。

她们是坐着的。燃烧过程中一直都没动摇过这个姿势。传说中,她们甚至没动过一下表情:没咧过嘴,没皱过眉。她们似乎不知道痛。她们足足燃烧了五十分钟。

和尚们也被震撼了,他们全都肃然竖掌诵经。他们没想到会在龙华寺的开光仪式上就来这么一堂功课,在他们正式入住这座寺庙之前就得超度两个疯狂的灵魂。

这个事件造成的影响非常之大,据说市长市委书记被叫到省里挨了批评,县长县委书记被叫到市里做了检讨,镇长书记干脆挨了处分。那之后,我们便得知她们信的是邪教,说邪教都有自焚升天一说。她们不是自杀,而是升天去了天堂。镇里组织了一批人进行了整整两个月的调查,没查到第三个邪教成员,才放了心。

46

耀一带了他的三个弟子住进了新龙华寺,从此,我们的天空中每天都有晨钟暮鼓响起。近了,你有时候还能听到早课晚课的诵经声。吉利大娘和李子也住进了新龙华寺,她们在那里负责打扫,做饭。她们也有两套正经的海青,早课晚课的时候就穿上。不久,米二娘也通过吉利大娘的引度皈依为居士了,每逢初一十五她便吃斋便到新龙华寺敬香磕头。有时候她还会参加一次晚课,跟着诵诵经。

新龙华寺在迎接它的第一个香会的时候,也迎来了它第一轮兴旺的香火。或许是因为它变大了,还有了政府开光,可信度和知名度都大幅度提高。整个花河流域的人都涌到了那个香会。香客们烧香的习惯也有了很大的改变,更大方更豪爽了,烧整把香,烧高香的大有人在。耀一和尚站在佛像前竖着掌为香客们敲磬,到天黑一双腿硬得打不过弯,没法落座。

那个香会上有一个隆重的下发仪式,是专为李子办的。李子被耀一收为第四弟子。那天,他亲自拿着剃刀为她下了发。

李子是花村人,所以花村的媳妇们全都自发去参加了她的下发仪式。她们一直站在大雄宝殿的门口看着耀一领着她的几个弟子做完那繁琐的仪式,看着她在只剩下头顶一块瓦片的李子头上剃上三刀:第一刀:誓断一切恶;第二刀:誓修一切善;第三刀:誓度一切众生。

那之后,媳妇们好久好久都不爱说话,就连映山红那张嘴也闭上了。她们被那几个"誓"吓住了。

有一天早上,映山红突然就扛着包袱抱着金钱草去了长途车站,目标是进城。她没跟李小敢打电话,她怕打了电话就失去了进城的勇气。她也没通报栀子百合,她同样怕她们让她失去进城的勇气。因为她的勇气没有丝毫支撑,完全是源于她对花村的恐惧。她进城不是因为城市的吸引,只是因为她要逃离花村。整个花村,只有张大河有预感,因为前一天傍晚,她对张大河说了一句告别的话。她说以后我也不能度你了。

她走后没两天,百合也想进城,百合给李小勇去了电话。但李小勇像被鬼牵了一样惊叫。因为映山红出事了,她和李小敢打了一架,抱着金钱草失踪了。他们兄弟两正动员散落在各地的花村男人帮助找寻。而且已经去派出所报案。他说他正要给百合打电话,要百合告诉花村乡亲,留心映山红消息。放下电话,百合就傻了,如遭雷击。

虽然映山红并没有抱着金钱草去寻短见,她最终回到了李小敢身边,百合进城的念头还是被浇灭了。映山红对于她失踪那几天的行踪闭口不说,她和李小敢聚首之后,也没有一个正经住处,他们在一个只有大半个框架的烂尾楼里面安了家。据说三面透风。

即使没有映山红的故事,即使李小勇做出欢迎她进城的姿态,即使李小勇对于他们的会合表现出迫不及待,百合也未必真就扔下米二娘进城,何况还有一个冯直。百合要的是李小勇的态度,那是她现在唯一的稻草了。

百合很丧气,但她没表露出来,对栀子也没表露。自从把木子母子接回来后,她就学会了隐藏情绪。李四爷原本是另一根稻草,但她跟李四爷酒后放纵的那一出因为插入了木子跳楼事件后,就有了一张刻薄的嘴脸,一副狰狞的表情。使她陷入不能自拔的尴尬羞耻和惊心。它们就像老田泥,并不见得会伤着你,但却随时都能让你感觉到它的存在。在你需要逃的时候,它吸着你的腿使你迈不开步。在你需要温暖的时候,它又让你体会着它切肤的冰冷。本来,栀子已经救了她,栀子说,只要两个人相互心疼,偷人就不是罪过。她想,她和李四爷比不上栀子和张大河,也还算得上相互心疼。只是看到李四爷,想起两个人酒后放纵那一幕,还不等回味出滋味,木子跳楼那一幕就浮现在眼前。百合曾经以为,偷人认命,偷李四爷是认命。没想到她的命比偷人更惨,她连偷人都不成。

能救她的,只有冯直了。她学那年的李四爷,让他吃奶。冯直脑瘫,分不清干奶头和湿奶头。他吮吸她的奶头,没有吸出奶水,却把她的羞耻她的后怕她的心慌以及她的肉欲都吸走了。她会在他安静的吮吸中平静下来。她长时间地迷恋这情,虽然有时也会让她产生新的羞耻。

她变成另外一个人了,整天可以不说一句话,做什么事都很用力,擦桌子用的是刨木头的劲儿,锄地用的是打井的劲,走路用的是跺脚的劲。

百合的状态让栀子不安,栀子就背着百合给木子去了电话。她问木子在城里过得怎么样。木子说不怎么样。她说不怎么样就回来吧,好歹和冯直在一起,还和母亲在一起,还和外婆在一起。栀子没提部落,木子就问起了部落,栀子就有些结巴。木子说:"我听说他到处帮人?"栀子就更结巴了。木子就笑了,她说她跟别人不一样,她说她经历了冯曲的死,经历了冯直的生,看问题比一般人透彻。她说她并不在意部落帮人。要说帮人,她自己才是部落帮得最狠的一个。

这样,栀子就有了勇气说出她的另一个意思,她请木子认真考虑回花村。除了冯直和百合还有米二娘需要她,部落也需要她。栀子说,眼下花村,部落也是需要帮的人。但花村只知道求他帮人,不知道他需要人帮。她说,部落是个好人,是个善人。只是还不是个顶天立地的男人。如果木子远在城市等他成长,他可能永远也长不成。如果木子回村帮他成长,他或许很快就顶天立地了。

电话里,栀子听见了木子的抽泣。木子说,栀子都把她说哭了。

接下来,她给张久久去了电话,她不会哭着喊着要进城,她只是委婉地问张哥儿怎么样,要不要她去帮他做饭。张久久就笑了,说你别来这边添乱了。说没有她,他和张哥儿四海为家,任随一个城市旮旯都能够摆平了睡着。有了她,他们就必须要一个有门挂锁的窝,一年到头挣的辛苦钱,就全交房东了。

栀子不再多言。和百合一样,她要的是男人的态度。有了这一番话,她已经看得见张久久的心了。她现在就等着张久久挂断电话。张久久大约也感觉到她的心情,就安慰了她几句。他说不要看映山红进了城,你就心慌。他说映山红是映山红,你是你。映山红可以跟一帮子男人一起滚工棚,可以由着别人隔着蚊帐摸她的屁股摸她的咪儿,你可以吗?在他的印象中栀子显然是不可以的,他也不舍得她被那样。他认为映山红那样的人心慌慌进城还情有可原,但栀子没必要。栀子是全花村最不应该心慌的那一个。就是全花村的女人心慌了,她也不应该心慌。因为她没老的没小的拖累,家里还有个身强力壮的公公

他似乎很体贴栀子作为一个母亲的心思,又特地说到张哥儿。说对于一个想早点长大成人的男娃儿来说,张哥儿已经不算小了。他说城市就是个大学堂,张哥儿在那里什么都能学到。这时候,栀子就冷不丁问:"那他现在学会嫖娼了吗?"张久久给她这话噎了好一会儿,似乎才想起自己漏了一件大事。他要她放心,他那个毛病早好了,现在他一门心思干活攒钱好尽快把栀子接进城一家团聚。

放下电话,栀子就痴痴地想,张久久早好了,他的梅毒早好了。又想,她是希望他好,还是希望他没好?

从街上回来,她去了新龙华寺。她去找李子了。她本来有满腔的苦水要倒给李子听,看李子一副尼姑装扮,见面就念阿弥陀佛,就知道她和李子,是两个世界的人了,就不忍心打搅李子的清静。只是忍不住感叹了一句:"真羡慕你能这么心静。"李子摇摇头,说自己不是心静,是心死。说等开发死后,她的心就死了。说只有心死了,才能够心静。

李子送了栀子一句话:"你还没有心死。"

又说:"你最好不要心死。"

还说:"你永远不会心死。"

47

第二天就是中秋。虽说我们乡下人并不看重那个节日,但我们或多或少还是知道一点它的意义。这一天我们虽说不一定要吃月饼不一定要赏月,更不会对月吟诗,但或多或少也会思念,也会感伤。在那年的花村,它还可能是某些重大事件的动因。

那天,张大河没下自家的地,也没下别人家的地。他去了街上。他想给张久久打个电话。他一上街就遇上了王果,王果邀他到他办公室打,他便去了。

现在张久久已经有了一个呼机,一呼他就能回电话。但张大河呼了一回,他没回,呼了两回他还是没回。王果就在一边劝他别着急。王果凭着自己是个从城里过来的人,对这种轻慢给予了想当然的理解。他替张大河设想张久久可能在忙啥,为什么抽不开身回不了电话。根据他的经验,他说得最多的都是女人。他谈到了节日,他设想一个女人和张久久一起过节的情节。后来又设想一大帮男人到小姐最多的地方过节的情景。因为张久久是他妹夫,他这么设想的时候就带了情绪。

张大河心里猫抓起来,就又呼了一次。这一次,张久久及时回过来了。有了王果的铺垫,张大河也有了情绪,就不想和儿子啰唆,直接拿出老子和村长的口吻下了命令,要张久久立即回花村。张久久被吓住了,他想难道昨天栀子和他通话后受了刺激没想通出事了?张大河听张久久这样说就更火了,说难道一定要家里人出了事了你才回来?张久久也火了,家里没人出事儿我回来干吗呢?张大河和儿子对吵了几句,心想这不是个办法,就冷静下来,告诉张久久,虽然没出事儿,但栀子心情不好,难过。张久久一听就笑了,心情不好是啥理由?他说我还心情不好呢,我还难受呢。他说我一个人举目无亲,在这几千万人的大城市打拼,我还孤独,我还难受呢。张大河说,你也难受你就回花村来。张久久说,我要回去我不更难受了吗?大家都在城里打拼,我为啥要回去,像个窝囊废一样守着婆娘守着你?

张大河不想啰唆了,他说:"你要是我儿子,你要是心里还有栀子,你就回来一趟。哪怕只待三天两天!"

张久久也不想啰唆了,他说:"我回不去了,我卖假发票被警察拘了。"

张大河骂道:"你个烂人!"张久久也被他骂火了,他赶着话说:"爸你说对了,我就是个烂人。我早就烂了,我都得过两轮儿梅毒了。"张大河听见自己在心里喊"天",他甚至有那么一会儿两眼发黑。张久久喂了几声,没听见父亲的声音,心中慌了。急忙说,他是说气话的。张大河就问他到底有没有一句真话。张久久沉默一会儿,说他以下所说全是真话。说他现在起早贪黑工作就为一件事,攒钱租房接栀子进城团聚。在这之前,他没脸见栀子。

搁了电话,张大河就直接去了龙华寺。他要去干啥,不清楚。反正走着走着就到了,好像是被心头那股鬼火推着去的。他就没进庙门。他在庙门口杵了很久,李子就出来了。李子似乎很有慧心了,送他几句话也像模像样了。

她说:"我知道你为啥而来。"

她说:"我知道你不该来。"

她说:"你自己就是度人的活菩萨。"

张大河回到花村,天已经黑了。

一进家门,他就闻到了一股香气。那是他很熟悉的气息,是栀子洗完澡以后,身上散发出来的栀子花香。那会儿,栀子坐在桌前等他。栀子摆着夜饭,摆着他们的两杯酒。栀子披着湿发。栀子只穿了一件乳色的褂子,右胸前绣着几朵雪白栀子花的褂子。栀子香气四溢。栀子光彩照人。栀子毅然决然目光坚定。栀子在等他回来,在等待一次了结。

他坐到了栀子的对面。那里是他的专属位置,他在那个位置坐很多年了。今天他却坐不住了,好像坐错了位置,好像座位上多了一颗钉子。后来他发现自己在意的是汗,是自己身上的汗。他感觉它们弄脏了屋里的气息,他因此而感到羞愧感到自卑。于是他也为自己打了一盆水。尽管那水来得稀罕,今天他也不打算吝啬了。他也把自己洗了个干净,也让自己散发着皂香味,才出来了,才又坐到了饭桌前。

但这时候他却发现桌上多了一把榔头。它不该出现在饭桌上,但它又正该出现在饭桌上。他一声不吭把它拿上,去了张哥儿房间,敲张哥儿的床榫,敲了摇,摇了敲,好一阵才想起张哥儿进城之前他就敲过,早已经不怎么响了。

他出了张哥儿房间,又进了栀子房间。他却找不到床榫。他忘了,栀子已经换了新床,和旧床构造完全不同,他手中的榔头根本就没有用处。

他终于知道自己的目标了。他进到自己房间,去敲自己那个老式旧床的床榫。敲了摇,摇了敲。敲了再摇,摇了再敲。没完没了。他听见了脚步声,栀子就进来了,就站到他身后了,就说话了。她说:"没用的。你知道,我们是心苦。"但他照样敲。他像是赌上了气,他像是一个不听话的孩子,像一个任性的孩子在撒气。栀子越是说"没用",他就越是敲。她一直说,他就一直敲。他又敲出汗来了。他刚洗干净的身子又汗湿了。栀子从后面抓住了榔头。她把它抢了过去。她好像想抢他的活,但她没有去敲床,她敲了他,敲了他的肩膀。

她敲了一下,他没动。她再敲一下,他还是没动。他似乎想激怒栀子,于是栀子就真怒了,她扔了榔头用起了拳头,扔了一个榔头用起了两个拳头,她像擂鼓一样擂他,她像一个充满激情的鼓手,可张大河却不是一面能回应她的鼓。他依然不声不响。他其实更像一块实心的木头,那种你无法用手敲击出声响来的木头。栀子就泄气了,鼓手的激情就用尽了,就累了。栀子最后瘫倒在那块沉默的后背之上,她在那里抽噎,捯气,然后就记起了他背她去医院的那一幕。她记起了那个宽厚的肩膀,那个坚实的后背,还有她当时的那个梦境。她当时昏昏沉沉颠在他的背上,梦见的是自己在花河里随波逐流,托着她的,是一块巨大的木头,一块能给她安全感的木头。所以她一点儿都不惊慌,一点儿都不害怕,她任随那块木头托着她在浪里颠沛,直到她得救……在那个梦的尽头,站在岸上朝他伸手的人不是别人,正是她公公张大河……

现在,他近在眼前了。现在,他在岸上朝她伸着手……她终于不用强装镇定了,她终于可以让自己变得脆弱了。她忍不住紧紧抓住那宽厚的肩膀,泪水狂奔了。

张大河知道自己不能再沉默了。他说:"我今天去给张久久打电话了。"

他说:"张久久说了,他要回来。"

她说:"你别提张久久。"

他说:"他回来以后就再不进城了。"

她说:"你别跟我提张久久。"

他说:"他要回来好好待你,做个好男人,过好日子。"

栀子忽然笑了,她笑着要他接着往下说,"你接着说,你接着骗。你干脆说他在城里买房了,明天就来接我进城住新房,你干脆说他开小汽车坐飞机来接我。你干脆说……"她没词儿了,只好重复要他接着说谎接着骗,"你们张家男人不都会撒谎不都会骗人吗?"

就听见张大河说:"人都会犯错,改了就好。说谎可以改。梅毒也可以治。"

说出"梅毒"一词,张大河被自己吓着了。就听见栀子冷冷地说:"身体得了梅毒可以治,心得了梅毒呢?"

栀子愣住了。她喜欢说"心",喜欢用"心":"心疼""心想"。现在她又把"心"和"梅毒"连在一起了。就把自己吓着了。她抓住他的肩头,低头狠狠地咬了一口,咬着就不松口。她从牙缝里咬出一句伤心欲绝的话:"你们张家男人,都欺负我!"然后,她就放声痛哭,虽然她实际上没有哭出声。她的眼泪像决堤的花河,就在张大河的后背上奔流。

张大河再也蹲不住了,他转过身来,他终于转过身来,轻轻搂住她,给了她一个安全的怀抱。她感觉花河涨潮了,决堤了,铺天盖地要把她卷起摔碎。她感到恐惧,把张大河抱紧了,抱得死死的。她还是哆嗦,颤抖。她觉得就要死过去了。

想到死,她又坦然了,又平静了,又放松了,就让花河水淹死自己吧,她想起小时候,她一头栽进花河的情景,想起了后来母亲教她游水的情景,想起了母亲说过的"人生就像这河,要流过很多关口,流经很多风景,才能成为一条河"。她想,我流过的关口也差不多了,该到头了。她想起李子送她的话:"你还没有心死。""你最好不要心死。""你永远不会心死。"

一滴泪珠砸到了她的脸上,她一吓便睁开了眼睛。这样他就看到了她上空的那双潮红的眼睛,和那张满是慈祥的脸。她已经安全着陆在床,而且是她自己的新床,她的身上盖上毯子,她的光胳膊,她的低领暴露出的半个酥胸全都在毯子下安全着陆。她死不了了。公公那滴泪最终和她的泪流一起流进了她的嘴,她尝到它们好咸好苦。恍惚中,张大河替她关上了蚊帐。他正在朝门口走去。他就要离开她了,就要抛下她不管了,于是栀子再一次喊了起来:"爸!"

那一声喊叫凝聚了她全部的惊慌全部的心酸和委屈,还有全部的感动。听得张大河惊心动魄。是的,栀子叫的是"爸"。张大河一点儿没听错,栀子又叫"爸"了!张大河忍不住泪流满面。

栀子也把自己叫傻了,她也听得很清楚,她叫的是"爸"。

然后,她听见公公说:"睡吧,女儿。"

然后,她听见公公关门的声音。

然后,她听见自己说:"爸,我没事儿了。"

第二天早上,栀子起来的时候,张大河也起来了。他们在外屋相遇,有那么一瞬间的尴尬。栀子低头叫了声爸,张大河也侧身回了声女儿。一来一回之后,他们都看着对方的脸,笑了。栀子笑得羞涩。张大河笑得慈祥。然后,栀子又叫了声爸,张大河又回了声女儿。然后,他们就坦然了,就像多年前栀子刚嫁到张家,公公和儿媳初见时的情形。

早饭的时候,栀子说,她要进城去。张大河没太惊讶,他只是提醒栀子,张久久可能还没准备好。栀子就说,要等张久久准备好,恐怕人都老了。她说她去帮他准备。她说人不去,啥都没有。人去了,家就有了,她说,家有了,人就好了,张哥儿就好了,张久久就好了,她自己也好了。她说,以前只想到花村难,需要度。其实他们在城里更难,更需要度。她说,一家人在一起共渡,多难都不难了。

栀子说得不急不缓,不慌不忙。张大河却听出了赴汤蹈火的坚定。

于是张大河说,他也想过了,栀子可以招呼百合,招呼所有的花村媳妇,全都进城去度他们的男人。

栀子感觉到有些沉重,就开了句玩笑:"我把她们都叫走了,爸你以后帮谁呀?"

张大河也回了句玩笑:"媳妇走了还有婆婆。"还是觉得有些过分,赶紧板起脸说,他得帮花村的孩子们。很多孩子还小,还要念书,还得再等等。他说看新闻,孩子们要进城念书还很难,比父母亲进城找活儿还难。所以,他这个村长肩上的担子还重。停了一会儿,他又说,他要领着花村的公公婆婆们替儿孙守着花村,守着花村这个家,守着这片土地,守着这条河。

最后,他说:"女儿,你们在城里,活得好就好好活,活不好就回来。回家来。"

栀子心头涌起一阵感动,就说了句很见外的话:"爸,你辛苦了。"

吃过早饭栀子就去百合家,在村街当口,就见到百合抱着冯直朝她走来。两个人一开口,说的竟然是同一句话,她们都要进城去。原来,百合接到木子电话了,她后天就回家,永远彻底回家。百合的后顾之忧就解除了。

她们就抱着冯直去了部落家,把冯直交给部落抱了好一会儿。百合说,木子要回花村来过长久日子,部落你要好好帮她。然后,百合说她抱着冯直先走,要留下栀子和部落多说几句。栀子说,不用了。说再多还那意思,木子回来了部落就好了,木子才是那个度他的人。

这时候,张大河就敲着他的铁器出门了。"开个会开个会啊!开个会开个会啊!"一边敲一边喊。百合觉得奇怪,问鲁大千进村了?政府又有新政策了?栀子就捂着嘴笑。

333

那是花村最后一次像样的会议了,会上还能见到年轻的面孔。那以后的会,就只剩下公公婆婆了。那天张大河在那个会上说,都看电视了吧,总理都替农民工讨薪了啊。他说形势都这么好了,媳妇们还留在家里干啥呢?他说城市那么大,千千万万的男人女人都能活,你们凭啥不能活?花村的女人那么能吃苦,城里那点苦算啥?他说别听男人说难,好像他们不惦记媳妇,有花心了似的。城里万千女人,有谁是他的?他们那点德行和能耐,别人不懂,花村还不懂?男人都是小孩儿,都心慌。媳妇不在跟前心慌,媳妇要去心慌,媳妇真去了,心就不慌了,他就成真男人了。他说,都说城里安家难,咱们信了,说这话的男人自己也信了。但是我不信,我只相信只要你们去了,只要男人女人在一起了,家就有了。人就是家。

花村的女人们就全给他说激动了说热血沸腾了。她们重又目光闪亮,重又面色滋润了。她们开始做进城的准备。她们毕竟不是男人,不是一拍屁股就可以走人。她们远比男人们多愁善感。更何况男人们进城的时候,后方有她做后盾。现在她们要走,后方就只能是孩子和老人了。所以,花村的兴奋和男人们第一次进城时的兴奋完全不同,多了很多忧伤,包括花村的寂寥,包括城市的未知和迷茫。那些天,花村的风中除了花香,全是女人们的嘱咐,给老人的嘱咐,给孩子的嘱咐,充满了爱意和忧伤,没完没了。

没完没了的还有家务。孩子的衣物全都洗一遍,叠好放到婆婆屋里的衣柜里去。自己的能带的就带上,不能带的,也要晒晒再放回去,以免生虫。这就翻到男人那双土趿脚鞋了。被男人们抛弃以后,有媳妇就收藏起来了。现在都纠结上了,继续收藏已经没意思了,扔了又舍不得。就问别的媳妇把他们那土巴鞋怎么办了。有媳妇说早就给公公穿了。这回答就很有意思也很有嫌疑还很有伤感了。回到家,就把那鞋往包袱里装了。心想,再土也给男人带进城去,就是男人不一定穿,也带上。

于是,就像男人们第一次进城时都忘记拿跋脚鞋一样,女人们这次进城都把它们带上了。

媳妇们是二十一出发的。她们是二十几个,是一支娘子军。她们大清早起来就自发到张大河家院子集合,张大河刚开门就给她们照得睁不开眼睛。她们个个都穿得十分鲜亮,再加上那绣上去的黄的白的蓝的绿的各色花朵,耀眼得不可开交。要不是村子里飘着一股淡淡的桂花香,要不是那个叫桂花的媳妇跑来时,带进一股可以致人晕眩的浓香,张大河还误以为自己闯进了春天。桂花迟到了,所以她是一路小跑过来的。她迟到是因为她突然想起要采上一大包桂花带上。慌里慌张的,她用了一个小孩子书包来装。一路跑来的时候,也撒了一路。不过她总算还剩下大半包。她让张大河家院子一下子就浓香弥漫起来。大家都羡慕她。这个季节花村只有她一个人香。看得出她还往身上蹭过了,胸脖子处有好多花粉。她们笑她说,不等她走到城里,她男人就会闻着这股香气找到半路来。那就十分好笑了,而且对于桂花来说,还十分开心,所以她们大笑起来。笑完了才想起栀子应该跟她们不一样,因为她一年四季都收藏有花。栀子也得意,从包袱里拿出一个糖果瓶给她们看,里头全是干栀子花。只是她没告诉大家,除了这个糖果瓶儿,她还带了一个罐头瓶,那里头全是硬币,是当初张久久给她留下的硬币。

公公婆婆孩子全来送行。她们是去奔新前程。奔她们的新前程,也是奔花村的新前程。所以他们照样像拥送新军入伍那般充满着光荣感。小孩儿们都被老人拉着手,不让他们去拖他们母亲的后腿,他们便尽量伸手去够母亲,够着了就拉上一会儿。公和婆这边不脱手,他们就成橡皮筋儿了。有一些小气的,还要哭一哭。那些大点儿的孩子,都背着书包,等着把母亲送走就顺路去学校。所以他们希望她们走得果断些,要不然他们就要迟到了。他们一脸焦虑,用脚踢着石子。对那些哭哭啼啼的小孩子瞪眼,呵斥。对那些婆婆妈妈的交代、交代,没完没了的交代恨得咬牙切齿。但就这样,张大河也还是有话要交代。而且他认为这些交代比任何交代都更重要。他说:"进城去了就别牵挂家里,人要学会向前看,看得远一点,才走得好路,"又说,"人一辈子很长,哪有不摔跤的,摔过了爬起来就是,别老回头看摔跤的那个地方,那样你就没法往前走了。"他就那样说潮了媳妇们的眼眶。她们就那样潮着眼眶走了,朝着城市的方向去了。

有几个媳妇是带着小孩子的。因为她们没有公公和婆婆。当她们朝前走去的时候,那几个小孩子的脸却是朝着花村的。

那时候,木子已经回家了,她和部落的婚宴三天前办过了。花村刚诞生的这对新婚夫妇一直把她们送到街上。他们带着冯直,这样百合上车前就还能抱抱冯直,还能亲亲他的脸。冯直现在能笑了,他是远方的城市留给花村的忧伤记忆,虽然还笑不出声,到底还是笑容。当百合亲他的时候,他就报答百合一个无声的笑容。

送走她们之后,木子想去看看新龙华寺,部落和冯直就陪她去了。

大雄宝殿前,李子问她:"你要烧炷香吗?"

木子摇摇头说:"我信耶稣。"